Ouvrage publié
avec le soutien du Centre National du Livre

Pour une éventuelle publication dans le numéro de l'année en cours, les articles doivent être adressés avant le 31 mars à Martine.Lavaud@paris-sorbonne.fr. Ils sont ensuite anonymés avant d'être soumis à l'appréciation de deux membres du comité de lecture.

En couverture : Photomontage M. Lavaud.
Théophile Gautier, portrait par Nadar (détail), 1855, BNF

Université Paul Valéry, Route de Mende
34199 Montpellier cedex 5

Diffusion/distribution *Pollen*

ISBN : 978-2-35371-043-0 ISSN : 0221-7945

BULLETIN DE LA SOCIÉTÉ
THÉOPHILE GAUTIER

« Le cothurne étroit du journalisme » : Théophile Gautier et la contrainte médiatique

N° 30

ANNÉE 2008

Siège social : Université Paul Valéry, Route de Mende
34199 Montpellier Cedex 5 – France

Compte courant postal : 2003. 96T – Centre de Montpellier

Toute correspondance (abonnement, informations, articles, etc.)
est à adresser à :

SOCIÉTÉ THÉOPHILE GAUTIER, Université Paul Valéry,
Route de Mende, 34199 Montpellier Cedex 5
Site internet : http ://www.theophilegautier.net

SOMMAIRE

Introduction

Martine LAVAUD et Marie-Ève THÉRENTY

« C'est vrai : l'ennui m'a pris de penser en cadence… »
[Musset, « Sur la paresse » [1842]]

Si la « pensée en cadence » dont parle Musset concerne l'art de la métrique, il en est d'autres formes qui, au XIXe siècle, adoptèrent le rythme moderne du périodique : le « cothurne » chaussé par le poète parnassien fut aussi celui de la presse, avec son rubricage, le lit de Procuste de ses colonnes, sa sérialité ou les contraintes de l'actualité. Voilà déjà quelques années que le rapport entre presse et littérature a bénéficié d'une approche nouvelle. L'une et l'autre, loin d'être envisageables de façon autonome ou grossièrement conflictuelle, doivent désormais être considérées ensemble : le texte doit être replacé au sein d'une « logique moderne de la médiation » qui fait du journal « le vecteur de l'innovation littéraire[1] ».

Plusieurs raisons expliquent cette nécessité d'une reconsidération de la littérature dans le cadre général du média. D'abord le périodique, notamment sous la forme du quotidien et de la revue, à partir de la monarchie de Juillet devient son principal support de publication. Les romans, la poésie, le théâtre lui-même (même si c'est moins connu) connaissent quasi systématiquement une première publication dans les journaux avant d'avoir un second destin en librairie. Malgré les pétitions de principes, cette situation est totalement acceptée, voire même favorisée par les écrivains qui peuvent ainsi tirer double profit de leurs œuvres à une époque où la littérature a définitivement basculé du côté de la production industrielle. Ce phénomène est bien connu pour les romans publiés dans les revues, les magazines ou dans la case feuilleton des quotidiens même si l'on a eu tendance à réduire cette pratique au cas du roman populaire.

Mais il faut changer d'échelle et admettre que l'ensemble de la production littéraire, du texte le plus facile au plus ardu, de la poésie au théâtre affronte la « moulinette périodique », non seulement au moment de la réception critique mais beaucoup plus fondamentalement au moment de la publication et rapidement aussi au moment de la conception des œuvres littéraires. La production littéraire est donc amenée à se plier aux exigences d'un support tout à fait particulier : périodique et collectif, son agencement textuel est la rubrique et il fonde sa réussite sur le rendu de l'actualité. La littérature subit de plein fouet cette contrainte médiatique au moins aussi prescriptive, même si elle est moins visible, que tous les systèmes d'arts poétiques d'antan. La logique de la médiation s'impose à la création littéraire qui invente, innove, propose de nouvelles formes génériques : le roman d'actualité, le poème en prose, le roman en séries, le roman-feuilleton, le théâtre dans un fauteuil, le roman *steeple-chase*, le roman-chronique, l'histoire drôle... Certaines de ces innovations ont perduré ; d'autres ont disparu.

Parallèlement, les textes à vocation journalistique, c'est-à-dire ceux qui ont pour fonction la description actuelle et référencée du monde manquent de protocoles définis pour leur mission. Leurs rédacteurs ne sont d'ailleurs pas des journalistes à proprement parler (fonction inexistante jusque dans les années 1880) mais souvent des écrivains ou des aspirants au statut d'écrivain à qui l'on confie la rubrique de la critique, du fait divers ou de l'article de fond. Par vocation et par formation, les publicistes recourent pour décrire le monde à des procédés d'écriture que l'on peut qualifier de littéraires : la narration et la description, la fictionnalisation, l'écriture intime, les procédés dialogiques et conversationnels, l'ironie. Ces procédés qui constituent la matrice littéraire du journalisme, combinés avec les exigences propres et nouvelles de l'information (l'urgence de l'écriture, le souci de dire vrai, le rubricage, la périodicité, la censure du politique, la nécessité de plus en plus ressentie au cours du siècle de s'adapter aux masses) conduisent à l'apparition de nouvelles formes génériques (la chronique, le reportage) ou à l'adaptation d'anciennes (la critique, le fait divers, le premier-Paris).

Dès la monarchie de Juillet, la situation est particulièrement confuse et propre à servir les auteurs romantiques qui accepteront de se plier à la modernité. Le journal publie d'un côté des corpus de textes littéraires contraints par la matrice médiatique et de l'autre des textes journalistiques fondés sur la matrice littéraire. Les frontières se brouillent d'autant plus qu'une des particularités du quotidien français est de juxtaposer sur la page de garde des textes aux degrés de littérarité *a priori* fortement différents : en haut-de-page figure l'article du premier-Paris coulé dans un moule rhétorique qui définit la ligne politique du journal, en bas de page, on trouve un feuilleton souvent fictionnel, et en tout cas toujours à ambition littéraire. Même la ligne bien tracée du feuilleton ne suffit plus à définir l'identité de ces textes hybrides et fluctuants, tentant de répondre à des objectifs différents et même contradictoires. Cette contradiction existe si l'on prend en compte des définitions classiques de la littérarité qui ne permettent plus de rendre compte d'un paysage bouleversé par la révolution médiatique, complètement refondé. Beaucoup d'écrivains de la génération romantique comme Balzac, Sand, Nerval, Hugo, Gautier lui-même, tout en continuant à stipendier la presse font de cette révolution médiatique la plus conséquente et la plus longue des révolutions littéraires. D'abord dissimulée par l'ampleur du mouvement romantique européen, elle s'est confondue ensuite avec l'invention baudelairienne de la « modernité ».

Dans ce numéro 30, il était donc temps d'envisager l'œuvre de Théophile Gautier sous un angle nouveau, objectif, dans la droite lignée des travaux de Marie-Ève Thérenty[2], et de croiser ainsi deux des programmes scientifiques qui occupent le centre de recherches du R.I.R.R.A.21 : les études gautiéristes, et l'histoire des rapports entre presse et littérature. Les 13 et 14 juin 2007, à l'occasion d'un colloque international tenu à l'Université Montpellier III, quatorze chercheurs, spécialistes de Théophile Gautier mais aussi des différents genres soumis au traitement médiatique (critique d'art, critique dramatique, récit de voyage…) se sont ainsi proposés de reconsidérer le rapport de Gautier à la contrainte en l'envisageant non sous la forme sublimante et choisie du « cothurne » poétique (« L'Art »), mais sous la forme « fausse » et subie des « colonnes alignées », du « pesant fronton » et des « couplets de facture » de l'article de presse (« Après le feuilleton »)…

Bien que « tirer la charrette du journalisme[3] » soit banal en un siècle de révolution industrielle et médiatique, les collaborations de Gautier constituent à coup sûr un champ d'observation privilégié des tensions entre écriture littéraire et contraintes journalistiques : par l'hétérogénéité des organes de presse exploités et des lectorats qu'ils impliquent (la liste inclut certes *Le Moniteur universel* ou *Le Journal officiel*, mais elle comprend aussi, même fugacement, *Le Messager des dames et des demoiselles*, *La France industrielle* ou *Le Conseiller des enfants*...) ; par la diversité des genres textuels ajustés au patron de la feuille médiatique (critique d'art, critique dramatique, poésie, récit de voyage, roman ou nouvelle) ; enfin et peut-être surtout, par la longévité journalistique de l'écrivain dont la carrière traversa près de quarante-deux ans de fluctuations esthétiques et politiques, depuis la monarchie de Juillet jusqu'à la Troisième République en passant par la révolution de 1848 et le Second Empire, depuis la « grande époque » du romantisme jusqu'aux débuts du naturalisme en passant par le réalisme et le Parnasse...

Le long parcours journalistique de Gautier s'ouvre donc avec « Un repas au désert de l'Égypte », récit publié dans *Le Gastronome* du 24 mars 1831, et ne se terminera qu'avec « *Hernani* », chapitre douzième et incomplet d'une *Histoire du romantisme* interrompue par la mort (*Le Bien public* du 6 novembre 1872). Entre l'un et l'autre de ces articles, plus de 90 journaux[4] accueilleront les textes de l'écrivain, à l'occasion de collaborations soutenues (*La Presse*, *Le Moniteur universel...)* ou ponctuelles (*L'Abeille*, *La Gazette des femmes*...). Étant donnés la longévité journalistique de l'auteur, la diversité et le foisonnement des supports, la question de la contrainte médiatique implique la prise en compte de paramètres multiples et hétérogènes. Il y a le problème de la genèse textuelle et les questions d'attribution, la visibilité de l'auteur étant affectée par le système collectif dont il est devenu partie prenante (qu'il s'agisse de l'article anonyme ou du jeu complexe des collaborations, avec Nerval par exemple, ou plus tard et entre autres, Paul de Saint-Victor...). Sur le plan institutionnel et professionnel se pose également la question des réseaux relationnels de Gautier, que l'écrivain soit au service de Girardin ou qu'il s'essaie à la fonction de (co)rédacteur en chef (*Ariel, journal du monde élégant*, *La Revue de Paris*, et surtout

L'Artiste) : quels sont ses rapports avec les industries culturelles telles qu'elles se déploient au théâtre, à l'occasion des Salons ou des Expositions universelles, par exemple, et comment les appréhende-t-il ? Sur le plan de la temporalité que le périodique renouvelle et de la discontinuité textuelle qu'il instaure, quels sont les modes d'inscription de l'actualité dans le texte (construction d'une temporalité référentielle ou de son illusion, modes de fragmentation du texte…), et avec quelles conséquences esthétiques et formelles ? Car on peut s'interroger sur la reconfiguration des genres traditionnels au sein de la matrice médiatique et sur l'esthétique résultant de l'application ou du détournement de ses contraintes : les protestations de surface diabolisant le périodique ne se trouvent-elles pas démenties, en profondeur, par l'esthétique qui en résulte[5], et sous la plume journalistique de Gautier, la colonne ne devient-elle pas cothurne ? C'est seulement en intégrant ces différents paramètres institutionnels, esthétiques et formels, qu'on peut objectivement évaluer la qualité et les modalités du jeu qui s'opère avec le lecteur à partir d'un rubricage médiatique donné : l'identification du lectorat, les modes d'exploitation, ironique ou non, des clichés abondamment produits par le discours journalistique, l'installation d'un discours d'autorité pédagogique, la restitution de l'oralité conversationnelle et la scénographie de la parole… sont quelques éléments de ce jeu nouveau que détermine la matrice médiatique et dont les études littéraires ne peuvent plus se dispenser.

Ce sont donc des critères à la fois institutionnels, chronologiques, génériques et formels qui ont déterminé la construction du présent ouvrage : une première section envisage la question des stratégies et des réseaux, avant que les trois suivantes ne se penchent sur la reconfiguration du discours critique, du récit de voyage et du roman par la matrice médiatique ; une dernière partie s'attarde sur la compatibilité de l'idéal romantique avec les particularités structurelles de la mosaïque journalistique. Le tout est précédé par un aperçu du compartimentage de l'œuvre de Gautier au sein des 91 périodiques[6] qui l'accueillirent, et dont Martine Lavaud donne un bilan chiffré : elle tâche également de montrer en quoi les propos amers de Gautier à l'encontre de la presse doivent être reconsidérés à la lumière des bénéfices esthétiques et militants qu'il sut en tirer.

En envisageant le tandem « Gautier/Nerval », Françoise Sylvos évoque un cas de collaboration heureuse déterminé par de profondes affinités : la création du *Monde dramatique*, en 1835, offre ainsi un espace d'expression fantaisiste et grotesque qui, en totale adéquation avec l'esprit du Doyenné, tempère la représentation ordinairement tragique de la création nervalienne. Selon Marie-Hélène Girard qui rappelle le poids de la sociologie artistique, il convient également de réviser les jugements souvent formulés à l'encontre d'un Gautier critique d'art trop indulgent : à un moment clef où la puissance institutionnelle fait place aux marchés privés, Gautier s'avère être, finalement, une instance de régulation critique intègre qui vient davantage moraliser la fonction que la prostituer. La façon dont il occupa ses fonctions de rédacteur en chef à *L'Artiste* confirme du reste cette conclusion, et P. J. Edwards montre clairement comment, malgré de persistants problèmes de coordination entre texte et planche et quelques différends, avec Aubryet notamment, Gautier s'efforça de hausser le niveau d'une revue dont il tâcha de faire une référence en matière de beaux-arts. Tout concorde donc pour redessiner le portrait d'un Gautier moins « bonasse » qu'il n'y paraît, pour peu qu'on sache repérer la limite certes subtile qui distingue le discours de l'admiration de l'éloge de convention : c'est tout l'intérêt de l'étude d'Anne Geisler que d'identifier les indices par lesquels se signale la critique admirative, et les stratégies que cette critique emploie pour dépasser les contraintes médiatiques.

L'analyse de Patrick Berthier consacrée aux débuts de la critique dramatique de Gautier, entre 1837 et 1840, ne fait que confirmer ce mode de transformation du feuilleton, menacé par la médiocrité d'une actualité monotone, en système critique efficace et décryptable. Quant au dépouillement complémentaire des feuilletons dramatiques de 1855-1856 effectué par Olivier Bara, il montre à quel point le journal fournit le matériau futur de la grande Histoire : l'étalement de l'humour, la digression superbe font de la conjuration du vide un authentique exercice de création.

Le mode de traitement du récit de voyage participe d'un désir comparable de liberté par lequel le poète se distingue du touriste, fuyant les digressions érudites au profit d'un pittoresque qui fait sa place au détail quotidien : Sylvain Venayre constate ainsi à quel point la mise en recueil accentue ce qui participe davantage d'un art du voyage en général que d'un récit concentré sur la connaissance d'un pays particulier. Selon Alain Guyot, la commande journalistique et la séduction permanente du lectorat s'ajoutent à la phobie de l'érudition archéologique pour favoriser le développement d'une écriture plastique.

Théophile Gautier a parfaitement compris les ficelles du texte médiatique, y compris dans sa forme romanesque. L'un des cas les plus exemplaires est la création du roman *steeple-chase*, *La Croix de Berny* (1845) : Marie-Ève Thérenty met en évidence la modernité médiatique d'une forme romanesque parodique peuplée pourtant de personnages décalés, ne serait-ce que par la désuétude du mode épistolaire qu'ils adoptent. On trouvera par ailleurs, dans la partie finale de ce volume, deux études complémentaires, versions écrites des communications données à la maison Balzac, le 30 novembre 2007 : l'une se penchant sur la dimension parodique du texte (F. Brunet), l'autre sur les correspondances entre les personnages du roman à quatre mains et ceux de l'œuvre de Gautier (C. Lacoste[7]). Considérant le cas du *Roman de la Momie*, Cynthia Harvey met quant à elle en évidence les modes de résistance au système médiatique du roman-feuilleton populaire, auquel Gautier oppose, entre autres aspects, une ambition littéraire faite d'érudition. L'optique de Sarah Mombert est en cela différente : elle évoque le goût peu connu de Gautier pour le roman-feuilleton dont il semblait, finalement, apprécier la périodicité, ce qui ne l'empêche pas d'inscrire, en filigrane, de réelles protestations contre les contraintes journalistiques de la « fin en bleu ».

Faut-il donc envisager l'œuvre de Gautier et sa matrice médiatique dans un rapport absolument conflictuel ? Si Freeman G. Henry constate que le caractère hétéroclite des premiers articles parus dans *Le Figaro* d'Alphonse Karr, à l'époque jeune-France, s'accorde assez spontanément avec une esthétique moderne de la fragmentation et de la discontinuité, Corinne Saminadayar-Perrin voit dans *l'Histoire du romantisme* (1872) un questionnement plus complexe relevant de la sociologie historique de la littérature : d'un côté les jeunes-France nourrirent une méfiance immédiate à l'égard de la médiatisation de masse qui soumet le texte à la dissémination et fait du livre le produit dérivé du journal ; de l'autre, si Gautier semble le seul vrai rescapé du naufrage généralisé des *minores* du romantisme, c'est aussi parce qu'il s'est accroché à la planche du journalisme. Parfois déplorée et cependant toujours exploitée, la diffusion médiatique du texte a, quoi qu'il en soit, constitué un vecteur de création littéraire indéniable : si le cothurne étroit de la métrique fait partie des contraintes nobles que l'on revendique hautement, il est des contraintes plus honteuses qui n'en sont pas moins fécondes. Telle est, du moins, l'impression globale qui ressort de ce travail collectif. On n'a pu, certes et par exemple, s'aventurer dans le champ politique en reconsidérant la question de l'apolitisme de Gautier et de sa soumission immédiate aux discours officiels ; ou bien mener une enquête serrée sur les conditions de publication des textes poétiques et leur éventuelle transformation par le support médiatique : le chantier est immense, et il reste ouvert…

NOTES

1. Voir *L'An I de l'ère médiatique. Analyse littéraire et historique de* La Presse *de Girardin,* par M.-È. Thérenty et A. Vaillant, éd. du Nouveau monde, 2001.
2. On citera notamment son dernier essai, *La Littérature au quotidien. Poétiques journalistiques au XIXe siècle*, éd. Seuil, 2007.
3. Les Goncourt dans leur *Journal*, É. Bergerat dans *Théophile Gautier. Entretiens, souvenirs, correspondance* (éd. Charpentier, 1879), ont insisté dans leur portrait de Gautier sur l'idée de cet esclavage journalistique.
4. C'est du moins ce que donne le dépouillement de l'*Histoire des œuvres de Théophile Gautier*, du vicomte S. de Lovenjoul (Slatkine reprints, 1968). Si, de l'aveu même de Gautier et de son bibliographe, quelques titres ont nécessairement disparu, le chiffre obtenu donne tout au moins un ordre de grandeur assez précis.
5. Concernant l'importance structurelle de la presse dans l'histoire de la littérature au XIXe siècle, voir M.-È. Thérenty et A. Vaillant (dir.), l'ouvrage cité en note (1), ainsi que *Presse et plumes. Journalisme et littérature au XIXe siècle*, éd. du Nouveau monde, 2004.
6. Encore une fois, ce chiffre n'est qu'une estimation la plus proche possible de la réalité, malgré l'ampleur remarquable du travail de Lovenjoul.
7. On a ajouté, dans cette partie hétérogène et finale du volume (*Varia*), l'étude d'E. Anastasaki qui tâche, en partant du *Sophiste* de Platon, d'étudier les rapports que Gautier instaure entre le rêve et le genre fantastique.

« Le cothurne étroit du journalisme » : Théophile Gautier et la contrainte médiatique

Chiffres et colonnes :

réflexions sur le morcellement de l'œuvre de Gautier dans la presse de son temps

Martine LAVAUD

Point de contraintes fausses !
Mais que pour marcher droit
Tu chausses,
Muse, un cothurne étroit.
[« L'Art », *L'Artiste* du 13 septembre 1857, *Émaux et Camées* [1858]]

Mes colonnes sont alignées
Au portique du feuilleton ;
Elles supportent résignées
Du journal le pesant fronton.
[« Après le feuilleton », *Revue nationale et étrangère,* 10 décembre 1861, *Émaux et Camées* [1863]]

S'il fallait introduire Gautier dans un dictionnaire des idées reçues, cela pourrait donner : Théophile Gautier : « Pégase attelé à la charrue. » L'auteur de cette image, Léo Larguier[1], en a décliné d'autres, évoquant les feux de forge infernaux de l'imprimerie, la mine, le mariage de raison avec « une femme [...] sans charmes mais possédant une petite dot », tandis que pleure la Poésie[2], ou encore « Raphaël peignant des enseignes de cabaret et Bernard Palissy fabriquant chez un potier de rustiques écuelles campagnardes[3] ». Du reste la collection métaphorique du gâchis et de la torture s'est constituée du vivant de l'écrivain : Gautier lui-même, dans son autobiographie de 1867, parlait déjà de la meule[4], Goncourt de la charrue, Mosselmann de la trompette en lieu et place de la lyre[5].

Mais bien qu'on tende à faire de Gautier un cas d'école et le symptôme de la « pollution » de la littérature par le journalisme au XIXe siècle, l'idée reçue coexiste avec un stéréotype antagoniste : l'aisance, la fluidité dont la critique de Du Camp relayée par celle de Larguier a entretenu l'image :

« Les ouvriers parlaient en levant la lettre, des gens entraient, les presses gémissaient, l'écœurante et divine odeur de l'encre emplissait la salle chaude et basse, et lui, suivait sa pensée, moulait ses lettres, bouclait ses *e*, et les phrases succédaient aux phrases avec autant d'harmonie, de maîtrise et de sérénité que si l'écrivain eût médité dans le calme de son cabinet de travail[6]. »

Il y aurait donc une bonne contrainte, la contrainte poétique conçue comme programme et objet de revendication esthétique, et une mauvaise, une dégradante, la contrainte médiatique. La réception critique de Gautier construit ainsi un rapport d'opposition entre presse et poésie là où les métaphores fonctionnent par analogie : que le feuilleton consiste à atteler Pégase à la charrue, soit ; mais après tout, le poète de « L'Art », dans *Émaux et Camées,* cultive l'art de la contrainte, et son laboureur y exhume les médailles éternelles[7]. De fait, il ne s'agit pas pour nous de voir qui, de l'écrivain et de la presse, « broie » l'autre, mais de considérer l'expérience de la contrainte médiatique et son morcellement comme un laboratoire formel, de lui restituer en somme sa complexité, sa fécondité poétique. C'est dans cette perspective que se placeront les quelques constats et hypothèses de ce préambule, notre base de travail étant une réflexion entreprise dans le cadre du projet d'ouvrage collectif *La Civilisation du journal*, à l'initiative de Dominique Kalifa, Marie-Ève Thérenty et Alain Vaillant[8]. Il s'agira donc, après un aperçu à vol d'oiseau du compartimentage médiatique de l'œuvre de Gautier, de tenter de circonscrire quelques régions où l'œuvre a pu, soit par concordance, soit par les effets heureux et rétroactifs d'une certaine forme de discordance, tirer un profit esthétique et stratégique du morcellement journalistique.

L'Œuvre de Gautier à vol d'oiseau : compartimentage et remarques générales

Commençons par quelques considérations prudhommesques, à chiffres et à colonnes. Le support de cette première approche sera un tableau de synthèse que nous avons constitué, et dont nous produisons la version courte à la fin de cet article (la version intégrale comporte quant à elle près de deux cents pages, et précise les titres des articles ainsi que leurs dates afin de faciliter les recherches en mode « texte[9] »). Il s'agit d'un tableau fréquentiel, c'est-à-dire enregistrant les publications par dates, et cartographiant toute l'œuvre de Gautier à l'exception de ce qui n'a pas paru dans la presse, à savoir *Les Poésies* de 1830, *Mademoiselle de Maupin*, quelques pièces poétiques isolées et le théâtre. Ce qui signifie que d'un point de vue strictement quantitatif, ce tableau absorbe environ 90 % de l'œuvre de Gautier. Constitué sur la base d'un reclassement de l'*Histoire des œuvres de Théophile Gautier* par Spoelberch de Lovenjoul (Charpentier, 1887 / Slatkine reprints, 1968), il croise plusieurs paramètres : le paramètre générique (critique littéraire, critique d'art, roman, etc.), le paramètre journalistique (titres de périodiques), et le paramètre chronologique maintenu à l'intérieur de chaque rubrique de journal. Cette reconstruction du classement intègre par ailleurs la donnée des réimpressions [R], afin de distinguer les inédits de la simple récupération par les journaux compilateurs, par exemple. Compte tenu de ces réimpressions et bien que leur proportion soit certes modeste (5 %), le tableau est moins le reflet d'une réalité quantitative que celui d'une réalité présentielle de l'œuvre de Gautier.

Dans l'immédiat, le document obtenu nous permet d'objectiver ou de réviser l'impression générale que nous avons d'une œuvre perçue comme familière. Sur le plan quantitatif, l'œuvre de Gautier, ce seraient donc 2 993 dates d'articles – dont 150 réimpressions – publiés entre le 24 mars 1831 (« Un repas au désert d'Égypte », *Le Gastronome*) et le 6 novembre 1872 (« La légende du gilet rouge », *Le Bien public*). Ces articles se répartissent dans 93 quotidiens, magasins ou revues. Toutefois, s'ils confirment la largeur du spectre de publication, ces chiffres un peu vertigineux ne doivent pas faire illusion, car sur 93 périodiques, 73 ont publié Gautier entre 1 et 10 fois, 13 entre 10 et 30 fois, 3 entre 30 et 100, et 4 seulement présentent plus de 100 dates de publication. En tête se trouve naturellement *La Presse* (n° 23 : 1 123 dates), suivie de près du *Moniteur Universel* (n° 46, 1 081dates), suivie, loin derrière, de *L'Artiste* (n° 2), certes hebdomadaire, et dans lequel on compte 135 dates. Derrière ce tiercé gagnant se placent *Le Journal officiel* (130 dates) et *Le Figaro* (n° 28), avec 83 dates, la considération de ce dernier devant intégrer de réelles questions d'attribution liées notamment à l'anonymat.

Le constat global est donc celui d'une certaine omniprésence journalistique tempérée par l'hétérogénéité quantitative, seuls quatre périodiques pouvant faire attendre à leurs lecteurs la signature régulière de Gautier. Constatons par ailleurs qu'une revue concentre plus particulièrement le phénomène des réimpressions, à savoir *L'Artiste,* dont les 135 articles incluent près de 38 % de réimpressions.

La synthèse du répertoire apporte également deux informations importantes concernant le compartimentage générique. D'une part, elle permet de réajuster les proportions internes de l'œuvre de l'auteur, et de corriger les illusions d'optique créées par la réalité éditoriale. Ainsi, le public moderne ne connaît plus de Gautier que l'œuvre romanesque, et dans une moindre mesure, poétique, tandis que la face cachée constitue la part écrasante de son œuvre : la prise en compte exhaustive de l'activité journalistique montre ainsi que l'œuvre poétique occupe 6.7 % des dates de publications, et l'œuvre narrative moins 3.6 % ! c'est-à-dire moins que la critique littéraire (4.4 %), que la critique d'art (23.6 %), et surtout que la critique dramatique, qui occupe près de la moitié des dates de publications (49.4 %). Bref, le balisage journalistique permet d'accommoder objectivement et de rétablir les rapports quantitatifs d'une œuvre que la considération exclusive du livre a durablement inversés. D'autre part il permet de définir un profil générique des périodiques concernant Gautier : *L'Artiste* absorbera majoritairement sa critique d'art, *La Presse* et *Le Moniteur Universel* la critique dramatique, les quelques revues féminines comme *Le Journal des demoiselles* republiant les articles de mode ou les poésies. *Le Figaro* demeure, sous couvert d'anonymat, le joyeux bazar des articles hétéroclites et excentriques traitant de sujets aussi improbables que la pilosité des féministes ou les littérateurs obèses. Il y a donc un compartimentage générique de la production journalistique de Gautier croisant divers paramètres : les types de périodiques et la case officiellement attribuée à l'auteur (par exemple la critique dramatique pour *La Presse*), l'appartenance à une communauté littéraire (les Jeunes-France pour *Ariel* et *Le Figaro*), les stratégies personnelles (le statut de rédacteur en chef à *L'Artiste*, par exemple). Or ces facteurs déterminent parfois des périodes de coïncidence heureuse entre structure journalistique et création littéraire, notamment dans le cadre de fonctions de direction ou de codirection médiatiques.

Concordances : le morcellement comme coïncidence esthétique

Les périodes de coïncidence les plus fortes peuvent être associées d'une part à l'hébergement d'articles dans des gîtes providentiels comme celui du *Figaro*, d'autre part à trois tentatives de maîtrise de la stratégie journalistique en tant que fondateur, directeur ou rédacteur en chef (*Ariel, L'Artiste, La Revue du XIXe siècle).* Or la plupart de ces périodiques constituent autant de cas d'adéquation entre une tendance esthétique (la fantaisie shakespearienne pour *Ariel*, l'excentricité jeune-France pour *Le Figaro*, l'art pour l'art parnassien pour *L'Artiste)* et une stratégie journalistique.

Ariel, journal du monde élégant, est ainsi une tentative d'investissement du journal à seule fin de prolonger le livre dans le cadre d'une publication immédiate et mieux diffusée. C'est en effet au début de mars 1836, entre la fin de *Mademoiselle de Maupin*, de la bohême du Doyenné et les débuts à *La Presse* ainsi qu'au *Figaro*, que Gautier et Lassailly s'associent pour créer ce « petit journal inédit ». Le premier a porté un gilet rouge le 25 février 1830, le second un gilet vert tendre le 22 novembre 1832 (c'est la première du *Roi s'amuse*). Si, dès le premier numéro du 2 mars, la phrase liminaire « La Politique est exclue de ce journal », semble donner le ton, l'unité est moins claire qu'il n'y paraît : tandis que Lassailly, sous la forme d'un dialogue mondain entre deux baronnes, demande un journal destiné à plaire aux femmes, consacré aux loisirs, à l'art, avec un brin de superficialité, Gautier se fend dans la deuxième page d'un développement shakespearien du titre « Ariel », dont la légèreté, l'esprit et la fantaisie, contre la laideur matérialiste de Caliban, doivent poser leurs « pieds de colombe » sur le frontispice du journal. C'est tourner le dos au journalisme bourgeois et prolonger la préface de *Mademoiselle de Maupin* : Gautier dans *Ariel*, ce devait être en quelque sorte d'Albert journaliste. Mais la bannière commune de l'esprit apolitique se trouve ainsi scindée en deux orientations différentes : du côté de Lassailly, la futilité mondaine, du côté de Gautier, la libération shakespearienne de l'imagination telle qu'elle s'inscrit dans le chapitre XI de *Mademoiselle de Maupin*. Cette divergence explique sans doute en partie le retrait rapide de Gautier, qui achève toutefois le beau Salon de 1836 et sa défense de Delacroix avant d'être bientôt absorbé par *Le Figaro* et *La Presse*. Quoi qu'il en soit, dans cette brève expérience, la presse est envisagée comme une tribune faisant écho aux préfaces, un lieu d'implantation d'un texte inchangé, dans sa substance, par le support qui l'accueille.

D'octobre 1836 au 21 mai 1838, *Le Figaro* peut être considéré comme une sorte d'âge d'or où la promiscuité parfois anonyme du quotidien offre un espace de survie compensatoire de la bohême dispersée. Ce sont dès lors les plumes de Gautier, de Karr, d'Ourliac qui collaborent dans les colonnes du journal. La teneur d'un billet de décembre 1836 adressé par Gautier à Alphonse Karr, maître des cérémonies, donne le ton : « Karr'thaginois ; Karr-touche ; [...] ; Karr-auteur ; Karr'naval ! » Le couple Gautier-Nerval fonctionne particulièrement bien, le G redoublé de *La Presse* constituant d'ailleurs une signature parallèle de sa critique dramatique jusqu'au 2 avril 1838[10]. Les littérateurs obèses, l'inutilité des militaires en tant de paix, le système pileux de féministes inspirèrent ainsi quarante articles de croisades anti-bourgeoises et burlesques souvent dignes, avant la lettre, d'un Alphonse Allais, de telle sorte que le passage du livre (*Les Jeunes-France*) au journal *(Le Figaro)* s'opère ici dans la plus parfaite continuité, sans contrainte digne de ce nom[11]. Au-delà de la camaraderie, tout, en effet, prolonge l'esprit d'Albertus ou des Jeunes-France : le ton potache, une poétique de la fantaisie, du contraste, en un mot une esthétique fourre-tout du capharnaüm dérangeant, dans son propos, l'ordre visuel des colonnes, et expliquant la surreprésentation de la rubrique « divers » dans ce journal (*voir* n° 28). La contrepartie de cette collaboration jubilatoire sous fréquent couvert d'anonymat est le gommage de la propriété littéraire.

La troisième situation de coïncidence heureuse avec la presse concerne évidemment le cas de *L'Artiste*, dont Gautier fut le rédacteur en chef entre décembre 1856 et mars 1859. Il s'agissait, grâce au nom de Gautier, de redonner de l'éclat à cette revue anti-réaliste tombée, au début des années 1850, à un tirage de 500 exemplaires contre 1500 en 1845. En 1843 déjà, Gautier avait songé à reprendre *L'Artiste* avec Eugène Piot sans pouvoir, pour des raisons financières, donner suite à ce projet. Plusieurs aspects expliquent cette affinité particulière qui fait de Gautier le « repreneur » naturel de la revue, payé 200 francs l'article contre 80 pour les autres collaborateurs[12] : les objets qu'elle se choisit, à savoir les beaux-arts et la poésie, et d'autre part son statut de revue. Par son rythme de parution en effet, la revue limite le rapport fragmenté au temps bourgeois, et par son format, sa présentation élitiste, se rapproche davantage du livre que du rubricage chargé du quotidien. Les affinités entretenues par *L'Artiste* avec Gautier sont, du reste, confirmées par l'étonnante proportion de réimpressions, les inédits étant naturellement massés à l'époque de direction de la revue par Gautier (1856-1859). L'engagement esthétique de Gautier n'est plus alors dans le ton, dont Arsène Houssaye, dans une lettre à Théophile Thoré de janvier ou février 1858, déplore la bienveillance universelle, mais dans les choix : défense conjointe d'Ingres et de Delacroix, publication des Goncourt contre l'avis d'Aubryet, soutien apporté à Baudelaire dont Gautier fait paraître quelques poèmes ; défense de Flaubert à travers la publication de sa lettre, le 27 janvier 1857, et celle de l'étude que Baudelaire consacre à *Madame Bovary* et à *La Tentation de Saint-Antoine*, le 18 mars. Durant cette période, le 2 août 1857, Gautier ressuscite également le peintre Célestin Nanteuil en qui il voit un frère d'armes pris par la lithographie comme un écrivain peut l'être par le journalisme. Il s'agit bien de mettre en œuvre ce que Gautier, dans l'article du 20 décembre 1857, appelle la « voyance critique », dans une forme de coïncidence avec une sérénité parnassienne qui se hausse au-dessus de la cacophonie des journaux ordinaires. Cette correspondance entre esthétique et choix journalistique est enfin confirmée par l'orientation de *La Revue du XIXe siècle*, dont Gautier pose les bases avec Arsène Houssaye, en avril 1866. Le premier numéro donne le ton : « Le journal, rapide comme l'oiseau, porte l'idée ; la revue, moins impatiente, porte la méditation ; car la revue est déjà le livre. » Si, contre les quatre colonnes de *La Presse, L'Artiste* en affichait deux, *La Revue des deux mondes* n'en présente plus qu'une et ce faisant, se rend en effet semblable au livre. Quant au rythme de publication, hebdomadaire dans *L'Artiste*, mensuel dans *La Revue du XIXe siècle*, il ralentit encore le flux du temps industriel ainsi tiré du côté de la méditation esthétique. De l'*Ariel* à *La Revue du XIXe siècle*, les mutations des tentatives de direction montrent donc un processus de limitation de l'hybridité textuelle de la mosaïque journalistique en créant une sorte d'espace médian entre le quotidien et le livre.

Discordances créatives

Or cette relation nostalgique au livre, à sa qualité individuelle et littéraire, à sa liberté, s'inscrit dans l'espace à géométrie variable du périodique pour se dire et susciter des formes originales. On peut distinguer deux grandes catégories d'inventions esthétiques : d'une part une poétique du métadiscours journalistique ; d'autre part la transformation de certains genres soumis à la matrice journalistique, notamment en matière de critique littéraire, de récits de voyage, et peut-être même d'écriture poétique.

Un mot simplement sur les poétiques du métadiscours journalistique, à savoir l'art de la diversion, parfois du canular, la mise en scène dérisoire de soi. On ne mesure bien leur importance que par confrontation de la production journalistique à la correspondance dont les douze volumes sont, sur le plan littéraire, relativement pauvres, et ne peuvent attirer que la loupe du chercheur pour tel ou tel renseignement factuel. Plus de deux tiers des 4 846 lettres qui la constituent ne forment qu'un vaste registre professionnel où se trouvent consignés toutes les opérations, tous les contrats, demandes matérielles et services rendus, en somme l'arrière-cuisine de la production journalistique. Cette absorption quasi-totale de la correspondance par le champ professionnel aboutit, on s'en doute, à une pratique fonctionnelle et fragmentée de la lettre tendant vers le billet… avec quelques conglomérats plus intenses autour des périodes charnières que sont les changements de régime (1848, 1852, 1870), ou l'installation de Gautier dans des fonctions nouvelles de directeur ou rédacteur en chef. Globalement, la considération de cette correspondance fragmentée régie par la temporalité de l'urgence fait donc apparaître la pulsation d'une existence happée par le rythme de la copie. Mais surtout, cette question des vases communicants entre journal public et correspondance privée prend davantage d'intérêt dans la mesure où elle autorise l'hypothèse d'une sublimation de l'inspiration personnelle dans la pratique journalistique. Le 30 décembre 1856, dans une lettre à Ernesta Grisi alors à Nice, Gautier tient des propos révélateurs.

> « Mon existence comme personne est supprimée ; je ne suis plus qu'une plume à trois becs [Gautier écrit alors dans deux journaux, et entreprend un roman].[…]. *L'Artiste* va très bien et gagne tous les jours. En le recevant tu vois que je gribouille et que, par conséquent, je ne suis pas mort. Cela supplée un peu à la rareté de mes lettres[13] ; […]. »

Et c'est ce qui se passe : la pauvreté de la correspondance de Gautier traduisant son absorption par la dynamique conversationnelle et quasi-quotidienne du périodique, la destination publique de l'article occupe la place de la relation épistolaire privée. Ce fonctionnement en vases communicants impose donc une vigilance particulière dans la lecture de textes de presse qu'il faut décoder.

Par ailleurs la critique dramatique se révèle être un espace de concentration particulier des protestations de Gautier, et ce dès 1837. Une doléance fréquente porte sur le phénomène de disproportion qui force le feuilletoniste à consacrer un même espace à des œuvres qualitativement diverses, à une actualité dramatique vide ou pleine. C'est moins l'espace libre qui est en cause que l'obligation référentielle de l'article de presse dont, par là même, l'intérêt est subordonné à celui du matériau. Dans le cas de *La Presse* du 28 mai 1838 par exemple, la fantaisie métacritique du compte rendu sans objet ouvre la voie à une poétique de la digression, de la familiarité, de l'oralité, du « parler pour ne rien dire », qui forme un prolongement de l'esprit jeune-France et de ses arabesques en tant que réaction défensive contre le formatage de l'écriture industrielle. En revanche, dans *La Presse* du 18 septembre 1837, Gautier signale le tarissement des flots de vaudevilles et de mélodrames qui inondent ordinairement les théâtres pour mieux en tirer profit, et substituer au commentaire creux une méditation sur l'art et le statut de la convention. Dans *Le Moniteur Universel* du 13 octobre 1856, plutôt que de surdimensionner une actualité théâtrale médiocre, la critique dramatique et ses diversions intègrent la nécrologie de Théodore Chassériau classable dans la critique d'art. De telle sorte que l'article hétéroclite crée une amorce de journal dans le journal, de régime autonome, avec son rubricage interne et ses libertés propres, mis en abyme dans l'hétérogénéité constitutive de la feuille journalistique.

Mais c'est sans doute dans le cadre d'une histoire des genres que les interactions entre écriture littéraire et contraintes journalistiques pourraient être les plus singulières, notamment en ce qui concerne la pratique de l'histoire littéraire, du récit de voyage, et de la poésie.

Le rapport de Gautier à l'histoire littéraire s'instaure dès janvier 1834, lorsque le jeune auteur de la préface de *Mademoiselle de Maupin* donne à *La France littéraire* une dizaine de monographies qui, consacrées par exemple à Villon et à quelques libertins oubliés du XVIIe siècle, seront ensuite réunies chez Desessart en deux volumes, en 1844, sous le titre *Les Grotesques*. Dans la perspective du feuilleton, Gautier n'avait aucun plan d'ensemble en tête, mais il a déroulé, portrait après portrait, une galerie improvisée, extensible à l'infini, ce que confirme Du Camp évoquant les suites virtuelles de ce qui aurait pu évoquer Montchrestien ou Garnier, par exemple[14]. Gautier se retrouve un peu dans la situation de Courbet qui, plaçant la toile encore vierge de *l'Enterrement à Ornans* dans un atelier trop petit, en déroulait un morceau à chaque personnage peint sans pouvoir bénéficier d'une vision d'ensemble. De ce fait, non seulement Gautier n'a pas ajusté les proportions de ses articles les unes par rapport aux autres en fonction du rôle effectif des écrivains choisis dans l'histoire littéraire, mais encore il en a joué. Ainsi le recueil de Gautier bouleverse le rapport de proportionnalité attendu par le nombre de pages et la valeur littéraire de l'auteur exhumé : il consacre presque autant de texte à Scudéry (45 p. dans l'édition de Cecilia Rizza[15]) qu'à Théophile (51) ou Scarron (52), c'est-à-dire deux fois plus qu'à Saint-Amant (23) ou Cyrano (25), qui lui-même a quantitativement moins d'importance que Chapelain (32), et autant que le médiocre Colletet (24). Or ce phénomène d'anamorphose littéraire induit par la forme du feuilleton correspond pleinement au discours subversif de Gautier désireux de bouleverser les hiérarchies habituelles de l'histoire académique. D'autre part, cette écriture de la juxtaposition et de la disproportion lui permet de tirer son travail critique vers l'esthétique de Callot, la file de grotesques littéraires rappelant les processions de gueux du célèbre aquafortiste. De telle sorte que si Gautier soumet son regard sur l'histoire littéraire à la contrainte médiatique, les structures et les conditions de publication journalistique, y compris dans leurs aspects polémiques (on se rappelle le procès suscité par l'article sur Villon), le refus de la clôture *a priori,* n'ont pu, en retour, que renforcer une nouvelle conception de l'histoire littéraire envisagée comme un champ de fouilles indéfiniment ouvert. Dans ce cas précis, s'il n'y a donc pas, à proprement parler, de création d'un genre par une pratique, puisqu'il s'agit toujours de critique littéraire, les formes induites par le journal exacerbent bel et bien l'efficacité subversive d'une histoire littéraire « grotesque » qui inspirera jusqu'aux décadents[16].

Un deuxième cas intéressant semble être le récit de voyage : autant la plainte du feuilletoniste dramatique est une souffrance retournée en diversion fantaisiste, autant le voyage peut constituer une revendication de feuilletoniste fatigué, comme dans une supplique adressée à Girardin pour lui demander de partir sans attendre en Espagne : « Dans seize ans le dur métier de feuilletoniste m'aura ôté toute fantaisie errante, où le ver du tombeau filera sa toile dans la cavité de mes yeux[17]. » Cette lettre publiée dans *La Presse* du 14 octobre 1846 et *Le Musée des familles* construit une mise en scène du journaliste forçat demandant grâce, et surtout accorde au voyage, en tant que pratique existentielle de la diversion, un statut privilégié. Réponse spontanée à la contrainte, le récit de voyage a ainsi trouvé dans sa forme dernière, à travers *Tableaux de siège,* un degré extrême d'hybridité, de singularité. Le principe qui fonde ce texte soumis à la précipitation historique qui vit se succéder les deux sièges de la guerre franco-prussienne et de la guerre civile, c'est le projet fondateur, conçu avec A. Kaempfen pour le « grand off », comme on appelait familièrement *Le Journal officiel*, des *Voyages de Paris :* la situation du siège donnait alors à ce titre désinvolte toute sa puissance de résistance contre l'oppresseur prussien, et le traitement paradoxal du voyage « interne », bien représenté par le chemin de fer de ceinture, situait le lecteur dans la veine du *Voyage autour de ma chambre* de De Maistre. Le projet du livre de voyage est pensé dès le 31 octobre 1871, puisque Gautier dit écrire « à l'*Officiel* des articles intitulés "Voyages dans Paris" qui ont beaucoup de succès et qui feront après le siège un volume assez curieux[18] », de telle sorte que la fragmentation journalistique est immédiatement envisagée dans la perspective d'un volume et par conséquent d'une certaine continuité textuelle. Certes, au niveau le plus superficiel du texte, les « voyages dans Paris » concernent la période du siège de la capitale par les Prussiens, et s'arrêtent à mi-volume en prenant appui sur des rubriques habituelles du récit de voyage (moyens de transport, croquis descriptifs, sorties), et ce n'est que par la suite, lorsque l'exil versaillais durant la Commune fait déborder du cadre géographique initial, que le titre « voyages dans Paris » devient « Tableaux de siège ». Mais le principe irréductible du promeneur que la guerre a fait étranger en sa propre cité permet de maintenir le statut fondamental du récit de voyage, que justifient du reste des rubriques comme le « tour aux ruines » et la visite guidée de Versailles, ainsi que l'importance intertextuelle du guide Joanne. Le récit de voyage demeure donc une réalité de *Tableaux de siège*, une réalité structurelle, intentionnelle et provocante survivant à l'abandon du premier titre, « Voyages dans Paris », et qu'une hétérogénéité textuelle toute relative singularise sans pour autant la compromettre. En dehors des guides de tourisme commerciaux de Hans et Blanc, ou à la rigueur de G. Bell[19], aucun texte ne se situe aussi intrinsèquement dans la perspective du récit de voyage que le texte de Gautier, ce qui en fait un hapax frappant dans la littérature de la Commune. La pulsation et le morcellement événementiels, l'hétérogénéité textuelle de la presse, en l'occurrence le

Journal officiel et l'*Illustration*, s'ils ne déterminent pas complètement le choix du récit de voyage, en constituent ainsi un facteur d'exacerbation : ils offrent une matrice spontanée et pour ainsi dire naturelle à un choix formel qui relève d'une posture de résistance à l'oppresseur, Prussien ou fédéré.

On peut enfin envisager une dernière piste de réflexion en s'appuyant sur un genre souvent pensé dans un rapport d'incompatibilité avec la contrainte médiatique, la poésie. Il y a, bien sûr, ce fameux soupir de feuilletoniste sculpté dans un quatrain d'octosyllabes :

> Mes colonnes sont alignées
> Au portique du feuilleton ;
> Elles supportent résignées
> Du journal le pesant fronton.

Le poème intégral, intitulé « Après le feuilleton », est lui-même inséré dans *La Revue nationale et étrangère* du 10 décembre 1861, avant de rejoindre, en 1863, une édition d'*Émaux et Camées.* Il est difficile de donner expression plus oppressante de la contrainte journalistique s'opposant à l'écriture poétique. La représentation architecturale du journal est du reste précoce chez Gautier puisqu'on la trouve par exemple dans *La Presse* du 18 juin 1838 :

> [...]; six colonnes ne sont pas de trop pour supporter ce filet transversal, espèce d'architrave typographique sur lequel pèsent la politique et tout l'édifice du journal. – Le fronton de Notre-Dame de Lorette n'a cependant que quatre colonnes, ce qui donnerait lieu de croire qu'il a été bâti par un feuilletoniste ; mais c'est une licence blâmable, et nous aurions peur, en ne mettant pas le nombre voulu de pilastres, de produire dans la portion supérieure des éboulements de canards, de petits faits et de nouvelles diverses.

La conscience de la page de journal et celle du poème, en tant que constructions visuelles, avec leur géométrie et l'équilibre de leurs tensions, sont donc analogues. En octobre 1831 déjà, Gautier avait fait reposer son ode « Notre-Dame » sur la métaphore architecturale. Mais tandis qu'il s'agissait alors de faire rentrer l'immensité gothique de la cathédrale dans le corset poétique, et de la transformer ainsi en « bijou d'émail », inversement la modernité impose de faire rentrer la finesse de l'émail ou du camée versifié dans l'architecture médiocre et lourde de la feuille journalistique. La mise en abyme concurrentielle oppose alors la densité poétique, qui fait tenir l'immensité dans son microcosme, à l'étendue du feuilleton qui sonne creux (« canard », « petits faits » et « nouvelles diverses »). Concernant plus spécifiquement *Émaux et Camées*, il semble qu'il existe divers modes de réponse à cette pression concurrentielle de la « vulgaire » architecture médiatique. D'une part, le choix d'un support majoritaire qui est celui de la revue : 30 des poèmes d'*Émaux et Camées* sont publiés dans des revues parmi lesquelles *La Revue de Paris* (9) *La Revue des deux mondes* (6), *L'Artiste* (5), *La Revue du XIX*e *siècle* (3)… et 7 seulement dans *La Presse* (5) et *Le Moniteur Universel* (2). C'est ainsi dans l'espace plus ample de la revue que s'exerce l'ironie métatextuelle d'« Après le feuilleton », dont le resserrement octosyllabique prend à rebours la lourdeur des colonnes médiatiques. Par ailleurs, un autre mode de réponse à la contrainte médiatique est la mise en scène métadiscursive de ses propres tensions, le boulet du feuilleton exacerbant le désir de liberté poétique. Un bon exemple est donné par « Ce que disent les hirondelles », poème de seize quatrains qui, inséré dans le feuilleton dramatique du *Moniteur Universel* le 19 septembre 1859, oppose l'échappée des hirondelles légères à la pesanteur du feuilleton que Gautier déserte :

> […]
>
> Je comprends tout ce qu'elles disent,
> Car le poëte est un oiseau ;
> Mais, captif, ses élans se brisent
> Contre un invisible réseau.
>
> Des ailes ! des ailes ! des ailes !
> Comme dans le chant de Rückert,
> Pour voler, là-bas, avec elles,
> Au soleil d'or, au printemps vert.

Le lecteur nous excusera, nous l'espérons du moins, de substituer pour cette fois des vers de huit pieds à des lignes de prose ; ils sont plus courts, et l'on pourrait croire que c'est paresse de notre part ; mais encore faut-il accrocher à ces petites lignes, qui laissent du blanc de chaque côté, le grelot argentin de la rime, et cette peine doit compter pour les syllabes en moins Et puis, songez que notre premier état fut d'être poëte, et qu'il est dur de s'occuper toujours de la pensée des autres sans pouvoir jamais suivre la sienne. Cette semaine, les autres n'ayant rien pensé, pourquoi ne comblerions-nous pas le vide avec quelques stances de notre façon ?

La disposition du poème au milieu du rez-de-chaussée est efficace : douze quatrains octosyllabiques constituent la troisième colonne parmi les cinq, soit le pilier visuel du feuilleton ; de part et d'autre de ce pilier, les deux premières strophes se logent en bas de la deuxième colonne, les deux dernières en haut de la quatrième. Ainsi, tandis que l'unique colonne de la revue propose, à l'image du livre, une progression mentale dans ce qui s'assimile à un corridor, l'imaginaire poétique du quotidien dessine la façade imposante d'une architecture publique dont le mouvement du poème dérange les lignes, un peu comme les sculptures vivantes de Carpeaux, tant admirées par Gautier parce qu'elles raniment les géométries architecturales les plus austères. Sous le sérieux politique du haut-de-page dont elles supportent l'architecture tout en s'en affranchissant, les diversions rêveuses et versifiées du feuilleton construisent alors une poétique paradoxale.

Les *Poésies* de 1830 n'avaient pas subi la contrainte médiatique : directement parues en volume, elles s'autorisaient le souffle de pièces longues, comme dans les 162 vers de « Notre-Dame ». Si, pour mieux placer la poésie au premier plan du feuilleton, l'humour et la provocation expliquent la relative longueur du poème « Ce que disent les hirondelles », on peut toutefois s'interroger sur la cristallisation des formes poétiques brèves à l'époque d'*Émaux et Camées* : il n'est pas impossible, après tout, qu'elle résulte d'une contre-réaction parnassienne à la prolifération textuelle du feuilleton qu'elle désarrange parfois en s'y glissant, et que cette poésie soit le refuge de la concentration contre la déperdition. Il y a là, sans doute, une hypothèse matérielle et psychologique de la genèse poétique à vérifier.

Certes, pas un seul Lucien de Rubempré ne hante une œuvre narrative dont les héros nourrissent souvent des idéaux en contradiction avec le support industriel qui les porte. Mais le problème n'est pas de savoir si Orphée aimait les bacchantes du journalisme qui dispersèrent ses membres aux quatre coins de la presse, ni de faire le procès de ces dernières. L'image du Pégase attelé, et soufflant comme un bœuf, est en effet un peu lassante. Écrire est difficile, nul n'en doute, mais Flaubert n'a pas eu besoin de la presse pour s'en plaindre.

Le métier de journaliste admis comme un fait, une réalité consentie, les vraies questions sont ailleurs. On peut ainsi se pencher sur la façon dont la contrainte médiatique a offert un espace de développement à quelques originalités littéraires qui lui préexistaient. Après tout, si la poétique de la diversion excentrique lisible dans *Le Figaro* proteste contre le journalisme emphatique du *Constitutionnel* ou du *Journal des débats*, ce faisant elle prolonge parfaitement l'esprit des *Jeunes-France* et de *Mademoiselle de Maupin* dont les préfaces ne font ainsi que « muter » dans l'espace médiatique : on y retrouve la dialectique de la discontinuité et de l'unité, la mise en scène nombriliste de la tension entre contrainte et désir de liberté, et, du reste, la préface des *Jeunes-France* était déjà un texte sur l'obligation d'écrire le texte. Par ailleurs, l'espace du journal est le laboratoire adéquat d'une nouvelle histoire littéraire quasi archéologique intimement inscrite dans le romantisme de Gautier, qui cultive les séries ouvertes de médaillons, l'arasement des axiologies *a priori* et l'esthétique grotesque. Il est aussi, Marie-Ève Thérenty le montrera, le laboratoire de formes fictionnelles inédites, Gautier devenant le

coauteur d'une des inventions romanesques les plus originales de la presse moderne, à savoir *La Croix de Berny*, roman *steeple chase* de 1845…

Du Camp, qui tient absolument à nous laisser l'image d'un poète aigri, rapporte ce propos de Gautier : « Le livre seul a de l'importance et de la durée ; le journal disparaît et s'oublie. Étienne Bequet a fait pendant quinze ans la critique au *Journal des Débats* : qui s'en doute aujourd'hui ? mais tout le monde a lu, tout le monde lira *Le Mouchoir bleu*, une plaquette qui n'a pas vingt pages. Le feuilleton est un arbuste qui perd ses feuilles tous les soirs et qui ne porte jamais de fruits[20]. » Aujourd'hui, personne n'a lu, ni ne lira Étienne Bequet ni son *Mouchoir bleu*, mais bientôt, nul ne sera censé ignorer le corps reconstitué, en 55 volumes[21], d'une œuvre autrefois morcelée.

TABLEAU DE SYNTHESE DE LA REPARTITION DE L'ŒUVRE DE THEOPHILE GAUTIER DANS LA PRESSE [M. LAVAUD]

NB : « R » désigne une réimpression.

	Critique littéraire	Critique d'art	Critique dramatique	Roman, contes et nouvelles	Récits de voyage	Poésie	Divers
1.Le Journal des demoiselles [7 R]						7 R	
2. L'Artiste [135 [51R + 85]]		92 (29 R + 64)	5R	1R + 1	4R +2	7R + 12	5R + 6
3. Mercure de France au XIXe siècle [7 dont 1 R]		1				1R + 5	
4.Le Gastronome [1]					1		
5. Cabinet de lecture [15 dont 2R]	1R	3		4		5+ 1R	1
6. Revue pittoresque [5R]	1R		1R	3R			
7. Ariel [8]		7					1
8. Hommage aux dames [1R]						1R	
9.L'Univers illustré [11 dont 2R]	7			1R		1R +1	1
10. Revue universelle des arts [1R]						1R	
11. L'Autographe au salon [1R]						1R	
12.L'Almanach des muses [1R]						1R	
13.L'Almanach parisien [3R]				1R		2R	
14. La France littéraire [21 dont 2R]	9	2+1R		1		7+1R	
15. Annales romantiques [5 dont 1R]				1		3 +1 R	
16. Le Voleur [2R]						1R	1R
17. Le Journal des gens du monde [3]				1		2	
18. La France industrielle [2]		1					1
19.Le Journal du dimanche [1R]						1R	
20. La Petite revue [12 dont 11R]						11R +1	
21. Le Monde dramatique [7]	5		1	1			

22. L'Evénement [5 dont 2R]		2 + 2R					1
23. La Presse 1123 dont 1R [37,5%]	6	219	769	1R	73	22	33 dont *Croix de Berny*
24. La Chronique de Paris [20]	9			5	6		
25. Musée des familles [16 dont 1R]	4 +1R		6	2	2	1	
26. La Charte de 1830 [21]	1	11	2			3	4
27. Revue du XIXe s [10]		2		1		5	2
28. Le Figaro [83 dont 1R [2,8%]]	6	11 +1R	15	3	3	4	40
29. L'Almanach des gourmands [1]							1
30. Don Quichotte [3]						3	
31. Le Courrier artistique [9 dont 6R]		6R +2					1
32. Le Globe [1]						1	
33. Revue du monde dram. et littéraire [1]							1
34. Almanach des coulisses [6 dont 3R]		3R +3					
35. L'Autographe [1R +1]						1R +1	
36. Le Journal du dimanche [2]						2	
37. Le Mousquetaire [3 dont 1R]			1R			1	1
38. Le Messager [2 dont 1R]			1R +1				
39. Le Cabinet de l'amateur et de l'antiquaire [6 dont 4R]		3R + 2			1R		
40. La Pandore [2]						2	
41. Le Livre d'or (keepsake hebdomadaire) [1]				1			
42. La Caricature [4 dont 1R]				3 +1 R			
43. L'Amateur d'autographes [1]							1
44. La France musicale [1]						1	
45. Le Routier des provinces méridionales [2R]					2R		
46. Le Moniteur Universel 1081 dont 2R [36%]	63	262	1R+592	57	64	1R+10	31
47. La Sylphide [3]						3	
48. La Revue de Paris [30 dont 1R]		3	1	1	6	17 +1R	1

49. La Revue des deux mondes [34]	2	3	1	1	3	24	
50. Galerie des artistes dramatiques de Paris [1]			1				
51. Gazette des femmes [1]			1				
52. Le Compilateur [5R]			2R	3R			
53. L'Opéra [1]						1	
54. Les Guêpes [1]				1			
55. Les Beaux-Arts [1)]						1	
56. Gazette de Paris [30 dont 6R)]	2R + 3	3	16	1R	2	2R	1R
57. Le Diable à Paris [2]							2
58. La Semaine de T. Trimm [1R]			1R				
59. Le Journal [2]							2
60. Les Nationalités [2R]			2R				
61. Le Rappel [1R]							1R
62. Le Conseiller des enfants [1]				1			
63. Le Magasin des familles [1)]							1
64. L'Illustrateur des dames et des demoiselles [1R]							1R
65. Le Foyer domestique [1R +1]							1R +1
66. La Revue des voyages [2R]					2R		
67. La Fabrique, la ferme et l'atelier [3 dont 1R]	1						1 + 1R
68. Le Pays [7 dont 3R]					4+3R		
69. L'entracte [3 dont 2R]		1R	1R			1	
70. Le Musée des dames et des demoiselles [1]							1
71. Journal de Saint-Pétersbourg [1]					1		
72. La Revue européenne 2]						2	
73. Le Monde illustré [1]					1		
74. Le Journal illustré [1R]					1R		
75. Gazette des Beaux-Arts [6 dont 2R]		4 + 2R					
76. La Revue nationale et étrangère [23]	1			16	3	3	
77. Le Papillon [1]						1	

78. La Revue fantaisiste [1]						1	
79. La Gazette des abonnés [1R]						1R	
80. Le Journal des postes [1]						1	
81. L'Illustration [21 dont 3R]	2	12			3R + 2	1	1
82. La Gazette des étrangers [1]						1	
83. La Liberté [1]						1	
84. La Gazette des enfants [1]						1	
85. Paris-Magazine [1]						1	
86. La Vogue parisienne [7]						1	6
87. Le Journal officiel 130 [4,3%]	5	37	58		30		
88. Le Magasin pittoresque [2]		2					
89. Le Gaulois [1]							1
90. Le Diable [1]						1	
91. Le Bien public [16]	12	4					
92. Le Journal des débats [1]						1	
93. La Renaissance artistique et littéraire [1]						1	
Total : 2993 articles dont 150 réimpressions (5 %)	5R + 127 4% de R	47R + 660 7,1% de R	15R + 1464 1% de R	12R +96 11,1% de R	16R+197 7,5% de R	44R +156 22% de R	11R + 143 7,1% de R
Pourcentage de l'œuvre publiée dans les journaux	Critique littéraire 4,4%	Critique d'art 23,6%	Critique dramatique 49,4%	Narrations 3,6%	Récits de voyage 7,1%	Poésie 6,7%	Divers 5,2%

Nombre de journaux ayant publié entre 1 et 3 articles de Gautier : 59
Entre 4 et 10 articles : 14
Entre 1 et 30 : 13
Entre 30 et 100 : 3 (dont *Le Figaro*)
Entre 100 et 300 : 2 (*L'Artiste, Le Journal officiel*)
Plus de 1000 : 2 (*La Presse* et *Le Moniteur Universel*)

NOTES

1. « [...] lui qui était né pour voyager et pour écrire des vers impeccables, il allait être obligé d'abandonner les Muses au Bois sacré et d'atteler Pégase à la charrue. » [*Théophile Gautier,* Tallandier, 1948, p. 87].

2. *Ibidem,* p. 92.

3. *Ibidem.*

4. Ce que Larguier reprend à son tour, *Ibidem,* p. 89.

5. « Être la trompette quand on pourrait être la lyre, disperser aux quatre vents tant de feuillets journalistiques qui seraient l'honneur de plus d'un livre », quel dommage, s'attriste Alfred Mosselmann dans une lettre du 5 juin 1864 (*Correspondance générale,* édition de Cl. Lacoste-Veysseyre, sous la dir. de P. Laubriet, Genève, éd. Droz, tome VIII [1862-1865], 1993).

6. L. Larguier, *opus cit.*, p. 105.

7. « Et la médaille austère
Que trouve un laboureur
Sous terre
Révèle un empereur. » [Th. Gautier, « L'Art », in *L'Artiste* du 13 septembre 1857].

8. L'ouvrage doit être édité par les Éditions du Nouveau Monde. Il va de soi que ce volume collectif consacré aux rapports de Gautier avec la contrainte médiatique, et a fortiori la présente étude, poursuivent l'élan scientifique donné par les codirecteurs de *La Civilisation du journal.* On citera en outre les ouvrages suivants, dirigés par M.-E. Thérenty et A. Vaillant : *L'An I de l'ère médiatique. Analyse littéraire et historique de "La Presse" de Girardin,* éd. du Nouveau Monde, 2001, ou encore *Presse et plumes. Journalisme et littérature au XIXe siècle,* éd. du Nouveau Monde, 2004.

9. Cet outil électronique sera bientôt disponible sur le site Théophile Gautier, entre autres (on envisage aussi son intégration au catalogue de la Bibliothèque Nationale de France).

10. L'analogie, selon Lovenjoul, était plus forte encore entre Gautier et Nerval : « ...[Nerval] prit part avec notre poète à une campagne burlesque contre Madeleine Poutret de Mauchamps, directeure d'un journal demandant l'égalité civile et sociale de la femme et de l'homme ; une partie des articles en question émane de la collaboration des deux amis, ainsi que Théophile Gautier l'a dit lui-même un jour dans un feuilleton de *La Presse,* si nous ne nous trompons. Gérard et lui avaient non seulement une écriture presque semblable, mais aussi une si grande analogie de pensée, qu'ils pouvaient écrire l'un pour l'autre sans que nul ne s'en aperçût. » (*Histoire des œuvres de Th. Gautier,* Slatkine reprints, 1968, I, p. 96, rubrique n° 140.)

11. Au sujet de ce corpus, lire M. Lavaud, *Th. Gautier, militant du romantisme,* ch. IV [« Croisades anti-bourgeoises et articles "énormes" : "L'esprit *Figaro*" »], éd. Champion, « Romantismes et modernité », 2001, p. 123-155.

12. Sur ces questions, voir les travaux de P. Edwards : l'article du présent volume et les deux études consacrées à « L'image de Gautier dans la revue *L'Artiste* », B.S.T.G. n° 7, 1985/B.S.T.G. n° 9, 1987.

13. Voir *Correspondance*, éd. citée, tome VI, 1991, p. 262.
14. *Théophile Gautier*, La Bartavelle éditeur, coll. « La Belle mémoire », 1998, p. 63-64.
15. Paris-Genève, éd. Schena-Nizet, 1985.
16. Voir M. Lavaud, « Bibliomanie et romantisme : les nouveaux archéologues de l'histoire littéraire », *La Plume et la Pierre : l'écrivain et le modèle archéologique au XIXe siècle*, dir. M. Lavaud, éd. Lucie, coll. « Essais/littérature », 2008, p. 247-269.
17. *Histoire des œuvres de Th. Gautier*, éd. citée, I, p. 339-340.
18. *Correspondance*, éd. citée, t. XI, 1996, lettre n° 4503, p. 132.
19. Hans et Blanc, *Le Guide à travers les ruines. Paris et ses environs*, éd. Lemerre, 1871 ; G. Bell, *Paris incendié*, 1872.
20. M. Du Camp, *Théophile Gautier*, Paris, éd. Hachette et Cie, « Les grands écrivains français », 1895, p. 53.
21. Il s'agit de l'édition en cours des *Œuvres complètes* chez Champion.

DÉFENDRE ET PROMOUVOIR LES ARTISTES : STRATÉGIES ET RÉSEAUX

Nerval et Gautier, l'aventure d'une collaboration

Françoise SYLVOS

Les liens biographiques, littéraires, esthétiques, idéologiques, poétiques et philosophiques entre Gautier et Nerval sont innombrables. De même que leur amitié est bien connue, ces affinités ont été remarquées et soulignées à maintes reprises. Il suffit d'interroger la bibliographie, pourtant récente, de la *Modern Language Association* pour mettre au jour trois pages de références permettant de croiser les études nervaliennes et gautiéristes. Du côté de Nerval, les travaux de Gabrielle Chamarat, de Michel Brix, de Guy Barthélémy et de Mizuno Hisashi ont remis à jour les problèmes d'attribution et d'interprétation posés par l'amitié et la collaboration des deux poètes – dont les travaux plus anciens de Georges Poulet et de Jean Richer avaient déjà fait état. Du côté des gautiéristes, Paolo Tortonese consacre un chapitre aux deux écrivains, dans son essai intitulé *La Vie extérieure*. D'autres articles du *Bulletin de la Société Théophile Gautier*, ne portant pas au premier chef sur cette question, créent fréquemment des rapprochements entre Gautier et Nerval. N'illustrons ces parallèles incidents que par un article de Jean-Claude Brunon. Ce dernier souligne l'effet de palimpseste très nervalien du *Capitaine Fracasse*. Le personnage doit trancher entre l'attirance pour Isabelle et la tentation d'aimer Yolande de Foix[1]. Sa mémoire surperpose les deux visages féminins.

CHANGER LA DISTRIBUTION DES RÔLES

Il n'existe pas d'étude d'ensemble sur le parallèle Nerval/Gautier, sans doute parce qu'un tel travail pourrait difficilement loger à l'aise dans une conférence de trente minutes ou dans un article. Pourtant, même sur les questions originales posées par ce colloque, qui nous propose de raisonner en termes de réseaux et d'attribution, et de sonder l'empreinte des journaux sur la production littéraire de Gautier, il reste peu à faire. Quelques points précis exceptés, le seul éclairage nouveau à apporter consisterait à rapprocher les deux auteurs en tant que « romantiques ironiques ». La question a été abordée à propos de chacun des deux mais, lorsque l'on compare Gautier et Nerval, on tend à accentuer la légèreté de l'un et le tragique de l'autre pour mieux les départager. Or cette distribution des rôles doit être relativisée. La question des rapports entre Nerval et Gautier est largement débordée, comme toute étude portant sur les réseaux littéraires et l'intertextualité, par la question des *topoi*, des thèmes et des objets à la mode, qui ne sont pas la propriété de deux écrivains en particulier. Il est bien entendu, pourtant, que les deux écrivains sont deux figures privilégiées d'un courant né du désenchantement d'après 1830 et d'une révolte contre le romantisme de la génération précédente. Nerval fait figure d'aîné et, dans sa rébellion contre le romantisme lyrique, occupe une position modérée par rapport à

Gautier. Malgré de nombreuses études sur son humour, cette vision de Nerval n'est pas encore entrée dans les consciences ; l'image de l'auteur des *Chimères* est surtout marquée du sceau du tragique. Mais le parallèle avec Gautier pourrait bien faire surgir les aspects les plus légers de l'auteur de *Sylvie*. On en voudrait pour témoignage la lettre de 1839, dans laquelle Gautier demande à son ami comment vont ses bottes. Il déclare s'ennuyer comme un bœuf à l'Hôtel des Haricots, et s'étonne d'être parvenu à vendre non pas des « vers de terre », mais des vers rimés. Il n'est pas impossible que le dialogue épistolaire et la collaboration journalistique de Gautier et de Nerval aient accentué le mimétisme des deux complices. Gautier est l'un des rares contemporains à avoir compris cette dimension de l'œuvre de Nerval. Dans l'*Histoire du romantisme*, Gautier déclarait :

> Ces excursions nous ont valu des pages d'un caprice charmant et qu'on peut mettre sans crainte à côté des meilleures pages du *Voyage sentimental* de Sterne : l'auteur, de la façon la plus imprévue, mêle la pensée au rêve, l'idéal au réel, le voyage dans le bleu à l'étape sur la grande route ; tantôt il est à cheval sur une chimère aux ailes palpitantes, tantôt sur un maigre bidet de louage, et d'un incident comique il passe à quelque extase éthérée[2].

Cette double caractérisation doit beaucoup au jugement de Heine sur Gérard de Nerval. L'appréciation de Heine et la notice nécrologique de Gautier illustrent bien la dimension ambivalente de Nerval. On ne peut purement et simplement le taxer d'esprit français ni dire de son œuvre qu'elle se contente de végéter à « l'ombre du vieux chêne teutonique[3] ». L'œuvre de Nerval n'est pas non plus une simple résurgence du romantisme allemand. Lorsque l'esthétique du caprice est relevée par Gautier, une étrange impression de confusion avec son œuvre se dégage. On connaît les fameux *Caprices et zigzags* et les développements sur la fantaisie de l'arabesque – qui « assaisonne » avantageusement les mets que l'habitude risquait de faire passer pour fades[4].

Pour une fois, l'identification entre le sujet et l'objet, fréquente et généralement fallacieuse lorsqu'un écrivain en portraiture un autre, n'a rien d'une illusion narcissique. Cette reconnaissance – de Gautier en Nerval – explique que la participation des deux amis à des entreprises communes, qui relèvent très exceptionnellement de l'écriture à quatre mains, ait échappé au discrédit jeté par l'article de janvier 1838 sur la collaboration. Cette dernière, également stigmatisée par Musset, y est définie par Gautier comme l'une des « plaies de l'art », qui stérilise totalement le génie et est un obstacle à l'innovation artistique[5]. Lorsqu'il écrit avec Dumas pour la scène – avec *Piquillo* et *Léo Burckart* – Nerval est d'ailleurs épargné par Gautier, généralement sévère, et placé bien au-dessus de ses contemporains. À ses yeux, les drames nervaliens sont de la plus haute volée, quoiqu'ils aient été écrits en collaboration avec Dumas[6]. Gautier insiste sur le comique de *Piquillo*, dont il aime les « détours les plus fuyants » et l'imbroglio « compliqué[7] ». En revanche, il a souligné la tristesse de *Léo Burckart*, apparemment peu réceptif à la portée politique de la pièce de Nerval sur le sens de laquelle il s'étend peu. De la part de Nerval, mettre en scène des conspirateurs au moment où la répression s'abat sur le blanquisme – nous sommes en 1839 – c'était faire preuve d'une forte réactivité aux préoccupations immédiates du spectateur. En forçant le trait, la différence essentielle entre Gautier et Nerval tient à l'apolitisme esthète de l'un, qui contraste avec les préoccupations morales, politiques et sociales de l'autre. L'analyse comparée de quelques feuilletons ayant pour base le même thème pourrait conforter cette hypothèse.

On connaît les liens de camaraderie, dont René Jasinsky, puis toute une série de biographes nervaliens et gautiéristes, de Paul Bénichou à Michel Brix, ont relaté les épisodes devenus légendaires. Il y a d'abord eu la rencontre de Gautier avec son condisciple du collège Charlemagne. Entré précocement en littérature et de trois ans plus âgé que lui, Nerval initie Gautier à la littérature allemande. Gautier a su mettre en valeur les talents de traducteur de son ami dans divers articles ; il découvre en particulier le *Faust* de Goethe à travers l'adaptation et la présentation de Nerval. Cette découverte donnera sa coloration à l'imaginaire fantastique de Gautier, pour lequel rien ne disparaît jamais de ce qui a existé. En tant que critique, en tant qu'historien du romantisme, Gautier partage le point de vue de Sainte-Beuve sur Nerval : le premier voit en Nerval un « commis-voyageur » entre la France et l'Allemagne ; le second, moins brutal, reconnaît aux traductions de Nerval « un fort parfum germanique[8] ».

Dans l'*Histoire du romantisme*, Gautier dira de cette amitié que seule la mort avait pu la dénouer[9]. On verra plus loin que cette allégation est encore trop faible. Plusieurs textes dus à Gautier, le *Tour en Belgique et en Hollande* et un article de *La Presse* publié en 1848, convoquent les grandes amitiés mythologiques au sujet du personnage de Nerval ou de ses avatars fictifs, à titre de comparaison en forme d'hyperbole. Naturellement, tout le monde se souvient de Nerval recrutant Gautier pour s'associer à la fameuse journée du 25 février 1830 ; on n'a pas oublié le fameux combat en gilet rouge dans l'armée hugolienne pour la défense d'*Hernani*. Vers la fin de l'année 1830, Gautier est très proche du Petit Cénacle dont fait partie Nerval[10], dans l'atelier de Jehan Duseigneur, auquel il dédiera une ode. L'aventure peu connue du « Camp des Tartares » dénote, chez les écrivains rebelles rassemblés rue Rochechouart, un goût prononcé pour le scandale et le « bousin ». Leur tendance à défrayer la chronique et à effrayer le bourgeois est encore d'actualité entre 1832 et 1836, pendant l'époque faste de la fameuse Bohème du Doyenné, dont Nerval relatera les fêtes et les facéties dans un article de *L'Artiste* du 1er juillet 1852. À moins de vingt ans de distance, la transposition crée un effet d'amalgame : Nerval raconte qu'il a partagé l'appartement de Gautier – alors qu'ils étaient seulement voisins. Nerval occupait en fait l'appartement de Camille Rogier, sis à deux pas de celui de Gautier. La méprise constitue l'article, bientôt inséré dans les *Petits châteaux de Bohème*, en monument à l'amitié entre les deux hommes. Les adeptes de la bohème littéraire n'entraient pas dans ces détails[11]. L'esprit dominant résidait dans le fantasme de la communauté des lieux, des femmes et des textes, si l'on en croit la proposition faite en 1839 à Nerval de partir pour l'Orient et d'avoir en commun un « petit sérail[12] » ; si l'on en croit aussi l'admiration partagée des deux écrivains pour Jenny Colon et leur amitié commune avec Ernesta Grisi[13].

La rémanence d'un moment fondateur, la bohème du Doyenné, sera extrêmement puissante pour les deux écrivains, et pas seulement en termes de mythologie romantique. Cette période d'échanges féconds jouera véritablement un rôle matriciel pour Nerval et Gautier. Il s'agit non seulement d'une amitié mais aussi d'une camaraderie littéraire, qui aura encore des incidences très fortes après la mort de Nerval. Rue du Doyenné, Gautier a rédigé la seconde partie de *Mademoiselle de Maupin*. Là, Balzac a rendu visite à Gautier pour lui dire toute son admiration. En 1835, Nerval s'est engagé, aux côtés d'Anatole Bouchardy, dans une entreprise de librairie, dans une affaire commerciale extrêmement ambitieuse : l'affaire du *Monde dramatique*, dont le premier numéro parut le 9 mai 1835. La chronobibliographie de Lovenjoul et l'étude de Michel Brix sur *Nerval journaliste* apportent des renseignements précieux au sujet des articles de Nerval et de Gautier qui s'échelonnent entre mai 1835 et mai 1836 – moment où les deux directeurs sont dessaisis du journal. Nerval ne s'est pas vanté d'avoir dirigé *Le Monde dramatique*, tant il s'agissait à ses yeux d'une affaire alimentaire. Il a fallu l'enquête de Quérard sur les supercheries littéraires pour que la lumière soit faite au sujet de la réelle identité du directeur. Gautier ne signe dans *Le Monde dramatique* qu'une poignée d'articles, auxquels s'ajoutent quelques rares contributions anonymes. On recense deux études sur Henri Monnier, dont l'une publiée anonymement, le compte rendu d'une soirée théâtrale à l'hôtel de Castellane, un article sur *La Comé-*

die des Comédiens, que Gautier soudera à l'étude des *Grotesques* consacrée à Scudéry[14] et, enfin, un article sur la comédie romanesque qui n'est autre que la reprise d'un extrait de la préface de *Mademoiselle de Maupin.* Quelque ponctuelle et hétéroclite qu'ait été cette collaboration, elle revêt une importance considérable. Grâce à cette intervention, Gautier met le pied à l'étrier. Le bref compte rendu de la brillante soirée à l'hôtel de Castellane est probablement, nous dit Pierre Laubriet, le premier feuilleton dramatique rédigé par Théophile Gautier[15].

Le Monde dramatique et sa « ligne éditoriale »

La ligne éditoriale du *Monde dramatique* est tracée, dans un prospectus, par l'éditeur, qui reste anonyme, et, dans l'introduction, par Frédéric Soulié. Le prospectus du *Monde dramatique* appelle de ses vœux « un vrai cours de littérature, moins la lourdeur et le dogmatisme ». La verve enthousiaste et humoristique caractérisant l'écriture journalistique de Gautier et de Nerval, assortie au désir d'éclairer le public sur le passé comme sur le présent, n'est pas étrangère à ce programme. N'est-ce pas, en fin de compte, l'objectif atteint par Gautier, lorsqu'il regroupe ses articles sous l'intitulé *Histoire de l'art dramatique en France depuis vingt-cinq ans* ? Nerval et Gautier ont exactement la même manière de travailler, publiant une série d'articles isolés, qui sont des unités autonomes, à la différence de la majorité des textes balzacien et sandien. Puis ces unités autonomes sont regroupées à l'intérieur de recueils qui sont autant de galeries de portraits. *Les Illuminés* de Nerval sont le pendant ésotérique, excentrique des *Grotesques.* La différence tient, du moins à ma connaissance, à ce que Nerval recombine ces unités à volonté, tandis que Gautier, s'il les publie de nombreuses fois en tant qu'unités autonomes, ne les agglomère qu'à un seul ensemble. Du reste, les deux auteurs ont l'un et l'autre publié des études autonomes comme des feuilletons à suivre.

À considérer les similitudes thématiques des deux œuvres et le goût des deux auteurs pour la mosaïque du feuilleton, faut-il parler d'influence mutuelle ou plutôt de confluence ? Sans doute faut-il privilégier la seconde possibilité, notamment à propos de la présentation de l'histoire littéraire comme une dissection, ou comme un travail archéologique. Cette métaphore apparaît dès 1834, au centre du contrat passé entre Théophile Gautier et le directeur de *La France littéraire.* Gautier s'y engage à publier une série d'*Exhumations littéraires.* On retrouve l'année suivante la double métaphore, médicale et archéologique, dans l'avant-propos du *Monde dramatique,* dû à Frédéric Soulié. Dans les textes dramatiques, écrit-il, la pensée « gît comme un cadavre sur la table d'un amphithéâtre », jusqu'à ce que le spectacle lui ait redonné vie : elle se produit alors, sur la scène, « ardente et agissante ». Il faut aux contemporains le scalpel de la réflexion pour la comprendre. Le but du *Monde dramatique* sera de restituer à l'art « toutes ces richesses enfouies parmi des ruines » que sont les « scènes heureuses » et les « pensées fortes ». Il faudra enfin les classer « comme des fragments précieux », exposés dans les salles du Musée, les placer dans les « cadres de leur époque, sur des piédestaux de leur style[16] ». Concernant l'histoire de la littérature, la convergence entre les projets de Gautier et l'introduction au *Monde dramatique* de Soulié est frappante. Martine Lavaud a souligné, lors du colloque de Nîmes sur l'archéologie et la littérature[17], que Gautier avait volontiers recours à la métaphore archéologique pour désigner l'histoire de la littérature. Gautier privilégie un groupement chronologique – il isole dans *Les Grotesques* les auteurs du XVIIe siècle – tandis que *Le Monde dramatique* ouvre des rubriques par thèmes. Les unes sont consacrées à la vie des acteurs, les autres à la critique dramatique, d'autres enfin procurent au lecteur l'analyse d'une œuvre, des traductions d'extraits de la littérature étrangère ou des portraits d'acteurs anciens ou modernes.

Sous l'apparent éparpillement des contributions de Nerval et de Gautier, le choix des moments et des personnages est guidé par des projets bien arrêtés. Ici, choix personnels et collectifs concordent. Cette concordance, nourrie par la complicité des deux personnages, scelle l'unité et la cohérence d'un moment de la littérature. À la tête du *Monde dramatique*, Nerval joue un rôle fédérateur. Les problèmes d'attribution, liés aux initiales identiques « G. » ou « G.G. » des deux écrivains, sont à relativiser, compte tenu de l'intention ludique des deux complices, prompts à brouiller les pistes de l'identité auctoriale et de la propriété littéraire. Dans cette affaire, il faut surtout tenir compte du rôle de rédacteur en chef et de documentaliste assumé par Nerval. Le 5 juin 1835, Nerval en personne emprunte à la Bibliothèque Royale un recueil de quatorze pièces de Scudéry, dont la dernière, *La Comédie des Comédiens*, fait l'objet de l'article de Gautier inséré dans le numéro du 13 juin[18]. Avec d'autres collaborateurs, Nerval adopte le même procédé, sur des sujets différents : les *Fables dramatiques* du Père Porée, Tabarin, Diderot. Son choix conforte-t-il Gautier dans son goût pour « l'autre XVIIe siècle », celui des baroques, des précieux et des libertins ? Ou bien Nerval effectue-t-il cette course à la demande de Gautier ? Ni l'un ni l'autre, peut-être… La ligne éditoriale du *Monde dramatique* précisée par Frédéric Soulié privilégie les « choses oubliées » et les « œuvres inconnues[19] ». La lecture du *Monde dramatique* replace l'article de Gautier consacré à *La Comédie des Comédiens* sous un éclairage collectif. Des années plus tard, cette veine commune rejaillira chez Nerval à travers la thématique de *Sylvie*, roman d'apprentissage d'un auteur dramatique, à travers la préface des *Filles du feu*, qui puise ses personnages dans le *Roman comique* de Scarron et, enfin, à travers le chapitre dans lequel le narrateur de *Promenades et souvenirs*, qui rencontre une troupe de bohémiens artistes, est tenté de partir avec eux pour mener une vie d'histrion itinérant. Le choix de la pièce, *La Comédie des Comédiens*, cadre avec un projet d'ensemble qui fait partie de la ligne éditoriale, détaillée non seulement à l'origine du journal, mais aussi à mesure qu'apparaissent de nouvelles rubriques. Le responsable de la rubrique « Mémoires curieux relatifs à l'art dramatique » se dit prêt à renouer avec le procédé baroque de la mise en abyme. Paraphrasant le titre d'un autre ensemble panoramique, *Les Français peints par eux-mêmes*, le filon original que veulent exploiter les responsables du *Monde dramatique* est le théâtre se regardant, se racontant lui-même :

> Dans ce chapitre prendront place les aventures, mœurs et anecdotes, biographies curieuses et inconnues des auteurs, acteurs et actrices de tous les temps.

La vie des poètes, la vie des comédiens ; toutes deux si en dehors de l'existence ordinaire ; si variées, si généreuses, si saillantes toutes deux ; si triomphantes et si méprisées tour à tour ; pleines de bruit, de gaîté, d'amour et d'aventures[20] !

Le spectacle qui se déroule derrière la toile est original. La recherche de sujet nouveaux est une quête moderne. De même, l'éditeur commet un anachronisme lorsqu'il aborde les vies d'acteurs du passé sous un angle romantique. L'introduction à ces *Mémoires curieux* propose en exemple le cas du souffleur. Le souffleur est peut-être, qui sait, un vieil acteur sifflé ou un auteur tombé. Sont déjà contenus, en puissance, dans ce personnage déchu tous les portraits d'artistes en saltimbanques des décennies à venir. Le bohémien apparaît encore comme le fin du fin des sujets originaux, ou comme le dernier recours des auteurs et des lecteurs blasés :

Quand vous serez las des loges d'acteurs, comme vous l'êtes des loges du public, et las du petit foyer comme vous l'êtes du grand, nous nous mettrons en campagne par un beau soleil, nous nous ferons les spectateurs errans des troupes errantes, nous les accompagnerons comme Wilhelm Meister pour l'amour de la comédie, ou comme Ragotin pour l'amour d'une comédienne : soit que nous suivions le char de Thespis roulant sur les gazons de l'Attique, plein de jeunes gens couronnés, de vieillards à la voix sonore, et de belles filles en robe de lin qui chantent les chœurs tragiques ; ou la charrette du roman de Scarron avec ses décorations et ses actrices pêle-mêle, cahotées sur les routes du Mans ; ou soit que nous montions dans les carrosses du roi avec les comédiens de Molière et de l'hôtel de Bourgogne, sur les chemins sablés de Versailles, de Chambord ou de Fontainebleau ; ou soit enfin que les acteurs de ces temps-ci nous laissent prendre place dans leur chaise de poste ou dans leur coupé, et parcourir avec eux les circonscriptions des dix-huit arrondissements dramatiques. Mais ces tournées n'ont plus rien aujourd'hui de saillant et d'aventureux : c'est un voyage d'affaire, dont tous les jours sont marqués d'avance sur des traités [...] nos acteurs regarderaient en pitié la troupe nomade qui descend de son lourd chariot pour jouer la tragédie dans le drame d'Hamlet. Et pourtant s'en trouverait-il beaucoup de ceux-là à qui le prince Hamlet voudrait dire après les avoir entendus : « Soyez les bienvenus à Elseneur ! »

L'illustration qui coiffe le chapeau de l'introduction à la rubrique représente une troupe de comédiens itinérants, dont certains vont à pied et d'autres en charrette. Les comédiens ont les pieds dans la boue et l'épée au poing ; le char à bœufs porte une comédienne belle et altière, dont le chapeau orné de plumes domine une scène champêtre ; dans ce cadre bucolique, les costumes raffinés détonent. Il y a, dans cet équipage tiré par des bœufs, un mélange de grotesque et de panache. Du point de vue des motifs représentés, l'illustration de Gustave Doré pour l'édition Charpentier, que reproduit l'édition moderne des « Classiques Garnier », n'est pas très différente – quand bien même la qualité de l'image et son intérêt, lié à une approche dynamique de la scène, seraient beaucoup plus grands[21]. La scène de la charrette embourbée se caractérise par l'alchimie romantique du grotesque et du sublime :

> Le Léandre et le Matamore poussaient à la roue, et le Roi piquait les bœufs de son poignard tragique. Les femmes, enveloppées de leurs manteaux, se désespéraient, geignaient et poussaient de petits cris[22].

Le programme qui résonne dans *Le Monde dramatique* fait partie des roulements de tambour qui n'ont cessé de se faire entendre jusqu'à ce que Gautier paie, trente ans plus tard, sa « lettre de change sur l'avenir[23] ». Le contrat avec Renduel, contemporain de cet article, date de 1836. *Le Monde dramatique* comprend un avatar déjà bien charpenté du *Capitaine Fracasse* mais il faudra du temps pour donner chair à cette ébauche.

En toute logique, la collaboration à un même journal est déterminante pour Nerval et pour Gautier, comme pour d'autres collaborateurs du *Monde dramatique*, tel qu'Alphonse Karr. Mais cette détermination découle de liens profonds qui préexistent à la contrainte du support médiatique. Dans le cas de Nerval et de Gautier, l'amitié et les affinités dictent le recrutement des collaborateurs et leur participation à un projet commun, non l'inverse ; parce que la création du *Monde dramatique* est associée à l'histoire d'un groupe que scelle une grande complicité, le cothurne journalistique est façonné sur mesure par et pour les journalistes. Le fonctionnement de la collaboration dans *La Presse* est un peu différent ; les sujets sont imposés de l'extérieur par l'actualité dramatique et culturelle ; mais les ressemblances des deux plumes ne sont pas non plus fortuites. Dans une lettre de 1839, Gautier se réjouit de ce que « le grand Mammamouchi » ait apprécié l'article de son ami. Les affinités littéraires, esthétiques, stylistiques que traduisent les feuilletons ne sont pas nées d'une empreinte extérieure communiquée par le journal, qui aurait imposé à Nerval et à Gautier un style et un esprit communs ; au point de départ, la cooptation de Nerval par Gautier joue un rôle déterminant. Le mimétisme des deux feuilletonistes est d'autant plus réussi qu'ils ont choisi leur collaborateur.

L'ESPRIT ET LE STYLE DU TANDEM

À titre de comparaison, on n'examinera ici que des feuilletons publiés dans *La Presse* en ce temps fort de l'amitié entre Nerval et Gautier, les années 1836 et 1837. Les articles de Gautier et de Nerval ont beaucoup de points communs, que ce soit sur le plan de la composition, du style ou des appréciations esthétiques et littéraires[24]. Nerval cultive les attaques autoréférentielles. Le piquant et l'humour sont présents mais s'installent peu à peu, au fil des articles. Prenons par exemple la revue théâtrale communiquée par Nerval le 17 juillet 1837. Il évoque le retard pris sur l'actualité dramatique par ses collègues feuilletonistes de *La Presse*, Dumas et Soulié. On trouve le même procédé chez Gautier, dans un article du 11 juillet 1837 sur *Les Mohicans*, ajouté après coup par Gautier lors de la publication du recueil de ses articles : « Notre début dans le métier de critique est marqué par un triste présage » a une valeur autoréférentielle. Le 28 mai, 1838, on peut noter l'attaque « La semaine a été bonne pour le feuilletoniste ». Mais, en général, l'incipit est, chez Gautier comme chez Nerval, référentiel. Il renvoie au titre de l'article, généralement identique au titre de la pièce, mais aussi au lieu et au temps de la représentation[25].

La fantaisie et l'humour s'insinuent progressivement. Peu à peu, dans l'article du 17 juillet, l'imagination de Nerval prend le large. Il compare les pièces oubliées à des blessés abandonnés sur un champ de bataille. Il file la métaphore tout en introduisant du discours rapporté. Il anime sa chronique et y introduit un souffle dramatique : « Marchons, marchons ! si l'on voulait les écouter, il n'y en aurait pas un de mort ! » Le comique est grinçant ; Nerval fait preuve d'humanité et sauve de l'oubli les laissés pour compte de l'histoire du théâtre. Aussitôt, il rejoint Gautier et la préface de *Mademoiselle de Mau-*

pin, ironisant sur les caprices des saisons au théâtre, dont certaines sont plus propices que d'autres à la morale. L'énumération qui suit renvoie sans y paraître à une épidémie de vertu :

> L'été a sur le vaudeville cette influence fâcheuse qui tend à le rendre extrêmement vertueux et instructif. Après avoir vécu tout l'hiver sur les vices les plus charmants du dix-huitième et du dix-neuvième siècle, le vaudeville, vers le temps des grandes chaleurs, sent le besoin de moraliser les masses. Le théâtre des Variétés a le monopole de la pastorale manufacturière : là fleurissent les fabricants délicats, les contremaîtres sensibles, les ouvriers héroïques ; le Gymnase, de son côté, régente les ménages et devient l'école des époux parfaits ; le Vaudeville est un chalet permanent ; ses jolies actrices se transforment en laitières, Arnal garde les chèvres et joue du hautbois, Lepeintre jeune est vacher. Il n'est pas jusqu'au Palais-Royal qui, une fois Déjazet partie en province, ne se mette au régime des vaudevilles-Cogniart et Deslandes, en prêchant l'école mutuelle et la caisse d'épargne[26].

La même année, Gautier stigmatise l'absurdité de cette manie vertueuse qui pousse les acrobates à briguer le prix Montyon et les servantes de comédie à concourir pour devenir rosières[27]. Quand Gautier surenchérit, Nerval ne s'appesantit pas ; nul n'est besoin ici

d'enfoncer la pointe du paradoxe ou du trait d'esprit. Son humour reste ultra-léger. Tout l'art du critique consiste à surplomber le panorama vivant du monde dramatique pour le soumettre au lecteur qui n'a plus qu'à juger. On retrouve, moins le mordant de l'antiphrase, le sel de l'ironie qui consiste à laisser les cibles se détruire d'elles-mêmes. Mais les deux critiques se ressemblent par un aperçu général sur les mœurs du théâtre contemporain, comme dans l'article du 16 octobre, où Gautier constate qu'un retournement s'est opéré et que, loin de se retrancher derrière un type, les acteurs du XIXe siècle ont des élans de personnalité. Ce n'est plus l'acteur qui se plie au rôle mais le rôle qui se prête à l'acteur. Gautier excelle dans le paradoxe lorsqu'il note, pour terminer l'article du 21 décembre 1837 : « Chose encore rare, les chœurs ont passablement chanté. »

L'une des astuces comiques de Nerval consiste à s'évader du corset du feuilleton dramatique en insérant des micro-séquences de fiction, souvent consacrées au milieu littéraire, au cœur de ses études. On retrouve ici l'effet baroque visé à travers l'histoire littéraire par *Le Monde dramatique*. L'amplification digressive est lucrative et poétiquement payante. Elle communique à la manière de Nerval un tour excentrique que l'on retrouve ensuite dans ses compositions narratives. Ici, c'est un poète furieux de voir supprimé un alexandrin ; on lui réplique que l'alexandrin redondant « Il trahit les serments ; il manque à sa parole ! » n'est qu'un hémistiche. C'est, toujours dans le même article, un critique provoqué en duel par un comédien qui n'avait pas apprécié son jugement. « Monsieur », lui dit le critique, « Un duel est une chose grave, monsieur ; je vous avoue que vous m'avez tant fait rire hier encore, que je serais incapable de tenir sérieusement un pistolet ou une épée en face de vous. Dans ce moment-ci même, vos gestes, vos paroles m'inspirent une hilarité que j'ai peine à contenir [...] L'acteur comique accepta cette déclaration comme un éloge, et l'affaire s'arrêta là. » Probablement ce comédien et ce critique, non identifiés par nos recherches savantes, sont-ils l'un et l'autre nés de l'imagination de Nerval. Il s'agit là de l'un des premiers articles de Nerval pour *La Presse*, véritable morceau de bravoure dans lequel le jugement sur le théâtre s'assortit à des saynettes qui sont autant d'allusions au monde du théâtre. Nerval mixe les références dramatiques et les considérations sur la vie du théâtre, tout en laissant affleurer son point de vue sur l'esthétique dramatique. À la Porte Saint-Martin, dont les drames vertueux de M. Rougemont étaient soporifiques, un « poète dramatique est venu dire au directeur de ce théâtre, comme l'apothicaire de Vérone : "La vertu ne te réussit pas ; veux-tu maintenant nourrir ta misère avec un peu de crime ? ..." » L'offre, déclare Nerval, « a été acceptée, et le poison se broie à l'heure qu'il est[28] ».

L'esprit de Nerval rappelle la conversation épistolaire de madame de Sévigné, qui tissait des échos entre son quotidien et les vers de Quinault ou de Racine ; l'humour du critique annonce le comique de Proust, qui aimait donner à la réalité la plus triviale le lustre du tragique racinien. Ici, l'effet baroque des allusions littéraires relève d'un jeu de miroirs ; le monde dramatique est mis en scène à travers les péripéties des grands classiques du théâtre. Dans *La Presse* du 14 août, Nerval déploie un humour mythologique en représentant une série de compositeurs qui, modernes Sisyphes, ont été écrasés par des poèmes « contendants », comme ceux de M.M. Scribe et Bayard. On retrouve le plaidoyer *pro domo* de Gautier pour la défense de l'authentique poésie au théâtre[29], opposée à la pratique des planches et au réalisme de Scribe ou encore, dans *Le Monde dramatique*, à l'imitation du réel par Henri Monnier. À ce plaidoyer feront précisément écho les feuilletons élogieux de Gautier sur ses confrères romantiques. Gautier, lui aussi, insère dans son feuilleton des saynètes sur le « monde dramatique », sur le monde du théâtre :

> Cette conversation a lieu tous les jours entre un directeur quelconque et un auteur quelconque. « Mon cher, tenez-vous donc beaucoup à cette scène de valets qui causent entre eux sous le portique, pendant que les maîtres devisent au salon ? Voilà une décoration pour bien peu de choses ! d'ailleurs, ces valets ne disent rien de bien important ; un petit récit de quatre ou cinq lignes, que l'on amènerait maladroitement, ne suffirait-il pas ? » Le pauvre auteur, qui craint toujours de n'être pas joué, retranche les valets.

Le comique de la saynète tient à la répétition du même scénario, conduit par le directeur qui finit par dépecer totalement la pièce de sa chair. Gautier et Nerval ont contribué à former l'esprit du *Monde dramatique* et du Doyenné, cette communauté d'écrivains qui se reconnaissaient dans les arabesques et les jeux baroques de *La Comédie des Comédiens* ou de *L'Impromptu de Versailles.* Ils ont dramatisé avec génie la critique dramatique et créé un jeu de miroir entre la composition et l'objet de leurs articles. Leur collaboration journalistique sur la scène et les coulisses du théâtre moderne reprend le projet éditorial du *Monde dramatique* : écrire sur le théâtre sous tous ses aspects et le faire avec distance, goguenardise et tendresse. Par delà le projet novateur qui exalte la figure de l'artiste et transforme sa vie en fiction, Nerval et Gautier ont su exploiter à des fins comiques le grotesque des contraintes matérielles qui pèsent sur la vie théâtrale. Ce ne sont que projets abandonnés ou honorés à quarante années de distance, brouillages de l'identité auctoriale, condamnations de toute entreprise commerciale à la scène. Leur collaboration journalistique est marquée par des jeux similaires et par l'inclusion de scènes de la vie dramatique quotidienne dans le feuilleton. Sans doute l'empreinte de la presse sur leur œuvre tient-elle justement à la temporalité triviale du quotidien, qui démystifie les grandeurs de l'art, et à la tonalité familière de la voix journalistique, qui veut éclairer sans pontifier, à la volonté de résister, par l'insolence potache, à la « presse » des échéances critiques et littéraires.

NOTES

1. J.-Cl. Brunon, « La fin de Fracasse », *Bulletin de la Société Théophile Gautier* [désormais BSTG], n° 19, 1997, p. 14.
2. *Gérard de Nerval,* dans Th. Gautier, *Histoire du romantisme suivie de Notices romantiques et d'une étude sur la poésie française, Paris,* éd. L'Harmattan, 1993, p. 118.
3. *Ibid.*, p. 117.
4. Préface des *Grotesques.*
5. Merci à Anne Geisler de m'avoir signalé cette référence (Th. Gautier, janvier 1838, *Histoire de l'art dramatique en France depuis vingt-cinq ans,* Genève, Slatkine reprints, 1968, p. 83).
6. C'est le cas dans l'article sur *Piquillo* (novembre 1837, in *Histoire de l'art dramatique, op. cit.*, vol. I, p. 60-67) et dans l'appréciation de Gautier sur *Léo Burckart* (avril 1839, *Histoire de l'art dramatique, op. cit.*, vol. I, p. 246-254).
7. *Ibid.* p. 65.
8. Th. Gautier, *La Presse,* 26 mai 1945.
9. Ce jugement a d'abord été publié dans l'article nécrologique du 30 janvier 1855 (*La Presse*).
10. Moins connue, peut-être, la courte expérience naturiste au camp dit « des Tartares », situé au pied de la butte Montmartre. Pendant l'été de 1831, Pétrus Borel fit sécession pour s'installer, avec quelques amis du groupe, dont Gérard de Nerval, dans une maison de la rue Rochechouart (M. Brix, C. Pichois, *Gérard de Nerval,* Paris, éd. Fayard, p. 74).
11. Gautier « voit autant dans l'appartement de Rogier que chez lui, un appartement dont deux des occupants ont laissé des descriptions détaillées. Arsène Houssaye dans ses *Confessions* et Gérard de Nerval dans le « Premier château » des *Petits châteaux de Bohème* » (P. Laubriet, « Chronologie de la vie de Théophile Gautier », BSTG, n° 20, 1998, p. 178).
12. « [...] la belle chose si nous pouvions aller en Turquie ! [...] nous prendrions un petit sérail en commun car nous ne sommes pas jaloux l'un de l'autre [...] » (T. Gautier à G. de Nerval [vers le 5 ? décembre 1839], *Correspondance générale,* éd. Claudine Lacoste-Veysseyre, Genève-Paris, éd. Droz, 1985, tome I, p. 165).
13. G. de Nerval, A E. Grisi [Paris, mercredi 29 août 1849], *Œuvres complètes,* éd. M. Brix et C. Pichois, Paris, éd. Gallimard, « La Pléiade », 1989, tome I [NPLI], p. 1436.
14. « *La Comédie des Comédiens,* par Scudéry ». Cet article a d'abord paru dans le n° 4 du *Monde dramatique,* le 14 juin 1835 ; puis il est entré, en 1844, dans *Les Grotesques,* où il fait corps avec une étude sur Scudéry (voir n° 112 bis) ; depuis lors il a fait partie de toutes les réimpressions de cet ouvrage.
15. L'article a été publié le 23 mai 1835, dans le premier numéro de la revue. Voir Lovenjoul, *Histoire des œuvres de Théophile Gautier,* Genève, Slatkine, 1968, tome I,

p. 64. P. Laubriet, « Chronologie de la vie de Théophile Gautier », *Bulletin de la Société Théophile Gautier*, n° 20, 1998, p. 181.

16. *Le Monde dramatique*, le 23 mai 1835, n° 1.

17. « Bibliomanie et romantisme : les nouveaux archéologues de l'histoire littéraire », communication donnée dans le cadre du colloque *La Plume et la Pierre : l'écrivain et le modèle archéologique au XIXe siècle,* organisé par M. Lavaud, avec le soutien du C.E.R.D. de Montpellier III, Lucie éditions, coll. « Essais/littérature », 2008, p. 247-269.

18. M. Brix, *Nerval journaliste (1826-1851), problématique, méthodes d'attribution*, Namur, Presses universitaires de Namur, 1989, p.

19. F. Soulié, Introduction, *Le Monde dramatique*, le 23 mai 1835, n° 1.

20. « Mémoires curieux relatifs à l'art dramatique » [sans nom ni date], *Le Monde dramatique*, p. 25-26 pour l'ensemble de l'extrait.

21. Illustration de G. Doré pour l'édition Charpentier [chapitre II, p. 22] (1866) dans Th. Gautier, *Le Capitaine Fracasse*, Paris, éd. Garnier, « Classiques », 1961, hors texte.

22. *Ibid.*, p. 22.

23. *Le Capitaine Fracasse*, préface de 1863.

24. Pour Lovenjoul, ces articles ont été écrits en collaboration (*Histoire des œuvres de Théophile Gautier*, *op. cit.*, p. 124).

25. Souvent, une anaphore reprend le titre de l'article comme dans celui de Gautier composé le 6 juin 1838 ou comme celui de Nerval (15 janvier 1838), qui débute par « cette pièce ».

26. *La Presse*, 17 juillet 1837.

27. 16 octobre 1837.

28. *Ibid.*

29. Repérons parmi les multiples citations cet exemple unique : « Ce qui manque, en général, au théâtre moderne, c'est l'idéalité, c'est la poésie. Le prosaïsme envahit tout, il n'y a plus place nulle part pour la fantaisie. »

« Un imbécile qui ne comprend rien au journalisme… »

Marie-Hélène GIRARD

> Gautier […] est un imbécile qui ne comprend rien au journalisme ; je lui avais mis une fortune entre les mains ; son feuilleton aurait dû lui rapporter trente ou quarante mille francs par an, il n'a jamais su lui faire produire un sou. […] Actuellement et depuis qu'il a quitté *la Presse*, il est au *Moniteur universel*, c'est-à-dire au journal officiel de l'Empire ; il n'en tire aucun parti ; je vous le répète, c'est un imbécile qui n'a jamais profité d'une bonne occasion[1].

Ces propos que Du Camp dit tenir d'Émile de Girardin ont fortement contribué à fixer à la fois l'image du patron de presse brutal et celle du critique indolent, inapte à monnayer l'éloge et porté, dans ses Salons, à une bienveillance confinant à l'indifférence. Ce paradoxal certificat d'intégrité a si longtemps été pris pour argent comptant – comme le lamento du feuilletoniste – qu'il a détourné l'attention de la réalité de la pratique journalistique. C'est ce dernier aspect que nous voudrions aborder ici, puisqu'on peut désormais juxtaposer les feuilletons artistiques avec la correspondance croisée[2] qui a remis au jour les relations de Gautier avec les artistes de son temps, et avec le catalogue de sa collection vendue en 1873[3]. Certes, bien que de première main, ces témoignages restent partiels, puisqu'ils résultent, à l'exception des feuilletons, des hasards de l'archivage et de la transmission – les lettres des années 1860 sont incomparablement plus nombreuses que celles des années 40 et le catalogue de la collection n'enregistre ni les œuvres cédées avant 1873, ni celles soustraites à la vente – mais l'ensemble nous paraît présenter assez de cohérence pour éclairer ce que fut au jour le jour le métier du critique d'art, de préférence à celui du critique dramatique auquel se référait prioritairement Girardin, mais qui relevait d'un fonctionnement plus contraignant ; car les feuilletons artistiques passent pour avoir été un domaine moins sensible, où les directeurs de journaux laissaient plus de latitude aux feuilletonistes. Nous essaierons donc de voir quelle image la *Correspondance* renvoie de la fonction de critique et quel reflet en conserve la collection, afin de déterminer s'ils remettent en question les préventions à l'endroit des Salons de Gautier, et d'éclairer la place qu'il occupe dans le contexte des années 1830-1870.

Le grand nombre de lettres qu'il échangea avec les artistes et les responsables culturels de son temps permet en effet d'explorer un aspect de la critique d'art du XIXe siècle encore assez peu exploré. Les études qui depuis quelques décennies ont exhumé ce continent englouti, se sont focalisées tour à tour sur la réception des artistes ou des mouvements, sur les choix esthétiques et rhétoriques des critiques, sur l'histoire des idées et le contexte politique ou social, postulant toujours, entre l'objet artistique et le discours critique, une transparence qui excluait la prise en compte des conditions concrètes d'exercice du métier. M. Du Camp signalait pourtant dès 1890, l'intérêt de cette correspondance, révélatrice de la surface sociale du critique :

> Il n'échappa à aucun des désagréments, pour ne dire plus, qui assaillent le critique, l'homme infortuné, toujours tiraillé, toujours assiégé, qui distribue la réputation, a ses entrées dans la direction de tous les théâtres, peut faire vendre une œuvre d'art, et n'a, pour cela, qu'un coup de plume, un simple coup de plume à donner. Si je pouvais faire passer sous les yeux du public les liasses de lettres que j'ai eues entre les mains, on verrait que jamais favori, reine ou ministre tout-puissant ne fut plus harcelé de sollicitations que ce malheureux Gautier. Il n'est pas un peintre, un sculpteur, un acteur, un vaudevilliste, un acrobate, un dresseur de chevaux savants qui ne lui écrive pour réclamer son appui[4].

On voit de fait au fil des lettres se bousculer la cohue des solliciteurs qui « s'arrache[nt l]a présence[5] » ou la plume de Gautier, pour lui soumettre les demandes les plus variées. Tantôt c'est une recommandation personnelle auprès de l'administration ou de relations utiles et influentes. Ainsi Chenavard en quête d'un atelier au Louvre en 1849 lui demande-t-il d'intercéder auprès de Jeanron[6]. Tantôt il s'agit de rattraper un refus au Salon – c'est le cas par exemple en 1865, d'E. Renouard, un élève de Vernet[7] –, de décrocher une médaille, comme le demande H. de Beaulieu par l'entremise de Préault en 1868[8], ou encore d'appuyer une candidature à l'Institut[9]. Nanteuil réclame de même en 1867de son vieil ami, « un bon coup d'épaule » pour obtenir la Légion d'honneur[10] ; et il n'est pas jusqu'au candidat au prix de Rome, Masson, qui en 1848, ne lui demande d'aller à l'École des Beaux-Arts, voir son tableau, en ajoutant : « Faites tourner votre plume et que je sois éclairé des étincelles que vous savez en faire jaillir[11]. »

Souvent aussi les correspondants sollicitent de la plume de Gautier le mot qui fera vendre, comme le remarque sans façons Théodore Frère au lendemain de l'article du *Moniteur* sur son envoi à l'Exposition de 1855 :

> Combien je vous suis reconnaissant des obligeantes paroles [...] d'hier ! l'autorité de votre voix bien plus que celle de mes orientaux peut faire tomber sur ma petite caravane une bienfaisante et très désirée rosée de piastres. Merci un million de fois[12].

Delacroix lui-même lui avait demandé un peu de publicité pour les planches d'*Hamlet* en 1843[13] et c'est avec la même intention que Chassériau lui remit un an plus tard la série d'eaux-fortes qu'il avait tirées d'*Othello*[14] ; on pourrait également citer l'étude qu'il consacra aux céramiques de J. Ziegler[15] ou sa préface à *La Turquie* de C. Rogier[16]. La monarchie de Juillet voit en effet se mettre en place les mécanismes du commerce d'art qui vont peu à peu substituer le marché privé à la puissance institutionnelle ; et Gautier participa directement à cet essor du marché, notamment en collaborant aux ventes d'artistes ou de collections qui devaient se multiplier sous l'Empire, par tout un système de réclame qui va de l'annonce dans les colonnes du journal jusqu'à la rédaction d'une préface de catalogue, payée souvent d'une toile ou d'un dessin. Les exemples sont nombreux, depuis la vente Decamps en 1853[17] jusqu'à celle de Benjamin de Francesco, en mars 1870 – raison probable de la présence, dans la collection, d'un *Paysage des environs de Naples* (n. 134[18]) – en passant par la vente posthume de Chassériau, annoncée dans *l'Artiste* du 15 mars 1857, où figurait entre autres un *Portrait de la Petra Camara*[19] qu'on retrouve aussi sous le n. 20. On pourrait citer encore en 1866 la vente Boitelle, annoncée le 20 avril par un feuilleton qui devint la préface du catalogue et qui valut à Gautier la *Vue prise en Orient* de Diaz (cat. n. 26[20]). C'est du reste à la faveur de ces ventes qu'il entra en relation avec Haro, marchand et expert. Et c'est à chaque fois le potentiel financier du critique qui est escompté, conformément au *dealer-critic system*, identifié par C. et H. White comme l'une des mutations majeures de la seconde moitié du siècle[21].

Les commandes à obtenir ou à confirmer auprès de l'administration des Beaux-Arts occupent aussi une part importante des échanges épistolaires. Tantôt c'est une tableau d'histoire ou une copie qu'il s'agit d'obtenir, par exemple lorsque Boissard de Boisdenier lui demande, vers 1846 ou 1850, de « faire jouer les ressorts dont [il] dispose[22] ». Ce peut être encore un service à rendre à un artiste sans ouvrage, comme lorsque Préault sollicite l'influence de Gautier auprès de Varcollier, pour procurer à Feuchère quelques figures à l'église Saint-Gervais[23]. Et s'agissant des sculpteurs, dont il a à cœur de défendre la cause, le critique met toujours volontiers son crédit au service de la transformation des plâtres en commandes de bronzes ou de marbres. Ainsi Diebolt le remercie-t-il d'avoir demandé que son éphémère République, érigée pour la fête du 4 mai 1851, soit commandée « immédiatement [...] en marbre » pour en faire « une fontaine monumentale[24] ». On le prie aussi de suggérer des achats à l'issue du Salon, à titre individuel, comme le fait, en 1864, Lansyer, un élève de Courbet, ou à titre collectif, comme le montre la lettre où Pradier lui demande en juillet 1848 de faire entendre la voix des artistes en ces temps de disette[25].

Mais la plupart des lettres tournent autour de l'événement majeur de l'année artistique, le Salon, où la mention du critique, indispensable pour attirer l'attention du public, réclamait une savante préparation. Les visites d'avant Salon, dont feint de se plaindre Fagerolles, l'artiste à succès de *L'Œuvre*, apparaissent, au filtre de la *Correspondance*, ardemment souhaitées par les artistes. Il s'agit à tout prix de capter l'attention « avant la mêlée », selon le mot de P. Huet[26], avant que l'envoi ne soit perdu en haut d'une cimaise ou dans le tohu-bohu des salles. Puvis de Chavannes, qui écrit à Gautier à la veille du Salon de 1868 : « Si je ne devais pas avoir ta visite, ma campagne picturale me semblerait s'ouvrir sous de mauvais auspices[27] », exprime un sentiment largement partagé. J.-J. Bellel insiste par deux fois en 1855 pour lui « faire quitter [son] bon feu » et venir voir sa « grande toile » de la *Fuite en Egypte* avant l'envoi à l'Exposition, car, écrit-il « je ne suis réellement content que lorsque je vous sais satisfait[28] » ; et dans le même temps C. Nanteuil se désole d'être « allé bien des fois[29] » chez lui sans pouvoir le ramener à l'atelier. Tous les moyens sont bons pour décider le critique à se déplacer et Paul Baudry ira même en 1862, jusqu'à lui envoyer des cigares contre une visite[30] ! Les artistes prennent aussi la liberté de venir en personne trouver le critique, pour peu qu'ils aient quelque familiarité avec lui, comme Bellel, qui en février 1851, lui apporte des croquis d'Auvergne[31]. Il arrive même que Gautier reçoive une photographie pour avis : c'est le cas pour la *Jeanne d'Arc* de Le Véel en 1867 ou encore pour *Naïs* de Demesmay, qui fait passer le cliché par A. de Châtillon[32]. Les artistes étrangers ne sont évidemment pas en reste, persuadés qu'ils sont, selon la formule du Danois Lorenz Frölich, que l'opinion de Gautier est « du plus grand poids pour la réussite[33] ». De l'Anglais W. Wyld au Suisse A. Potter, en passant par le Tchèque Cermak[34], tous regardent la venue de Gautier comme une indispensable condition de leur succès.

On mesure de fait toute l'importance de ces visites préparatoires quand on lit, dans les *Salons* de la monarchie de Juillet, les protestations récurrentes de Gautier contre les refus opposés à Chassériau, Delacroix ou Riesener et compensés par la description *in absentia* des œuvres rejetées, ou quand on entend les plaintes des artistes qui se jugent mal placés, tel V. Mottez qui écrit en 1845 : « Vous m'avez fait un charmant article, si délicatement exprimé et si bien placé dans le journal qu'il a contrebalancé ma mauvaise place[35] . » Ces visites d'atelier furent également de précieux relais pour les artistes en mal de visibilité, et notamment pour Ingres après qu'il eut renoncé à exposer[36]. On voit aussi par là tout ce que la rédaction des feuilletons doit à ces liens que Gautier a progressivement tissés avec les artistes et dont il se prévaut en 1849 dans sa lettre de candidature à un poste d'inspecteur des beaux-arts, comptant parmi ses atouts, « outre la connaissance des arts, des relations avec les artistes que [s]a position de journaliste [lui] a données depuis longtemps[37] ». Les feuilletons doivent souvent aussi une part de leur substance aux notes remises ou aux indications fournies lors de ces entrevues. Ainsi une note de l'obscur Porion détaille-t-elle un peu naïvement, à la suite d'une visite de Gautier, les tableaux de Velasquez qu'il a reproduits[38]. Laemlein prend de même la précaution d'expliciter le sens de sa *Vision de Zacharie*[39] exposée au Salon de 1850-51, afin, écrit-il, de réparer la malheureuse omission du livret qui empêche d'en identifier le sujet. Et c'est vraisemblablement aussi à partir de ce genre de document que fut rédigé en décembre 1855 l'article consacré à la *Minerve* de Simard, qui s'empresse d'en remercier Gautier en ces termes :

> Je vous remercie du fond du cœur d'avoir conservé le souvenir de ce qu'elle était chez moi, lorsque vous m'avez fait l'honneur de l'y venir trouver, car il était impossible de la reconnaître, ainsi qu'elle était placée et éclairée au Palais de l'Avenue Montaigne. Le bouclier invisible, la tête perdue sous ces touches de lumière et d'ombre, cette dorure devenue couleur d'étain au voisinage inquiétant de peintures et de cadres dorés : tout a conspiré contre le succès de l'œuvre que vous avez bien voulu défendre dans un si haut langage[40].

En fait ces exemples mettent en évidence une ligne de partage fondamentale qui, dans le paysage artistique du XIXe siècle, sépare désormais l'espace privé et intime de l'atelier de la sphère publique de l'exposition, et qui impose au critique de faire le trait d'union entre les deux. Il est en effet devenu l'instance de régulation d'un monde où la dérégulation, le nombre croissant des exposants et l'affaiblissement progressif de l'autorité institutionnelle ont ouvert, entre le verdict du jury et l'éventuelle récompense de fin de Salon, entre le marché public et les galeries, un nouvel espace à baliser. Tout porte à penser que Gautier en fut pleinement conscient et qu'il adapta sa conception et sa pratique de la critique à ces nouvelles conditions.

On mesure en tout cas l'importance de son jugement à l'impatience et à l'inquiétude des artistes qui le guettent. C.-L. Muller l'avoue sans ambages au lendemain de l'article consacré à l'*Appel des dernières victimes de la Terreur* : « J'attendais, je vous l'avoue, avec une grande anxiété votre jugement[41]. » Ailleurs c'est C. Garnier qui s'impatiente, en attendant le compte rendu promis de son livre *Le Théâtre* : « Je dépense tous les jours des sous pour acheter l'*Officiel* qui est le plus assommant des journaux pensant y trouver ta prose[42]. » Les artistes mesurent soigneusement leur succès au nombre de lignes que Gautier leur consacre. Ainsi le 11 mai 1841 Delaberge remercie-t-il des « 50 lignes » qui lui sont accordées dans la *Revue de Paris*[43], tandis que d'autres, comme l'ami Paul Baudry en 1863, s'enhardissent à réclamer d'entrée un feuilleton entier[44]. Un certain nombre de lettres nous laissent entrevoir la circulation de ces coupures de presse flatteuses, car « l'écho s'en propage rapidement[45] ». Chenavard écrit par exemple le 26 juin 1869 : « Hier, mon cher Théo, Asselineau m'a signalé l'*Officiel* de dimanche dernier[46] » où était commentée sa *Divina Tragedia.* E. Brandon remercie de même des « lignes excellentes » que Gautier lui consacre en 1868 et « qu'un aimable ami – bon et courtois – a eu la jolie pensée de [lui] envoyer[47] » ; et Simart écrit, après l'article de 1855 : « Chacun m'apporte à l'envi *le Moniteur* de samedi pour m'y faire lire le bel article que vous avez bien voulu consacrer à ma statue de Minerve[48]. » On copie également les articles pour les envoyer aux intéressés, comme en témoigne E. Devéria le 3 octobre 1850 : « J'ai reçu ces jours-ci dans une lettre amie, des paroles tirées du journal au bas duquel vous êtes attaché[49]. »

Certaines de ces lettres laissent même percevoir l'écho de l'oracle critique répercuté dans le rituel social. Ainsi Français écrit-il en 1861 :

> J'ai lu votre feuilleton en arrivant de la campagne [...] et j'ai trouvé en même temps des lettres de mon pays où on me rend compte de l'effet heureux qu'a produit votre article. On m'invite à aller prendre ma part du plaisir qu'il a causé à tous mes compatriotes et je ne doute pas que je trouverai un arc de Triomphe sur mon passage si je me rendais en ce moment à cette invitation[50].

Fromentin de son côté remercie Gautier avant même de l'avoir lu, sur la foi de la rumeur :

> On me dit que, dans le *Moniteur* d'hier, vous avez parlé de mes tableaux de la façon la plus bienveillante. Je n'ai pas lu l'article ; en attendant de me le procurer – je veux vous dire que je suis extrêmement sensible aux témoignages de sympathie qui me viennent de vous, et vous en remercier, mon cher ami, de tout mon coeur[51].

Laemlein, lui, écrit le jour même de la parution du compte rendu élogieux de sa *Vision de Zacharie* :

> Après ce que vous avez dit de moi, je n'ose plus me présenter nulle part, déjà je voulais faire une visite ce soir à laquelle je renonce. [...] Je suis content comme un enfant aucune critique ne m'a fait plus plaisir que la vôtre[52].

Delacroix lui-même, après le bel éloge de 1855, se félicite de son « grand effet sur les esprits » et il ajoute : « J'ai rencontré hier soir une femme que je n'avais pas vue depuis dix ans et qui m'a assuré qu'en entendant lire une partie de votre article, elle avait cru que j'étais mort[53]. » Mais l'exemple le plus éloquent est sans doute celui de C. Jalabert qui de Twickenham, en juin 1866, relate l'effet produit par le commentaire de Gautier sur le Duc d'Aumale et sa famille :

> J'étais hier soir dans un salon où se trouvait réunie une nombreuse famille. C'était après dîner, les dames étaient déjà installées pour leur travail d'aiguille et les messieurs se préparaient à poursuivre une grosse conversation sur la guerre – à ce moment le maître de maison a réclamé silence pour la lecture d'un document fort intéressant pour tous et particulièrement « pour M. Jalabert ici présent ». À la première ligne, mon cœur a battu et aux suivantes j'éprouvais cette belle et bonne jouissance d'amour propre que votre talent m'avait si bien ménagée[54].

Ces marques de gratitude ou de déférence sont révélatrices du pouvoir effectif du critique, que l'on vérifie en de multiples occurrences, qu'il s'agisse de la légion d'honneur obtenue par Nanteuil, de la médaille décrochée par Beaulieu en 1868 ou des secours régulièrement alloués à A de Chatillon[55]. On pourrait invoquer aussi la marque d'allégeance tacite que constitue en 1856 une invitation à déjeuner transmise par Courbet et Champfleury[56]. Mais l'exemple le plus révélateur est sans doute celui de Puvis de Chavannes qui sans l'intervention de Gautier, n'aurait pu poursuivre de 1861 à 1865, son grand décor du musée de Picardie. Il écrit le jour même où paraît l'article salvateur en 1863 : « Que de terrain reconquis en un instant, bien cher Monsieur et ami, et de quelle importance est pour moi votre bienveillance si sereine et si élevée[57]. » Puis de nouveau en 1864, il écrit d'Amiens : « C'est là que je viens de boire le secourable et merveilleux article du *Moniteur* [...] Ta brave main vient à chaque Salon réveiller les engourdis et l'autorité de ta parole rendre la critique plus circonspecte[58]. » Mais s'il est vrai que Gautier incarne dès les années 1840 le « pouvoir discrétionnaire[59] » du critique, l'expérience dont procédait la Préface de *Mademoiselle de Maupin* ne lui en avait pas moins enseigné de bonne heure les devoirs, les limites et les risques dont était assortie cette fonction de « courtier » ; et il fut sans doute très tôt conscient de l'inévitable négociation que réclamait l'acte critique, entre le choix personnel et les contraintes extérieures.

Car il va de soi que ce pouvoir de « distribue[r] la gloire[60] » ne peut se régler exclusivement sur un credo esthétique ; il suppose l'interférence d'un réseau de relations à la fois artistiques, politiques et sociales, qu'il est évidemment plus difficile de percevoir à travers la *Correspondance.* On devine à telle mention de Desbarolles, à telle lettre de Pelletan recommandant le « talent modeste » de son beau-frère, ou à telle autre de Galichon sollicitant une visite de Gautier à l'atelier de Fromentin en même temps qu'un article dans la *Gazette des Beaux-Arts*[61], qu'il existe une solidarité entre journalistes, mais ses traces épistolaires semblent sans commune mesure avec les pratiques dénoncées dans *Illusions perdues.* Le principal groupe de pression fut sans doute de ce point de vue, la direction de *La Presse*, efficacement relayée par le salon de Delphine de Girardin, où Gautier rencontrait aussi bien des gloires consacrées comme Chassériau[62], que des artistes de second rang comme le sculpteur Klagmann[63]. D. Froment-Meurice, qui en fut un habitué, donne dans une lettre de 1844 un aperçu intéressant sur l'impact du journal : « C'est lundi que mes bons jurés s'occupent de moi : sur 54, j'en sais 50, qui sont fidèles abonnés de *la Presse* » et qui « auront relu [...] avant de venir juger[64] » l'article promis par Gautier. Il reste cependant difficile, dans l'état actuel des connaissances, de déterminer dans quelle mesure les injonctions du « patron » ou de son épouse ont pu véritablement infléchir les jugements de Gautier. Car quand Girardin recommande à son attention le miniaturiste Passot[65], le critique s'en acquitte par une mention si laconique qu'elle en devient insignifiante. Peut-être serait-il plus juste de penser que ce sont les options prises par Gautier, par exemple en faveur d'Ingres, de Gérôme et des Néo-Grecs ou contre le réalisme de Courbet, qui contribuèrent à façonner le positionnement du journal en matière artistique.

Quant au cercle de la princesse Mathilde, qui entendait exercer sur la vie culturelle une influence semi-officielle et dont Gautier fut un des familiers, il n'est pas certain qu'il ait été aussi déterminant qu'on l'a dit, ni qu'il ait inféodé de fait le critique au pouvoir impérial. Il apparaît en tout cas que Gautier est loin d'acquiescer toujours aux recommandations, même s'il est difficile d'évaluer statistiquement l'ampleur de ses refus. Ainsi lorsque en 1855, il reçoit consigne de signaler le *Portrait du garde des Sceaux, Abbatucci* par Colonna d'Istria, la mention est là aussi assez succincte pour trahir la réticence[66]. C'est d'ailleurs à ce laconisme que se détectent dans les Salons les mentions de commande ou de complaisance, groupées généralement en fin de feuilletons. Gautier n'accède pas davantage en 1859, à la recommandation de Claudius Popelin, le protégé de la Princesse Mathilde, en faveur d'une certaine Léonie Dusseuil, portraitiste[67]. Et de manière générale, il semble assez peu empressé de soutenir les recommandations qui émanent de la sphère politique, comme le montre l'exemple de Victor de Jonquières. Cet élève d'Horace Vernet lui écrit le 3 août 1865, pour protester contre le refus de son tableau au Salon et solliciter « le poids de [son] influence », en expliquant que l'œuvre, intitulée *Deux décembre*, illustre « les premiers cris de Vive l'Empereur », que c'est une commande de Nieuwekerke, « exécutée sous la direction de Nieuwekerke et de M. le général Fleury, avec les instructions et le concours de tous les acteurs de la scène[68] » et qu'il redoute de voir la finalisation de la commande compromise par l'affront du jury. Nous n'avons pas la réponse de Gautier, mais le tableau, reparu en 1984[69], n'a pas figuré au Salon de 1865 et n'a fait l'objet d'aucune mention dans les feuilletons. Cela dit, ces milieux ne sont pas les seuls auxquels ait été exposé Gautier et il faudrait sans doute, pour évaluer les zones d'influence auxquelles fut soumise sa critique, mieux connaître cette part de l'histoire de l'art du XIXe siècle que constituent les cercles artistiques, comme celui de l'hôtel Pimodan[70] ou la Société des aquafortistes[71], ou encore la Société Nationale des Beaux-Arts[72].

Ce que montre en tout cas la *Correspondance*, c'est qu'il ne rechigne jamais devant une bonne action, conscient qu'il est à la fois de la dureté de la condition des artistes pauvres, et de son pouvoir de « porte[r] bonheur à tous ceux à qui [il] prend intérêt », selon le mot rapporté par E. Brandon[73] . Non seulement il aide les artistes en difficulté, comme A. de Châtillon ou G. Tyr, à obtenir subsides et commandes[74], mais il plaide aussi bien la cause de tous les artistes de bonne volonté ; il vient au secours des débutants ou des inconnus qui affrontent timidement le monde parisien, il annonce collectes et ventes de charité, comme celles que lui signale A. Dauvergne en avril 1850 ou E. Brandon en 1864[75] et soutient régulièrement les associations d'entr'aide. En témoigne par exemple le cas d'Éléonore Escallier, une élève de J. Ziegler, dont le catalogue de la collection mentionne une *Branche de lilas* datée 1857 (n. 30), en précisant : « Elle est posée sur un ouvrage de Th. Gautier, ouvert à la page 127, sur Marilhat. » On sait par une lettre d'un neveu de Ziegler, que l'œuvre fut envoyée à l'occasion du Salon de 1857, où elle exposait deux œuvres et où l'attention de Gautier lui était d'autant plus nécessaire qu'elle venait d'être ruinée, avec trois enfants à élever. Elle le remercia de la mention qu'il lui accorda dans le compte rendu et la dernière lettre qu'elle lui adressa en 1869, lorsqu'elle renonça à exposer, confirme à la fois la dureté de sa carrière et la reconnaissance qu'elle lui a de sa bienveillance[76]. Charles Timbal, dans ses souvenirs, confirme cette bonté foncière de Gautier :

> En ce temps-là, un homme régnait dans la critique. Sa plume incomparablement habile était un sceptre redouté, dont chacun enviait les caresses et sollicitait les coups ; on ne craignait que son oubli. Heureusement Théophile Gautier était bon, et il exerçait son pouvoir avec bénignité[77].

Tous témoignages dont la convergence devrait inviter à poser en termes un peu moins absolus la question de l'indulgence qui a été si souvent reprochée à ses *Salons* et qui procède sans doute moins d'un défaut de discernement que de la sociologie artistique du XIXe siècle.

La confrontation de la *Correspondance* avec le catalogue de la collection incite également à moduler, sinon réviser, les doutes émis sur la légitimité et la probité de sa critique. La postérité – jusqu'à une date très récente – a surtout retenu les réserves formulées à l'encontre de sa méthode ou de ses choix, par Delacroix, T. Rousseau ou Millet, pour disqualifier sa critique au regard de celle de Baudelaire. Mais les nombreuses lettres de remerciement que lui adressent les artistes suggèrent une lecture sensiblement différente. On ne peut en effet mettre au seul crédit de la convention ou des codes de civilité l'accent de sincérité qu'on y perçoit. Delacroix lui-même, en 1855, écrit après avoir lu l'article « mille fois bon et bienveillant » que Gautier a consacré à sa rétrospective : « Je vous remercie de cœur au-delà de ce que je puis vous exprimer[78]. » Ingres se déclare, après l'article louant *Jésus parmi les docteurs*, « heureux et fier d'avoir [...] un tel admirateur[79] ». Et Chassériau, à peine paru le feuilleton du *Moniteur universel* sur Saint-Philippe du Roule, le remercie de « tout le talent qu'[il a] dépensé pour expliquer [son] œuvre[80] ». Hébert lui écrit de même : « Nous devons nous réjouir et remercier le sort, nous autres peintres, d'être de votre temps[81]. » Et nombreux sont les artistes qui partagent le sentiment exprimé par A. Laemlein en 1855 : « C'est à vous que je devrai tout ce qui pourra m'arriver d'heureux dans ma carrière d'artiste[82]. »

On mesure aussi la légitimité du critique à l'insistance avec laquelle les artistes sollicitent ses conseils. La démarche là encore, pour codée qu'elle soit, marque plus que de la politesse à l'égard d'un critique puissant. À preuve la lettre que lui écrit au printemps 1846, un peintre aussi peu suspect de complaisance que Courbet :

> Si je fais de l'art, ou plutôt si je cherche à en faire, c'est d'abord pour tâcher d'en vivre, ensuite c'est pour mériter la critique de quelques hommes tels que vous, qui jouiront d'autant mieux de mes progrès qu'ils auront apporté plus de sollicitude à me guérir de mes travers. [...] Privé que je suis dans le milieu où je vis de conseils profitables et de réciprocité artistique, j'ose m'adresser à vous, confiant dans la pensée que vous ne me refuserez pas vos avis[83].

Il propose même de « [se] présenter chez [lui] en portant quelque chose » – offre restée apparemment sans effet, car Gautier attendra le Salon de 1849 pour parler de sa peinture dont aucune œuvre ne figure au catalogue de sa collection. Autre exemple, peut-être encore plus significatif, celui de Bonvin, dont on sait les difficultés qu'il eut à percer et qui écrit, probablement en 1848 :

> Parmi les quelques personnes bienveillantes qui m'encouragent à faire de la peinture, vous êtes celle en laquelle j'ai le plus de foi. À chaque visite que j'ai eu l'honneur de vous rendre, j'ai emporté un conseil ou une espérance qui m'ont fait faire de rapides progrès et qui m'ont maintenu dans la bonne voie[84].

Même les artistes étrillés ne sont pas en reste. Ainsi Muller dont l'*Appel des dernières victimes de la Terreur* avait été mal reçu au Salon de 1850 rend hommage à son équité :

> Vos conseils, pleins d'une calme courtoisie et d'une justesse adoucie ont si profondément touché mon esprit que mon cœur vous en gardera un éternel et reconnaissant souvenir. Merci, merci, mon cher Gautier du fond de l'âme ; il ne fallait rien moins, je vous jure, que votre appréciation grave et amicale pour calmer les mille blessures que m'a si largement distribuées la majorité des journaux[85].

Chassériau lui-même, après la verte mise au point du Salon de 1852, qui lui reprochait d'avoir trahi la cause ingriste, tient à lui écrire : « Je voulais que vous sachiez que *j'étais loin de vous en vouloir* pour vos derniers conseils donnés dans un style si charmant et d'une façon si bienveillante[86]. »

Ce qu'on lit de fait entre les lignes, c'est un hommage à la modération de Gautier, en un temps où le ton de la critique était souvent très virulent, notamment sous la monarchie de Juillet – qu'on se rappelle la « tartouillade » de Delécluze à propos de la *Barque du Dante* ou les sarcasmes qui en 1834 éloignèrent définitivement Ingres des Salons. Delphine de Girardin avait en 1839 « dénonc[é] les vices » de ce journalisme agressif et irresponsable dans une pièce censurée, *L'École des journalistes*[87], où elle montrait « Un jugeur sans talent, fabricant d'ironie/Qui tue avec des mots un homme de génie », dont les traits ne sont pas sans rappeler le baron Gros. Valentine, l'un des personnages positifs, y prenait la défense du peintre, au motif que « l'artiste qui travaille a besoin qu'on le loue » ; et le dénouement confiait la tâche de moraliser le journalisme au jeune Edgar de Norval, lointaine préfiguration peut-être d'Edgard de Meilhan. Il est difficile de déterminer la part éventuellement prise par Gautier à l'élaboration de la pièce, mais le souhait qu'elle formule trouve, à partir des années 1840, une incontestable résonance dans sa pratique de critique, caractérisée à de rares exceptions près – Biard, Delaroche ou Vernet – par la pondération et l'aménité d'un jugement qui se règle sur la critique des beautés, avec la double mission d'éclairer le public et d'aider les artistes.

Que l'autorité ainsi acquise fût fondée également sur l'intégrité du critique, on peut, nous semble-t-il, s'en convaincre en confrontant de la *Correspondance* avec le catalogue de vente de la collection. Rapportés à la spectaculaire flambée des prix de l'art observée dans les années 1850-1860, les quelque 120 000 F produits en 1873 par les 198 numéros correspondant aux tableaux et dessins indiquent en effet qu'elle comportait peu de pièces de grande valeur. L'enchère record (8 100 F) est atteinte par la *Panthère noire à l'affût* (n. 36) de Gérôme, offerte en « témoignage de reconnaissance[88] » sans doute en mars 1851, après l'article très élogieux consacré à *l'Intérieur grec*. L'artiste lui avait également offert le dessin du *Combat de coqs* (n. 137) au lendemain du feuilleton de 1847 qui l'avait brusquement propulsé sur le devant de la scène – gratitude à la mesure d'un soutien sans faille qui s'était avéré décisif pour le lancement et la poursuite de sa carrière. Vient ensuite, dans l'ordre des enchères, *Lady Macbeth* de Delacroix (n. 24, 7 000 F[89]), l'une des deux œuvres préférées de Gautier. C'était l'un des petits tableaux exposés au Salon de 1850, que le peintre lui avait offert en remerciement à la fois de l'article du compte rendu[90] et de près de vingt ans d'un soutien inconditionnel. Ses autres toiles atteignent en revanche des prix beaucoup plus modestes : *Saint Jérôme* (n. 23), esquisse d'un pendentif de la bibliothèque du Luxembourg, donné, selon le livre de raison, en 1842 ou 1843, ne dépasse pas 1 000 F ; quant au *Combat du Giaour* copié par Poterlet[91] (n. 25, 3 350 F) c'était apparemment un cadeau d'Alice Ozy[92]. L'œuvre favorite de Gautier, à en croire Bergerat[93], était une petite étude d'Ingres pour le plafond du Louvre, représentant les *Trois grands poëtes tragiques grecs* (n. 44[94]). C'était un hommage à l'article consacré à l'*Apothéose d'Homère* en 1855[95] mais offert par Ingres en 1866 seulement, comme « souvenir de sympathic et dc gratitude[96] » pour plus de trois décennies de défense et illustration de son art. Elle partit à 3 600 F, « prix dérisoire » selon Bergerat. Seule œuvre d'Ingres à figurer au catalogue – les études pour l'*Âge d'or* de Dampierre, mentionnées dans l'inventaire après décès, ne passèrent pas en vente – elle représente un témoignage discret, si l'on pense au « trône d'or » sur lequel Gautier avait placé le peintre. Autre exemple éloquent, le n. 38, *Pifferari couchés dans une grange* d'Hébert, qui avait dû son lancement au grand article consacré à la *Mal'aria* au Salon de 1853, et à qui l'attention du critique et ami ne devait jamais faire défaut. Ayant retrouvé à la mort de son père cette petite étude de ses débuts, le peintre « ne crut pas pouvoir [...] trouver de meilleure place que chez son cher Théophile Gautier », à en croire la

Préface du catalogue ; ce qui ajouté à un pastel de 1858 (n. 141 *Clementina*) et à trois photos retouchées (n. 142-144) constituait là encore un hommage modeste et pouvait justifier l'étonnement des Goncourt devant ces « pauvres dons qui montrent toute l'avarice et la lésinerie de ce monde artiste pour un homme qui, à tant de noms de l'art moderne a bâti tant de piédestaux en feuilletons[97] ».

D'une manière générale, on est frappé de l'écart entre la faiblesse des enchères et la stature qu'avait acquise Gautier, preuve supplémentaire qu'il ne vendait pas l'éloge. Tous les numéros du catalogue ne sont pas documentés par la *Correspondance*, mais ceux qui le sont ne correspondent que rarement à des envois propitiatoires[98]. La plupart des œuvres sont adressées après le Salon, en termes généralement très déférents – quelques-unes furent mises en vente avec la lettre d'envoi – et il convient de souligner que les deux tiers au moins sont de modestes études, esquisses, dessins, voire « croquis de dessin[99] ». Quelques lettres laissent transparaître les précautions déontologiques dont est entouré le don. Celle par exemple qui accompagne un envoi de J. Ziegler, qui avoue avoir croisé Gautier, « si près de l'ouverture du Salon que le critique, le juge [lui] est apparu et non l'ami. » Mais n'étant pas exposant, il poursuit :

> Je me trouve donc dans un de ces heureux moments où je ne suis pas justiciable du tribunal de la publicité je puis donc avec une innocence parfaite vous offrir ce que vous pouvez accepter sans cesser d'être incorruptible, une étude de Vénitienne qui vous a plu autrefois et que je vous ai vouée en l'exposant. On peut être délié de l'avenir, mais non du passé, c'est au nom du passé que je vous prie de l'accepter[100].

De même Fromentin demande conseil à son ami A. Du Mesnil avant de joindre *La Cible* à l'envoi d'*Un été dans le Sahara* en janvier 1857 : « Et Gautier ? Ne dois-je pas joindre à l'exemplaire un mot et la Cible ? Ne serait-ce pas l'occasion ?... Si tu crois bon, fais prendre le tableau chez Gustave [Moreau] et fais-le porter[101]. »

On comprend dès lors que cette collection reflète beaucoup moins le goût de Gautier que les aléas des carrières artistiques. La plupart des œuvres peuvent être mises en relation avec une mention décisive ou salvatrice des *Salons*, tel par exemple *Diane et Actéon* (n. 122[102]), l'aquarelle du tableau refusé à Chassériau au Salon de 1840 et vraisemblablement offerte en remerciement de la protestation qui ouvrait le *Salon*[103]. On peut de même relier le n. 123 *Projet pour la décoration du Panthéon* (signé et daté Rome 1833) de Chenavard, au long article par lequel Gautier avait tenté en vain de sauver le chantier du Panthéon en 1849. Cette collection est bien, comme l'affirme la préface du catalogue, « un musée des amitiés du poète ». C'est pourquoi une si grande place y est occupée par ceux que G. Schurr a classés parmi les « petits maîtres[104] » et qui, pour certains, doivent à l'équité de Gautier et à ses feuilletons de ne pas avoir été définitivement relégués dans les limbes du XIXe siècle. Qu'il s'agisse de C.-L. Muller et de la *Ronde de mai*[105], d'Isambert et de sa *Femme antique peignant un vase* (n. 45), de Voillemot et du *Printemps* (n. 99) reçu en remerciement d'un article de *L'Artiste* sur la décoration de l'hôtel Soltykoff[106], de Palizzi et de ses *Chèvres dans les vignes* (n. 74) dont le titre fait écho à la mention du tableau exposé en 1855[107], de Jadin (nn. 47-49), de Joyant (nn. 50-51), de Valerio (nn. 170-173), de Wyld (nn. 174-177), les œuvres offertes sont autant d'escomptes sur une notoriété toujours un peu incertaine.

La valeur symbolique plus que marchande de cette collection se lit du reste plus d'une fois dans le lien biographique qui rattache les œuvres à leur destinataire. Ainsi la *Vue prise du Djurjura (Afrique) 1845* (n. 3) de P. Baccuet est-elle un souvenir de l'expédition à laquelle ils avaient l'un et l'autre participé. De même la *Tête de femme* (n. 81) de Ricard évoque-t-elle sans doute un visage familier – peut-être celui d'Apollonie Sabatier – comme le dessin de Chassériau, *Portrait de femme tenant un coffret* (n. 121), probable portrait de Carlotta Grisi[108]. De même la copie par Garcin de la *Madone aux arbrisseaux* de Bellini (n. 35) trouve un écho précis dans une séquence du voyage en Italie[109] et le dessin du *Château du souvenir* (n. 112), que Bellel avait agrémenté d'une citation du poème d'*Émaux et Camées*, restituait les traits de la défunte Cidalise. Gautier de ce fait occupe, dans l'histoire des collections du XIXe siècle, une place assez singulière. Au moment où le collectionneur troquait son image de marginal contre celle d'un mondain ou d'un aristocrate[110], il ne relève d'aucune de ces deux catégories. Sa collection n'obéit pas plus à une ambition didactique qu'aux modes du temps. Elle apparaît plus représentative de sa dévotion à la vie artistique que de ses choix – comme le soulignait déjà Bergerat dans ses *Souvenirs.*

S'il demeure difficile, faute de points de comparaison – ni l'exemple de G. Planche, ni celui de Thoré-Bürger ne permettent d'inscrire aussi précisément leurs feuilletons dans la perspective d'une correspondance ou d'une collection – de déduire de ces remarques des conclusions définitives sur sa pratique du journalisme, tout porte à penser que Gautier fut effectivement aussi peu avide que le suggérait la désobligeante formule de Girardin et qu'il échappa en partie aux travers du métier, si souvent dénoncés au XIXe siècle. À rebours de la planche que Daumier intitula *La Promenade du critique influent*, cette rapide confrontation de l'œuvre critique avec les sources biographiques confirme, en même temps que le pouvoir effectif du critique, l'aura d'intégrité et d'humanité qu'il s'était acquise. Quittant le point de vue institutionnel qui avait été celui de Planche ou de Delécluze, Gautier a fortement et délibérément contribué à moraliser la pratique du critique, tout en redéfinissant sa mission dans le sens analysé par Pierre Bourdieu, qui en fait un producteur de valeur essentiel au processus collectif de création de l'œuvre d'art. Mais à l'exact inverse de l'intransigeance baudelairienne, il s'est efforcé de construire avec les artistes un réseau qui tenait plus de la solidarité que de l'élection. C'est là que s'enracine tout à la fois son éclectisme et le malentendu qui a si longtemps dis qualifié son œuvre critique. Apte à sauver les petits maîtres aussi bien qu'à célébrer Delacroix et Ingres, la constellation que dessine la critique de Gautier sur l'horizon du XIXe siècle apparaît ainsi atypique et d'autant plus nécessaire.

NOTES

1. M. Du Camp, *Théophile Gautier*, Paris, éd. Hachette, 1890, p. 86-87.
2. *Correspondance générale*, dir. P. Laubriet, Genève-Paris, éd. Droz, 1985-2000, 12 vol. (désormais C, suivi du tome et de la page).
3. Hôtel Drouot, 14-16 janvier 1873.
4. Du Camp, *op. cit.*, p. 79-80.

5. C X, 284.
6. Voir C IV, 65.
7. C X 54-55.
8. C X 142-43.
9. C IX, 510-11.
10. *Id.*, 422.
11. C XII, 147.
12. C VI, 183.
13. C II, 53-54 ; *La Presse*, 22 août 1843.
14. C II, 175-76 ; *La Presse*, 9 septembre 1844.
15. C I, 310-311 ; *Revue de Paris*, 27 février 1842.
16. Paris, éd. Gide, 1846 ; C III, 15-16.
17. *La Presse*, 18 avril 1853 ; C V, 168-69.
18. Dessin signé et dédicacé. Texte repris *in Souvenirs de théâtre, d'art et de critique*, Paris, éd. Charpentier, 1883.
19. Budapest, Musée des Beaux-Arts.
20. C XII, 270.
21. *Canvases and Careers*, New York, Wiley, 1965.
22. C II, 67.
23. C III, 237.
24. C IV, 341-42 ; *La Presse*, 6 mai 1851.
25. C III, 362.

26. Lettre datable de mars 1855, C XII, 291.
27. C X, 78.
28. C VI, 127 et 130 ; Paris, église Saint-Pierre du Gros-Caillou.
29. *Idem*, 193 ; lettre datable de février-mars 1855.
30. C VIII, 16.
31. C IV, 294.
32. C XII, 262 et VIII, 172. *Naïs*, plâtre, Besançon, Musée des Beaux-Arts. Voir aussi XII, 119.
33. C VIII, 120.
34. C III, 314 ; XI, 51 ; X, 98.
35. Lettre datable de la fin d'avril 1845, C X, 349.
36. Voir *La Presse*, 27 juin 1847 et *L'Événement*, 2 et 8 août 1848.
37. C IV, 80-81.
38. *Idem*, 278-79.
39. *Ibid.*, 285.
40. C VI, 186.
41. C IV, 299.
42. C XI, 237-38 ; le compte rendu du livre annoncé dans la B. F. du 23 septembre, parut le 7 octobre 1871.
43. C I, 246.
44. C VIII, 128.

45. A. Colin, C VIII, 201.
46. C X, 325.
47. C X, 152.
48. C VI, 186.
49. C IV, 229. Voir aussi X, 346, la lettre de P. Robinet postée de Suisse, le 12 juin 1869.
50. C XII, 255.
51. C X, 143.
52. C IV, 294.
53. C VI, 168.
54. C IX, 257.
55. *Idem*, 422 ; X, 142-43, 344, 257 et 391.
56. C VI, 237.
57. Sur l'entreprise, voir notre Th. Gautier, *Critique d'art*, Paris, éd. Séguier, 1994, p. 358-366 ; C VIII, 139.
58. *Idem*, 299.
59. C. Mauclair, *La Quinzaine*, 1er septembre 1903, p. 4.
60. C III, 157.
61. C VI, 360 ; IV, 43 et VIII, 269.
62. C II, 15 et 175.
63. C III, 157.
64. C II, 162.
65. *Idem*, 220.
66. C VI, 146 ; *Le Moniteur universel*, 29 novembre 1855.
67. C XII, 231.
68. C IX, 96-97.
69. *Le Défilé (allégorique) de la victoire après le coup d'État du 2 décembre 1851*, vente publique, Versailles, 13 mai 1984.
70. Voir notamment F. Boissard de Boisdenier, C, III, 175-76 et 284-85.
71. Voir Baudelaire et La Fizelière, C VIII, 58 et XII, 271.
72. Voir J.-P. Bouillon, « Sociétés d'artistes et institutions officielles dans la seconde moitié du XIXe siècle », *Romantisme*, 1986, 54, p. 89-113.
73. C VIII, 354.
74. Voir C, VI, 25, 125-26 et 225 ; IX, 344 ; X, 257 et 391.
75. C IV, 142. Voir aussi III, 362 ; IV, 142 ; VIII, 250-51 et 354-55 ; X, 90, 100, 130.
76. C VI, 329 et 350-51 ; X, 363-64. Cette dernière lettre accompagnait peut-être le n. 31 du cat., *Pétunias et pensées*.
77. *Notes et causeries sur l'art et les artistes*, Paris, éd. Plon, 1881, p. 291.
78. C VI, 168. Voir aussi C VI, 276.
79. C VIII, 29. Voir aussi VI, 265 et 284.
80. C VI, 229, 17 avril 1856.
81. C VIII, 318.

82. C VI, 176.
83. C III, 36.
84. *Idem*, 332-33.
85. C IV, 299.
86. C V, 59.
87. Comédie en 5 actes, en vers, Paris, éd. Dumont, 1839.
88. C IV, 324 ; Boston, Museum of Fine Arts.
89. Coll. Elwood B. Hosmer, Montréal.
90. *La Presse*, 8 mars 1851.
91. Chicago, The Art Institute ; copie dans la coll. C. G. Boerner, Düsseldorf.
92. É. Bergerat, *Souvenirs d'un enfant de Paris*, Paris, éd. Fasquelle, 1911, p. 328.
93. *Idem*, p. 327.
94. Angers, Musée des Beaux-Arts.
95. Musée du Louvre ; *Le Moniteur universel*, 12 juillet 1855.
96. Lettre d'envoi au dos du tableau.
97. *Journal*, éd. R. Ricatte, Monaco, Imprimerie nationale, 1956-58, t. II, p. 15.
98. Voir C IV, 278 et VI, 329.
99. A. Bida, *Femme arabe et fellah à la fontaine* (n. 114) ; C V, 165.
100. Lettre datable du printemps 1852 ; C VI, 134.
101. *Correspondance d'E. Fromentin*, éd. Barbara Wright, [s.l.], CNRS, 1995, t. I, p. 1024. Tableau non localisé. Voir aussi C VI, 329.

102. Musée du Louvre.
103. *La Presse*, 11 mars 1840.
104. *1820-1920. Les petits maîtres de la peinture ; valeur de demain*, Paris, éd. de la Gazette, 1969-1985.
105. Voir C III, 355. Elle ne figure pas au catalogue.
106. C VI, 315.
107. Rome, coll. Russo ; *Le Moniteur universel*, 15 novembre 1855.
108. Musée du Louvre ; voir L.-A. Prat, *Dessins de Chassériau*, Paris, éd. des Musées nationaux, 1988, t. I, p. 436.
109. *Italia*, Paris, éd. La Boîte à Documents, 1997, p. 210.
110. Voir D. Pety, *Les Goncourt et la collection, De l'objet à l'art d'écrire*, Genève, éd. Droz, 2003.

Le défi esthétique de la revue *L'Artiste*

Peter J. EDWARDS

En juillet 1856, six mois avant que Théophile Gautier n'assumât ses responsabilités comme rédacteur en chef de *L'Artiste*, la situation de la revue était loin d'être brillante. Le tirage à 600 exemplaires est médiocre, même pauvre, pour un périodique unique en son genre. De fait, la revue ne vient que de commencer à sortir d'une période de stagnation caractérisée par l'indifférence de la direction. Depuis sa nomination à la direction de la Comédie-Française sept ans auparavant, Arsène Houssaye ne s'était guère occupé de *L'Artiste*, sans pour cela se fier assez à son frère Édouard pour lui permettre d'arrêter ou même de ralentir la baisse de qualité des articles et des planches. Pour ce qui concerne celles-ci, par exemple, soixante pour cent sont des lithographies, dont le travail de préparation est beaucoup moins onéreux que l'effort et la patience exigés par la gravure au burin ou à l'eau-forte. Quant aux collaborations écrites, la revue était devenue plus littéraire qu'artistique, cherchant de plus en plus, semble-t-il, à attirer le grand public bourgeois désireux de faire preuve de son goût raffiné en mettant soigneusement en évidence sur une table du salon ce magazine de grand format illustré de deux ou trois planches par numéro. Henri Béraldi, dans son grand ouvrage *Les Graveurs du XIXe siècle*, souligne le caractère négligé de la revue dans cette période : « Horrible signe de décrépitude : *L'Artiste* en est réduit à publier des gravures de mode ayant déjà servi dans les journaux spéciaux[1]. » Notons qu'en même temps, presque chaque numéro contient une chronique mondaine et tous les quinze jours on y joint un article sur « Les Modes de la saison » par la vicomtesse de Renneville. La phrase de Béraldi est alors plutôt une condamnation de l'abandon de la raison d'être de la revue, qui, pour lui, était d'être un organe de publicité militant pour l'art, produit par et pour les artistes, comme dans les années 1830.

Première tentative de renouvellement

C'est la démission d'Arsène Houssaye comme directeur de la Comédie-Française en janvier 1856, suite à une révolte des sociétaires, qui mit en place l'ensemble des circonstances qui mèneraient au renouvellement trop longtemps retardé. Il se résout d'abord à reprendre lui-même la direction de la revue qu'il avait abandonnée sept ans plus tôt. L'année 1856 s'ouvre donc sur la manifestation d'une volonté de faire quelque chose pour faire sortir *L'Artiste* de la léthargie étouffante qui le tuait lentement mais sûrement. Le directeur-propriétaire décide de fermer la série en cours avec le volume XVI et de lancer une nouvelle série qui doit être l'appel du clairon pour rallier le public cultivé et les artistes autour d'une équipe renouvelée. Le premier numéro s'ouvre par un long article d'Arsène Houssaye sur l'histoire de la revue vénérable depuis ses débuts. Quelques noms nouveaux paraissent ici et là, surtout ceux de quelques anciens collaborateurs : Xavier Aubryet, Paul Mantz et Louis Clément de Ris parmi eux, mais en réalité rien de substantiel ne change ; les articles de mode de la vicomtesse de Renneville non seulement continuent, mais se multiplient. Plus révélateur encore est le sous-titre que le propriétaire donne à la revue : « Beaux-arts, romans, voyages, philosophie, les musées, le monde, les théâtres. » C'est beaucoup pour un journal qui s'appelle *L'Artiste.* Il est clair que Houssaye n'avait ni l'inspiration ni le souffle pour réinventer sa revue. Même, il fut bientôt trop évident qu'il s'en lassait. En guise de récompense pour ses années de service à la Comédie-Française, le gouvernement le nomma au poste d'Inspecteur des musées de province. Comptant être souvent en voyage, Houssaye accepta la proposition de son frère Édouard d'acheter la revue dont il détenait le titre de directeur depuis quatre ans sans pour autant en avoir le pouvoir d'exercice. Celui-ci s'était accumulé quelques capitaux dans les spéculations d'actions de chemin de fer, mais ne voulait pas se lancer tout seul dans l'aventure risquée de refaire la revue, sachant que la tâche allait exiger de grandes dépenses. Il trouva l'associé parfait en la personne de Xavier Aubryet, journaliste qui avait fait ses débuts dans *L'Artiste* dix ans auparavant, mais qui, vers 1850, avait dû se replier sur Saint-Quentin, lieu de résidence de sa famille, faute de gagner suffisamment bien sa vie dans la capitale, mais rêvant sa résurrection à Paris. À cet égard, il écrivit à Gautier en apprenant que celui-ci quittait le feuilleton de *La Presse* pour celui du *Moniteur universel* pour solliciter en vain son appui comme remplaçant[2]. Cette résurrection eut lieu enfin au printemps de 1856 lorsqu'il avait assez de capitaux pour s'offrir une part égale de *L'Artiste*, car Aubryet rêvait de briller par sa plume. Nous reviendrons à lui et à ses écrits plus loin.

Seconde tentative de renouvellement

Ainsi commence l'acte II de la renaissance difficile de *L'Artiste*. Enthousiastes et pleins d'espoir, les deux nouveaux propriétaires et codirecteurs lancèrent un nouveau volume, le second de la sixième série, qui s'ouvrit sur un article sous la forme d'une lettre ouverte « Aux lecteurs de *L'Artiste* » qu'ils signèrent ensemble et où ils annoncèrent leur intention d'y apporter « de sérieuses améliorations » dont la plus importante serait de remettre les arts plastiques au centre des préoccupations de leur programme. Ensuite, disent-ils, puisque le format de la revue a « le double avantage » du texte et de la gravure, ils proposent de compléter par le dessin des études des maîtres contemporains ainsi que des anciens et de mettre « autant que possible le texte en corrélation avec la gravure ». Ils promettent enfin « des articles substantiels, utiles, sur des sujets nouveaux, et où domine l'élément de l'actualité » ; de « devenir contemporain le plus possible sans rompre avec la tradition ». Et pour terminer, ils lancent cette profession de foi : « Nous n'appartenons à aucun secte ; nous sommes de la religion du Beau et du Vrai. » Toutefois, l'homme d'affaires qu'était Édouard Houssaye[3], soucieux de la morale publique prêchée par l'Empire et de l'œil vigilant du censeur, savait bien qu'une bonne partie de ses abonnements demeureraient dans les familles de la bourgeoisie enrichie et ambitieuse de respectabilité. L'avis aux lecteurs affirme donc qu'il vise « un public de choix et restreint, [...] les artistes, les gens du monde, les lettrés » ; il précise que la revue compte adopter « la ligne et le ton indiqués » par ce public : « pas de fausse morale, mais... un journal digne de rester sur la table d'un salon ». Enfin, pour rassurer le lecteur prospectif, il ajoute que « l'Art vrai non seulement peut être chaste, il doit être chaste ». La première réforme que réalisent Houssaye et Aubryet souligne le sérieux de leur programme : ils changent le titre. Ce sera *L'Artiste* tout simple, pas de sous-titre, pas de qualification supplémentaire. Ensuite, pour pouvoir mieux gérer les coûts de production, les codirecteurs réduisent la livraison hebdomadaire de 22 à 14 pages, mais en insistant sur le fait que ces 14 pages comptent pour quelque chose. Et enfin ils s'assurent d'une équipe de rédacteurs sérieux, surtout dans le domaine des arts plastiques : Paul Mantz continue, mais ses articles paraissent plus fréquemment ; Clément de Ris inaugure une chronique hebdomadaire appelée « Mouvement des Arts » pour faire le bilan de tout ce qui se passe d'important dans les arts plastiques, et il fournit d'autres articles sur divers artistes. Les frères Goncourt, Louis Énault, Auguste de Belloy, Édouard Fournier, Albert de la Fizelière et Georges Duplessis contribuent plus ou moins régulièrement avec des articles sur les arts et les artistes anciens et contemporains. La part de la littérature est du coup bien moins importante : un feuilleton dramatique régulier par le codirecteur Xavier Aubryet, un poème de loin en loin, un essai littéraire ici et là, des comptes rendus de recueils poétiques par Auguste de Vaucelle. Et si les « Modes de la saison » de la vicomtesse de Renneville continuent tranquillement leur chemin, du moins les gravures de mode ont disparu définitivement. Par contre, on ne réussit pas à coordonner les planches avec les articles. Enfin, pour ce qui concerne les deux codirecteurs, Édouard Houssaye était un homme d'affaires et ne s'occupait que de la gestion ; Aubryet de son côté affichait une excentricité parfois contradictoire. Ce deuxième volume de la série tira à sa fin avec la 23e livraison, et on peut mesurer le succès des efforts collectifs par la hausse du tirage : au début de décembre 1856, on imprimait 1 000 exemplaires de la revue, égalant ainsi le tirage des meilleurs jours. Mais pour avancer, pour attirer encore plus d'abonnés, pour refaire la réputation de *L'Artiste* parmi les professionnels de l'art, il fallait un grand nom, un nom d'éclat. Nous sommes prêts pour l'ouverture de l'acte III, l'acte principal de la renaissance de *L'Artiste.*

Gautier rédacteur en chef

Le nom d'éclat, comme on le sait, c'est celui de Théophile Gautier. Avant d'entreprendre l'analyse des idées de Gautier pour la direction de *L'Artiste*, j'ai cru nécessaire d'esquisser d'une façon assez détaillée les antécédents immédiats de la revue que Gautier allait prendre en main comme rédacteur en chef, car on peut y lire une grande part du défi qu'il devait relever. En effet, le défi consistait à préciser les grandes et les petites lignes de l'esthétique qui donneraient une identité unique à la revue, énoncer les principes qui guideraient son développement et ensuite s'efforcer à les faire respecter par les collaborateurs et les codirecteurs. C'est sans doute en septembre-octobre 1856 que Houssaye et Aubryet commencèrent à traiter avec Gautier pour le convaincre de prendre la rédaction en chef. Le 8 novembre, tout était arrangé, car il écrivit à Ernesta qu'il devait commencer ses fonctions dès le premier décembre[4]. À la fin, le premier numéro produit sous sa tutelle paraît le 14 décembre. On avait déjà décidé d'ouvrir un nouveau volume, le troisième de cette sixième série, pour l'occasion, pour pouvoir mieux marquer le nouveau départ. Qui plus est, on avait déjà fait circuler un prospectus où le nouveau rédacteur en chef exprimait sa vision de l'avenir de la revue et où il traçait les points essentiels de son programme, c'est-à-dire son esthétique, pour réaliser cet avenir. Ce prospectus fut réimprimé au début de la première livraison du volume III sous le titre d'« Introduction ».

Le programme de Gautier

Gautier s'y explique simplement sur la raison pour laquelle il avait accepté la rédaction en chef : « Nous apportons à *L'Artiste* [...] la passion pour l'art. » Sa vision pour l'avenir part du principe que *L'Artiste* est une revue des beaux-arts, qu'il s'était écarté trop souvent de cette spécialité et que lui-même, en acceptant la rédaction en chef, s'était donné la tâche de le ramener dans la bonne voie. Alors dès le début il est pleinement conscient du défi inhérent au projet : sauver et favoriser ce qu'il y a de bon dans les pratiques et les traditions du passé, éliminer et remplacer les éléments qui nuisent à une concentration sur les beaux-arts. Dans l'histoire immédiate de la revue, nous l'avons montré, il y a eu de trop nombreuses distractions et trop peu d'éléments positifs. Reconnaissant que le titre *L'Artiste* peut être pris dans le sens large, il dresse la liste des arts dans toute leur diversité, jusqu'aux arts industriels et populaires. Mais lorsque le moment est venu de préciser ce qui sera considéré comme important dans la revue, il passe sous silence la myriade des autres arts qu'il venait de dénombrer pour affirmer la place de la littérature dans l'avenir de la revue, sous cette condition : elle aura une place plus discrète, complémentaire aux beaux-arts ; ce sera « un escabeau d'ivoire, entre un tableau de maître et un groupe de marbre ou de bronze ; nous la ferons asseoir dans un musée ». Ce mot « musée » est le mot-clé pour comprendre le rôle que Gautier veut attribuer à la revue : ce sera un lieu d'études artistiques et littéraires[5], un lieu de rencontre entre les artistes et les écrivains, un lieu où tout un chacun peut s'instruire librement et à sa guise en parcourant la collection d'articles généraux et spécialisés, en regardant les gravures et les lithographies reproduisant des œuvres d'art et en lisant de la poésie et des nouvelles. Le public lettré n'en est pas exclu, au contraire. Gautier propose franchement de donner à ceux qui ont fait leurs « humanités », qui sont capables, dit-il, de « porter sur les choses de la littérature un jugement plein de compétence », la possibilité de former leurs connaissances des beaux-arts en fréquentant les pages de la revue comme on fréquenterait l'espace d'un musée, car, dit-il, « les connaissances premières, indispensables à l'appréciation des œuvres d'art, manquent souvent à des esprits très cultivés d'ailleurs[6] ». Tout en refusant une visée purement pédagogique, c'est-à-dire la volonté de « faire l'éducation du public », termes qu'il faut prendre dans ce contexte dans leur acception péjorative, Gautier souligne le rôle médiateur de la revue et de ses rédacteurs, concept qu'il précise dans un long passage où il énumère les différents moyens qu'il utilisera pour atteindre ce but : rassembler pour son usage [i.e. celui du public] des documents précieux ; discuter devant lui des théories intéressantes ; amener son attention sur des œuvres peu connues et qui méritent de l'être ; le prévenir qu'à tel endroit il existe un tableau ou une statue qu'il faut aller voir ; lui décrire ce qu'il n'a pas le temps de visiter lui-même ; de toutes les manières, provoquer, faire naître et nourrir le goût de l'art dans ses manifestations multiples.

Pour réaliser ce programme, il fallait impérativement plusieurs choses : des articles de grande qualité, une équipe de collaborateurs capables de produire de tels articles régulièrement, une ouverture aux nouveaux critiques talentueux pour suppléer les réguliers, des planches impeccables coordonnées avec le texte, et surtout une direction prête à investir l'argent nécessaire pour soutenir la campagne jusqu'au bout. Pour commencer avec l'élément visuel, essentiel à une revue d'art, Édouard Houssaye et Aubryet avaient déjà voulu rapprocher les planches des articles de telle sorte que celles-là soient l'illustration nécessaire de ceux-ci. La pratique s'est révélée plus difficile à assurer que l'idée. Il faut du temps pour faire une gravure, et étant donné les habitudes des écrivains par rapport aux délais souhaités, ceux-ci faisaient l'article demandé soit tout de suite, soit longtemps après la date proposée. D'ailleurs, il était quasi impossible de planifier un numéro assez longtemps à l'avance pour assurer la coordination avec une gravure. L'examen des tables des matières confirme que trop souvent, la gravure demandée pour accompagner tel article paraît deux, trois ou quatre semaines après l'article. Mais les codirecteurs et leur rédacteur en chef s'efforçaient continuellement de faire respecter les délais et parfois ils y ont réussi. Quant à la qualité des planches, Béraldi est dur dans son jugement : « Bien qu'il s'y rencontre de temps en temps quelques planches signées Daubigny, Bracquemond ou Hédouin, jamais le journal ne fut plus pauvre en estampes. Il demande invariablement les reproductions au crayon de Nanteuil, au burin de Masson ou de Riffaut. Il n'y a rien de changé dans l'illustration de *L'Artiste*, il n'y a que quelques belles phrases de plus[7]. » Il est vrai que Masson et Célestin Nanteuil fournissent environ vingt pour cent des planches dans cette période, mais on trouve tout de même les noms de plusieurs lithographes et graveurs de talent dans la table, tels Gavarni, Meryon, Delâtre, Henriet, Lefmann et Laurens. Surtout, il faut noter le très grand effort de publier des planches traduisant un grand nombre de tableaux exposés au Salon de 1857, 60 en tout entre le 28 juin 1857 et le 6 février 1859. Alors, pour ceux qui n'ont pu se rendre en personne au Salon, le musée de *L'Artiste* les y fait assister indirectement[8]. Seul ennui, les planches ne sont pas coordonnées avec les articles de Gautier sur ce Salon.

L'ÉQUIPE DE COLLABORATEURS ET LES MATIÈRES TRAITÉES

Dès juillet 1856, les codirecteurs avaient également commencé à rassembler une équipe de critiques sérieux, comme nous l'avons vu plus haut. Gautier était bien placé pour compléter cette tâche importante et son succès a été trop souvent ignoré par les spécialistes. On parle invariablement du renouvellement de ce périodique réalisé par Gautier en invoquant les littérateurs qu'il attira et on cite Flaubert, Baudelaire, les Goncourt, Louis Bouilhet et Ernest Feydeau. On oublie ainsi que Gautier voulait revaloriser avant tout le caractère artistique de la revue. Dans ce domaine, ce sont les critiques d'art qu'il attira qui ont assuré le succès de *L'Artiste*, et la liste en est impressionnante : Frédéric de Mercey, le directeur des Beaux-Arts, Louis Blanc, l'ancien directeur des Beaux-Arts sous la deuxième République, Viollet-le-Duc, l'architecte et le restaurateur des monuments historiques, Philippe de Chennevières, attaché à l'administration des musées royaux sous Louis-Philippe, inspecteur des musées de province sous l'Empire, futur administrateur des Salons dans les année 1860 et futur directeur des

Beaux-Arts sous la Troisième République, et enfin Théophile Thoré, un critique d'art sérieux qui avait collaboré à *L'Artiste* pendant ses années de gloire et, plus probant, un républicain ardent parti en exil à Bruxelles, comme tant d'autres sous l'Empire. Bien sûr, les articles de Thoré sont signés d'un pseudonyme, parfois W. Bürger, parfois F. van den Berghen. Il y eut encore Paul Mantz et Pierre Malitourne, anciens rédacteurs de la revue, qui revinrent pour y publier plus fréquemment. Paul de Saint-Victor, proche ami de Gautier et critique d'art très fin, donna des articles à un rythme régulier. Gustave Claudin, Théodore Valério et Théophile Gautier-fils furent enrôlés parmi d'autres, des connus et des inconnus. Ce fut une équipe digne d'un journal spécialisé dans les Beaux-Arts et qui confirma le sérieux du programme proposé par son rédacteur en chef.

Pour mesurer le succès ou l'échec de ce programme, il faut regarder, au-delà des noms des rédacteurs, les matières dont ils traitent dans les cinq volumes de *L'Artiste* parus sous la tutelle de Gautier. Celui-ci avait promis aux lecteurs de rassembler pour leur usage des documents précieux. Les exemples ne sont pas abondants, mais suffisent à justifier la promesse les contributions suivantes : L. Saint-François fait un article au sujet de « La Peinture sur caoutchouc » ; Alfred Sensier et Théophile Silvestre donne une traduction en français des « Notes sur les conférences de John Constable » recueillies par Sir Leslie ; Gautier sollicite d'Eugène Fromentin les premiers « Fragments d'un journal de voyage » qui allaient devenir *Une Année dans le Sahel* et dont la version intégrale serait publiée par la *Revue des Deux Mondes* après le départ de Gautier pour la Russie ; et Paul Mantz publie des notes sur de « Nouvelles applications de la photographie ». La seconde proposition du programme de Gautier, c'est-à-dire de discuter devant les lecteurs des théories intéressantes, trouve aussi ses suites : le peintre Ziégler publie deux articles d'une série promise sur l'usage des couleurs en peinture avant de mourir subitement ; Henri Blaze de Bury fait un article sur les théories critiques de Winkelmann et Wackenroeder ; S. Cambray publie une série d'articles sur le traitement des arbres dans la peinture de paysages. Les troisième, quatrième et cinquième piliers du programme fournissent à vrai dire la substance de la revue : d'abord, amener l'attention des lecteurs sur des œuvres peu connues qui méritent de l'être, ensuite les prévenir qu'à tel endroit il existe un tableau qu'il faut aller voir, et enfin décrire pour eux ce qu'ils n'ont pas le temps de visiter eux-mêmes. On peut y ajouter d'ailleurs une proposition faite dans un autre passage du prospectus : publier des portraits et des biographies des maîtres anciens et contemporains.

Les articles de Gautier lui-même sont exemplaires en ce qui concerne sa vision de la revue. On pourrait même dire que, tout seul, avec son article hebdomadaire, le rédacteur en chef répond aux attentes créées par le programme qu'il avait dessiné dans le prospectus. Ses articles, d'une grande diversité de sujets, traitent, à quelques exceptions près, exclusivement de l'art et des artistes[9]. Il y parle de maîtres modernes, comme les deux incontournables Ingres et Delacroix, mais aussi de Gérome, Ary Scheffer et Chassériau, ainsi que des anciens comme Rembrandt et Léonard de Vinci. Il défend l'œuvre dessinée de Gavarni et de Gustave Doré, prônant leur originalité et leur modernité, comparant le premier à Heine et Balzac en littérature, le second aux maîtres du dessin romantique, Tony Johannot et Charlot, et puis tous les deux à Daumier. Il entretient ses lecteurs des antiquités (le Musée assyrien) et de la peinture décorative contemporaine (l'hôtel du prince Soltykoff peint par Charles Voillemot et la salle du trône au Luxembourg peint par Henry Lehmann). Il étudie l'art industriel de Barbedien et de quelques autres, les beaux livres de luxe de Goupil et de Plon, et les curiosités (le Musée d'artillerie). Il fait les nécrologies d'artistes récemment disparus : Ziégler, Paul Delaroche, Simart. Il écrit une longue appréciation en deux parties du premier journal de voyage du jeune peintre Eugène Fromentin, *Un Été dans le Sahara* ; il consacre un article à l'art du décor de scène, comme il l'avait promis dans le prospectus ; il étudie la photographie et ses rapports avec la peinture. Et surtout, il fait une magnifique revue détaillée du Salon de 1857 en pas moins de vingt articles. Vis-à-vis du programme esthétique annoncé au début de sa rédaction en chef, il faut remarquer combien Gautier donne l'exemple aux autres collaborateurs. Ceux-ci, recrutés pour leur expertise, assurent la cohérence des grandes lignes de la revue : les questions d'art dominent mais la littérature a sa place. Il suffit de regarder les matières de quelques numéros pour s'en convaincre. Le premier numéro propose, après l'« Introduction » de Gautier, le premier article d'une série par Ernest Feydeau sur l'idéal égyptien où il parle des conceptions de la représentation des figures humaines et animales ; puis un poème de Louis Bouilhet, un article d'A. Laroche sur la serrurerie artistique, un article d'Alfred Busquet sur le Café Parisien, une chronique de l'art par Georges Duplessis et le feuilleton théâtral par Edmond About en l'absence de Xavier Aubryet. Le deuxième numéro propose un article de Gautier sur Gustave Doré, une fragment de *La Tentation de Saint-Antoine* de Flaubert, un article de Ziégler sur le contraste des couleurs, la deuxième partie de l'étude de l'idéal égyptien par Feydeau, la chronique de l'art par Gautier fils et Duplessis, le premier traitant de ce qui se passe à l'étranger, le deuxième de ce qui se passe en France, surtout à Paris, et le feuilleton théâtral par Édouard Houssaye. Enfin, un troisième exemple, choisi au hasard en juin 1857 : l'article du Salon de Gautier, un article sur le Corrège par Ferdinand de Gramont, un article de S. Cambray sur le traitement des arbres dans la peinture de paysage, le feuilleton théâtral d'Aubryet, un poème signé Octave T… et une note sur une Exposition générale à Bruxelles. Ce que nous voudrions souligner dans ces exemples, c'est combien les questions d'art plastique dominent, et c'est le cas dans la plupart des numéros imprimés sous la tutelle de Gautier. Par contre, la littérature, surtout la poésie, n'est pas négligée, et certains numéros lui donnent une place de préférence.

Dans le prospectus publié en décembre 1856, après avoir esquissé son programme pour *L'Artiste*, Gautier avait parlé longuement de ses idées sur la critique. Ce sujet a été traité suffisamment pour que je n'aie pas à y revenir, mais il s'y trouve un constat que je voudrais souligner pour mesurer son effet sur les pratiques de la revue. Se défendant de l'accusation d'indulgence excessive dans ses articles, le critique affirme que la critique, pour lui, « doit être plutôt le commentaire des beautés que la recherche des fautes », et que le critique « n'est pas un maître d'école qui marque de bons ou de mauvais points à l'écolier ». Puis il s'exclame : « À quoi bon s'acharner sur une œuvre médiocre et mal venue ?... C'est un malheur et non un crime de n'avoir pas de talent. » Cette explication souligne l'idée de Gautier de faire de *L'Artiste* un musée où le public peut, la critique aidant, faire son éducation lui-même. Et en général, le rédacteur en chef choisissait ses collaborateurs parmi ceux qui souscrivaient généralement, sinon étroitement, à cette conception. Mais il n'en fut pas ainsi avec les propriétaires qui avaient une liberté complète d'agir comme bon leur semblait. À cet égard, Édouard Houssaye et Xavier Aubryet, chacun dans son domaine, représentaient un problème assez épineux pour Gautier.

Les travers de la direction

Aubryet, grand admirateur de Gautier, avait un tempérament nerveux et cherchait à se distinguer par l'excentricité de ses opinions et de son style. Paul de Saint-Victor le qualifie de « chat dans un courant électrique[10] », et les frères Goncourt ne cachent pas leur mépris dans leur *Journal* : « Un pur bourgeois, en comédie permanente contre ses goûts ; [...] passant le plus lâchement du monde sous toutes les fourches caudines de l'admiration générale et se faisant un goût en prenant le contre-pied absolu du sien[11]. » Bref, un homme difficile, énamouré du paradoxe, qui voulait réussir à tout prix, de préférence avant d'avoir mangé son héritage. Dans l'administration de *L'Artiste*, il a contrarié plus d'une fois les propositions de collaboration que faisait Gautier à des spécialistes, voulant faire lui-même l'article demandé[12]. Par ailleurs, Aubryet et Houssaye, tous deux, craignaient les reproches de la censure et devançaient toujours les coupures qu'ils imaginaient[13].

Pour Aubryet critique, c'est tout ou rien, tout noir ou tout blanc. Le *Dictionnaire de biographie française*, plutôt favorable à l'écrivain, juge qu'il « use d'un style vif, parsemé de termes populaires, ou de mots incisifs[14] ». Il a d'ailleurs la distinction d'avoir devancé certaines écoles de critique contemporaines en déclarant que : « Ce sont les écrivains [...] qui sont stériles, alors que la critique est féconde. » Pour être juste, il faut ajouter qu'il parle des écrivains médiocres ; toutefois il n'hésite pas à éreinter les grands quand ils produisent quelque chose de médiocre. Néanmoins, sa bête noire, c'est « cette prétendue *grande critique* si fière de sa densité », la critique universitaire, qu'il décrie sans ambages : « Erreur pour erreur, quand on cherche à nourrir l'intelligence, j'aime encore mieux la mousse que l'indigeste ; et je préfère les gens du monde aux pédants de l'université. » Contrairement à ce que Gautier proposait comme approche critique, éclairer le lecteur, lui faire découvrir les beautés de l'œuvre, Aubryet jouait le rôle du maître d'école, marquant les bons points et les mauvais points. Prenons quelques exemples de ses éreintements. Un article sur la tragédie inspiré par la représentation de *Venceslas* à la Comédie-Française en 1857 démontre bien la pertinence du jugement des Goncourt cité plus haut, un homme « en comédie permanente contre ses goûts ». La tragédie française, dit Aubryet, « n'appartient pas vraiment à l'art dramatique [...] elle rentre directement dans l'*Art oratoire* ; elle émane plutôt d'*avocats* que de poètes, même dans Corneille et dans Racine. La tragédie française, c'est la scolastique au théâtre [...]. À la place des faits, des sentiments, des passions, je ne vois guère que la rhétorique[15]. » Un autre exemple, plus franc, au sujet d'une reprise de *Guillaume Tell* à l'Opéra, oppose la grandeur de la musique à la platitude du livret en termes qui ne laissent pas de doute :

> Rossini, cette majesté, cette force, cette splendeur, contrarié par cette ombre grotesque, cette inanité, cette mèche éteinte, M. Hippolyte Bis ! L'action est si plate et si nulle, que les magnifiques idées du compositeur débordent, s'éparpillent et se gênent, comme un fleuve qui n'aurait pas de lit[16]... »

À l'égard de Lamartine, ce mot incisif : « M. de Lamartine remonte et descend dans la balance des sympathies. Il continue cette prose plaintive et désolée qu'on pourrait appeler le *chant d'un cygne auquel on arrache les plumes*[17]. » Enfin, à propos de la représentation de *Tannhauser* à Aix-la-Chapelle, ce torrent d'hyperboles grotesques :

> Un horrible vacarme ! Non, des chaudrons en colère, des casseroles hystériques, des pincettes ayant le tétanos, des canons ivres, des ânes possédés de la fièvre

cérébrale, des pintades trop amoureuses, des canards trop élégants, des sangliers moribonds, ne produiraient pas un charivari plus strident, plus ahurissant, plus décousu, plus incisif, plus intolérable que ce *Tannhauser* si vanté au-delà du Rhin. On appelle cela la musique de l'avenir ! – Soit ; mais chez les anthropophages[18].

Ce style percutant, ces images grotesques, cette colère sans mesure, sont-ils compatibles avec la vision que Gautier propose dans le prospectus et qu'il essaie d'instaurer par ses articles hebdomadaires et par ses choix judicieux de collaborateurs ? On a le droit de se demander ce qu'en pensait Gautier. Lui, discret comme toujours, n'en révèle rien dans sa correspondance. Aubryet se retire à la fin de 1857, sa fortune mangée. Lorsque enfin, en février 1859, Édouard Houssaye revend *L'Artiste* à son frère Arsène, Gautier écrit laconiquement de Russie à Ernest Feydeau : « Je suis très satisfait du changement à *L'Artiste*, et cette combinaison m'évitera d'en chercher une pour me retirer de ce papier, où mes occupations futures ne m'auraient plus permis d'écrire[19]. »

ÉCHEC FINANCIER, RÉUSSITE ESTHÉTIQUE

Globalement, pourtant, et malgré les articles hyperboliques d'Aubryet, les efforts de Gautier pour faire revivre *L'Artiste* aboutirent. La revue était connue pour son sérieux et lue dans les milieux artistiques et littéraires. On y trouve des articles de haute qualité sur un grand nombre de sujets touchant aux beaux-arts dans toute leur diversité. On y voit fleurir les principes de l'art pour l'art dans la collaboration des meilleurs écrivains du moment. Cependant la réussite auprès du grand public tardait à s'annoncer. Le tirage restait bloqué à mille exemplaires et avec le départ d'Aubryet, les pochcs d'Édouard Houassaye ne suffisaient pas à payer les factures qui s'accumulaient. Les collaborateurs, artistes et écrivains, ne payaient pas leur abonnement ; par contre, ils s'attendaient à être payés pour leur collaboration. Les Goncourt ne cachèrent pas leur rancune contre Édouard Houssaye, le gérant, qui trouvait toujours une explication au fait qu'il n'avait pas pu payer : « Toute cette famille des Houssaye, sang de filous et de Macaires et de carottiers ! » De son côté, Édouard Houssaye ne comprenait pas pourquoi *L'Artiste* traînait. « L'Époque est rebelle à l'abonnement », écrivit-il à Thoré[20] au début de 1858, puis quelques semaines plus tard :

> Monsieur, puisque vous prenez quelque intérêt à ce journal, soyez assez bon pour me dire... par où il pèche et pourquoi il pénètre si difficilement à l'étranger. Dites-moi toute votre pensée sans crainte de froisser l'amour propre de qui que ce soit, pas plus celui de Gautier que le mien[21].

Il s'en prit d'abord à la vieille réputation de la revue : « *L'Artiste*... a toujours eu le tort d'être trop littéraire[22]. » Et puis il en vint à donner la faute à Gautier ; « Ah ! que n'êtes-vous [Thoré] au milieu de nous pour tenir le sceptre de la critique que Gautier transforme trop en bienveillance universelle[23] ! »

Il y a sans doute de la vérité dans la première plainte ; *L'Artiste* avait toujours eu une identité confuse, revue d'Art, mais revue littéraire, musicale et philosophique aussi. Sentant qu'il ne pouvait faire réussir ce journal, le propriétaire investit les fonds qui lui restaient dans le lancement, avec Charles Blanc, d'une nouvelle revue, la *Gazette des Beaux-Arts*. Là où *L'Artiste* ne pouvait réussir, la *Gazette* brilla : elle n'avait qu'un centre d'intérêt unique, les beaux-arts, et pour le soutenir, des collaborateurs spécialisés et bien informés, des articles de fond, des gravures supérieures coordonnées avec le texte. Béraldi souligne ce succès par une constatation ironique : « Le programme de Théophile Gautier allait cependant être accompli... par la *Gazette des Beaux-Arts*[24]. » Les premiers mois étaient difficiles pour la nouvelle revue, mais on atteignit assez rapidement un tirage de mille exemplaires, égalant celui de *L'Artiste*. Après deux ans, il monta à près de quatre mille exemplaires. Gautier avait fait de son mieux pour relever le défi proposé par les propriétaires de *L'Artiste*. Son programme ne manqua pas de pertinence, son équipe de collaborateurs eut le talent nécessaire, son projet de faire de la revue une sorte de musée fut inspiré. À la fin, c'était le manque d'argent et d'astuce de la part des directeurs-propriétaires ainsi que l'insistance obstinée à préserver l'identité plurielle de la revue qui rendirent le succès impossible. Après un brave effort, Gautier le savait au fond de lui-même et c'est pourquoi il quitta *L'Artiste* si discrètement.

NOTES

1. L. Conquet, 1885, Vol. VIII, p. 262.
2. Lettre du 21 août 1854 (Th. Gautier, *Correspondance générale*, édition de Cl. Lacoste-Veysseyre et al., Vol. VI, 1991, p. 69). C'est Paul de Saint-Victor qui eut le poste. Lui aussi allait collaborer à *L'Artiste.*
3. Comme son frère avant lui, il espérait faire sa fortune à la bourse. Il fit des investissements modestement réussis dans les chemins de fer en pleine expansion et dans les renouvellements haussmanniens de Paris.
4. T. G., *Correspondance*, VI, p. 247.
5. Le *Grand Dictionnaire Universel du XIX*[e] *siècle* (sigle : *GDU*) propose cette définition de *musée* : « Lieu d'études littéraires, scientifiques ou artistiques ; grande collection d'objets d'art ou de science. »
6. Dans la partie « encyclopédie » de l'entrée *musée*, le *GDU* rappelle que le musée, comme institution publique appartenant à la nation, s'épanouit après la Révolution et que les musées de la capitale furent fréquentés par la classe ouvrière « qui vient y chercher avidement une intelligente instruction et les plus utiles enseignements ». L'auteur exagère sans doute les bienfaits de ces visites du peuple (rappeler la visite au Louvre de Gervaise et des invités de la noce dans *L'Assommoir*, proposée toutefois comme « instructive »), mais il est indéniable que les gouvernements successifs et les intellectuels croyaient à l'effet d'adoucissement moral de la fréquentation des chefs-d'œuvre.

7. *Op. cit.*, p. 263.
8. Cinquante planches de cette série furent recueillies dans un album, *Les Expositions de Paris, le Salon de 1859* publié aux Bureaux de *L'Artiste* en février 1859.
9. Ne paraissent que trois portraits littéraires : Mme De Girardin, Sapho et Honoré de Balzac et trois poèmes : « A M. Théodore de Banville », « A. M. Ernest Feydeau » et « La Source ». Ces trois derniers traitent tous de l'art d'ailleurs.
10. Cité par J. de Goncourt, *Journal : mémoires de la vie littéraire*, éd. R. Ricatte, 22 vol. Monaco, Éditions de l'imprimerie nationale de Monaco, 1956-1958, III, p. 74.
11. *Journal*, IV, p. 214. Ce jugement est confirmé par l'entrée dans le *Grand Dictionnaire universel du XIX*[e] *siècle* : « Cet écrivain, qui s'applique surtout dans ses œuvres à fuir les sentiers battus et semble, au risque du paradoxe, dédaigner les opinions toutes faites. »
12. Par exemple, Gautier écrit à Louis de Cormenin début février 1857 : « J'ai peur de ne pouvoir mettre ton article. Celui d'Aubryet commence précisément par une étude générale sur le jeune Dumas, et cela ferait beaucoup de Dumas. Je suis fâché de ce petit contre-temps et de ce double emploi » (T. G., *Correspondance*, VII, p. 283).
13. Voir la lettre de Gautier à Louis de Cormenin du début janvier 1857 où Gautier se complaît à passer le message pour les codirecteurs (T. G, *Correspondance*, VII,

p. 270) et le *Journal* des Goncourt à la date du 1er mai 1857 où Aubryet et Houssaye protestent vivement contre leur article « Venise la nuit ».
14. Vol. IV, 1948, colonne 297.
15. *L'Artiste*, 19 juillet 1857, p. 291.
16. *L'Artiste*, 31 août 1856, p. 125.
17. *L'Artiste*, 18 janvier 1857, p. 94.
18. *L'Artiste*, 4 octobre 1857, p. 80.
19. T. G., *Correspondance*, VIII, p. 115.
20. Bibliothèque de l'Arsenal, MS 7913.
21. *Ibid.*
22. *Ibid.*
23. *Ibid.*
24. *Op. cit.*, p. 263.

Les stratégies de l'admiration face aux contraintes médiatiques

Anne GEISLER-SZMULEWICZ

« Un critique peu sévère, qui promène avec une complaisance orientale sa plume chatoyante de la salle de spectacle au salon de peinture », tels sont les mots par lesquels l'auteur de la notice « Critique » du *Grand Dictionnaire universel* de Larousse juge Théophile Gautier[1]. Celui-ci connaît très bien la réputation qu'on lui fait et s'explique à plusieurs reprises sur ses choix. Outre le prospectus bien connu qu'il rédige pour *L'Artiste*[2], au moment d'en devenir rédacteur en chef, il nous renseigne, dans un passage du chapitre 8 le plus souvent passé inaperçu de *Spirite*, sur la perception qu'il avait de son travail, sur le sentiment qui l'animait face aux réactions de son public, et sur la manière dont il eût aimé être lu. Lavinia-Spirite rappelle tout d'abord la manière dont l'œuvre de Malivert (ici double de Gautier[3]) est comprise : celle d'un auteur « objectif » témoignant vis-à-vis de son public d'une « impartialité dédaigneuse ». À cette lecture commune, elle oppose la sienne, qui tire profit des contraintes journalistiques pour appréhender plus exactement la pensée du critique.

Cette lecture singulière est fondée sur une double approche. Une approche extérieure qui englobe l'ensemble des feuilletons, et une approche intérieure qui privilégie des écrits choisis : Spirite rompt en effet tout d'abord avec la discontinuité imposée par le rythme de publication des journaux en rassemblant les feuilles volantes de manière à faire apparaître la cohérence de la pensée de l'auteur dans sa globalité : « Je cherchai à travers la collection des journaux tous les articles marqués de ce signe[4] », puis elle développe les principes d'une lecture profonde et active : « Il ne faut pas toujours prendre au pied de la lettre ce que dit un auteur », « on doit faire la part des systèmes philosophiques ou littéraires, des affectations à la mode en ce moment-là, des réticences exigées, du style voulu ou commandé, des imitations admiratives et de tout ce qui peut modifier les formes extérieures d'un écrivain[5]. »

Gautier invite ainsi à distinguer entre l'expression de son admiration et les éloges de convention. En tant que critique, il élabore de véritables stratégies pour prendre appui sur les « contraintes médiatiques » et les dépasser. Ce sont ces stratégies que l'on se propose d'étudier. En complément de la question des positions esthétiques bien traitée par les spécialistes de la critique de Gautier[6], on verra comment celui-ci infléchit sa pratique du compte rendu, en fonction de la nature, commandée ou libre, de son admiration.

Toute une tradition oppose critique et admiration, suivant la maxime de La Bruyère : « Le plaisir de la critique nous ôte celui d'être vivement touchés de très belles choses[7]. » L'une est synonyme d'examen et de jugement distancié, l'autre de ravissement immédiat, comme le rappelle Francis Marcoin dans son introduction à l'ouvrage qu'il a dirigé sur l'admiration en 2003[8]. À partir de Diderot une autre voix se fait entendre pour défendre une critique fondée sur le bonheur de l'admiration : « Ma devise n'est pas celle du sage Horace, *nil admirari* ; si l'on ne peut obtenir et garder le bonheur qu'à cette condition, Denis le philosophe est fort à plaindre[9]. » À sa suite, Schlegel en Allemagne[10], en Angleterre Byron[11], Baudelaire et Hugo[12] en France, reviendront sur le plaisir de l'admiration critique, chacun par des chemins distincts.

Pour Gautier, l'admiration constitue un principe fondamental de sa critique. Elle paraît être d'abord une arme pour lutter contre les censeurs tyranniques et injustes, une réponse aux Zoïle impuissants, « être(s) verdâtre(s), aux paupières rouges, au teint plombé, aux mains griffues comme les ailes de la chauve-souris » et un moyen pédagogique d'inciter l'artiste à persévérer dans la voie qu'il s'est tracée : « La louange est un éperon d'or qui [...] fait se précipiter l'artiste en avant avec une nouvelle impétuosité, tandis que sous le fouet humiliant ils se cabrent, se renversent ou se jettent de côté[13]. » Mais l'admiration apporte aussi un surcroît de vie en donnant la possibilité à celui qui en est capable de se sentir exister : « Admirer, c'est aimer par l'esprit ; aimer, c'est admirer par le cœur[14] ! » ; « Admirer est une si belle chose ! Les anges n'ont pas d'autre bonheur que de contempler éternellement Dieu, ce poète sans défaut ! [...] la critique n'est pas, comme on se l'imagine, la recherche des défauts, c'est la recherche des beautés[15] ! »

Gautier a rêvé à une critique d'un nouveau genre, où il n'aurait eu à s'occuper que d'œuvres dignes de ce nom : « Quiconque a fait un chef-d'œuvre ou seulement obtenu un succès, est de notre compétence[16] » ; « Tout artiste que le rayon a touché est accepté par nous sans aucune restriction[17]. » Dans les faits pourtant, le critique a eu le plus souvent à faire des éloges commandés. Les premières « contraintes » furent celles des directeurs de journaux. L'auteur de *Histoire de la critique* (1857), Jacques Demogeot, décrit le journaliste comme un « soldat sous son drapeau [qui] fait feu devant lui et au commandement[18] » et Delphine de Girardin résume cette situation du critique par ce constat : « [son] admiration a un propriétaire, et [ses] injustices ont des abonnés[19]. » Aucun journal ne paraît faire exception ; même *L'Artiste* qui, pour nous, paraît plus ouvert que les autres, impose des lignes éditoriales strictes à ses feuilletonistes, comme l'explique Jules Janin en 1839 : les journalistes sont sommés de répondre « aux sympathies, aux admirations, aux répugnances, aux haincs, aux amours » de ses lecteurs[20].

Gautier était donc particulièrement concerné, lui qui écrivit pendant plus de quarante ans dans près de cent journaux différents. Dès ses premières années dans *La Presse*, il dénonce cette absence de liberté. Il critique par exemple en 1836 le système de promotion des livres, devenus de simples objets de commerce : « Certains auteurs vendent des romans à certains éditeurs, à cette condition qu'ils leur feront avoir vingt-quatre ou trente articles favorables [...]. Et l'on sait ce que veut dire maintenant un article favorable, un panégyrique sans restriction aucune où l'auteur est mis au-dessus de Byron, d'Homère et de Dante pour le moins[21]. » Il attaque en mai 1838 les directeurs de journaux obnubilés par des critères de rendement et gens « entièrement étrangers à l'art[22] ». Et il conclut en 1843 par cette formule dépourvue d'ambiguïté : la critique n'est « plus aujourd'hui qu'une réclame qu'on ne paye pas[23] ».

Dénoncer le fonctionnement des journaux mêmes dans lesquels on travaille soi-même peut sembler relever de la posture. Pourtant, les pressions n'ont rien d'imaginaire, et la correspondance générale constitue un bon matériau pour les mettre au jour. Les lettres qu'Émile Girardin adresse à Gautier montrent le directeur de *La Presse* imposant des délais serrés, dictant des sujets, voire soufflant directement la teneur des éloges[24] ; quant aux contraintes exercées par la direction du *Moniteur universel*, elles sont palpables à travers les réactions des lecteurs déçus par les timidités du critique[25]. Des biographes de Gautier comme de Feydeau et de du Camp évoquent aussi les nombreuses sollicitations des auteurs, que confirme l'examen de sa correspondance[26]. Plus le critique est connu, plus le nombre de lettres dont on dispose – demandes de comptes rendus, invitations à passer dans un atelier, remerciements, etc. – explose : cinq lettres seulement pour la seule année 1838, autant pour le seul mois de mars 1866... Ces années 1860 qui voient la célébrité de Gautier critique sont celles où Jules Janin lui écrit : « Il n'y a pas de succès légitime sans votre approbation et les moins difficiles en fait de gloire ne sauraient se contenter, s'il y manque enfin la marque de Théophile Gautier[27]. »

De là à voir dans le critique une victime d'un système médiatique écrasant, il n'y a qu'un pas, que nous ne franchirons pas. Si Gautier affirme : « ce n'est pas à nous pauvres diables de feuilletonistes, qu'il est permis de trouver [...] une pièce trop ennuyeuse[28] », il paraît pourtant rarement aussi soumis qu'il le dit. Il s'exécute, en faisant entendre à demi-mot où penche la balance. Gautier s'explique sur sa stratégie face aux compliments imposés de l'extérieur dans une saynète de *La Presse* reprise sous le titre de « Les Directeurs et la critique » dans *l'Histoire de l'Art dramatique en France* : « L'un vous joue un morceau sur la quatrième corde, l'autre vous en joue deux sur pas de corde du tout. – Monsieur, je suis un grand homme ! vous crie-t-on par ici. Monsieur, je suis un grand homme ! » vous crie-t-on par là. C'est le cri général. Qui n'est pas grand homme aujourd'hui ? qui n'est pas un prodige ? Et le journaliste écoute tout cela avec un sourire demi ironique[29]. »

C'est en effet d'abord par la distance ironique que Gautier fait entendre le vrai derrière le faux. On le sait, il déteste la critique superlative, qu'elle soit en bien ou en mal. Il se moque de l'emploi excessif des « points d'admiration[30] » et tourne en ridicule chaque fois qu'il le peut le dithyrambe « ennuyeux de sa nature[31] ». Même une critique sincère, comme celle de Philoxène Boyer, l'insupporte à cause de son « enthousiasme haletant qui ne pos[e] jamais le pied sur terre[32] ». Aussi, il convient de se méfier chaque fois qu'il recourt aux dithyrambes et aux hyperboles : Joseph Bouchardy sollicite-t-il Gautier le 16 janvier 1841 pour écrire une « petite réclame qui dise [...] que la pièce fait toujours des recettes bien plus élevées[33] » ? Celui-ci s'exécute en rédigeant un compte rendu plein d'emphase : « La réputation de Bouchardy – il est assez célèbre pour être débarrassé du monsieur sacramentel – est plus qu'européenne, elle est africaine et même asiatique : ses drames ont atteint des chiffres de représentations vraiment fabuleux, et, dans tous les endroits de la terre où l'on pose quatre planches sur un tréteau dans une intention de théâtre, on voit resplendir sur l'affiche le nom gigantesque de Joseph Bouchardy[34]. » Quand Émile de Girardin commande de même à Gautier un compte rendu élogieux du *Christophe Colomb* de Félicien David[35], le journaliste se plie à la demande, en faisant montre d'une complaisance excessive : il décrit l'« héroïque navigation » de l'orchestre qui paraît avoir en lui l'« orchestre de l'océan », le « bonheur inouï » avec lequel il rend « toutes les plaintes des mâts », la « puissance d'expression inconnue » à laquelle il s'élève. L'éloge s'enfle au point de se conclure par l'évocation de « l'accord le plus merveilleux de toutes les notes fulminantes que la musique puisse ravir aux arsenaux du ciel[36] ».

Il est d'autant plus difficile de prendre ces éloges pour argent comptant que la fin du compte rendu et le début du feuilleton suivant font ressortir ce qu'avait d'artificiel le procédé : « Pâris le Bohémien n'est au fond qu'un honnête mélodrame » ; quant à *Christophe Colomb*, qu'il apprécie, il se contentera de louer plus tard de manière très elliptique qui contraste avec son premier écrit ses « strophes étincelantes [37] ». Cette distance critique s'affaiblit pourtant à mesure que les années passent. Quand le peintre Paul Baudry en 1862 réclame par exemple un compte rendu élogieux de Gautier – « Préparez-vous donc, prenez votre sgraphium enrichi de perles et apprenez aux fils des hommes qui je suis et d'où je viens et où j'irai[38] », le critique s'exécute avec un sérieux qui contraste avec l'humour de la demande : il loue la sobriété lumineuse et pâle du tableau, ses belles formes, la maîtrise parfaite de la composition, la couleur légère dont le peintre a revêtu les belles et tranquilles personnifications qu'il a représentées. L'emphase et l'ardeur disparaissent, et probablement aussi en partie la distance critique.

Pour faire sentir que l'éloge qu'il formule est un éloge commandé, Gautier recourt à trois procédés : la restriction, l'antiphrase et la correction. On sait que chez lui, la beauté ne se prête pas à un examen du détail et ne se décompose pas en parties. Aussi le seul fait de restreindre l'éloge à une seule qualité exprime en soi le manque d'enthousiasme. Cette restriction s'accompagne le plus souvent de la mention d'une fausse qualité. Pour savoir ce qu'est une vraie ou fausse qualité selon Gautier, on peut se référer aux passages de « rat-

trapage » de son œuvre critique. Quand un compte rendu critique est négatif, en effet, l'auteur énonce toujours pour finir quelques aspects plus positifs, censés redresser en quelque sorte une orientation trop négative. Or, ce sont toujours les mêmes traits qui reviennent alors : la disposition, l'observation et le traitement des caractères. Gautier loue l'adresse d'agencement de telle ou telle pièce, les qualités d'observation de son auteur, le caractère bien tracé de personnages, l'existence de mots fins[39]… toutes choses qui relèvent d'un savoir-faire plutôt que d'une création au sens propre.

Les passages de transitions ou de concessions offrent également des illustrations de sa pratique de l'antiphrase et de la correction. Le critique rappelle l'ordre canonique de la critique, l'éloge étant traditionnellement suivi d'une partie de réserves : « Une dixième Muse donnant son avis sur les œuvres de ses neuf sœurs, et soulignant après éloge, l'endroit faible d'un léger coup d'ongle[40]. » Mais, dans la pratique, il en bouleverse la règle. La transition sert principalement sous sa plume à invalider l'éloge qui vient d'être fait. L'auteur peut ainsi louer une œuvre pendant une colonne entière, énumérer toutes ses qualités, pour ensuite affirmer, contre toute logique, que l'œuvre qu'il vient de vanter n'a pas sa préférence. L'exemple du compte rendu de la *Sortie du Bal masqué* est à cet égard instructif : Gautier félicite Gérôme d'avoir réussi ce qui aurait fait « hésiter les plus intrépides », il énumère ses qualités – douteuses il est vrai, selon son échelle de valeurs – l'emploi « d'un pinceau sec, net, fin, serré, absolu, qui ne dépasse jamais son contour », puis il conclut, sans transitions : « Quel que soit le mérite de la *Sortie du bal masqué*, nous lui préférons pourtant la *Prière chez un Chef Arnaute*, qui attire moins la foule[41]. » Manière de dire qu'il n'a raconté finalement que du vent et qu'il n'a pour le tableau qu'une admiration de commande !

La formulation de qualités passe aussi par le recours à la double énonciation dans le cas de l'éloge corrigé. Quoi que Gautier ait pu écrire dans *Histoire du romantisme* à propos de son choix du pronom personnel de la première personne du pluriel « nous » : « Le *je* nous répugne tellement que notre formule expressive est *nous*, dont le pluriel vague efface déjà la personnalité et vous replonge dans la foule[42] », celui-ci paraît choisi moins par modestie que parce qu'il vient à point nommé pour brouiller les référents. Qui est en effet vraiment Gautier quand il écrit, le 14 novembre 1840 : « Nous autres bourgeois de 1840, nous avons l'imagination un peu paresseuse et nous manquons essentiellement de naïveté ? » Et quand il complète cette affirmation par cette précision : « Quant aux artistes et aux lettrés, ils sont trop occupés de leurs propres rêves pour être impressionnés par ce fantôme d'action[43] ? » Où se situe Gautier encore quand il note à propos du tableau de Gérôme exposé au salon de 1857[44] « la singularité du sujet attire le public, le mérite de l'exécution retient les connaisseurs » ? Tour à tour bourgeois, honnête homme, connaisseur, poète, artiste, le critique, nouveau Protée, multiplie et en juxtapose les points de vue, et ce faisant ne s'enferme, semble-t-il, dans aucun.

Ces alternances entre affirmations et rétractations, ces pratiques de l'éloge restreint et de l'éloge contrarié constituent les principales stratégies de Gautier sommé par les lignes éditoriales de son journal ou par les auteurs eux-mêmes à exprimer une admiration factice.

Sainte-Beuve a une belle image pour désigner cette manière de se gouverner entre les récifs de la contrainte : la critique de Gautier ressemble à « une gondole qui se jouerait en plein canal[45] ».

Le fait de pouvoir ainsi résumer à quelques procédés la pratique du Gautier critique en service commandé laisse penser que ce type d'éloge est presque automatique. Rien de tel quand Gautier exprime librement son admiration. La formule de l'impuissance admirative[46] n'est pas seulement une manière superlative d'exprimer l'indicible de la beauté, elle est aussi, et très concrètement, l'expression de la difficulté à rendre compte d'une œuvre originale sans tomber dans le convenu.

Le risque majeur à éviter est en effet celui de la contamination de la critique admirative par la critique de commande. Comment s'y retrouver ? Pour Sainte-Beuve il existe entre les deux une différence de forme et de contenu, de style et de profondeur : « Il sait très bien marquer et faire sentir toujours ses nuances d'affection ou de déplaisance. Quand il est forcé de louer ce qu'il aime moins, il n'y a qu'à bien l'écouter ; il indique finement le degré en baissant le ton et en mettant une sourdine à la louange[47]. » Et un peu plus loin : « Le degré de blâme ou d'approbation résulte, pour les lecteurs attentifs, du degré d'attention et de développement qu'il y met, et aussi de la qualité de couleur qu'il y apporte[48]. » L'admiration authentique ne peut en vérité se contenter d'une forme héritée. Mieux vaut se taire que de tomber dans la formule apprise, le style ampoulé, et Gautier exclut toute forme soupçonnée d'avoir trop servi ; la prétérition et l'ellipse se substituent au superlatif : « Louer chez M. Ingres la pureté de son dessin, la finesse de son modelé, l'élévation de son style, c'est un lieu commun qu'il n'est plus guère permis de répéter ; aussi n'en dirons-nous rien[49]. » Dans cette perspective la question de l'évolution des goûts du public pose au critique un véritable dilemme. Lorsqu'il ne peut plus jouer le rôle de découvreur et qu'une œuvre autrefois jugée révolutionnaire est désormais acceptée de tous, comment continuer à exprimer son admiration sans répéter ce qui est désormais admis comme une idée reçue ? Dans le compte rendu du *Salon de 1859*, Gautier après s'être félicité d'avoir contribué à l'évolution du regard du public, s'interroge sur la nécessité et sur la manière d'en rendre compte. Il n'est plus nécessaire, écrit-il, « que dès les premiers jours une voix amie se hâte d'éteindre par des éloges [les] clameurs enrouées[50] ». La solution est alors de recourir à l'évocation rétrospective, comme le montre l'examen des reprises des pièces de Hugo *Hernani* et *Ruy Blas*[51]. Plutôt que de se taire, Gautier choisit de reporter l'expression de son admiration sur le spectacle remémoré.

Personnelle et subjective, l'admiration ne peut être imposée de l'extérieur, ni puiser ses formes dans les manuels de rhétorique. S'inspirant du néo-platonisme[52], Gautier définit l'admiration comme la rencontre magique entre une œuvre et un critique : « Un homme a du talent ou n'en a pas, mais lorsqu'il en a, tous les ouvrages qu'il produit ont le même mérite ; toute la différence consiste dans le plus ou moins d'agrément du sujet et dans les sympathies particulières du spectateur[53]. » Leitmotiv de sa critique, toute œuvre qui réveille son imagination et ressuscite son idéal secret recevra ses suffrages[54]. Ces « sympathies particulières » passent par des degrés différents d'intensité, de la simple reconnaissance à la séduction totale. Ainsi, Gautier écrit de *Ruy Blas* que c'est « une des pièces qui [lui] plaît le plus », puis il prend soin de souligner : « Nous disons qui nous plaît ; il en est d'autres que nous admirons autant[55]. » L'œuvre exerce sur le spectateur un pouvoir d'attraction qui provient de la coïncidence entre le « rêve secret » de celui-ci et l'idéal réalisé par l'artiste. Dans ce processus qui échappe à la raison, le public joue un rôle de premier plan ; il parachève, en quelque sorte, l'œuvre créée par un autre.

Cela explique que Gautier ait recourt au langage de l'assimilation et d'une forme qu'il connaît bien puisqu'il la développe dans sa fiction, celle de l'avatar : « Admirer un grand artiste, c'est s'incarner en lui, entrer dans le secret de son âme ; c'est le comprendre, et comprendre, c'est presque créer [...]. Que de bonnes heures nous avons passées, l'œil perdu dans un livre ou dans une toile, nous assimilant le poète ou le peintre par une espèce d'*avatar* intellectuel[56]. » Gautier reprend dans le prospectus de *L'Artiste* en 1856 la même idée : « Pourquoi se priver du choix délicieux d'être pour quelque temps un autre, d'habiter sa cervelle, de voir la nature à travers ses yeux comme à travers un prisme nouveau[57] ? » Sur ce point, il n'y a aucune différence entre la création d'un artiste, le jeu d'un bon acteur et la pratique de la critique admirative[58]. Le critique, qui plonge ainsi dans l'œuvre pour en comprendre et en rendre le sens de l'intérieur, redevient, selon les critères de Gautier, poète et se venge ainsi des contraintes médiatiques…

L'admiration, lorsqu'elle est ainsi confondue avec le processus d'assimilation, passe par quelques procédés que l'on peut également identifier. Le premier, qui a été bien commenté dans la critique d'art[59] de Gautier, est l'*ekphrasis*, dont la pratique constitue pour Gautier une double réponse à une critique dogmatique et tranchée et à une description strictement factuelle. Sa présence dans un feuilleton est gage d'admiration. L'*ekphrasis* nécessite en effet un travail d'écriture qui est loin d'être anodin, pour un critique pressé, harcelé par la copie. La description du tableau de Delacroix, La *Mort de l'évêque de Liège,* traduit bien de la part du scripteur une tentative pour rendre compte d'une atmosphère, caractérisée par le mouvement, la couleur et le bruit : « C'est un tourbillon peint, tout remue et tout se démène frénétiquement dans ce petit cadre, d'où il semble entendre sortir des mugissements et des tonnerres ; jamais on n'a jeté sur une toile une foule plus drue, plus fourmillante, plus hurlante et plus enragée[60]. » Il s'agit bien, comme Gautier l'écrira joliment plus tard, dans le prospectus de *L'Artiste*, de « gard[er] les formes de l'art en parlant de l'art » en dansant « sans balancier sur le fil de la phrase[61] ».

La « couleur propre et reconnaissable » à laquelle Sainte-Beuve fait référence comme critère de différenciation d'un compte rendu à l'autre tient aussi au choix et à l'abondance des images et des références. Cette pratique fut souvent reprochée à Gautier, présenté comme un auteur exagérément descriptif et peu scrupuleux de la vérité historique[62]. Or, il ne s'agit pas de facilités, mais d'un mode choisi, parmi d'autres, pour traduire précisément son admiration, pour caractériser la manière d'un artiste ou d'un écrivain, son caractère et l'atmosphère qui règne dans son œuvre. Gautier emprunte à la nature, à l'anatomie, il puise dans la statuaire et dans la peinture pour décrire telles phrase, tel rythme, telle patine. Les feuilletons consacrés à Hugo et à Delacroix sont pleins de ce type de formules. Développant une métaphore anatomique et sculpturale pour rendre compte de la force de Hugo, Gautier écrit par exemple : il va « tout droit au nerf, le dégage des chairs et le fait saillir avec une vigueur prodigieuse. On prendrait certaines phrases de M. Victor Hugo pour ces figures qui sont dans les encoignures et les pendentifs de la Sixtine et dont les muscles adducteurs et extenseurs sont également boursouflés[63]. »

Le recours à la référence constitue aussi un trait constant des comptes rendus admiratifs de Gautier. À partir de ce procédé, en soi plutôt banal, Gautier dresse des ponts entre des œuvres éloignées géographiquement et dans le temps ; il reconstitue les « familles d'esprit » qui lui sont chères. Ingres, par exemple, est transformé en figure de « jeune moine italien du Moyen Âge, un de ces moines qui deviennent cardinaux ou papes, [qui] ont la puissance de suivre toute leur vie une idée unique[64] ». Ses *Odalisques* sont accusées de rendre « jaloux le sultan des Turcs, tant les secrets du harem semblent familiers à l'artiste[65] » et la tête du *Saint Symphorien* aurait pu être dessinée seulement par un « un peintre de l'école angélique[66] ». Les apparentements participent d'une variété de l'éloge, mais offrent aussi l'avantage pour le critique de se mouvoir à l'intérieur de son propre musée intérieur, et ainsi de le faire vivre.

Enfin, l'opération d'assimilation se lit dans l'emploi constant que Gautier fait du déictique. Celui-ci, d'un emploi fréquent, témoigne de la confusion entre l'œuvre vue, l'œuvre décrite, l'œuvre rêvée et l'œuvre reconstituée. Tout en conservant sa valeur laudative du latin (du « *ille* »), il superpose l'image rêvée et l'image décrite. Gautier en réserve l'emploi à la description du jeu d'un acteur ou d'un tableau représentant une scène connue. Le traducteur se double d'un interprète : le souvenir de l'effet produit à la lecture se superpose à la perception immédiate du spectateur. Gautier écrit ainsi du jeu de Madame Dorval dans *Hernani*, le 22 janvier 1858 : « Il est impossible de mieux rendre cette passion profonde et contenue qui s'échappe en cris soudains aux endroits suprêmes, cette fierté adorablement soumise aux volontés de l'amant : cette abnégation courageuse, cet anéantissement de toute chose humaine dans un seul être[67]. » L'admiration atteint son acmé quand la scène réelle et la scène intérieure coïncident et se superposent.

En résumé, les stratégies mises en œuvre pour faire sentir les différentes nuances de l'admiration diffèrent fondamentalement : d'un côté l'outrance qui interdit de prendre au pied de la lettre les descriptions emphatiques de Gautier, de l'autre un enthousiasme qui s'exprime par un subtil travail d'intériorisation. Dans un cas, le choix des arguments, la ressemblance même des termes utilisés donnent le sentiment que ces comptes rendus pourraient être interchangeables ; dans l'autre l'œuvre décrite l'est pour elle-même et l'enthousiasme recourt pour s'exprimer à des formules individualisées et précises, qui cherchent à mimer leur objet ou à traduire l'effet produit sur l'admirateur.

Au vu de ces stratégies mises en œuvre par l'admiration pour faire face aux contraintes médiatiques, on voit combien il est difficile de continuer à proclamer l'objectivité absolue du critique. Loin de rendre l'objet « sans réagir », comme l'écrit encore Sainte-Beuve, de le réfléchir « sans lui résister[68] », Gautier s'assimile l'œuvre. Même l'*ekphrasis* en tant qu'exercice de transposition ne fait pas oublier le critique, ses goûts, sa personne, son vécu. Quand l'admiration de commande s'arrête au langage, l'admiration authentique implique une démarche de compréhension, d'assimilation et de recréation verbale. L'admirateur n'est pas chez Gautier comme il le sera chez Cioran, impatient de rompre avec ceux qu'il admire « par aspiration à être libre, à être soi[69] » ; l'admiration est chez lui le moyen de dépasser les contraintes médiatiques et de se retrouver.

NOTES

1. Cette idée est également véhiculée par H. Carton. Voir *Histoire de la critique littéraire en France*, Paris, éd. A. Dupret, 1886, p. 182-183.
2. « Prospectus », *L'Artiste*, 14 décembre 1856.
3. Malivert ressemble beaucoup à Gautier : il est poète, critique et signe d'un pseudonyme latinisé qui fait penser à Albertus.
4. *Spirite*, dans *Œuvres, choix de romans et contes*, édition établie et annotée par P. Tortonese, Paris, éd. Robert Laffont, « Bouquins », 1995, p. 1476.
5. *Loc. cit.*

6. Voir les analyses de W. Drost dans *Exposition de 1859*, Reihe Siegen, éd. 5, Carl Winter universitätsverlag Heidelberg, 1992, et de P. Berthier dans *Œuvres complètes*, section VI, *Critique théâtrale* [volume I], Paris, éd. Champion, 2007.
7. La Bruyère, « Des ouvrages de l'esprit », *Les Caractères*, préface de Marcel Jouhandeau, édition Antoine Adam, éd. Gallimard, 1975, maxime 20, p. 25.
8. *L'Admiration*, études recueillies par D. Denis et F. Marcoin, Artois Presse Université, 2003.
9. *Salon de 1765*, édition critique et annotée présentée par E. M. Bukdahl et A. Lorenceau, Paris, éd. Hermann, 1984, p. 156.
10. A. W. Schlegel, *Cours de littérature dramatique*, traduit de l'allemand par Mme Necker de Saussure [1814], Paris, A. Lacroix, Verboeckoven et Cie, 1865, p. 31.
11. Lord Byron, *Don Juan*, dans *Œuvres complètes*, traduites par B. Laroche, 6e éd., 4e série, Paris, éd. Victor Lecou, 1847, chant 5, str. C et CI, p. 198 et chant 13, str. XXXIV et XXX, p. 403.
12. Baudelaire, *Salon de 1859*, *Œuvres complètes*, II, texte établi, présenté et annoté par Cl. Pichois, éd. Gallimard, « Bibliothèque de la Pléiade », 1976, p. 672 et « Du génie », dans *Critique, La Préface de Cromwell, Littérature et philosophie mêlées, William Shakespeare, Proses philosophique des années 60-65*, Paris, éd. Robert Laffont, « Bouquins », 1985, p. 560.
13. « Gavarni, Gustave Doré », *L'Artiste*, 20 décembre 1857, tome II, p. 243.
14. *La Presse*, 16 déc. 1844.
15. *Ibid.*, voir aussi *La Presse*, 1er juillet 1844.
16. Prospectus de « Les Beautés de l'opéra », *L'Artiste*, 1844, repris dans *Souvenirs de théâtre, d'art et de critique*, Paris, éd. Charpentier, 1903, p. 71.
17. « Feuilleton de la Presse. Salon de 1840 », *La Presse*, 13 mars 1840.
18. J. Demogeot, *La Critique et les critiques en France au XIXe siècle discours suivi de Paris nouveau*, Paris, éd. Hachette, 1857, p. 46 et p. 47.
19. Le Vicomte de Launay, *Lettres parisiennes par Madame Émile de Girardin* [1843], précédées d'une introduction par Th. Gautier, Paris, éd. Michel Lévy frères, 1857, p. 155.
20. J. Janin, « Lettre au nouveau Directeur de l'Artiste », *L'Artiste*, 1839, tome I-II, deuxième série, t. I, Slatkine reprints, 1978, p. 6.
21. « De la férocité de la critique », *Figaro*, 29 oct. 1836.
22. *La Presse*, 21 mai 1838.
23. *La Presse*, 8 février 1843.
24. Voir par exemple dans la *Correspondance générale*, édition de Claudine Lacoste-Veysseyre, sous la dir. de P. Laubriet, Genève, éd. Droz, tome III (1846-1848), 1988, lettres du 29 juin 1846, p. 63 ; du 13 septembre 1846, p. 77 ; du 25 juin 1847.
25. Lire par ex. E. Feydeau à Théophile Gautier, 28 mars 1862, *CG.*, t. VIII (1862-1865), 1993, p. 24 et lettre de Paul Baudry, 29 mars 1862, p. 26.
26. Voir E. Feydeau, *Souvenirs intimes*, Paris, E. Plon, 1874, p. 66-73 et M. du

Camp, *Théophile Gautier*, Paris, éd. Hachette et Cie, 1895, p. 79 et suiv.
27. *Correspondance générale*, « Jules Janin à Théophile Gautier », tome VIII, 28 novembre 1862, p. 76.
28. *La Presse*, 30 oct. 1841.
29. *La Presse*, 8 février 1843.
30. *La Presse*, 14 mai 1838.
31. « Les Courses royales à Madrid » [1846], repris dans *Loin de Paris*, Paris, éd. Michel Lévy frères, 1865, p. 227. Voir aussi « Un feuilleton à faire », *Fusains et eaux-fortes*, Paris, éd. G. Charpentier, 1880, p. 103.
32. « Philoxène Boyer. Né en 1827 mort en 1867 » [*MU*, 19 novembre 1867], repris dans *Portraits contemporains, littérateurs, peintres, sculpteurs, artistes dramatiques*, avec un portrait de Théophile Gautier d'après une gravure par lui-même, 2e édition, Paris, éd. Charpentier, 1874, p. 154-155.
33. « Joseph Bouchardy à Théophile Gautier », 16 janv. 1841, *C.G.*, t. I, édition de Claudine Lacoste-Veysseyre, sous la dir. de P. Laubriet, Genève, éd. Droz, p. 236.
34. *La Presse*, 27 avril 1842.
35. Lettre antérieure au 15 mars 1847, *CG.*, III, p. 172.
36. Article reproduit par Cl. Lacoste dans *CG.*, tome III, p. 172, note 1.
37. *La Presse*, 1er décembre 1851.
38. « Paul Baudry à Théophile Gautier », vers le 15 mars 1862, *CG.*, t. VIII, 1993, p. 23 ; « Paul Baudry à Théophile Gautier », vers le 20 mars 1862, *Ibid.*, p. 23.

39. Voir les feuilletons de *La Presse*, du 30 oct. 1837 et du 1er mars 1847.
40. « Les Soirées du Louvre », *L'Artiste*, t. III, 7e livraison, 14 février 1858, p. 101.
41. « Salon de 1857. MM. Gérôme, Mottez », *L'Artiste*, t. I, nouvelle série, 14e livraison, 5 juillet 1857, p. 246.
42. *Histoire du romantisme, suivie de Notices romantiques et d'une étude sur la poésie française, 1830-1868*, Paris, éd. Charpentier et Cie, 1874, p. 98
43. *La Presse*, 14 novembre 1840.
44. *L'Artiste, art. cit.*, p. 245.
45. Sainte-Beuve, *op. cit.*, p. 362.
46. *La Presse*, 20 déc. 1847.
47 Sainte-Beuve, « Théophile Gautier » [23 nov. 1863], *Nouveaux lundis*, t. VI, Paris, éd. M. Lévy, 1866, p. 299.
48. Voir aussi « Théophile Gautier » [30 nov. 1863], *Ibid.*, p. 327.
49. « *La Source* – Nouveau tableau de M. Ingres. », *L'Artiste*, 1er février 1857.
50. « Delacroix », *Exposition de 1859*, *MU*, 21 mai 1859. Voir aussi à propos de la reprise d'*Hernani*, [*MU*, 21 juin 1867] *Victor Hugo par Théophile Gautier*, Paris, Bibliothèque Charpentier, 1902, p. 80.
51. *Victor Hugo par Théophile Gautier*, p. 61-62, 137 et *passim.*
52. Sur le sujet voir l'essai de P. Tortonese, *L'œil de Platon et le regard romantique*, Paris, éd. Kimé, 2006.
53. « Salon de 1839 », *La Presse*, 4 avril 1839.
54. Voir dans le *Salon de 1866* par exemple, le compte rendu que Gautier fait du tableau de Gustave Doré, « Une Soirée dans la campagne de Grenade », *MU*, 4 juil-

let 1866, et celui de J. Tissot, « La femme à l'église », *MU*, 21 juillet 1866.
55. « Reprise de *Ruy Blas* », 28 février 1872, Repris dans *Victor Hugo par Théophile Gautier*, p. 135.
56. *La Presse*, 1er juillet 1844.
57. *L'Artiste*, 14 décembre 1856.
58. Voir par exemple sur l'assimilation chez Delacroix, le *Salon de 1839* paru dans *La Presse* le 4 avril 1839 et chez Rouvière, *MU*, 15 février 1865.
59. M.-H. Girard, « Introduction » à Théophile Gautier, *Critique d'art, extrait des Salons* (1833-1872), éd. Séguier, 1994 et F. Moulinat, « L'Ekphrasis », *Bulletin de la Société Théophile Gautier*, n° 21, 1999.
60. « Exposition du Louvre », La *Mort de l'évêque de Liège* de Delacroix, *La Presse*, 22 mars 1838.
61. « Prospectus », *L'Artiste*, 14 décembre 1856.
62. Voir par ex. : Cuvillier-Fleury, « Variétés. Du matérialisme en fait de style », *Journal des débats*, 29 août 1838 et « Théophile Gautier. (*Les Grotesques*) », *Portraits contemporains et divers*, Paris, éd. Didier, 1855, p. 265.
63. *Angelo*, *Le Monde dramatique*, 5 juillet 1835, repris dans *Victor Hugo par Théophile Gautier*, *op. cit.*, p. 102. Voir aussi sur *Hernani*, *Ibid.*, p. 55, p. 57, 58, p. 84, etc.
64. « Ingres », *L'Artiste*, 5 avril 1857, p. 3.
65. *Ibid.*, p. 5.
66. « Salon de 1834 », *La France Industrielle*, avril 1834. Voir aussi Delacroix, « Peintures de la chambre des députés. — Salle du Trône », *La Presse*, 26 août 1836, et « Salon de 1837 », *La Presse*, 9 mars 1837.
67. « Reprise d'*Hernani* par autorité de justice », *La Presse*, 22 janvier 1838, *Victor Hugo par Théophile Gautier*, p. 60.
68. Sainte Beuve, *op. cit.*, p. 369.
69. Cité par F. Marcoin dans « Admirer. critiquer », *op. cit.*, p. 15.

LE TEMPS DRAMATIQUE DE LA PRESSE : COMBLER LES VIDES DU FEUILLETON

Les dimanches de Gautier

Patrick BERTHIER

La réflexion que je propose ici sur le rythme hebdomadaire du feuilleton théâtral de Gautier s'appuie sur les particularités mêmes de ce rythme : surtout dominical, mais parfois décalé (dans la période retenue, un quart des feuilletons paraissent un autre jour que le lundi) ; généralement hebdomadaire en effet, mais troué de lacunes (dépassant, toutefois, très rarement la semaine) ; et, avant tout, rythme marqué par les extrêmes : à la disette des matières succède leur surabondance, au feuilleton débordant le feuilleton vide.

Devant l'impossibilité d'examiner la totalité du corpus dans les limites d'un article, Olivier Bara et moi-même avons décidé de nous pencher sur la première et sur la dernière période. En ce qui me concerne, il s'agit de considérer les choses en partant, bien sûr, de la prise de fonctions (à deux avec Nerval) en juillet 1837, jusqu'au moment où, en mai 1840, Gautier part pour plusieurs mois en Espagne. Soit un total de cent trente feuilletons[1], suffisant pour travailler sur le moment de la rédaction comme sur les variations du matériau disponible et de son traitement.

Que l'unité de mesure du feuilletoniste soit la semaine est naturel ; des formules d'ouverture comme : « Le grand événement de la semaine a été la représentation de Mlle Noblet » (26 mars 1838, t. I, p. 435) vont de soi. Mais le jour de rédaction, lui, n'est nullement indifférent. Sur les cent trente feuilletons retenus, quatre-vingt-dix-neuf sont publiés le lundi, et donc rédigés le dimanche. « Est-ce vrai ? Nous le dirons dimanche », indique ainsi Gautier à la dernière ligne du feuilleton du 20 mars 1838 (*ibid.*, p. 434) ; ou encore, toujours en conclusion : « À dimanche les détails » (30 avril 1838, *ibid.*,

p. 480). On le lira le lundi, mais lui, c'est le dimanche qu'il travaille, bon gré, mal gré. Qu'il soit sorti la veille au soir, et sa tâche est encore plus difficile. Dans le feuilleton du 12 février 1838, il admet être allé au bal de l'Opéra, où pourtant « l'on s'étouffait » (*ibid.*, p. 365) ; comme tout le monde, il se plaint de cette cohue, et de l'ennui contre lequel on y lutte.

> Cependant tous les gens qui se plaignent n'auront rien de plus pressé que de revenir le samedi suivant ; ils ne manqueront pas une nuit ; ils iront de Valentino à Musard, de Musard à l'Opéra-Comique, au Casino, partout.
> Nous-même, qui dormons debout et qui écrivons notre feuilleton les yeux fermés, il ne nous est pas prouvé que nous n'allions au bal Valentino dans un accès de somnambulisme (p. 366).

Le même thème reçoit un an plus tard une splendide illustration, au début du feuilleton du 28 janvier 1839, et comme tout cet *incipit* concerne le sujet même qui nous occupe ici, je cite un peu plus longuement :

> C'est une rude saison pour le feuilletoniste que celle des bals masqués de l'Opéra, placés précisément la nuit du samedi, veille du seul jour où il travaille, c'est-à-dire le dimanche, jour maudit, jour marqué d'une pierre noire et qui se représente cinquante-deux fois par an avec la plus hebdomadaire persévérance. — Hélas ! à l'heure qu'il est tout le monde se repose ; ceux qui ont été au bal comme nous sont douillettement étendus sous leur édredon ; les volets clos, les rideaux tirés leur font une petite nuit grise dont l'aurore est le crépuscule [...]. Tout à l'heure ils vont se lever et déjeuner avec leur dîner. Les heureux, les fortunés mortels ! — Demain ils liront ou même ils ne liront pas les six colonnes que nous griffonnons à grande peine, écarquillant les yeux et buvant du café plus noir que notre encre. — Tous les samedis nous passons la journée à nous bien promettre de ne pas aller au bal le soir, et cette résolution vertueuse se maintient assez bravement la matinée et l'après-midi, mais quand l'heure approche nous ressentons des inquiétudes aux jambes ; notre chapeau s'agite dans son carton et saute tout seul sur notre tête ; nos bottes nous prennent par les pieds et nous emmènent malgré nous[2].

Le bal n'est pas la seule tentation qui puisse compromettre le zèle du rédacteur dominical. La lecture en est une autre, dès lors qu'elle permet de retarder le moment d'en venir aux pièces insanes dont, pourtant, il faudra bien parler. En voici un joli témoignage, en ouverture du feuilleton du 23 mars 1840 (t. II, p. 598) :

> Nous avions l'intention louable de faire notre feuilleton de bonne heure ; mais voici que nous avons vu sur une table un volume jaune serin, les feuillets non coupés, et portant des signes de virginité si incontestables que nous avons deviné sur-le-champ que ce devait être un volume de vers ; nous avons pris le précieux et sacro-saint in-8°, et nous l'avons traîné dans notre antre comme un chien qui emporte un os ; personne n'a crié au voleur !

Suit une analyse de *Béatrice*, poème de Saint-René Taillandier. Puis Gautier raconte qu'alors qu'il était ainsi plongé dans l'univers de Dante, sont passés le voir un ami peintre, avec qui il a parlé peinture, puis Allyre Bureau, son complice musical, qui s'est mis au piano sans se faire prier. « Tous les arts conspirent aujourd'hui contre notre critique » (p. 600), avoue Gautier apparemment penaud, en fait d'autant plus content que ce préambule dilatoire occupe déjà deux colonnes ! Mais enfin tout bonheur a une fin (p. 601-602) :

> Nous aurions voulu peindre, faire des vers, entendre encore d'autres romances et d'autres valses ; mais l'heure avançait, et ce cri formidable et sinistre, dont les journalistes seuls peuvent comprendre toute l'horreur : — La copie ! La copie ! — retentissait déjà funèbrement à notre oreille épouvantée.
> Allons ! Voyons ! ... il n'y a plus moyen de reculer ; — Cela vous apprendra une autre fois à vous lever de bonne heure pour faire votre feuilleton plus tard que quand vous ne vous levez pas.

Parlons donc des vaudevilles de la semaine, dont les titres suffisent à faire frémir : *Un secret*, *Sous une porte cochère*, *La Grand-Mère...*

La mauvaise conscience du coupable est ici assez factice, comme le suggère d'ailleurs le ton humoristique sur lequel il se gourmande lui-même. Très réelle en revanche apparaît sa joie presque enfantine lorsque la malédiction du dimanche gâché s'éloigne : c'est ce qui se produit à deux reprises en 1839. Gautier, déjà responsable, depuis janvier, de l'ensemble du feuilleton de *La Presse*, a-t-il davantage la maîtrise du jour de publication de son feuilleton ? en tout cas l'on constate tout d'abord que trois feuilletons consécutifs (12, 19 et 26 mai) paraissent le dimanche au lieu du lundi ; puis, au début de l'été, Gautier prend en charge les comptes rendus des représentations de la Comédie-Française, dont s'occupait jusqu'alors Granier de Cassagnac, et, peut-être pour marquer plus fortement cet effet de relais, ce sont cette fois quatre feuilletons (7, 14, 21 et 28 juillet) qui sont insérés le dimanche, jour habituel de publication, auparavant, des articles de Granier. L'ouverture du premier de ces sept feuilletons dominicaux mérite d'être reproduite sans coupures (t. II, p. 159) :

> Nous voilà rentré dans le droit commun ; nous aurons notre dimanche comme un simple ouvrier ; nous ne travaillerons plus le septième jour, quand Dieu même se repose. — Pendant la Révolution, lorsque la décade avait été substituée à la semaine, les bœufs employés au labourage n'admettaient nullement le nouveau calendrier et se refusaient à tirer la charrue après leurs six journées habituelles ; nous avons le sentiment du dimanche aussi prononcé que les bœufs de 93, et il nous a toujours été fort douloureux d'être attelé à notre joug de feuilletoniste avec cette pensée amère du repos général. — Demain sera le premier dimanche que nous ayons fêté depuis deux ans ! demain nous pourrons aller à Saint-Cloud ou à Romainville comme un héros de Paul de Kock ou un bourgeois de la rue Saint-Denis, et, couché sous l'ombrage d'un hêtre, répéter avec le berger de Virgile : « *Deus nobis haec otia fecit.* » S'il nous venait la fantaisie bizarre de manger du veau et de boire de la piquette tournée dans un cabaret de la banlieue, rien ne nous en empêcherait ; nous sommes les maîtres de monter en coucou ! aucun des plaisirs dominicaux ne nous est interdit ! — Ceci veut dire, très précieux lecteur et non moins précieuse lectrice, que vous verrez vingt-quatre heures plus tôt notre signature au bas de la troisième page[3].

Sur la lancée de cet enchantement, l'analyse qu'on peut lire ensuite se libère jusqu'au délire, et le rapport entre *Le Diamant*, vaudeville de Théaulon joué par Bocage (dont le génie se morfondait alors au Gymnase), et ce qu'écrit Gautier laisse pantois quiconque – moi, en l'occurrence, car qui d'autre ! – va voir le texte : les noms des personnages sont changés, l'intrigue recomposée avec la plus grande désinvolture ; c'est un poème en prose joyeux et narquois, qu'on devine, comme les articles les plus piquants de Rubempré, écrit « à petites plumées[4] », une gourmandise de chat qui se pourlèche. Heureux samedi que ce samedi-là !

Parlons maintenant des contenus. Du dimanche ou du lundi (et de quelques autres jours de la semaine, au hasard des retards), les feuilletons se ressemblent tous par un point commun, qui est le retour régulier des mêmes plaintes contre l'impossibilité de travailler dans de bonnes conditions : une semaine on croule sous la tâche, on se bat les flancs la suivante. J'avais jadis analysé la série des métaphores pluviométriques par lesquelles, durant les premiers mois de son feuilleton, Gautier se lamente et compare les pics de surproduction du vaudeville « aux pluies périodiques de la Haute-Égypte »

(23 octobre 1837, t. I, p. 191[5]). On voit en parcourant les années 1839 et 1840 que c'est en vérité sous sa plume un automatisme lui aussi périodique, qui le dissuade même des digressions introductives auxquelles il se plaît souvent : « Sans aucune espèce de préambule, nous commençons bravement notre analyse, ou plutôt nos analyses, car il y a eu cette semaine débâcle de mélodrames, pluie battante de vaudevilles », commence-t-il le 6 avril 1840 (t. II, p. 621) ; tout au plus varie-t-il la plainte par l'humour : « Seul contre trois cents vaudevillistes, que voulez-vous que nous fassions ? quelle averse ! quel déluge ! » (11 mars 1839, *ibid.*, p. 86). Le temps qu'il fait, au sens propre, n'est peut-être pas étranger au phénomène, du moins dans la fantasmagorie désenchantée qu'installe la verve du journaliste. Ainsi mai 1839, par exemple, a été glacial. « À force de pantalons blancs, de chapeaux de paille, de blouses de toile, on avait persuadé au mois de mai qu'il était le mois de juin » (26 mai, *ibid*, p. 176). Illusion. Ce n'est même pas un printemps tardif, c'est encore l'hiver. « Ce qu'il y a de fâcheux, c'est que les théâtres profitent de cette recrudescence du froid pour nous vider leurs cartons sur la tête, et cela sans crier gare » (*ibid.*) ; et d'énumérer une liste si accablante, en effet, de titres d'œuvres que Gautier ne consacre ensuite à plusieurs d'entre elles qu'une ou deux lignes.

Par contraste, comme elle est « bonne pour le feuilletoniste », cette semaine où « il n'y a eu qu'un tout petit vaudeville microscopique joué au Palais-Royal et dont la plupart de nos confrères ignorent probablement l'existence » (28 mai 1838, t. I, p. 501) ! Ou cette autre, où n'ont été joués « que deux vaudevilles, et, par surcroît de bonheur, en un acte seulement : la vingtième partie d'un spectacle ordinaire de M. Harel » (26 novembre 1838, *ibid.*, p. 716). L'exagération moqueuse, chez Gautier, est toujours expressive, et il est vrai que le directeur de la Porte Saint-Martin, le dimanche, programmait facilement deux pièces en cinq actes l'une à la suite de l'autre... On apprend peu à peu à prendre comme un éloge une phrase comme : « La semaine dramatique a été d'une pauvreté remarquable » (16 octobre 1837, *ibid.*, p. 189), car elle équivaut, par ironie, à cette autre : « Nous avons joui, la semaine dernière, d'une charmante liberté : il n'y a eu qu'un seul petit acte en vers » (23 juillet 1838, *ibid.*, p. 563). Cette liberté peut être utilisée de deux manières ; ce même 23 juillet, Gautier a choisi (p. 564) :

> Puisque le mélodrame n'a rien braillé par sa gueule de bronze, le vaudeville rien chanté sur son aigre pipeau, et qu'il faut cependant que nous fassions un feuilleton, nous irons rendre visite à nos chers baladins et à nos charmantes écuyères du Cirque-Olympique.

Mais si rien ou presque rien ne se passe du côté du superficiel, on peut aussi penser ; c'est ce que, le 8 janvier 1838, le feuilletoniste exprime précisément par le passage naturel du facétieux au grave (*ibid.*, p. 322) :

> Les théâtres se sont montrés fort gracieux pour le public et pour les critiques : voulant donner des étrennes à leur manière, ils n'ont représenté aucune pièce nouvelle ; le procédé est délicat et mérite de la reconnaissance : les feuilletonistes ont pu rédiger exclusivement des cartes de visites et jouir du sommeil de la digestion dont ils sont si cruellement privés dans les temps ordinaires. Nous profiterons de cette trêve si rare accordée à l'analyse pour jeter un coup d'œil sur l'état de l'art dramatique en France.

Le bilan d'ensemble qui suit est un des plus intéressants de ceux

que l'on peut lire dans les premières années du feuilleton. Mais l'aubaine de telles pauses est rare, et c'est plutôt le phénomène inverse qui l'emporte. S'il arrive trop souvent que la production de la semaine ne puisse tenir dans l'espace qui lui est consacré, c'est « par une raison fort simple », comme l'indique Gautier à la fin du feuilleton du 13 novembre 1837 (*ibid.*, p. 227) :

> [...] on donnait le même soir quatre premières représentations dans les quartiers les plus antithétiques. L'ubiquité devient de plus en plus nécessaire, les théâtres semblent se concerter pour donner leurs *premières* le samedi ou le vendredi ; notre dualité, notre G. - G.[6] n'y a pas suffi ; il aurait fallu nous fendre chacun en deux portions et envoyer nos quatre morceaux aux quatre points du vent.

Ces créations simultanées, dont j'ai déjà parlé[7], ne sont pas la seule raison de l'impuissance du feuilletoniste ; chaque printemps, notamment, s'abat sur lui une autre nuée de sauterelles ! Il dit très spontanément, le 15 avril 1839, avoir « encore bien des pièces en arrière », à vrai dire, « une montagne de vaudevilles », mais il déclare forfait : non seulement il est, comme il l'a déjà dit sous d'autres formes, « tout seul contre sept cents auteurs dramatiques et quinze théâtres », mais en ce moment il a « sur les bras un millier de peintres, dont il faut décrire et juger les tableaux » (t. II, p. 132).

Que faire, concrètement, lorsque « l'analyse consciencieuse des pièces représentées pendant la huitaine formerait un volume in-8° » (19 mars 1838, t. I, p. 422), ou quand on se retrouve, un même soir, ayant « dans les mains, en loges, stalles, etc., de quoi envoyer soixante-douze personnes au spectacle » (*ibid.*, p. 423) ? Une seule réponse possible : « Nous ne serons pas consciencieux » (*ibid.*). Encore un peu, et l'on imiterait ces sans scrupules qui « se content[ent] de copier l'analyse dans le *Courrier des théâtres*, en ajoutant, par manière de correctif, que la pièce est tombée ; assertion presque toujours vraie, quoique dite au hasard » (28 mai 1838, *ibid.*, p. 501). Mieux vaut carrément s'abstenir, comme le dit Gautier en guise de conclusion le 23 avril 1838 (*ibid.*, p. 469) :

> Nous aurions bien si nous voulions, par-devers nous, trois ou quatre analyses de pièces tombées, tant au Vaudeville qu'ailleurs [...] ; mais nous n'aimons pas nous attaquer aux morts et nous préférons poser délicatement ici notre signature avec un beau paraphe comme Joseph Prudhomme et nous aller mettre sous nos couvertures.

La pirouette, qui fait penser au Musset de *Namouna* soufflant sa bougie et sa verve, n'est pas seulement amusante ; elle met au jour, à travers l'idée de « s'attaquer aux morts », un autre portrait du feuilletoniste, en jeune fossoyeur cette fois. Face, une fois de plus, à un « arriéré de mélodrames et de vaudevilles assez formidable », Gautier coupe court : « Nous allons seulement dresser un nécrologe succinct des vaudevilles plus ou moins tombés, dont nous n'avons pu rendre compte » (14 mai 1838, *ibid.*, p. 496).

Cette image du nécrologe concorde avec ce que Gautier dit du caractère plus qu'éphémère de la production courante : en parler une semaine après, c'est trop déjà, tant elle est volatile. Ainsi de *L'Interdiction*, drame d'Émile Souvestre (sans point commun avec la nouvelle de Balzac) : « Est-il fort nécessaire de faire une analyse détaillée de cette pièce déjà vieille de dix jours ? » demande le feuilletoniste, qui ajoute aussitôt – ce qui vaut réponse : « Nous avouons d'ailleurs que nous n'en avons gardé qu'un souvenir très pâle ; la seule figure qui se dessine nettement dans notre mémoire, c'est Bocage » (19 mai 1838, *ibid.*, p. 424). Une autre fois, alors que le rythme hebdomadaire a été rompu pour une bonne raison, la publication dans *La Presse* d'une nouvelle de Gautier lui-même, il tire de la nature même de ce texte, *Une Nuit de Cléopâtre*, la matière d'une métaphore filée expressive (10 décembre 1838, *ibid.*, p. 726) :

> Nous revenons d'Égypte. [...] Nous avons donc à percer sept ou huit couches de représentations, à pénétrer dans une nécropole dramatique plus profonde et plus noire que le Ramesseum de Biban-el-Molouk. [...] Malheureusement les pièces de théâtre ne sont pas embaumées avec le même soin pieux que les momies ; on ne les enveloppe pas de bandelettes et de cartonnages, car personne n'a le désir de les conserver et de les faire passer à la postérité, frottées de natron et de bitume ; aussi avons-nous trouvé les vaudevilles de la couche inférieure tellement avancés et faits, que la dissection en est difficile. — Un vaudeville de huit jours c'est quelque chose de terriblement oublié, de terriblement vieux ; il n'y a rien de si vieux au monde, si ce n'est un feuilleton de la veille ; les auteurs eux-mêmes ne savent plus ce que c'est !

A fortiori leur malheureux analyste. Voici encore un début qui parle de lui-même, à cet égard. Il s'agit du préambule de l'analyse de *L'Ouvrier*, un drame de Soulié (27 janvier 1840, t. II, p. 518) :

> Les feuilletons de théâtre ressemblent plutôt à des extraits mortuaires qu'à des morceaux de critiques ; et le journaliste est une espèce de fossoyeur intellectuel qui enterre les morts de la semaine dans une bonne fosse d'oubli, bien profonde et bien large ; six colonnes de prose plus ou moins bien sculptées s'élèvent chaque lundi au bas du journal avec les épitaphes des défunts. Il est triste vraiment de n'avoir jamais affaire aux vivants et de tuer les morts ; aussi, saisissons-nous avec joie l'occasion de donner un certificat de vie aux pièces que nous voyons disparaître tous les soirs.

Quiconque lit les feuilletons en continu est sans doute plus sensible que l'abonné de 1838 ou de 1840, qui lisait de semaine en semaine, à la persistance d'une forme de tristesse du feuilletoniste Gautier, « un pauvre feuilletoniste qui a été poète autrefois » (9 mars 1840, *ibid.*, p. 583), et qui n'est plus qu'un abatteur de besogne. Même s'il est évident que Gautier joue de cette lassitude même, en la transformant, par l'humour notamment, en argument critique, il l'éprouve vraiment.

La preuve en est sa joie lorsque, par caprice ou circonstance, il peut y échapper. J'avais précédemment évoqué la promenade en barque qui, le 1er octobre 1838, remplace le compte rendu d'une pièce que Gautier préfère avouer ne pas être allé voir[8]. Dans le deuxième volume de notre édition des feuilletons, le lecteur peut goûter un nouvel exemple d'esquive, fruit non plus d'une simple envie de se promener, mais d'une contrainte : la menace (concrétisée un peu plus tard, au demeurant !) d'une arrestation pour manquement aux devoirs de garde national. Afin d'échapper aux agents municipaux, Gautier a quitté son logis de nuit, et il fait de cette équipée son feuilleton « théâtral » du 19 mai 1839 : un de ceux écrits le samedi pour paraître le dimanche, mais moins au calme que la semaine précédente ! Le rédacteur se réjouit d'abord de ce que cette « chaude alerte » lui ait procuré le plaisir « de voir se lever l'aurore, ce charmant sourire de la lumière sortant des bras de l'obscurité » (t. II, p. 153). À la touche homérique succède une touche mi-hugolienne, mi-shakespearienne, du moins si l'on songe à la délicatesse un peu frêle du Shakespeare le plus cher à Gautier (« La limpide lueur bleue du matin transparente et cristalline comme le reflet de la grotte d'azur veloutait les blanches façades des maisons où scintillaient [*sic*] de loin en loin, comme un œil entrouvert, quelque carreau illuminé », *ibid.*). Puis il se rend à *La Presse*, fait le badaud en regardant « plier et mettre sous bande » le numéro dans lequel il vient d'avoir « le plaisir de lire [son] article sur le Salon cinq à six heures » à l'avance (p. 153-154). Enfin se développe, trop longue pour être reproduite, une évocation de la « retraite délicieuse », une terrasse de restaurant ou d'auberge au bord de la rivière (il y a décidément du Maupassant chez ce Gautier aquatique), où le réfractaire est venu cacher son indiscipline, tout en invitant implicitement son lecteur à l'y rejoindre (« le soleil joyeux du printemps tamisé par les déchiquetures du feuillage pommelle de losanges lumineux le papier sur lequel nous écrivons ces lignes » (p. 154).

Finalement, deux des trois petites colonnes de ce pseudo-feuilleton sont déjà écrites lorsque Gautier feint (à peine) d'en venir à son sujet (p. 155) :

> Voici un bien long détour pour aboutir à un feuilleton de théâtre ; c'est qu'en vérité nous serions très aise de ne pas parler de théâtre aujourd'hui ; le soleil d'huile du lustre est bien jaune et bien fiévreux, à côté de ce soleil qui crible le

> feuillage de filigranes d'or ; les jardins enchantés de l'Opéra, dont on voit la corde, et sur qui les mains graisseuses des comparses laissent des empreintes, nous paraissent aujourd'hui bien fanés et bien misérables ; pour quelqu'un qui ne respire que le parfum du claqueur à l'ouvrage, l'odeur d'une petite fleur sauvage est quelque chose de si délicieux et de si rare !
> C'est à ce digne Werther[9] [...] que nous devons la joie d'être à la campagne, de voir des arbres, de respirer de l'air qui n'a pas passé par cent mille poumons avant d'arriver à nos lèvres : sans lui, nous serions encore accroupi comme un singe devant une table, regardant piteusement notre mur : nous n'aurions pas eu le courage de partir ; il fallait la prison pour nous mettre en liberté.

Autrement dit : le feuilleton hebdomadaire est le contraire de la liberté. À vrai dire, Gautier n'a cessé de le répéter. Dès le début de son activité de spectateur de théâtre professionnel, il a été lucide, à preuve cette ouverture de son analyse d'un vaudeville de Bayard intitulé (par une malice du hasard ?) *Résignée* (t. I, p. 153) :

> L'habitude a sur nous une telle prise, elle nous pousse si régulièrement d'heure en heure, de pas en pas, ainsi que ces foules oisives de promeneurs débouchant par un soleil pâle sur quelque boulevard poudreux, qu'il faut un grand courage et une grande résolution pour se retourner tout à coup, et demander aux autres : « Mais que venons-nous faire là ? »

On connaît la réponse : gagner le pain quotidien (ou plutôt hebdomadaire !). C'est pour cela que nous autres, feuilletonistes, nous venons quand même, et que nous nous mettons à tourner dans cette roue de hamster qui n'a aucune raison de s'arrêter, puisque « sur dix pièces il en tombe neuf, ce qui nécessite pour les remplacer un nombre proportionné de vaudevilles nouveaux dont il faut également faire l'analyse » (11 mars 1839, t. II, p. 86). C'est pour cela que nous venons encore et encore, « nous, pauvres diables, obligés d'écouter en toutes saisons, sans choix ni préférence, les plus insipides rhapsodies de la terre, et de nous en souvenir précieusement toute une semaine », alors que « dans ces cases et ces tiroirs de notre cervelle où nous serrons des analyses, il pourrait tenir des vers de grands poètes ou des pages de prosateurs illustres » (*ibid.*). Hélas, il faut se résigner, « le vaudeville est toujours le même, et [...] nous sommes poursuivi de salle en salle par la même pièce » (18 mars 1839, *ibid.*, p. 96).

Ainsi va la « galère » au banc de laquelle Gautier aime à se dire lié. Mais nous, grâce au recul du temps passé, nous pouvons et nous devons aller au-delà de cette image de la prison du feuilleton et de la réalité de l'« exaspération d'ennui » (*loc. cit.*) qu'elle exprime. Nous devons l'intégrer dans un examen général de la courbe de l'activité régulière, forcément régulière, du feuilletoniste. Il s'en dégage alors une autre vérité que celle de l'accablement : c'est que Gautier construit peu à peu, par les récurrences et même par les répétitions pures et simples, un réseau de remarques, un protocole pratique d'approche du théâtre où l'espoir de la nouveauté et l'attention à l'évolution des genres s'inscrivent, peut-être en partie à son insu, dans le rythme hebdomadaire même. À travailler de près à l'établissement et à l'annotation des textes, je peux confirmer que la plus nette évidence qui se dégage de la succession des semaines n'est pas la monotonie. La contrainte médiatique produit un discours, encadré, cadré, prisonnier certes, mais par là même repérable, et analysable comme se constituant progressivement en un très libre système. J'aime à faire le pari que ce constat s'imposera plus encore lorsque non pas deux, mais dix ou douze volumes de cette édition téméraire auront été publiés.

NOTES

1. Cent trente et un si l'on y ajoute le feuilleton non signé du 10 décembre 1837, *Critique théâtrale*, éd. Champion, t. I, 2007, p. 268-273 (toutes les citations empruntées à ce volume sont référencées entre parenthèses, in-texte).
2. Même édition, t. II, 2008, p. 36-37 (même remarque que note précédente).
3. Du moins quand le feuilleton, dans la disposition typographique qui est alors celle de *La Presse*, fait neuf colonnes, ce qui ne se produit que si Gautier est en retard dans ses comptes rendus ; les feuilletons sont d'habitude de six colonnes, par exception de trois seulement.
4. Balzac, *Un grand homme de province à Paris, La Comédie humaine*, « Pléiade », t. V, p. 462. Au moment même de ce feuilleton cette deuxième partie d'*Illusions perdues*, dont Gautier a suivi de près l'élaboration, était chez l'imprimeur (le volume fut mis en vente au début de juin 1839).
5. Voir pour plus de détails « Théophile Gautier journaliste : de quelques pratiques d'écriture », dans le volume dirigé par M.-È. Thérenty et A. Vaillant, *Presse et plumes. Journalisme et littérature au xixe siècle*, éd. Nouveau Monde, 2004, notamment p. 448.

6. On sait que ces initiales jumelles servent à signer ceux des feuilletons des six premiers mois qui sont rédigés en commun par Gautier et Gérard de Nerval.
7. Voir mon article cité, p. 449.
8. Voir « Plaisir d'éditer, plaisir d'annoter : l'analyse théâtrale selon Théophile Gautier », dans le volume dirigé par M. Bury et H. Laplace-Claverie, *Le Miel et le fiel. La critique théâtrale en France au xixe siècle*, Presses de l'Université Paris-Sorbonne, 2008, p. 245.
9. Le garde qui cherche à l'arrêter, et dont il a parlé au début de son feuilleton.

Écrire sur le vide :
les débuts de Gautier au *Moniteur universel* et la pénurie théâtrale de la saison 1855-1856

Olivier BARA

1855 est plus qu'un simple moment dans la carrière du feuilletoniste Théophile Gautier : cette année constitue un tournant, sur les plans personnel et professionnel. Dans le numéro des 9-10 avril du *Moniteur universel* se trouve le premier feuilleton dramatique publié dans ce journal auquel Gautier, après avoir quitté *la Presse*, restera lié jusqu'à la fin de l'année 1868[1]. Il y succède à Édouard Thierry, y partage l'espace dévolu aux spectacles avec de Rovray, *alias* Pier-Angelo Fiorentino, en charge de la critique musicale. Gautier est délivré d'une de ses bêtes noires, l'opéra-comique, mais ne peut plus espérer combler un vide théâtral par quelque plénitude musicale. Cette entrée au *Moniteur universel* est en partie guidée par la tâche d'y rendre compte, hors du feuilleton dramatique, des peintures et des sculptures présentées dans le cadre de l'Exposition universelle. Émile de Girardin écrit au « déserteur » Gautier, le 2 avril, qu'il comprend que ce dernier brigue sans doute, par ces articles, la place d'inspecteur des Beaux-Arts ; mais le directeur de *La Presse* annonce en même temps que le feuilleton dramatique du lendemain sera le dernier que signera Théophile Gautier dans son journal[2]. Abandonnant *La Presse* pour le *Moniteur*, le feuilletoniste devient une voix du pouvoir, comme le lui fait remarquer Maxime du Camp, dans une lettre du 19 avril : « Tu représentes donc pour la masse du public l'opinion officielle du gouvernement sur l'art et la littérature[3]. » *Le Moniteur universel* est en effet, d'après son sous-titre, le *Journal officiel de l'Empire français*. Au-delà des menaces d'académisme que fait peser sur le critique sa charge nouvelle, cette année marque surtout l'entrée de Gautier dans une grave, parfois douloureuse maturité. Il avait en août 1854 perdu son père. Parmi les derniers feuilletons publiés dans *La Presse* figure, le 30 janvier 1855, l'hommage nécrologique rendu à l'ami Nerval ; ce texte trouvera un écho dans *Le Moniteur universel* du 6 août, grâce au compte rendu de *Misanthropie et repentir* de Kotzebue, drame traduit par Nerval et donné au Théâtre-Français. Ces années 1855-1856 sont décidément pavées de tombeaux : la mort de Delphine de Girardin donne lieu à un article nécrologique, le 2 juillet 1855 – prolongé par un autre article dans *L'Artiste* du 10 mai 1857. Dans le *Moniteur* du 25 février 1856, la revue dramatique est précédée d'une oraison funèbre à Heinrich Heine et à l'actrice Mme Allan. Ces hommages, où se déploie l'imagination métaphysique de Gautier[4], sont pour lui l'occasion de prendre une nouvelle conscience aiguë de la valeur dérisoire du feuilleton théâtral. Eugène Delacroix écrit à Gautier, après avoir lu la double nécrologie de Heine et d'Allan, le 26 février :

> Eh quoi ! votre art qui a tant de ressources que le nôtre n'a pas, est-il donc cependant dans de certaines conditions, plus éphémère que la fragile peinture : que deviendront quatre pages charmantes écrites dans un feuilleton entre le catalogue des actions vertueuses des 86 départements et le narré d'un vaudeville d'avant hier[5] !

Une telle méditation sur le devenir des feuilles imprimées se répandait déjà dans le curieux feuilleton de Gautier, le 25 février, partagé entre nécrologie et revue dramatique : « Nous n'avons pas le cœur très porté aux analyses de vaudeville et cependant il faut faire son devoir » écrit le feuilletoniste en guise de pesante et douloureuse transition. Et le lundiste de se mettre à rêver : « Peut-être ces pauvres feuilles griffonnées au bout de chaque semaine et aussitôt oubliées offriront-elles à l'avenir une mine de documents curieux où l'on viendra chercher mille détails singuliers ou frivoles dédaignés de l'histoire[6]. » Conservatoire des petits faits en marge de la grande Histoire, le feuilleton dramatique pourrait se survivre à lui-même, se trouver quelque jour libéré de sa condamnation à l'éphémère. Une telle espérance est assurément nourrie par le projet éditorial élaboré, fin mars 1855, avec Hetzel et Lebègue : un traité est rédigé le 30 mars pour la publication de *L'Art et le théâtre en France depuis vingt ans*. Le recueil est voué à recueillir tout ce qui « paraîtra de nature à être réimprimé dans les feuilletons de critique artistique et théâtrale de Gautier[7] ». Une autre temporalité s'ouvre devant le feuilleton du lundi et lui dégage soudainement un avenir : l'introduction du mot « histoire », dans le titre du recueil finalement publié en 1859 par Hetzel, est significative, tout comme l'élargissement de la chronologie, de vingt ans à un quart de siècle – *Histoire de l'art dramatique en France depuis vingt cinq ans*. L'analyse de tant de vaudevilles et d'opéras-comiques, cette pesée de « tous ces néants dans la balance du lundi » au fin fond de « l'enfer de l'art », selon les termes d'un hommage rendu à Hector Berlioz en mars 1870[8], cet enchaînement à la roue du compte rendu hebdomadaire pourraient *faire* l'Histoire, conférer par la mise en série des feuilletons un sens rétrospectif aux petits riens théâtraux de chaque semaine. La méditation sur la vanité de ces choses légères – les œuvres médiatiques – trouverait là sa consolation.

À l'orée de la saison théâtrale 1855-1856, pour les premiers pas de Gautier au rez-de-chaussée du *Moniteur universel*, dans une rubrique plus vaste que celle offerte par *La Presse*, la pauvreté de l'activité théâtrale ne promet au feuilletoniste qu'un bien modeste rôle dans l'écriture scrupuleuse de cette histoire à la semaine. Aux premiers jours de l'année 1855, le prédécesseur de Gautier se lamente déjà sur le brusque passage de l'abondance du mois de décembre à la pénurie de spectacles en janvier : pareil basculement de la richesse des affiches en vue des fêtes de fin d'année à leur appauvrissement soudain au- delà du 31 décembre fait tous les ans le désespoir des critiques de théâtre. Le feuilleton du lundi ignore l'alternance propre au monde des spectacles, partagé entre une temporalité festive dominée par la largesse des auteurs et directeurs de théâtre, et une temporalité frugale, nécessaire à l'absorption de tant de nouveautés à l'affiche, vite transformées en pures et simples reprises après les fêtes. Périodicité régulière du feuilleton du lundi, figé dans l'ordonnancement contraint des rubriques du journal, faible marge d'adaptation de ses colonnes de rez-de-chaussée aux quantités variables de spectacles à traiter : cette triple contrainte amène le critique dramatique tantôt à se partager entre plusieurs théâtres et à rendre compte simultanément d'une masse de nouveautés, tantôt à tirer désespérément à la ligne, lorsque les salles parisiennes ne tournent plus que sur des reprises éculées[9]. Dans ses calculs de début d'année civile, Édouard Thierry évalue à deux cent soixante-quatre le nombre de pièces représentées, à cinq cent soixante-cinq le nombre d'actes nouveaux créés en 1854, soit plus d'un acte et demi par jour ; mais la moyenne monte à deux actes quotidiens pour le mois de décembre, soit plus de soixante pièces à chroniquer en quatre feuilletons dramatiques hebdomadaires. Cette inflation est due aux revues dramatiques de l'année écoulée, données par chaque théâtre : le mois de janvier est consacré, pour le feuilletoniste, à régler cet arriéré de revues, œuvres sans lendemain mais inscrites dans le rituel de la vie des spectacles : « Pour trouver pâture au feuilleton, il faut que je remonte jusqu'à l'année dernière » écrit Thierry le 9 janvier 1855.

Par-delà le passage de l'an et la frénésie théâtrale de ces soirées d'hiver, l'année entière du feuilletoniste est scandée par ces alternances de pénurie et d'abondance. Les causes de l'une ou de l'autre se perpétuent généralement de saison en saison, des excessives chaleurs qui font fuir les Parisiens hors du théâtre pendant les mois d'été aux longues veillées hivernales, dans les chaudes lumières des salles de spectacle, de l'enthousiasme soudain pour un auteur ou un acteur nouveau à l'affiche, à la monotonie des mêmes affiches désespérément chargées des mêmes titres et de mêmes noms. Les dimanches de Gautier sont souvent accaparés par la tâche du lundiste, contraint parfois de rendre compte des spectacles de la veille pour le lendemain[10]. Une lettre à la Présidente, Apollonie Sabatier, sans doute écrite en avril 1856, témoigne d'une activité fébrile : « Je suis si en retard pour mon feuilleton que je ne sais à quelle heure j'aurai fini. Ne m'attends pas et mange ta soupe dominicale à une heure vraisemblable ; on me fait ici un morceau de charogne que j'avalerai entre deux phrases[11]. » Un mois plus tard, le 3 mai, une lettre au journaliste et co-directeur de *L'Artiste* Xavier Aubryet décline une invitation à l'inauguration de la statue de La Tour à Saint-Quentin : « La chose tombe un jour de feuilleton [...] je suis embourbé dans des besognes[12]. » Cette surabondance d'activités au printemps 1856 contraste fortement avec le marasme des douze mois précédents :

entre avril 1855, les débuts de Gautier au *Moniteur*, et mars 1856, les moments de disette l'emportent sur les semaines de débauches théâtrales. Dans l'*incipit* de plusieurs feuilletons publiés au cours de cette année résonne la voix désemparée du feuilletoniste aux abois.

Le premier article publié dans le *Moniteur* par Gautier, les 9-10 avril 1855, fait contre mauvaise fortune bon cœur : les deux pages du feuilleton en rez-de-chaussée se contentent, faute de nouveautés, de rendre compte d'une représentation au bénéfice d'une actrice, Mme Person, et de la reprise au Cirque d'une féerie des plus populaires, le « rêve éveillé » des *Pilules du diable*, qui compte déjà trois ou quatre cents représentations à son actif. Le bénéfice de Mme Person ayant mis à l'affiche *Hamlet*, une analyse du jeu de Rouvière[13] constitue un morceau de choix pour ce feuilleton qui se nourrit correctement d'une matière *a priori* bien pauvre. Les semaines suivantes, il s'agit bel et bien d'affronter le vide. Le 21 mai 1855, le titre d'une pièce de Dumas et Maquet donnée à la Gaîté, *Le Retour de Pharaon*, motive la digression introductive du feuilleton :

> Quelquefois, comme Pharaon, le feuilletoniste voit en songe sept vaches grasses que dévorent bientôt sept vaches maigres ; il voit aussi sept épis superbes étouffés par sept épis vides et noircis de nielle, et il comprend ce rêve sans avoir besoin de faire sortir Joseph de la prison pour le lui expliquer. Cela signifie qu'au théâtre, ainsi qu'en Égypte, la pénurie succède à l'abondance ; mais, moins heureux que le monarque coiffé du pschent, le critique ne peut pas, en prévision du temps de disette, remplir ses greniers et ses silos de drames, de comédies, de vaudevilles et de proverbes ; - les charançons s'y mettraient bien vite, et, au bout de quelques jours, il ne trouverait à la place que quelques pincées de poussière.

La méditation digressive se poursuit, après la métaphore biblique, par quelques considérations météorologiques et une énumération des pièces reprises sempiternellement par les théâtres, avant un retour inopiné sur *Hamlet*, nouvelle planche de salut provisoire offerte par un autre bénéfice, à l'Odéon cette fois – cinq colonnes sont ainsi remplies, soit la moitié du feuilleton étendu sur deux pages et dix colonnes de rez-de-chaussée.

Autre exemple d'*incipit* brodé sur le vide, celui du 15 octobre 1855, alors que le feuilletoniste n'a trouvé que deux modestes vaudevilles et trois petites comédies des Folies-Nouvelles à traiter dans ses colonnes :

> Le feuilleton a beau demander à la critique montée sur sa tour « Anne, ma sœur Anne, ne vois-tu rien venir ? » la critique répond imperturbablement : « Je ne vois que le gaz qui flamboie et la queue qui ondoie. » En effet, aucune pièce n'apparaît à l'horizon et les théâtres sont assiégés par la foule : l'absence de nouveautés semble remplir les salles.

Face à ce paradoxe des théâtres pleins malgré leurs affiches vides de tout nouveau titre, Gautier n'a d'autre recours que d'étaler sa plainte à pleines colonnes, à la manière de tous les feuilletonistes en manque d'aliments dramatiques[14]. Ce registre plaintif, qui érige le moi en unique objet de spectacle, étant adopté par le chœur des critiques, il risque bien vite de ne plus amuser ni de faire patienter le lecteur. La stérilité menace, comme le 11 février 1856, où rien ne se profile dans les lointains des scènes, entre une reprise de *La Reine Margot* de Dumas et Maquet au Cirque-National et une pantomime aux Folies-Nouvelles. Comment crier, mieux ou autrement que les autres chroniqueurs, dans ce désert ? La concurrence interne au *Moniteur* empêche Gautier d'employer les expédients habituels, déjà usés par le critique musical, dans le feuilleton de la veille : « Le critique musical du *Moniteur* a si bien décrit hier le dénuement du feuilletoniste, après une semaine blanche comme celle qui vient de se passer, que la ressource de pousser quelque lamentation sur la stérilité des temps nous est même ôtée [...]. » Dans son feuilleton du dimanche 10 février[15] de Rovray déploie en effet toute sa verve pour lutter par la plume contre la blancheur de la page, dénoncer l'alternance de creux et de pleins dans la programmation des théâtres, et se livrer à une énumération virtuose, en guise de remplissage, des opéras qu'il aurait *pu* voir et commenter si ces ouvrages en préparation à l'Opéra-Comique, aux Italiens et au Théâtre-Lyrique n'avaient pas été retardés...

Ce dernier exemple illustre les pratiques communes à tous les feuilletonistes confrontés au même désaccord entre les deux temporalités, celle, irrégulière, du théâtre et celle, hebdomadaire, du feuilleton. Les stratégies adoptées par Gautier pour noircir, malgré tout, ses colonnes apparaissent largement partagées. Elles se répartissent en cinq catégories : mise en scène de soi, digression, énumération, répétition, parasitage d'autres rubriques du journal.

La représentation de soi fournit quelques lignes dans la revue dramatique du *Moniteur universel*, le 10 septembre 1855, où il est constaté que « le critique se repose » et se rêve en train de contempler « l'azur de la Méditerranée du bord de la corniche » ou « la neige du Mulhacén d'un balcon de Grenade ». La digression se fait volontiers météorologique, comme le 5 novembre 1855 :

> L'automne lutte vaillamment avec l'hiver et ne cède le terrain que pied à pied. Cependant le ciel s'est décidé à verser quelques urnes de pluie sur le macadam ; il y avait déjà de la boue : c'est bien, mais un peu de neige ferait mieux ; les coteaux, malgré la fraîcheur des sources, n'ont pas encore mis leur fourrure de feuillage roux [...].

Comme la digression, l'énumération se fait l'équivalent dans l'écriture du caprice en peinture, riche de ses grotesques, de ses chimères et de ses excroissances en arabesques[16]. Elle peut décliner tout un programme de théâtre, recopié tel quel dans la dernière colonne du feuilleton alors confondu avec la rubrique des annonces. Le 21 mai 1855, est donnée entre guillemets la liste des spectacles de la troupe italienne, avec Adelaïde Ristori, au Théâtre Ventadour. La stratégie énumérative peut aussi prendre prétexte de l'un des rares titres de pièce soumise au compte rendu, comme la *Médée* d'Hippolyte Lucas à l'Odéon : ce simple titre déclenche, le 25 juin 1855, l'inventaire en deuxième colonne des cinquante-deux membres de l'équipage mythique de la nef Argo, occasion de nouer avec le lecteur une connivence culturelle fondée sur le partage des Humanités. La répétition pure et simple d'une partie de feuilleton précédent n'est pas rare et se repère aisément ; une lecture continue des critiques du lundi fait résonner les redites. Le compte rendu de la rentrée de Mme Ristori au Théâtre Italien, le 10 mars 1856, reprend un commentaire déjà imprimé le 4 juin 1855 : la musicalité de la prononciation de la comédienne et sa « physionomie expressive » rendraient le texte italien des pièces jouées compréhensible par tous – *bis repetita placet*. Pour échapper au psittacisme, le feuilletoniste sort parfois résolument du feuilleton dramatique. Il empiète alors sur la critique musicale : le 10 septembre 1855, Gautier profite de l'absence de Rovray pour annoncer les quatre prochains concerts de Félicien David. Il s'égare aussi du côté de la réclame lorsqu'il décrit les éventails peints par Émile Wattier[17] et vendus dans la boutique d'Alexandre – il est vrai que la pièce d'Henri Monnier et J. Renoult chroniquée dans le feuilleton s'intitule *Peintres et bourgeois*... Le feuilleton dramatique peut ainsi se faire critique d'art et se laisser contaminer par l'autre rubrique tenue par Gautier en cette année 1855, le compte rendu de la peinture et de la sculpture de l'Exposition universelle. Le 28 janvier 1856, face aux deux colonnes restées libres après que les « comptes » ont été « réglés avec la comédie, le vaudeville et le drame », Gautier se décide à annoncer la vente des tableaux de son maître Rioult à l'hôtel des commissaires-priseurs, et à décrire les toiles proposées aux amateurs, ainsi que quelques natures-mortes de Philippe Rousseau. Le 18 février 1856, Gautier empiète partiellement sur la rubrique « Revue littéraire » d'Édouard Thierry : alors que ce dernier rendra compte de l'édition illustrée des *Contes drôlatiques* de Balzac le 11 mars suivant, Gautier en parle le premier, afin d'évoquer longuement et passionnément les gravures de Gustave Doré :

> Son trait tantôt se contourne extravagamment comme un lambrequin de cimier, tantôt s'arrête et se précise comme l'armature de plomb d'une verrière peinte ; ou bien, pressant les hachures, il se perd dans des ténèbres traversées de lueurs effrayantes, et fait grimacer étrangement les hommes et les choses.

Superbe page, d'une exceptionnelle qualité d'écriture, essai de transposition verbale d'un enchantement visuel : ces lignes rappellent que la digression, lorsque la plasticité de quelques formes visuelles stimule l'imagination et guide la plume de Gautier, est souvent le lieu d'une authentique création – tapie dans les *creux* du feuilleton.

Cette créativité est paradoxalement nourrie par le vide relatif des affiches de théâtre en ces mois de 1855 et du début de 1856. Cette année voit en effet les provinciaux et les étrangers affluer à Paris pour y visiter l'Exposition universelle. Mais ces foules qui courent le soir dans les salles de spectacle n'incitent guère les directeurs de théâtre à renouveler leurs pièces et à sortir leurs nouveaux titres des cartons : ces spectateurs novices ne connaissent ni les ouvrages du répertoire courant, ni les succès des saisons précédentes, qu'il suffit donc de leur servir. Confronté au régime de la réduplication, accentuation d'une tendance latente des théâtres parisiens, Gautier remarque le 11 mai 1855 :

> À qui arrive, tout est neuf, et c'est pour cela que le cheval blanc du Cirque, avec sa danseuse costumée en Flore ou en Espagnole, produit un effet immanquable sur des générations successives d'enfants. Convaincus de cette vérité, les théâtres stéréotypent leurs affiches et éternisent leurs succès [...].

Autre commentaire, moins débonnaire, quatre mois plus tard, le 10 septembre :

> Cette année, le concours immense d'étrangers et de provinciaux attirés par l'Exposition universelle, le voyage de la reine d'Angleterre, les merveilles du nouveau Paris impérial ont changé toutes les conditions de la saison d'été. Les théâtres font des recettes monstres sans pièce nouvelle : ils ont un public vierge pour qui tout est neuf.

Ne reste au feuilletoniste qu'à rendre compte non pas de l'œuvre en scène mais de la salle et de son alignement de têtes étrangères. L'Exposition universelle ne favorise-t-elle pas ce déplacement du regard critique des scènes vers la salle où semblent se concentrer tous les échantillons des civilisations humaines ? Un inventaire poétique et ironique, à haute valeur plastique, se déploie alors dans la deuxième colonne. Il mène des « Californiens arrivés par le dernier clipper avec deux ou trois barils de poudre d'or » aux Bretons, en passant par « les noirs et sangs mêlés d'Haïti » et les « Yankies se retenant d'allonger leurs pieds sur le rebord en velours du balcon ». L'énumération, ajustable à volonté au format requis par la rubrique, demeure la ressource rhétorique préférée du feuilletoniste en panne de sujet. Mais Gautier, tant attaché aux manifestations visuelles, à la composition des formes saisies comme autant de sésames de la rêverie et de l'écriture, confère à ces descriptions énumératives et gratuites la densité et la nécessité d'une écriture poétique. Tout spectacle, fût-il dans la salle, ou fût-il soumis aux lois de la duplication industrielle et commerciale, offre à Gautier suffisamment de matière visible pour déclencher, dans la confrontation de l'écriture à la finitude de l'image matérielle et corporelle, des songes infinis[18].

Dans cette Babel de 1855, dans Paris transformé en « Encyclopédie du génie humain[19] », le cosmopolitisme fait rêver à d'autres théâtres, loin des spectacles désespérément franco-parisiens (et plus bavards que plastiques) du vaudeville. Le contexte de l'Exposition universelle amène dans la capitale des troupes italiennes et anglaise, accueillies au Théâtre Ventadour. Des comédies de Carlo Goldoni, la *Francesca da Rimini* de Silvio Pellico ou la *Myrrha* de Vittorio Alfieri donnent matière, avant le *Macbeth* de la compagnie anglaise, à réflexions nouvelles, consacrées aux dramaturgies et aux interprétations nationales. Le 29 mai, le jeu de la Ristori inspire une étude comparée, explicitement inspirée de la lecture de Stendhal[20], du jeu respectif des comédiens français et des acteurs italiens, lesquels seraient préservés des conséquences artistiques de l'amour-propre :

> Beyle faisait remarquer que ce qui distinguait le plus les Italiens des Français, c'était l'absence de vanité. Cette remarque, que nous avons vérifiée pour notre part, rend le jeu de la Ristori et de ses camarades tout différent de celui de nos acteurs. Nulle inquiétude de l'effet produit, nul souci de l'orchestre ou de l'avant-scène ; chacun joue pour la pièce et ne cherche pas à tirer les applaudissements à soi.

Cette ouverture de Paris au monde entraîne Gautier dans un véritable rêve de théâtre, élargi au-delà du connu et même du possible, par-delà le présent désert : les feuilletons d'avril 1855 à mars 1856 sont riches de ces divagations du feuilletoniste où s'inventent des esthétiques dramatiques nouvelles, où se façonnent d'impossibles spectacles. Le 21 mai, après avoir médité sur le rêve de Pharaon, Gautier imagine une « exposition universelle de Shakespeare », où *Othello, Le Marchand de Venise, Macbeth, Jules César, Roméo et Juliette*, traduits en « un mot à mot en prose qui conserverait encore mieux la physionomie des pièces », seraient suivis de toute la « galerie » des ouvrages shakespeariens. Le feuilletoniste adopte le mode conditionnel pour mieux se livrer à son rêve, prolongement des pages de *Mademoiselle de Maupin* où se dessinaient déjà les contours flous d'un théâtre idéal[21], labyrinthique et touffu comme la forêt des Ardennes d'*As you like it.* Rouvière interpréterait Othello et Macbeth, « il livrerait à la pluie glacée et aux vents d'hiver moins froids que l'ingratitude humaine la chevelure blanche du vieux roi fou, et repasserait avec une rage indicible sur le cuir de son soulier le couteau du juif Shylock » ; Rachel jouerait Desdémone, lady Macbeth ou Ophélie. Finalement, le songe franchissant les bornes de la pauvre et unique réalité, l'« exposition universelle de Shakespeare » pourrait devenir festival de théâtre anglais avec, aussi, Marlowe ou Otway, allemand avec Goethe et Schiller, espagnol avec Calderon. Et Delacroix dessinerait décors et costumes… Deux colonnes plus loin s'effondrent les « châteaux en Espagne » de Gautier, contraint d'évoquer le jeu bien réel de l'acteur « en habit noir » Fechter dans la comédie de *L'Honneur et l'argent* de Ponsard, ce maître du « bon sens » au théâtre.

L'espace libéré dans le feuilleton par l'absence ou la rareté de pièces nouvelles incite aussi au déploiement d'une rêverie sur les théâtres anciens, ces formes originelles de l'art dramatique – autre échappée hors du présent trop connu et des pesanteurs de l'histoire contemporaine. L'ancienneté peut être toute relative, lorsque Gautier rappelle le charme des premiers mélodrames de Pixerécourt ou Caigniez, avec ses personnages « passés à l'état de types », presque de masques, avec son traître, « homme pâle, aux sourcils charbonnés, aux favoris en côtelettes, à la lévite raisin de Corinthe, au pantalon de tricot gris, aux bottes à revers jaunes, laissant pendre les chaînes d'acier de deux montres hors de ses goussets ». La fuite hors du présent vide passe par cette longue évocation de l'« ère naïve de l'art », temps de la plénitude et de la « simplicité magnifique et patriarcale[22] ». L'enfance de l'art est aussi retrouvée par la grâce des pantomimes des Folies-Nouvelles : le compte rendu du *Joujou électrique* et du Pierrot de Paul Legrand fourmille, le 8 octobre 1855, de souvenirs personnels ramenés par le résumé du spectacle à la surface de la mémoire – le voyage à Constantinople où un enfant « traînait gravement un chariot rayé de rouge et de bleu que nous lui achetâmes, et dont il se dessaisit avec un chagrin visible », mais aussi la lecture passée des contes d'Hoffmann ou de Dickens… Autre remontée dans le temps, la renaissance des mystères médiévaux, de ces « féeries sacrées », en cet « âge sceptique », est envisagée dans le feuilleton du 31 mars 1856, à propos du *Paradis perdu*, un drame fantastique donné à l'Ambigu-Comique : conscient de la contradiction entre la matérialité du théâtre et la spiritualité du mystère, Gautier suggère de recourir à la forme musicale de l'oratorio pour éveiller l'idée de ce drame sacré « dans l'âme de l'auditeur ». Gautier livre ici en passant une clé essentielle de sa poétique théâtrale, où la matière ne se déploie pour les sens qu'afin de mieux ouvrir l'esprit à l'immatérialité onirique.

Le voyage dans l'histoire du théâtre peut être beaucoup plus long et spectaculaire, lorsque le feuilletoniste, inspiré par *l'Orestie* de Dumas le 14 janvier 1856, fait renaître dans l'espace du feuilleton tout le théâtre antique, et poursuit, quatre ans après sa publication, la fiction d'*Arria Marcella* :

> Ce devait être un beau spectacle que *l'Orestie* d'Eschyle jouée sur un théâtre antique, en face de dix mille assistants, à la pure lumière du ciel grec, par des acteurs géants chaussés de cothurne, coiffés de masque aux lèvres de bronze, drapés comme des statues de leurs costumes à plis de marbre, dans des décors que la grandeur de la scène permettait de faire réels, avec les évolutions du chœur autour de l'autel de Bacchus, les flûtes soutenant la mélopée du dialogue, les cithares accompagnant les odes et les épodes, les strophes et les antistrophes !

Le rêve de théâtre déployé ici à l'imparfait dans le rez-de-chaussée du *Moniteur universel* se brise contre la réalité de la pièce chroniquée : Dumas, faute d'autel sur scène et de déclamation musicale pour les chœurs, a ramené la tragédie antique « aux conditions du drame ». Le compte rendu d'une autre pièce nouvelle, en l'occurrence une revue de fin d'année de Delecour et Lambert-Thiboust au Palais-Royal, ramène tout aussi brutalement Gautier aux lois du théâtre contemporain et parisien. Mais ici, le déplacement du jeu théâtral dans la salle, pour une parade de comédiens parmi le public, déclenche une brillante réflexion sur l'indispensable coupure entre scène et salle, sur cette « ligne de feu » tracée par la rampe « entre la réalité et l'illusion ». Une théorie de l'art dramatique s'esquisse, s'immisçant par effraction dans les lignes d'un simple compte rendu, sous la plume légère d'un feuilletoniste sur qui jamais ne pèse l'esprit de sérieux du docte :

> [...] au-delà du cordon de gaz s'étend un monde mensonger aux forêts de toile, aux palais de carton, où s'agitent des apparences coloriées récitant des paroles qui ne partent ni de leur cœur, ni de leur cerveau. Cela va et vient, cela gesticule, cela parle ou chante, cela sourit ou fait la grimace, cela porte le nom qui convient à la fantaisie du poète : Hamlet ou Jocrisse, Arnolphe ou Oscar, Manlius ou Tartempion, Bérénice ou Frisette, Ophélie ou Mme Jabulot ; la personnalité a complètement disparu[23].

La fantaisie de l'écriture rejoint la liberté de ce théâtre idéalisé, effacé aussitôt qu'entrevu, allégé des pesanteurs du réel et soustrait aux limites du présent. Dans ces moments où le vide de l'affiche théâtrale arrache le feuilleton à la transitivité de son discours, le critique éclaire et justifie ce commentaire de Victor Hugo après l'ultime article publié par Gautier, le 28 février 1872 dans la *Gazette de Paris*, et consacré à une reprise de *Ruy Blas* : « Votre critique a la puissance de la création[24]. » Une création *par la bande*, dans l'espace et le temps obligés du feuilleton : comme si la condition même de cette écriture en liberté était la rupture ironique du contrat médiatique qui la nie, et en même temps la fonde.

NOTES

1. Ce dernier feuilleton au *Moniteur universel* rend compte d'*Otello* et de *La serva padrona* aux Italiens, et de *Théodoros* au Châtelet. D'après Ch. de Spoelberch de Lovenjoul, *Histoire des œuvres de Théophile Gautier*, Paris, 1887 ; Genève, Slatkine Reprints, 1968.

2. Th. Gautier, *Correspondance générale*, éd. par C. Lacoste-Veysseyre, tome VI, 1854-1857, Genève-Paris, éd. Droz, 1991, lettre n° 2176, p. 140-141.

3. *Ibid.*, lettre n° 2184, p. 145.

4. Gautier imagine un dialogue de l'âme et du corps, condamné avec effroi à devenir « un être purement abstrait ». L'humour est le seul remède à cette angoisse de la désincarnation : « Si tu rencontres la Grande-Ourse à la voûte des astres, salue-la mille fois de ma part. » La publication en feuilletons d'*Avatar* commence le 29 février 1856 (et s'achève le 3 avril) dans le même journal.

5. *Correspondance, op. cit.*, lettre n° 2300, p. 220. Il est ici rappelé que le numéro du *Moniteur universel* contenait un « Rapport à l'Empereur » où le ministre secrétaire d'État Billault énumérait « les actes de courage et de dévouement » du dernier trimestre 1855, à récompenser par des médailles d'honneur. Le feuilleton de Gautier rend compte de *Violettes et camélias* de Théodore Barrière au Vaudeville et de *Mademoiselle Lovelace* de Lambert-Thiboust.

6. *Le Moniteur universel*, 25 février 1856.

7. *Correspondance, op. cit.*, lettre n° 2160, p. 131-132.

8. *Journal officiel*, 28 mars 1870, à propos du « Festival » Berlioz donné à l'Opéra. Cité dans la *Correspondance, op. cit.*, t. XI, 1870-1871, note 2, p. 49.

9. Le phénomène n'est aucunement spécifique à la période étudiée ici : les mêmes causes produisent les mêmes effets d'écriture chez le feuilletoniste tout au long de sa carrière. Voir l'article de P. Berthier, « Théophile Gautier journaliste : de quelques

pratiques d'écriture », dans *Presse et Plumes. Journalisme et littérature au XIXe siècle*, sous la dir. de M.-È. Thérenty et A. Vaillant, nouveau monde éditions, 2004. Mais la pénurie s'étend à toute l'année théâtrale, en 1855-1856 ; elle « précipite », dans l'écriture du nouveau feuilletoniste du *Moniteur universel*, un ensemble de pratiques rhétoriques et stylistiques jusqu'alors dispersées.

10. Voir l'article de P. Berthier, « Les dimanches de Gautier (1837-1840) », dans le présent volume. Gautier n'aime guère composer son feuilleton dans le feu des impressions reçues au théâtre. Après la première de *Maître Favilla* de George Sand à l'Odéon, le feuilletoniste écrit : « La pièce de George Sand a été donné samedi, – quelques heures à peine, au moment où nous écrivons ces lignes, nous séparent de la représentation, et il est difficile de porter un jugement sur une audition si récente ; cependant nous avons ressenti une impression qu'il nous est possible de traduire ». Cette « traduction » passe par les souvenirs de lecture du roman de Sand, *Le Château des Désertes* ; une critique littéraire se substitue au compte rendu dramatique sur le vif.

11. *Correspondance, op. cit.*, t. VI, lettre n° 2314, p. 229-230.

12. *Ibid.*, lettre n° 2316, p. 230.

13. Philibert Rouvière, admiré par Baudelaire comme par Sand, cet « acteur bizarre qui s'est incarné dans le rôle d'Hamlet et le joue en dehors de toutes les idées reçues, avec un profond sentiment anglais, à la fois plus mal et mieux que personne [...]. Il lui manque la médiocrité. Quand il n'est pas sublime, il est mauvais ; et, s'il se trompe, il ne se trompe pas à demi » juge Gautier. Son premier feuilleton au *Moniteur* comprend, à propos du même Rouvière, ce coup de griffe contre la scène française moderne : « [...] il lui faut un chef d'œuvre pour l'inspirer ; il ne s'échauffe pas sur une pièce vulgaire : ne vous étonnez donc pas s'il joue rarement. »

14. Sur l'épanchement personnel et sur l'écriture diariste dans le journal, voir les analyses désormais classiques de M.-È. Thérenty dans *Mosaïques. Être écrivain entre presse et roman*, éd. Honoré Champion, 2003.

15. « Revue musicale » signée de Rovray, intitulée « Quelques mots sur les pièces qu'on n'a pas jouées cette semaine – concert avec orchestre de Mlle Nicolo ».

16. « [...] l'arabesque avec ses femmes qui finissent en rinceaux, ses fleurs ailées comme des papillons, ses conques de nacre attelées d'escargots, ses griffons chevauchés par des nymphes, ses cabinets d'architecture pompéienne, ou même avec ses amours bouffis, ses trophées d'instruments de musique, ses treillages en losange, ses volutes tarabiscotées, ses signes parodiant la vie humaine, ne répond-elle pas à un besoin de l'esprit que fatigue la ligne droite, qu'ennuie la composition sage, et qui s'amuse un instant de ces caprices dont le prototype est nulle part ? » (feuilleton du 24 décembre 1855). Dans cet éloge de la ligne courbe et du caprice, l'on percevra les linéaments d'une « stylistique » fondée sur la folle exubérance de la phrase, s'exténuant à convoquer le visible pour mieux en abolir, dans l'étrangeté des mots, la commune matière.

17. É. Wattier remercie Gautier pour cette célébration inopinée de son art, dans une lettre du 3 janvier 1856 : *Correspondance, op. cit.*, lettre n° 2262, p. 200.

18. L'évocation des *Pilules du diable*, les 9-10 avril 1855, offre une belle illustration de ce déport de l'imagination, *via* l'écriture d'un spectacle visuel enchanteur, vers un monde soustrait aux nécessités de la raison : « Rien ne délasse plus agréablement l'esprit que ces vallées, ces montagnes, ces chaumières, ces palais, ces déserts, ces océans, ces enfers, ces paradis, qui s'envolent au coup de sifflet du machiniste, que ce voyage perpétuel de l'action par les mondes de la réalité et de la fantaisie, qui vous fait accomplir en une soirée le tour de l'infini. » L'énumération des objets scéniques et l'accumulation des démonstratifs n'exacerbent la matérialité du monde décrit que pour mieux en affranchir l'esprit dans le pur espace du verbe.
19. *Le Moniteur universel*, 29 mai 1855.
20. Une autre allusion à l'œuvre de Stendhal se trouve dans le feuilleton du 11 février 1856 : « Le Cirque-National a bien fait de reprendre ce beau drame chronique [*La Reine Margot* de Dumas et Maquet], qui réalise pleinement l'idéal que se faisait du drame moderne Henri Beyle, ce précurseur du romantisme » - souvenir des pages de *Racine et Shakespeare* où Stendhal appelle de ses vœux des tragédies nationales en prose.
21. L'éloge des « pièces impossibles, folles, extravagantes » (« farce exhilarante », « parade burlesque », « intermède fantasque ») se retrouve aussi dans le feuilleton du 24 décembre 1855 consacré au Théâtre des Folies-Nouvelles : « La vogue des Folies-Nouvelles s'explique par cet instinct secret du rêve, de la chimère, de la fantaisie : le jour où elles donneront une pièce raisonnable, leur décadence commencera [...]. »
22. *Le Moniteur universel*, 14 mai 1855. Cette rêverie toute romantique sur les origines du spectacle élève le mélodrame à la hauteur poétique d'un art théâtral universel : « Le vieux mélodrame se rapprochait de la tragédie ou de la comédie antiques par ses personnages passés à l'état de types, et qui auraient pu se jouer avec des masques. Chaque rôle avait sa physionomie traditionnelle, et dont on ne s'écartait jamais, pas plus qu'à Naples on ne change le nez noir de Pulcinella et aux Funambules le visage blafard de Pierrot. » Le théâtre à l'état pur se trouverait hors de l'histoire et engagerait une involution rituelle du temps vers les origines antiques et populaires. Mais le prosaïsme du présent fait obstacle à cette reconquête : Edmond About est condamné à voir son *Guillery* chuter à la Comédie-Française pour avoir cru que « la farce ancienne était encore possible » (4 février 1856). On ne verra pas dans ces lignes le signe d'une réaction ou simplement d'un conservatisme artistiques : Gautier rêve « de faire passer dans l'art du présent ce qu'il y a d'énergique et de grand dans la tradition » (J.-Cl. Fizaine, « Modernité et tradition dans la définition d'une théâtralité idéale », dans le *Bulletin de la Société Théophile Gautier*, n° 26, « Théophile Gautier et le théâtre », 2004, p. 121).
23. *Le Moniteur universel*, 17 décembre 1855.
24. *Correspondance, op. cit.*, t. XII, lettre n° 4657, p. 26.

LIBERTÉ DU VOYAGE
ET CONTRAINTES DE LA PRESSE

Les recueils de Gautier *reporter*
ou la mise en forme d'un art du voyage

Sylvain VENAYRE

Dans un de ses articles du *Moniteur Universel*, publié sous le titre de « Revue des théâtres » le 13 juillet 1868, Théophile Gautier se plaignait de ce que l'été « la queue est bien plus longue au guichet où l'on distribue les billets de chemin de fer qu'aux bureaux où l'on prend des billets de spectacle. La vie change décidément de forme, et le voyage, autrefois si antipathique au Parisien, est entré dans ses mœurs. On part plus facilement pour l'Italie, la Suisse, l'Espagne ou l'Allemagne, qu'autrefois pour Saint-Cloud. Dès que le chemin de fer de New York à San Francisco sera terminé (et il le sera dans quelques temps), on fera le tour du monde en deux mois et demi. Le percement de l'isthme de Panama abrègera encore le parcours, et l'on pourra dans ses vacances accomplir la circumnavigation complète du globe. » Gautier ajoutait : « Nous pensions déjà ainsi, il y a quelques années, en inaugurant nous ne savons plus quelle ligne de chemin de fer comme *reporter* d'un journal[1] [...]. »

À ma connaissance, c'est la seule fois que le terme de « reporter » apparaît sous la plume de Gautier. Il est d'ailleurs imprimé en italique dans le texte du *Moniteur universel*, de la même façon qu'il était imprimé en italique, presque quarante ans plus tôt, dans les *Promenades dans Rome* de Stendhal[2]. À la fin des années 1860, le mot d'origine anglaise n'était pas encore pleinement reconnu par la langue française : une telle reconnaissance serait l'affaire des décennies à venir. En se l'appropriant en 1868, fût-ce pour le mettre à distance, Gautier s'inscrivait dans le processus en cours de légitimation du reportage[3], de même qu'il soulignait le lien étroit que la figure en constitution du reporter entretenait avec celle du voyageur. Si Gautier fut « *reporter* », en effet, ce fut en se déplaçant pour relater un événement directement lié au voyage : l'inauguration d'une ligne de chemin de fer – ce qu'il fit deux fois au moins, à Blidah en Algérie en 1862 et dans le Nord de l'Espagne en 1864, sans compter son voyage de 1836 qui le vit notamment décrire les premiers chemins de fer belges et celui de 1869 pour l'inauguration du canal de Suez[4]. Or, une telle pratique s'inscrivait dans une expérience plus générale du voyage et du journalisme mêlés qui avait vu Gautier publier en feuilletons, pour différents journaux de Paris, des récits de ses nombreux voyages. On connaît ainsi, avec *Tra los Montes* (1843) devenu le *Voyage en Espagne* (1845), avec *Italia* (1852), avec *Constantinople* (1853) et avec le *Voyage en Russie* (1867), les œuvres maîtresses d'un écrivain qui s'est efforcé de poursuivre dans la voie ouverte par ceux qui, au tournant des XVIIIe et XIXe siècles, avaient commencé à faire basculer le récit de voyage dans l'ordre de la littérature[5].

Ces quatre récits sont les seuls qui, publiés d'abord dans les journaux, furent ensuite repris en volumes consacrés chaque fois à un seul voyage de Gautier. Ils ne sauraient pourtant résumer ni les voyages de Gautier à l'étranger, ni les récits de ces voyages, ni même les récits de ces voyages qui connurent, du vivant de leur auteur, la consécration de la publication en volumes, après la première publication dans le journal.

Ni les voyages, d'abord : Gautier voyagea en effet en Belgique (1836), en Espagne (1840), à Londres (1842, 1843), en Algérie (1845), à Londres *via* la Belgique et la Hollande (1846), en Espagne (1846), à nouveau à Londres *via* la Belgique et la Hollande (1849), à nouveau en Espagne (1849), en Italie (1850), encore à Londres pour l'Exposition (1851), à Constantinople, avec retour par Athènes et Venise (1852), en Allemagne, trois fois successivement (en 1854, puis en 1857, puis en 1858), en Russie deux fois (1858, puis 1861), à Genève (1861), Londres encore (1862), l'Algérie encore (1862), l'Espagne encore (1864) avant de passer de nombreux séjours estivaux à Genève à partir de 1864 et de quitter la France encore trois fois, pour l'Italie (1868), l'Egypte (1869) et Bruxelles (1871). Dans son esquisse autobiographique de 1867, Gautier accordait à ces voyages une place centrale dans sa vie, affirmant avoir été atteint très tôt de « la passion ou la maladie du voyage[6] ». « Si j'avais eu de la fortune », écrit encore Gautier, « j'aurais vécu toujours errant[7]. »

Les grands livres de voyages de Gautier, ensuite, ne sauraient résumer les récits qu'il fit de ses voyages. Gautier en publia en effet de nombreux dans *La Chronique de Paris*, *La Presse*, la *Revue des Deux-Mondes*, la *Revue de Paris*, le *Musée des familles*, *L'Artiste*, *Le Pays* et le *Moniteur Universel*[8].

Tra los Montes, *Italia*, *Constantinople* et le *Voyage en Russie*, enfin, ne sauraient résumer les livres de voyages de Gautier. Parallèlement à la publication de ces quatre grands récits, en effet, plusieurs recueils de récits de voyages parurent du vivant de Gautier. En 1845, fut publié chez Magen *Zigzags*, qui fut réédité en 1852 chez Lecou, augmenté de plusieurs récits, sous le titre *Caprices et zigzags*. Puis, en 1865, Michel Lévy publia coup sur coup deux autres recueils, intitulés *Quand on voyage* et *Loin de Paris*[9].

Ce sont ces recueils qui retiendront ici notre attention, dans la mesure où ils renferment le discours sur le voyage tenu par Théophile Gautier, tel qu'il se donne à lire en fonction de deux contraintes dont l'addition produit un résultat original. Il y a d'une part la contrainte de la publication dans le journal : le cas était fréquent, on le sait, pour les auteurs de récits de voyages du XIXe siècle – ces « voyageurs » qui furent les premiers « reporters » ainsi désignés[10]. Il existe, d'autre part, une seconde contrainte née de la publication ultérieure de ces textes dans le recueil – contrainte d'autant plus remarquable que la forme du recueil était insolite, au XIXe siècle, pour le récit de voyage. Ces deux contraintes se mêlent pour commander non seulement l'écriture des voyages de Gautier, mais aussi leur lecture. Il en résulte en effet l'expression d'un art du voyage dont je voudrais faire ressortir, par-delà sa relative soumission au code romantique, la particularité[11].

La démarche qui me guidera sera donc double. Elle sera bien entendu celle que je connais le mieux : celle de l'historien de la culture du voyage du XIXe siècle cherchant à étudier l'évolution des pratiques et des représentations du voyage, telles qu'un Gautier pouvait les manifester de façon exemplaire. Mais je tâcherai d'y mêler aussi, chemin faisant, la démarche du spécialiste de l'histoire des formes littéraires – que je ne suis pas –, qu'il s'agisse de la forme du journal ou de celle du recueil[12]. Il me semble en effet que l'histoire, abordée sous l'angle des représentations, a beaucoup à gagner au dialogue avec cette poétique historique des formes qui renouvelle aujourd'hui l'histoire littéraire[13]. Et j'espère que l'étude de l'art du voyage de Gautier « *reporter* » pourra plaider en faveur de ce rapprochement.

Pour les besoins de la démonstration, je discuterai d'abord les modalités de l'adhésion de Gautier à la figure romantique du voyageur, puis les conséquences de la nécessité dans laquelle il se trouvait d'écrire pour un journal, enfin les conséquences de la seconde publication des articles de Gautier dans le cadre du recueil.

Gautier, voyageur romantique

Si Gautier s'appropria la figure du voyageur romantique, il ne fut pas, loin s'en faut, le premier à se réclamer d'elle. Commençant à écrire un quart de siècle après l'*Itinéraire de Paris à Jérusalem* et au lendemain du double succès du *Voyage en Orient* de Lamartine et des *Impressions de voyage en Suisse* de Dumas, Gautier était d'abord l'héritier d'une esthétique devenue centrale dans le monde littéraire de son temps et bientôt critiquée, notamment par le courant désigné comme « réaliste » à partir du milieu des années 1850. Le risque était donc grand que ses récits de voyage ne fassent que reproduire un mouvement désormais privé de l'originalité des commencements. Pour éviter cela, Gautier eut systématiquement recours à l'humour, à la dérision ou à l'ironie, se mettant lui-même en scène sous les traits d'un « vieux romantique de 1830, amoureux fou de couleur locale », figure anachronique, donc, sujette à des « sentiments rétrogrades[14] ». Il s'amusa des « gémissements élégiaques-romantiques[15] » qui accompagnaient selon lui les bouleversements des moyens de locomotion. Il se défendit d'être « déclamateur de [sa] nature », n'ayant nulle envie, dans ses descriptions, « d'ajouter un chapitre aux *Ruines* de Volney[16] ». Il glissa, par exemple, que l'aspect féodal du château de Roquemaure était propre à « réjouir un poète romantique, si les poètes romantiques étaient capables de se réjouir[17] ». Ou encore, descendant du chemin de fer en direction de la « cité romantique » de Tolède, il constate qu'il doit prendre un omnibus et s'écrie : « Ô civilisation, ce sont là de tes coups ! Au Romantisme, qui jure par son épée et sa dague de Tolède, tu réponds : "Omnibus !" et le Romantisme, tout penaud, monte en rechignant dans l'affreux véhicule[18] [...]. » Ainsi la relation que Gautier entretint, dans ses récits de voyage, avec l'appellation de romantisme fut-elle pleine de nuances, donnant au style de Gautier son charme particulier, des notes drôles venant régulièrement relâcher les liens de l'auteur avec les codes esthétiques du voyage romantique[19].

Il n'empêche que ces liens existent et, quoi qu'il en soit des gentilles moqueries vis-à-vis de l'école littéraire, c'est bien en écrivain romantique, d'abord, que Gautier voyagea. Quatre des grandes caractéristiques du récit de voyage inauguré au tournant des XVIIIe et XIXe siècles structurent ainsi les récits de Gautier.

La première est le refus du voyage savant. En Grèce, par exemple, Gautier renonce au « triple savoir de l'helléniste, de l'antiquaire et de l'architecte[20] » et proclame, ailleurs, son refus « de faire un ouvrage d'érudition[21] ». Au contraire, il rappelle volontiers que les lieux qu'il visite ont déjà été souvent visités et que leurs descriptions se trouvent « partout[22] ». N'a-t-il pas lui-même publié une description de Venise « tellement exacte, qu'on ne veut pas croire que je n'y suis pas allé[23] » ? Aussi les monuments ne l'intéressent-ils pas et il ressasse sa volonté de ne faire « que rendre en quelques lignes une impression qui, pour n'être pas nouvelle, n'en fut pas moins vive[24] ». Cette soumission au code romantique de l'impression, Gautier lui donne certes, dès *Tra los Montes*, la forme neuve, liée au nouveau sens du mot « impression », du « daguerréotype littéraire[25] » (il s'agit pour lui « de prendre, avec notre style, quelques vues au daguerréotype des objets qui frapperaient notre attention[26] ») ; mais il ne l'invente pas – et ses récits de voyage sont, d'abord, le récit de ses impressions[27].

De cela découle une deuxième caractéristique romantique de ses récits : l'omniprésence du pittoresque et, plus encore, de la « couleur locale ». Gautier emploie l'expression avec une grande fréquence – neuf fois, en tout, dans les trois recueils. Le voyage est d'abord, pour lui, la réalisation du « désir de voir et de nous saturer de couleur locale[28] ». Un tel postulat justifie d'ailleurs son goût revendiqué pour les pays « barbares[29] », à commencer par l'Espagne – lui-même se présentant comme « une espèce de barbare à qui plaisent les vieilleries pittoresques[30] ». Il explique aussi sa quête des « costumes nationaux[31] », des « vieilles coutumes[32] », de la « différence de peuple à peuple[33] », et aussi son mépris pour le modèle néo-classique des arcades de la rue de Rivoli, qu'il déteste retrouver, à Madrid ou à Alger[34].

Une troisième caractéristique romantique des récits de Gautier réside dans son refus proclamé des guides[35] et des « cicerone de profession[36] », dans sa volonté de ne se laisser aller qu'au hasard[37]. La principale conséquence de cela est la célébration de ces « caprices » et de ces « zigzags » qui ont donné leur titre au premier recueil de récits de voyage de Gautier, reprenant là un motif déjà popularisé, à l'époque, par Rodolphe Töpffer. En contrepoint, à de nombreuses reprises, Gautier souligne son dégoût de la ligne droite dans le voyage – avec notamment ce joli paradoxe : « C'est le chemin le plus long pour aller d'un point à un autre, puisque c'est le plus ennuyeux[38]. »

Enfin, et en cela surtout peut-être Gautier est romantique, ses récits sont marqués par le sentiment de la fin d'un monde. Gautier a une claire conscience de vivre « à une époque climatérique de l'humanité ». « Bien qu'à peine ayant atteint l'âge mûr », écrit-il en 1858, « nous ne sommes plus contemporain de notre époque. Aucune des habitudes de notre jeunesse ne subsiste, et personne ne pense plus aujourd'hui aux choses qui nous passionnaient[39] ». Or l'expérience du voyage rend très sensible le sentiment de vivre dans une époque de multiples disparitions. D'une part, les progrès des moyens de transport, à commencer par le chemin de fer, ont rendu brutalement caduques les anciennes diligences et Gautier n'a de cesse de balancer entre la reconnaissance d'un progrès technique incontestable et le regret de la fin des conditions de voyage d'antan, désormais jugées poétiques[40]. D'autre part, Gautier postule, selon une logique déjà présente, par exemple, dans le *Voyage en Amérique* de Chateaubriand, que les progrès de la civilisation, tout en permettant aux peuples de voyager plus facilement, font également disparaître la barbarie et donc, avec la « couleur locale », tout l'intérêt du voyage. Gautier n'a pas de mots assez dur contre « ce siècle d'uniformité[41] » : « La terre n'a jamais été plus ennuyeuse », écrit-il ainsi, « toutes les différences disparaissent, et il est presque impossible de distinguer une ville d'une autre[42]. » Il propose finalement ce second paradoxe : « À l'époque où le réseau de fer terminé, l'on pourra aller partout, il n'y aura plus rien à voir nulle part[43]. »

Gautier voyage donc en écrivain romantique. C'est sans doute plus délicat pour lui que pour les écrivains de la génération précédente, avec laquelle il s'efforce de prendre une distance ironique ; il n'en reste pas moins fidèle à leurs codes. On pourrait relever d'autres concordances thématiques, bien sûr, à commencer par la négociation permanente que Gautier opère entre l'expression de l'amour de la patrie et celle du désir d'exil – telle qu'on peut la trouver, à la même époque, chez un Edgar Quinet[44]. Je ne développerai pas ce point ici.

GAUTIER FEUILLETONISTE

Voyons plutôt de quelle façon l'identité de voyageur romantique, telle que Gautier l'adapte, se combine avec la nécessité dans laquelle celui-ci se trouvait d'écrire pour un journal. Gautier, on l'a dit, ne s'est défini qu'exceptionnellement comme un « reporter ». Il était bien davantage un « feuilletoniste », à la mode de l'époque. Son récit de voyage en Espagne fut d'ailleurs publié en 1840 dans *La Presse* sous le titre : « Sur les chemins – Lettres d'un feuilletoniste. » Gautier revendique volontiers une telle identité : il est, en Allemagne, par exemple, un « feuilletoniste en vacances[45] » et ses voyages apparaissent généralement comme des intervalles dans une vie consacrée au feuilleton – ainsi se trouve-t-il à Londres en 1851 « entre un feuilleton et l'autre[46] ». La vie professionnelle de Gautier, c'est d'abord le feuilleton, artistique ou théâtral, et, dans cette vie bien remplie, les voyages sont toujours présentés comme des moments de liberté.

Cette posture explique pourquoi le « feuilletoniste en vacances » est aussi attentif aux autres voyageurs en vacances comme lui. Il les décrit volontiers et prétend même écrire pour eux, offrant ainsi à l'historien une des premières objectivations du tourisme. On sait que le mot « touriste » s'est progressivement imposé dans la langue française depuis les années 1810, Stendhal lui assurant, avec les *Mémoires d'un touriste*, en 1838, une publicité majeure. Pendant les trente années où il écrivit des récits de voyage, Gautier donna à voir l'acclimatation, en France, de cette figure anglaise du voyage et les modifications qu'elle subit. Dès 1836, son premier récit de voyage s'adressait au « monde ambulatoire et touriste[47] ». Par la suite, il usa des trois figures principales du touriste au XIXe siècle : celle, aristocratique, héritée du XVIIIe siècle, de ces « touristes opulents » qui, entre autres, avaient transformé Florence, après la Restauration, en « salon de l'Europe[48] » ; celle, née du souci romantique de la distinction et illustrée notamment par Töpffer puis Taine, qui distingue les différentes « espèces » de touristes à seule fin de mieux les stigmatiser, à l'image de ces « touristes de l'espèce plaintive et grognonne, qui

jugent un pays sur une omelette dont le beurre est un peu rance[49] » ; celle, enfin, moderne, de la « multitude voyageuse[50] » progressivement affirmée au XIXe siècle, de ces « colonie[s] d'excursionnistes[51] », du « voyage fait en masse[52] », du « communisme du railway[53] » – autant d'expressions par lesquelles Gautier identifiait les formes nouvelles prises alors par le voyage d'agrément et dont il donne un exemple méconnu avec les voyages de groupes organisés à Paris par l'Office universel de la place de la Bourse à partir de la fin des années 1830[54].

Gautier admet parfaitement faire partie de ce nouveau monde du voyage. Fidèle à sa relation ambiguë avec le modèle romantique, il s'indigne en s'amusant de ce qu'il voyage désormais avec « mille ou douze cents compagnons de voyage forcés avec lesquels il partagera les impressions de la route[55] » et prétend être lui-même un « simple touriste[56] ». Pourtant, ne nous y trompons pas : il juge bien uniques les impressions qu'il donne au lecteur. Il ne doute pas, en effet, que celles-ci sont transfigurées par le talent de l'écrivain. C'est qu'il n'est pas seulement « feuilletoniste » et « touriste » dans ses récits de voyage : il est d'abord « poète », « penseur » et « artiste » ; il le revendique assez souvent[57].

Or, cette tension entre le touriste et l'artiste, dans le récit, redouble celle qui voit Gautier écartelé entre le modèle romantique du voyage et l'exigence feuilletonesque. « Cent mille yeux voient », écrit-il en 1858, « des millions d'yeux lisent ; aucun fait n'est inédit ; on n'a plus à soi que sa pensée[58] [...] ! » L'accroissement des voyageurs – ceux qui « voient » – s'accompagne en effet de l'accroissement des lecteurs de journaux, plus nombreux encore – ceux qui « lisent ». Dans ces conditions, que reste-t-il à l'auteur de récits de voyages publiés dans la presse sinon son style et sa pensée ? Quelle légitimité trouve-t-on à écrire des récits de voyages de « touriste », sinon le fait qu'on écrit aussi des récits de voyages de « penseur », de « poète » et d'« artiste » ?

Rien ne donne une aussi bonne idée de cette tension entre le touriste et l'artiste, entre le feuilletoniste et le poète, que l'examen des raisons que Gautier avance pour ses départs. S'il part en Belgique, « c'est une idée qui m'est venue au Musée, en me promenant dans la galerie de Rubens » ; à Londres, c'est qu'il avait « passé la nuit au bal masqué ; et rien n'est triste comme un lendemain de bal[59] » ; en Algérie, c'est qu'il avait « la *maladie du bleu* [...] la nostalgie de l'azur[60] » ; en Hollande, c'était certes pour voir « une exposition de l'industrie à La Haye », mais l'alibi tombe vite et Gautier évidemment ne voit pas cette exposition[61]. Au bout du compte, toutes les raisons se résument à celle qu'il donne pour son voyage à Venise : « Quelle raison avais-je d'y être ? Aucune, si ce n'est cette nostalgie de l'étranger, si connue des voyageurs[62]. » Il s'insurge d'ailleurs contre la nécessité d'avoir une raison pour voyager – « comme si le voyage n'était pas à lui seul un but[63] ! » À aucun moment il n'évoque la nécessité pratique dans laquelle il se trouvait de rapporter pour son journal le récit d'un voyage dont le journal pourtant, pour cette raison seulement, avait couvert les frais.

Certes, Gautier ne faisait alors que reprendre le motif romantique du voyage pour le voyage, déjà proposé depuis longtemps, notamment par le René de Chateaubriand. Mais cet idéal était d'autant plus sublimé que Gautier le célébrait dans l'espace du journal quotidien et qu'il s'y opposait, au « rez-de-chaussée », à l'ensemble des voyages utiles mis en scène dans les autres rubriques. Ainsi, s'il peut s'enorgueillir, à l'Exposition de 1851, de ne pas avoir « jeté un seul coup d'œil » sur les activités économiques qui y étaient présentées, au risque de s'attirer « le mépris des industriels, des négociants, des utilitaires et des philistins de toutes sortes[64] », c'est aussi parce que ces activités étaient présentées, au sein du journal, dans d'autres rubriques que celle du feuilleton. Si, à Stuttgart, il précise à son lecteur : « Ne redoutez de notre part aucune conjecture saugrenue ou paradoxale sur les motifs de l'entrevue » des empereurs qui a lieu au même moment, là encore, c'est aussi, comme il l'écrit lui-même, parce qu'il n'est « pas un chroniqueur politique[65] » et que les chroniqueurs politiques, ailleurs dans le journal, doivent certainement rendre compte de l'événement. Il en va de même lors de son séjour dans le Pays basque pour le mariage du duc de Montpensier, dont les fêtes sont à peine évoquées alors que Gautier leur doit sa présence à Bayonne[66]. À chaque fois, le « feuilletoniste en vacances » peut d'autant plus se passer de ces descriptions que d'autres, ailleurs dans le même journal, s'en sont chargés.

Aussi le « touriste » de Gautier est-il aussi différent de celui de Stendhal que « l'artiste » de Gautier est différent de celui de Chateaubriand. S'il voyage comme les autres et si son récit se coule, plus ou moins, dans le moule romantique, Gautier, parce qu'il écrit dans le journal, compose tout autant avec ses collègues dans l'ordre du journalisme qu'avec ses prédécesseurs dans celui du voyage. Contraint par la place réservée au feuilleton dans la géographie du journal, il délaisse les considérations esthétiques ou industrielles de Stendhal tout autant que les idées générales de Chateaubriand sur l'histoire et la vie des peuples. Il se moque aussi des « faiseurs de voyages, tout occupés à se quereller pour la mesure exacte d'une colonne ou d'un obélisque dont personne ne se soucie[67] », ces « voyageurs dits sérieux, préoccupés avant toute chose de camps de César et d'inscriptions romaines illisibles[68] ». Mais une telle revendication, pour s'inscrire dans la logique du récit romantique, n'en est pas moins renforcée par la nécessité dans laquelle le feuilletoniste se trouve de parler de choses légères, distinctes de celles évoquées ailleurs dans le journal. Du reste, les modalités de la publication du récit ne lui sont pas indifférentes : les voyageurs savants, souligne-t-il, se font « éditer in-quarto à l'Imprimerie Royale, et la plupart finissent à l'Institut[69] ». Lui, au contraire, est publié dans le journal quotidien dont il occupe le rez-de-chaussée et les modalités de cette édition expliquent aussi, en grande partie, celles de son récit. Que les lits belges ne soient pas faits comme les lits de France – « il n'y a point de traversin, mais bien deux grands oreillers posés côte à côte[70] » ; que l'intérieur des berlines anglaises soit si différent de celui des voitures du continent[71] ; que la nourriture d'une taverne de Londres soit si exotique et que tout cela fournisse à chaque fois matière à de longues descriptions, Gautier s'en explique fréquemment : « Qu'est-ce qui fait la différence d'un pays à l'autre, si ce n'est ces mille détails familiers dédaignés par les plumes majestueuses, si prolixes lorsqu'il s'agit de vieilles bornes et de statues à nez cassés[72] ? » Le goût des détails de la vie quotidienne, le mépris affiché pour les « curiosités[73] » (alors même que Gautier ne rate pas un musée et rarement un monument[74]) : tout cela participe d'une esthétique commandée en grande partie par la nécessité du feuilleton, rubrique de divertissement à l'écart des affaires sérieuses traitées ailleurs dans le journal.

L'art du voyage de Gautier

Venons-en maintenant aux conséquences, sur la lecture des articles de Gautier, de leur seconde publication sous la forme du recueil. Passons, pour commencer, sur les quelques modestes transformations subies alors par les textes : telle lettre de Gautier commençant, dans le journal par « mon cher Directeur » devient dans le recueil « Mon cher Éditeur[75] » ; une lamentation ironique sur l'absence de contrefaçons de ses ouvrages en Belgique dans le journal de 1836 est accompagnée d'une note dans le livre de 1852 expliquant que, depuis lors, de nombreuses contrefaçons y ont évidemment vu le jour. On peut relever quelques modifications de cet ordre, mais elles sont finalement minimes et, globalement, les textes des recueils sont fidèles à ceux des articles.

On doit s'interroger, en revanche, même si la preuve est ici très délicate à administrer, sur les différences de lecture induites par la nouvelle publication. Ainsi, que Gautier signale ne rien voir de remarquable à Cambrai, sinon « une gigantesque affiche de la *Presse*[76] », fait évidemment sens dans la publication par le journal *La Presse* en 1836, beaucoup moins dans les recueils ultérieurs. De même, le clin d'œil à son lecteur, « sultan Schahabaham, qui bâille en pensant à autre chose ou à la Bourse[77] », se comprend dans le cadre du journal où se trouvent aussi les cours de la Bourse, beaucoup moins dans celui du livre[78]. On doit supposer ici que, soit le lecteur du livre connaît l'origine du texte et peut alors être aussi intéressé par l'allusion que le lecteur du journal, soit il ne la connaît pas – ce qui est d'autant plus vraisemblable qu'elle n'est mentionnée nulle part dans le recueil – et alors ces phrases de Gautier glissent sur lui sans dorénavant lui faire d'effet.

Il en va de même des références à l'actualité immédiate, qui s'imposent d'évidence au lecteur du journal quotidien mais qui sont obsolètes, incompréhensibles ou inutiles pour le lecteur du recueil.

Si les chemins de fer belges, par exemple, sont, dans le journal de 1836, un objet « palpitant d'actualité[79] » – une expression que Gautier emploie alors avec ironie –, c'est moins le cas dans le recueil de 1845, et moins encore dans la réédition de 1852. Quant aux articles correspondant au voyage à l'Exposition de 1851, leur actualité est complètement périmée dans les recueils de 1865.

Le caractère contingent de l'écriture journalistique tend ainsi à s'estomper dans le recueil, alors même que cette écriture n'a pas été sensiblement corrigée. Davantage : la réunion d'articles écrits à des périodes différentes tend à créer un sentiment d'unité par-delà les différences d'époque. La forme du recueil redouble ainsi un principe d'écriture récurrent des articles de Gautier. « Tu te souviens sans doute que nous avons visité Anvers ensemble il y a dix ans, ô mon cher Fritz[80] », écrit Gautier dans *La Presse* en 1846 avant de publier son article à la suite de son voyage en Belgique de 1836 dans *Caprices et zigzags* en 1852. Ici, le procédé d'appariement des textes, propre au recueil, est encore renforcé par l'identité, dans les deux cas, du pays visité et du destinataire de la « lettre » de Gautier –

« Fritz », alias Gérard de Nerval. Or, ce procédé en redouble un autre, caractéristique de l'écriture de Gautier : la comparaison entre deux voyages faits par l'auteur, laquelle lui offre d'ailleurs souvent le moyen d'une méditation romantique sur la fuite du temps : « Il y a dix-sept ans, nous écrivions dans l'Alhambra même[81]... », « nous avions déjà vécu sous la tente lorsque nous accompagnâmes le maréchal Bugeaud, en 1845, dans l'expédition de Kabylie[82]... », etc.[83] Télescopant les époques, ces comparaisons opèrent également un télescopage des espaces : s'il songe à l'Alhambra, en effet, Gautier n'en est pas moins en Allemagne ; s'il fait référence à l'Algérie, c'est à l'occasion d'un voyage en Normandie... De même, contemplant les paysages de la campagne toscane, il se souvient « d'un trajet de Grenade à Velez-Malaga » comme de son « excursion en Kabylie[84] ». Lors de l'Exposition de 1851, il se plaît à décrire, plutôt que l'Angleterre, l'Inde et la Chine, que l'on peut visiter à Londres rien que par les productions qui y sont présentées[85].

Venant renforcer ce procédé de comparaison entre les temps et les espaces, la forme du recueil accentue ainsi le sentiment que Gautier tient un discours général sur le voyage en partie dégagé de l'obligation de parler d'un lieu précis. Là où le lecteur de *Tra los Montes*, d'*Italia*, de *Constantinople* et du *Voyage en Russie* s'attend à lire un récit concernant à chaque fois un pays particulier, le lecteur des recueils de Gautier voit cette nécessité d'autant plus réduite que les comparaisons de l'auteur, déjà présentes dans les articles du journal, sont désormais redoublées par la forme du recueil, lequel juxtapose les espaces visités, estompe les références contingentes à l'actualité et renforce finalement le sentiment que Gautier ne nous parle pas des pays et des peuples qu'il a vus, mais de la façon dont il les a vus – qu'il ne délivre pas un récit de voyage, mais qu'il propose un art du voyage.

Au fond, le lecteur du recueil, qui ne cherche plus à suivre les péripéties de l'actualité et, en quelques pages, passe de la Grèce à l'Allemagne, de la Belgique à l'Algérie, de la Normandie à l'Espagne, est moins guidé vers les particularités de chacun des voyages de Gautier que vers la méthode que celui-ci emploie pour voyager – et pour raconter son voyage. La forme du recueil renforce ainsi la logique romantique par laquelle l'auteur s'est mis au centre du récit de voyage – logique dont on a vu que, pour des raisons tenant à la place que le feuilleton occupe dans l'espace du journal, Gautier l'avait encore exagérée en proclamant à de nombreuses reprises qu'il faisait des voyages de « poète », de « penseur » et d'« artiste ».

Ainsi le lecteur est-il fondé à rechercher dans les recueils de Gautier, d'abord, ces formules brillantes par lesquelles Gautier exposait cet art du voyage dont j'ai tâché de montrer ici quel il était – et quelles en étaient les raisons historiques[86]. Or, les principes d'une telle lecture engagent le recueil sur le chemin qui conduit au florilège. La vérité ultime du recueil – on pourrait dire aussi : sa caricature – peut être en effet la succession de citations définitivement dégagées des contraintes de la date et du contexte de leur publication, comme de celle des références à l'actualité et au pays visité qui avaient pourtant commandé leur création. Dans une communication comme celle-ci, évidemment, j'ai déjà beaucoup cité. Je vous propose malgré tout pour finir un bref extrait de ce florilège imaginaire, dont l'existence, à mon avis, n'est nullement une trahison, non pas des récits de Gautier ni de leur forme feuilletonesque originelle, mais de la forme du recueil que, de son vivant, Gautier avait accepté de leur donner :

> Nous professons tous les deux, mon cher Fritz, les mêmes théories sur les voyages[87]...
> La destinée du voyageur est de quitter toujours ce qui lui plaît et de ne jamais revoir ce qu'il admire[88].
> Le voyage, comme la vie, se compose de sacrifices. Qui veut voir tout ne voit rien. C'est assez de voir quelque chose[89].
> Somme toute, l'impression d'un voyage est douloureuse. On voit combien facilement l'on se passe de gens que l'on croyait le plus aimer, et comme de cette absence temporaire à l'absence absolue la transition serait simple et naturelle[90] [...].
> Le premier voyage est comme le premier amour, il donne des sensations qui ne reviennent plus[91].
>
> [...]

NOTES

1. Th. Gautier, « Revue des théâtres », *Le Moniteur Universel*, 13 juillet 1868.
2. Stendhal, *Promenades dans Rome* (1829), Paris, éd. Gallimard/Folio, 1997, p. 209.
3. P. Durand, « Crise de presse. Le journalisme au péril du "reportage" (France 1870-1890) », *Quaderni*, n° 24, automne 1994, p. 123-152 ; M.-È. Thérenty, « Les "vagabonds du télégraphe" : représentations et poétiques du grand reportage avant 1914 », *Sociétés et représentations*, n° 21, avril 2006, p. 101-115.
4. De même d'ailleurs que ce pionnier du grand reportage que fut Henry Morton Stanley.
5. F. Wolfzettel, *Ce désir de vagabondage cosmopolite. Wege und Entwicklung des französischen Reiseberichts im 19. Jahrhundert*, Tübingen, Max Niemeyer Verlag, 1986 et *Le Discours du voyageur. Le récit de voyage en France du Moyen Age au XVIII*[e] *siècle*, Paris, PUF, 1996.
6. Le grand reporter Joseph Kessel dira plus tard avoir, lui, « le démon du voyage » (voir M. Martin, *Les Grands Reporters. Les débuts du journalisme moderne*, Paris, éd. Audibert, 2005, p. 300).
7. *L'Illustration*, 9 mars 1867. Repris dans Th. Gautier, *Portraits contemporains*, 2e éd., Paris, éd. Charpentier, 1874.
8. Le curieux, admirable et pourtant insuffisant travail d'érudition de Charles de Spoelberch de Lovenjoul permet de retrouver à chaque fois la référence de la première publication de tous ces récits, ainsi que les variantes par rapport aux textes publiés en volume. Voir Ch. de Spoelberch de Lovenjoul, *Histoire des œuvres de Théophile Gautier* (1887), Genève, éd. Slatkine, 1968.
9. À quoi il faut ajouter *Les Vacances du Lundi. Tableaux de montagnes* (1868), qui tient certes du recueil, mais qui est néanmoins unifié par l'objet du voyage : les Alpes.
10. S. Venayre, « Le voyage, le journal et les journalistes au XIXe siècle », *Le Temps des médias*, n° 8, automne 2007, p. 46-56.
11. Sur l'art du voyage de Gautier, voir aussi A. Guyot, « Récréation, devoir et chant du monde : pour une poétique du voyage et de son récit chez Théophile Gautier », *Revue des sciences humaines*, n° 277, 2005, p. 89-114.
12. A. Vaillant et M.-È. Thérenty (dir.), *Presse et plumes. Journalisme et littérature au XIX*[e] *siècle*, Paris, éd. Nouveau Monde, 2004 et I. Langlet (dir.), *Le Recueil littéraire. Pratiques et théorie d'une forme*, Rennes, PUR, 2003.
13. A. Vaillant et M.-È. Thérenty, « Histoire culturelle et histoire littéraire », dans L. Martin et S. Venayre (dir.), *L'Histoire culturelle du contemporain*, Paris, éd. Nouveau Monde, 2005, p. 271-290.
14. Th. Gautier, *Quand on voyage*, Paris, éd. Michel Lévy, 1865, p. 246 – Désormais *QV*.
15. Th. Gautier, *Caprices et zigzags*, Paris, éd. Victor Lecou, 1852, p. 236 – Désormais *CZ*.

16. *QV*, p. 108.
17. Th. Gautier, *Loin de Paris*, Paris, éd. Michel Lévy, 1865, p. 7 – Désormais *LP*.
18. *QV*, p. 299.
19. Voir encore cette description de la faim des passagers d'un bateau à vapeur sur le Rhin : « Cependant les passagers de la *Concordia* commençaient à se regarder d'un air hagard et famélique, et les horreurs du radeau de la *Méduse* se seraient certainement reproduites si le domestique blême, en habit noir et cravate blanche, n'eût, avec l'aide de quelques mousses, disposé une longue table sous la tente des premières classes. » (*LP*, p. 321).
20. *LP*, p. 255.
21. *QV*, p. 192.
22. *CZ*, p. 182.
23. *CZ*, p. 114. L'article sur Venise figurait d'ailleurs dans l'édition de *Zigzags* de 1845 ; il fut supprimé de la réédition, sous le titre *Caprices et zigzags*, en 1852.
24. *LP*, p. 304. Voir aussi *CZ*, p. 182.
25. Th. Gautier, *Voyage en Espagne*, éd. de J.-C. Berchet, Paris, éd. GF-Flammarion, 1981, p. 197.
26. *QV*, p. 192.
27. Tout au plus la présente-t-il parfois avec humour, par exemple en faisant mine de tenir pour une vérité la formule de Thackeray : « Je connais beaucoup l'Espagne, je suis resté une demi-heure à Cadix ! » De fait, soutient Gautier en amateur de paradoxes, « un œil exercé sait tout de suite les différences des villes et des pays entre eux. Si l'on séjourne, bientôt le regard s'habitue et la sensation s'émousse : vous ne faites pas plus d'attention aux choses que les habitants eux-mêmes » (*LP*, p. 344). Mais, s'il pousse ici jusqu'à l'absurde le dogme romantique de l'impression, soulignant sa potentialité destructrice dans l'ordre de l'expérience du voyage, Gautier, la plupart du temps, s'y soumet avec dévotion.
28. *LP*, p. 40. En 1862, dans la Casbah d'Alger, il se dit encore « rassuré à l'endroit de la couleur locale. [...] Plus d'un Fromentin peut encore y trouver des modèles » (*LP*, p. 129). Voir aussi *QV*, p. 316. Dans son récit de 1836, pourtant, il maniait à ce propos la dérision en proposant la description suivante de Cambrai : « Terre bleue, ciel eaux du Nil plombée, maisons feuilles de roses sèches, toits violet d'évêque, habitants potiron clair, habitantes jaune paille. » (*CZ*, p. 23). Mais on a déjà pu noter à quel point ce premier récit différait etc. (voir F. Court-Pérez, « Les premiers récits de voyage de Gautier : une évolution majeure », communication au colloque *Art de voyager et art d'écrire chez Théophile Gautier*, Université de Grenoble-3, 19-20 janvier 2006, *B.S.T.G* n° 29).
29. Voir *CZ*, p. 270, *LP*, p. 32.
30. *QV*, p. 277.
31. Voir entre autres *CZ*, p. 145, *LP*, p. 281, 292, 348 et 352.
32. *LP*, p. 142.
33. *LP*, p. 363. Voir aussi *CZ*, p. 145.
34. *CZ*, p. 145, *LP*, p. 26.

35. *CZ*, p. 114 et 177.
36. *LP*, p. 32
37. « Il y a deux manières de voyager : la première consiste à passer dans chaque ville trois ou quatre jours, une semaine ou davantage s'il le faut, pour visiter les églises, les édifices, les musées, les curiosités locales, étudier les mœurs, l'administration, les procédés de fabrique, etc., etc. ; la seconde se borne à prendre le prospect général des choses, à voir ce qui se présente sans qu'on le cherche, sous l'angle d'incidence de la route, à se donner l'éblouissement rapide d'une ville ou d'un pays, comme, au avec cette différence qu'ici le spectateur chemine et que le spectacle reste immobile. » (*LP*, p. 287).
38. *QV*, p. 277. Voir aussi *CZ*, p. 60.
39. *QV*, p. 35.
40. D'un côté, Gautier se réjouit de ce que, de son temps, on voyage de plus en plus vite et de plus en plus sûrement (*QV*, p. 86, entre autres) et que les chemins de fer conduiront à « la suppression des passeports » (*CZ*, p. 80), ainsi d'ailleurs que les aérostats auxquels il prédit un grand avenir (*LP*, p. 142 ; voir aussi *CZ*, p. 143), et forge un mot nouveau pour désigner les conditions du voyage moderne : la « locomobilité » (*QV*, p. 336). D'un autre côté, tout en se gardant de « blasphémer la sainte vapeur » et en admettant qu'il y a dans le chemin de fer une poésie que lui-même a du mal à reconnaître (« car rien n'est plus difficile à comprendre que la poésie de son temps », *QV*, p. 4), il regrette le pittoresque des anciennes diligences (*LP*, p. 269, *QV*, p. 246), prophétise la disparition des chevaux avec celle des cochers (*LP*, p. 143, *LP*, p. 268) et soutient surtout que le temps était meilleur où le voyage était un effort (*QV*, p. 288). Car les progrès des transports ont cet inconvénient fondamental d'amoindrir ces sensations que le romantique Gautier met au cœur de ses récits. Il n'a de cesse de s'en plaindre : « Ce que l'on gagne en célérité, on le perd en liberté, et le voyageur moderne n'est que l'accessoire très secondaire de la voiture » (*LP*, p. 148) ; « En ce temps de chemins de fer, le voyage existe-t-il encore ? Vous partez, et vous êtes arrivés. Pas d'incident, pas d'aventure, pas de caprice possibles. On a les sensations d'une malle. » (*QV*, p. 113) Sur Gautier et les transports, voir M. Lavaud, *Théophile Gautier. Militant du romantisme*, Paris, éd. Champion, 2001, p. 297-332.
41. *LP*, p. 292.
42. *CZ*, p. 145.
43. *LP*, p. 363.
44. *LP*, p. 2 ; *QV*, p. 245. Sur Quinet, voir S. Venayre, « Du mal du pays au désir d'exil. Les sens du voyage selon Edgar Quinet (1814-1830) », dans N. Bourguinat et S. Venayre (dir.), *Voyager en Europe de Humboldt à Stendhal*, Paris, éd. Nouveau Monde, 2007, p. 429-444.
45. *LP*, p. 297.
46. *CZ*, p. 234. Il est « ce forçat de la publicité, cet esclave condamné à tourner la meule du journal, comme Plaute la meule du moulin » et qui, s'ennuyant quelquefois, décide de partir en vacances (*QV*, p. 111). De retour d'un de ses voyages, il

précise à son lecteur : « Nous revenions à Paris voir si le vaudeville et le drame s'étaient bien comportés en notre absence » (*QV*, p. 58).

47. *CZ*, p. 12.

48. *QV*, p. 226.

49. *QV*, p. 275.

50. *QV*, p. 32.

51. CZ, p. 230.

52. *Ibid.*

53. *Ibid.*

54 *Ibid.* Sur l'Office de la Bourse, voir le *Guide universel* de M. Le Bouteiller, Paris, Office universel/L. Maison, 1847-1848.

55. *Ibid.*

56. *LP*, p. 243.

57. *CZ*, p. 236 ; *LP*, p. 299 ; *QV*, p. 42.

58. *QV*, p. 35.

59. *CZ*, p. 113.

60. *LP*, p. 1-2. Voir aussi Th. Gautier, *Voyage pittoresque en Algérie* (1845), éd. de M. Cottin, Genève-Paris, éd. Droz, 1973, notamment p. 159-160.

61. *LP*, p. 267 et 352. Pour d'autres exemples, voir *QV*, p. 86, 113 et 144.

62. *QV*, p. 161.

63. *LP*, p. 267.

64. *CZ*, p. 234. Voir aussi *LP*, p. 5.

65. *QV*, p. 135.

66. Voir le début de l'article du *Musée des familles* de décembre 1846, non repris en volume : « N'allez pas vous attendre à une relation officielle du voyage de leurs Altesses Royales et des fêtes données à l'occasion du mariage de la reine et de l'infante ; nous en parlerons sous le côté purement pittoresque, car il ne nous appartient pas, à nous humble feuilletoniste, de nous mêler de ces hautes considérations diplomatiques, et de plaquer notre récit de nos illustres copiés dans l'Almanach de la cour. Simple spectateur, nous raconterons ce que nous vu comme tout le monde en errant dans les rues de Madrid, sans autre but que de satisfaire notre curiosité personnelle. » De même, ce début de l'article du *Moniteur universel* du 4 septembre 1864, à propos de l'inauguration de la ligne de chemin de fer du Nord de l'Espagne, également non repris en volume : « Il a été parlé ici même de l'inauguration du chemin de fer des Pyrénées, et du banquet de Saint-Sébastien. Nous pouvons donc, simple touriste désormais libre de tout compte rendu officiel, reprendre notre récit où le laissait notre première lettre. »

67. *CZ*, p. 136.

68. *CZ*, p. 195.

69. *CZ*, p. 161.

70. *CZ*, p. 53.

71. *CZ*, p. 113.

72. *CZ*, p. 195. Voir aussi *CZ*, p. 53 et 113.

73. « En général je me soucie assez peu des curiosités. [...] Je me suis promené à travers la ville pour voir des Anglais et surtout des Anglaises, dont on ne trouve la description dans aucun guide du voyageur, – ce qui me paraît aussi intéressant que des pierres posées l'une sur l'autre d'une certaine façon. » (*CZ*, p. 177).

74. Quelques rares fois, la réalité de l'activité journalistique se laisse entrevoir, loin de l'insistance avec laquelle Gautier met en scène l'absence de raisons de ses départs et son refus de s'intéresser à ce à quoi les autres s'intéressent. En 1857, à Stuttgart, Gautier parvint à entrer dans la Wilhelma, « cette retraite si obstinément murée aux touristes », puis inséra dans son récit une nouvelle tirée de son propre journal, *La Presse*, annonçant la mort de l'architecte du bâtiment et commençant ainsi : « Tous les correspondants de Stuttgart ont raconté des merveilles de la villa du roi de Wurtemberg, près de Cannstadt, quoiqu'un seul d'entre eux peut-être ait été admis à la faveur de visiter ce magnifique palais » (*QV*, p. 136). Dans ce bref passage, Gautier devient donc un « correspondant » ayant réussi une visite exceptionnelle – ce qu'on appellera quelques décennies plus tard un « reporter » obtenant un « scoop ». Autre exemple, très différent : en 1862, Gautier précisait dans son article qu'il devait son voyage en Algérie à « une gracieuse invitation envoyée par la Compagnie du chemin de fer de Blidah » (*LP*, p. 127), expliquant ainsi exceptionnellement l'origine de la somme d'argent qui lui permettait de voyager. Mais, d'une part, ces deux exemples sont rarissimes. D'autre part, ils ne rendent pas justice aux récits de voyages de Gautier. Dans le premier cas, en effet, Gautier est très elliptique sur la façon dont il s'y est pris pour obtenir le « Sésame ouvre-toi des contes arabes » (*QV*, p. 134) grâce auquel il a pu rentrer dans la Wilhelma : nulle mise en scène, ici, de ces modalités de l'enquête journalistique qui seront bientôt le socle du récit de grand reportage ; ces choses-là n'intéressent pas encore. Dans le second cas, Gautier tire de son voyage à Blidah un de ses plus mauvais articles, plat, strictement laudatif, limité à des notations sur « notre belle colonie » et l'avenir « plein de promesses qui s'ouvre pour la France africaine » (*LP*, p. 130) grâce notamment aux efforts de la compagnie de chemin de fer : Gautier payait simplement son voyage en donnant ce qu'on lui avait demandé, c'est-à-dire un article élogieux dont le seul intérêt était d'être signé Théophile Gautier.

75. *QV*, p. 239.

76. *CZ*, p. 23.

77. *QV*, p. 111.

78. On pourrait en dire autant de l'insistance de Gautier à s'adresser à « nous autres Parisiens » (*LP*, p. 23), qui renvoie alors tout autant à sa propre situation qu'à celle de la majorité des lecteurs de ses articles. Cela le conduit d'ailleurs à quelques maximes célèbres : « Paris, comme un bon bourgeois qu'il est, ne sort jamais de chez lui, ou s'il en sort, il ne dépasse guère les fortifications. Versailles est son Tombouctou. » (*CZ*, p. 308) ; « Quand on ne sait que le parisien, on a besoin d'un drogman en France » (*LP*, p. 9).

79. *CZ*, p. 57.

80. *CZ*, p. 74.

81. *QV*, p. 136.
82. *QV*, p. 31.
83. « L'invention des chemins de fer, qui date à peine de vingt ou vingt-cinq ans, ne surprend plus personne. » (*QV*, p. 2).
84. *QV*, p. 180.
85. Voir « En Chine » et « L'Inde » dans *Caprices et zigzags.*
86. On ne s'étonnera pas, d'ailleurs, que Friedrich Wolfzettel cherchant à analyser l'esthétique des récits de voyage de Gautier ait massivement emprunté aux recueils de celui-ci (*Ce désir de vagabondage cosmopolite, op. cit.*). La lecture suggérée par le recueil tend en effet à redoubler celle que le chercheur spécialiste de l'histoire du voyage et de son récit s'efforce généralement de faire.
87. *CZ*, p. 114.
88. *LP*, p. 126.
89. *LP*, p. 357. Ailleurs : « Vouloir tout voir, c'est le moyen de ne rien voir. – C'est assez de voir quelque chose. » (*QV*, p. 178).
90. *CZ*, p. 36.
91. *QV*, p. 271.

Gautier et les « chercheurs de camps de César » :
Les contraintes de l'information dans les chroniques de voyage

Alain Guyot

> C'est Karr qui a dit : « Les bourgeois ne voyagent que pour avoir voyagé. » Quant aux professeurs et autres chercheurs de camps de César, c'est pour avoir un prétexte de dégorger leurs citations chez Buloz[1] !

Ces propos de Gautier à Bergerat sont très indicatifs du mépris dans lequel l'auteur du *Tour en Belgique* prétend tenir les voyageurs érudits, et l'on peut, de ce point de vue, constituer un véritable florilège rien qu'à partir des récits de ses excursions outre-Manche. Il conclut ainsi sa description du fonctionnement des voitures de place à Londres :

> Ces petits détails paraîtront sans doute fort mesquins aux amateurs de dissertations esthétiques, aux admirateurs jurés de monuments, aux commissaires-priseurs d'antiquités[2] [...].

Il commente ailleurs longuement les multiples facettes de la gastronomie anglaise car :

> Les faiseurs de voyages, tout occupés de se quereller pour la mesure exacte d'une colonne ou d'un obélisque dont personne ne se soucie, passent ordinairement ces choses-là sous silence[3].

Il s'agit en effet à ses yeux d'un sujet qui « paraîtra sans doute bien vulgaire aux voyageurs dits sérieux, préoccupés avant toute chose de camps de César et d'inscriptions romaines illisibles[4] ». Il ouvre enfin le chapitre intitulé « Puchero » de ses *Pochades, zigzags et paradoxes* par ces lignes tout aussi explicites :

> Il est certains voyageurs qui ne s'occupent que de ruines romaines et d'inscriptions latines. Dès qu'ils voient quelques inégalités dans un champ, c'est un *camp de César* : rencontrent-ils un pan de mur moisi, une borne tronquée, ils en font un temple, une statue de déesse. Cette classe de voyageurs se fait éditer *in-*

quarto à l'Imprimerie Royale, et la plupart finissent à l'Institut. D'autres ne sont occupés qu'à prendre des mesures : tel monument a tant de mètres de long, tant de mètre [*sic*] de large ; un millimètre d'erreur les plonge dans le plus profond désespoir[5].

Et l'on ne prolonge pas la citation... Plus significatif encore est son refus de toute profession de foi archéologique en Grèce et en Turquie. Il renonce ainsi à discuter la datation de l'escalier du temple de la Victoire aptère à Athènes, au prétexte que « [c]'est une question qu'il ne [lui] appartient pas de débattre, [sa] tâche se bornant à celle d'un simple touriste[6] [...] ». Au sujet des monuments de l'Acropole, il estime qu'« il faudrait une autre érudition que la [sienne] pour restaurer et restituer ces édifices[7] [...] ». Il va jusqu'à avouer, à Constantinople :

> Je me soucie assez peu des ruines, lorsque la beauté en est absente et qu'elles sont réduites à l'état de simples tas de moellons. Il me manque cette facilité de pâmoison sur parole dont sont doués des voyageurs plus tendres à l'enthousiasme rétrospectif[8].

Et il ne s'agit pas que d'archéologie : si l'on en croit le touriste en

visite à Londres en 1842, il partage avec son ami Nerval « les mêmes théories sur le voyage » :

> [...] nous évitons les monuments avec soin, et en général tout ce qu'on appelle *les beautés* d'une ville[9].

On pourrait aisément multiplier les exemples, d'autant que Gautier n'est pas le premier à manifester une certaine répulsion à l'égard de la tradition érudite du récit de voyage. Il n'adopte certes pas la position radicale d'un Sterne, l'un des modèles de sa jeunesse, qui se refuse systématiquement à toute description dans *Tristram Shandy* comme dans le *Voyage sentimental* :

> "Avant de quitter Calais il ne serait pas mauvais d'en donner une description." Ainsi parlent les livres de voyage. Je trouve très mauvais, moi, qu'un homme ne puisse pas laisser en paix une ville qui le lui rend bien, mais doive, furetant partout, décrire le moindre ruisseau pour le seul plaisir de décrire[10].

Gautier se trouve de fait beaucoup plus proche des positions exprimées par Chateaubriand au début du siècle :

> Je prie donc le lecteur de regarder cet *Itinéraire*, moins comme un Voyage que comme des Mémoires d'une année de ma vie. Je ne marche point sur les traces

des Chardin, des Tavernier, des Chandler, des Mungo Parck, des Humboldt : je n'ai point la prétention d'avoir connu des peuples chez lesquels je n'ai fait que passer. Un moment suffit au peintre de paysage pour crayonner un arbre, prendre une vue, dessiner une ruine ; mais les années entières sont trop courtes pour étudier les mœurs des hommes, et pour approfondir les sciences et les arts[11].

Jean-Claude Berchet a bien montré comment cette stratégie d'auto-dévalorisation apparente du récit de voyage « romantique » visait en réalité à disqualifier le modèle de la relation viatique traditionnelle, jugé révolu par les nouveaux auteurs, et à en instaurer un autre, où la métaphore picturale (« Un moment suffit au peintre de paysage… ») suggère la perspective nettement esthétique vers laquelle s'oriente cette forme toujours originale, puisque « seules des *sensations vives et animées peuvent faire oublier que tout était déjà dit, écrit, dessiné*, car les *objets mêmes* ont toujours le pouvoir de produire un *effet inattendu*[12] ».

Gautier reprend effectivement à son compte la stratégie naguère établie par René, lorsqu'il feint de s'excuser auprès de ses lecteurs s'il préfère tracer un « croquis fait sur nature » plutôt que de « disserter longuement », « à grand renfort de bouquins », sur telle ou telle ruine, afin d'avoir « l'air fort savant[13] ». C'est qu'il oppose sans cesse le voyageur érudit, volontiers « antiquaire » au sens ancien du terme, prenant des notes pour rédiger un guide de voyage ou un traité d'histoire de l'art, au « touriste », à l'artiste en tournée, amateur d'impressions et d'esquisses, soucieux de « marquer la différence d'un peuple à l'autre[14] ».

Mais là où Chateaubriand déploie des trésors de diplomatie pour éviter de froisser les savantes autorités chargées d'examiner son *Itinéraire*, Gautier, on l'a vu, n'y va pas de main morte pour s'attaquer à l'érudition déployée par le récit de voyage « sérieux ». Changement de génération ? Plus grande liberté d'un « petit » romantique à l'égard de la *doxa* en matière viatique ? Il faut également prendre ici en considération la contrainte du moyen de diffusion qui sert de support à ces récits de voyage : le journal, quelle que soit sa forme ; et la posture de Gautier face à celui-ci : celle du « feuilletoniste en vacance », du « poète écrivant en prose ses impressions pour un journal[15] ». Or, comme le constate Marie-Ève Thérenty :

> Là où le voyageur s'intéressera au pérenne (études de mœurs des habitants, descriptions des monuments, vision pittoresque du paysage), inscrivant généralement son voyage dans un large feuilleté de récits de voyage antérieurs, le reporter souhaitera pour sa part rendre compte de l'événement d'actualité avec l'aide du chemin de fer et du télégraphe, la publication accélérée dans le journal de son texte constituant l'épreuve de validation du reportage[16].

Une lecture rapide des propos de Gautier lui-même et de certains de ses récits de voyage pourrait laisser croire qu'il embrasse sans barguigner la position du reporter itinérant et tourne le dos délibérément à la tradition érudite de la relation viatique, achevant ainsi la liquidation du genre sous sa forme sérieuse entamée par Chateaubriand. Ne déclare-t-il pas, dès son premier périple espagnol, s'inspirant peut-être en cela de la « poétique des voyages » modernes suggérée par Custine[17], que l'impression suscitée par « la nouveauté [...] s'efface après un long séjour » ou que celle « que reçoit un voyageur après quelque séjour [est] souvent plus juste que celle d'un observateur indigène, moins frappé et moins saisi par la nouveauté des objets[18] » ? De fait, il enfonce le clou dix-huit ans plus tard dans *Ce qu'on peut voir en six jours* :

> Il y a deux manières de voyager : la première consiste à passer dans chaque ville trois ou quatre jours, une semaine ou davantage s'il le faut, pour visiter les églises, les édifices, les musées, les curiosités locales, étudier les moeurs, l'administration, les procédés de fabrique, etc., etc. ; la seconde se borne à prendre le prospect général des choses, à voir ce qui se présente sans qu'on le cherche, sous l'angle d'incidence de la route, à se donner l'éblouissement rapide d'une ville ou d'un pays, comme, au Cosmorama, on regarde défiler devant soi une longue bandelette peinte vous menant de Liverpool à San-Francisco, avec cette différence qu'ici le spectateur chemine et que le spectacle reste immobile[19].

Les choses sont peut-être plus complexes. D'abord, parce que la position radicale – du moins en apparence, comme on le verra – adoptée par Gautier à l'égard de la contrainte informative inhérente à la pratique traditionnelle du récit viatique tient aussi à des motivations personnelles. Comme on a tenté de le montrer ailleurs[20], Gautier développe dans ses chroniques de voyage une véritable phobie du *même*, qui se traduit autant par un dégoût pour l'uniformité du monde moderne et une quête systématique de ce qui est différent, nouveau, original au cours du périple proprement dit, que par un refus tout aussi systématique de la répétition dans l'écriture.

Dans nombre de ses récits de voyage en effet, il cherche à évoquer ce dont personne ne parle, qu'il s'agisse des habitants de Londres, de la campagne hollandaise, des rues de Venise ou des « quartiers reculés de Constantinople que les voyageurs visitent rarement[21] », peut-être moins par goût de l'originalité que par souci de ne pas répéter ce que d'autres ont déjà dit avant lui. Cette sorte d'obsession, il l'affiche ironiquement dès le préambule de son *Tour en Belgique* :

> [...] il n'y aura exactement dans ma relation que ce que j'aurai vu avec mes yeux, c'est-à-dire avec mon binocle ou avec ma lorgnette, car je craindrai que mes yeux ne me fissent des mensonges. Je n'emprunterai rien au Guide du voyageur, ni aux livres de géographie ou d'histoire, et ceci est un mérite assez rare pour que l'on m'en sache gré[22].

Ce refus presque maniaque de la copie et de la redite, qui se retrouve un peu partout dans ses récits de voyage, le pousse parfois à se moquer de lui-même et du « goût désordonné » qu'il a manifesté un temps « pour les cathédrales gothiques et les galeries de tableaux » :

> Que d'ogives, que de colonnettes, que de trèfles, que de clochetons, que d'absides, que de jubés, que de transsepts [*sic*], que de portails, que de roses de vitraux, que de pendentifs, que de lancettes j'ai décrits tant en prose qu'en vers ! que de tableaux espagnols, flamands, italiens j'ai tâché de traduire avec des mots ! – Mais toutes les descriptions de cathédrales finissent par se ressembler, et lorsqu'on a vu huit ou dix fois le même original dans différentes galeries, l'esprit le moins sceptique commence à concevoir quelques doutes sur ce qu'on appelle les chefs-d'œuvre des maîtres[23].

Ailleurs, il n'hésite pas à s'abstenir d'évoquer tel ou tel monument, dont la description « se trouve partout[24] » ou qu'il n'a « pas eu le temps de [...] voir » – et il se refuse alors à « copier ce que d'autres en ont dit[25] », surtout lorsqu'à cette description peut se substituer une représentation graphique :

> Vous avez sans doute vu, au Salon dernier, la *Vue du palais des Papes* de Joyant ; cela nous dispensera de vous en faire une description[26] [...].

Pourtant cette radicalité n'est que de façade, et, comme Françoise Court-Perez l'a bien montré[27], elle ne trouve véritablement à s'exprimer que dans les tout premiers récits de voyage de Gautier, en particulier dans le *Tour en Belgique*, où le voyageur, qui se « flatte d'être très ignorant en architecture militaire et en stratégie[28] », n'offre à son lecteur que des informations très approximatives au sujet des monuments rencontrés – ce qui ne facilite pas la tâche de l'éditeur de texte :

> Cette église est, si je ne me trompe, consacrée à sainte Élisabeth, à moins cependant qu'elle ne soit dédiée à saint Pierre ou à saint Jude, ce qui est possible ; mais ce qu'il y a de sûr, c'est qu'elle est à droite de la grande rue, en venant de Paris.
>
> Vis-à-vis l'hôtel de ville, et pour clore la place, il y a un grand palais gothique, une espèce de maison votive, élevée par je ne sais plus quelle princesse, à la suite de je ne sais plus quels événements, ayant perdu la petite bande de papier où j'avais copié l'inscription latine qui est écrite sur la façade ; car, bien que j'aie bonne mémoire, je me souviens assez peu volontiers du style lapidaire, surtout lorsque je crois avoir l'inscription dans ma poche[29].

Peut-être ne cède-t-il alors qu'à un effet de mode, sous l'influence de Sterne, précédemment cité, et surtout de Jules Janin, lui-même auteur d'une chronique intitulée « Huit jours de voyage » et publiée dans le *Journal des débats* entre septembre et novembre 1833, lequel ne trouve « de très étonnant à Lille » que « les moulins à vent, les équipages et les vinaigrettes [...] après les vinaigrettes, [...] la guinguette, et, après la guinguette, [...] la citadelle bâtie par Vauban[30] », et se refuse à demander le nom des lieux qu'il traverse, au prétexte que :

> Il vaut mieux, [...] quand on voyage, s'abandonner sans attention et sans étude à ce qu'on a sous la vue ! Que c'est une chose charmante de regarder, non pas au loin le sommet d'une montagne qui se cache derrière le nuage, mais à ses pieds le petit enfant du grand chemin, qui vous tend la main, le sourire à la bouche et les larmes dans la voix ! Que m'importe le nom de ce château que son maître badigeonne en jaune !
> [...] Le plus heureux voyageur de ce monde est celui qui ne voyage pas du tout, et après celui qui ne voyage pas, le plus heureux est celui qui voit le moins de choses sur sa route[31].

La position de Gautier à l'égard du discours didactique – qu'il soit érudit ou simplement informatif – est beaucoup plus ambiguë à partir du *Voyage en Espagne*, en particulier lorsqu'il s'attache à décrire des pays d'un indéniable intérêt architectural ou artistique, comme l'Italie ou la Russie. Nombre de descriptions monumentales ou picturales témoignent alors de son embarras face à cette matière informative : les innombrables déclarations qui récusent un quelconque travail d'érudition sont aussitôt infirmées par le texte lui-même, qui disserte longuement sur les plus infimes détails des églises de Tolède, de Saint-Pétersbourg ou de Venise, et semble s'excuser, par ces espèces de prétéritions, de la longueur de ses si savantes considérations. Cette ambiguïté, repérée dès 1852 par le sévère Alfred Crampon, qui éreinte *Italia*, pourtant écrit en haine des guides de voyage et qui n'en est en définitive qu'un de plus[32], a été analysée avec attention par Marie-Hélène Girard et Kathleen Bulgin[33]. Elle tient peut-être précisément au support journalistique utilisé pour les chroniques de voyage, comme nous le laisse entrevoir une brève confrontation entre la description de quelques monuments italiens ou espagnols et celle de la cathédrale néoclassique de Saint-Isaac, qui venait d'être achevée à Saint-Pétersbourg au moment de son passage. À Burgos, à Tolède ou à Venise, Gautier multiplie excuses et prétéritions :

> Un volume in-8° de description, un atlas de deux mille planches, vingt salles remplies de plâtres moulés, ne donneraient pas encore une idée complète de cette prodigieuse efflorescence de l'art gothique, plus touffue et plus compliquée qu'une forêt vierge du Brésil. L'on nous pardonnera, à nous qui n'avons pu écrire qu'une simple lettre griffonnée à la hâte et de mémoire sur le coin d'une table de *posada*, quelques omissions et quelques négligences.
> [...]
> La description de ce cloître demanderait à elle seule une lettre tout entière ; mais, vu le peu d'espace et de temps dont nous pouvons disposer, vous nous pardonnerez de n'en dire que quelques mots[34].

> Chacune de ces pierres a une histoire, et si nous voulions tout raconter, il nous faudrait un volume au lieu d'un article[35] [...].

> Nous pourrions continuer indéfiniment ce pèlerinage d'église en église, car toutes renferment des trésors qui nous entraîneraient à d'interminables descriptions ; mais ce n'est pas un *Guide* que nous avons la prétention d'écrire[36] [...].

> Nous n'essaierons pas une description détaillée qui demanderait un ouvrage spécial[37] [...].

> [...] essayer de les décrire les unes après les autres serait un travail de patience et d'érudition qui demanderait un volume et conviendrait plutôt à un guide spécial qu'à un recueil d'impressions de voyage.

> […]
> Nous sentons malgré nous s'allonger cette nomenclature, mais à chaque pas un chef-d'œuvre nous tire par la basque de notre habit quand nous passons, et nous demande une phrase. Le moyen d'y résister[38] !

Or on ne trouve aucune trace de ces propos embarrassés dans la description de Saint-Isaac, pourtant infiniment plus indigeste que bien d'autres. C'est que, même inséré parmi les chroniques du voyage en Russie, le chapitre consacré à cette église a été rédigé non pour *Le Moniteur universel* ou *Le Journal de Saint-Pétersbourg*, à l'instar des autres chapitres, mais pour *Les Trésors d'art de la Russie ancienne et moderne*, ouvrage qui devait être publié sous le patronage du tsar Alexandre II, luxueusement illustré d'héliogravures réalisées par Richebourg, et dont les commentaires avaient été commandés à Gautier par l'éditeur van Raaÿ[39]. Il s'agit, autrement dit, de l'un de ces « ouvrages spéciaux », commandes plus ou moins officielles destinées à un public d'amateurs d'art triés sur le volet, ouvrages auxquels Gautier oppose ses « impressions de voyage » parfois rédigées sur un coin de table pour un journal. Preuve s'il en est que c'est moins la matière que le support de diffusion qui influence son style et qu'il est parfaitement conscient de devoir tenir compte de la contrainte médiatique lorsqu'il doit aborder la matière informative ou savante dans ses chroniques de voyage.

Or cette contrainte semble, aux yeux de Gautier, double et contradictoire. D'une part, comme l'a souligné Marie-Ève Thérenty, le journal donne souvent l'impulsion au voyage, qui peut être financé par le biais de son récit sous la forme de chroniques[40] : à Gautier journaliste se trouve donc faite, implicitement ou non, une commande d'information. Mais d'autre part, les contraintes matérielles et temporelles du voyage et de son écriture, parfois imposées par le journal, les limites de l'espace imparti à la chronique au sein de celui-ci, son style, son public, s'il est de grande diffusion – qu'on pense à *La Presse* ou au *Moniteur* –, la nécessité de divertir celui-ci, de combler ses attentes en matière de récits de voyage, s'accommodent mal des grandes « tartines » esthétiques auxquelles le chroniqueur des Salons ou le rédacteur des *Trésors d'art* peut se laisser aller en toute impunité. L'opposition qui se dessine, dans les citations précédentes, entre le « volume in-8° », l'« atlas », le « guide spécial », voire le traité d'histoire de l'art, d'une part, et la « lettre », l'« article », le « recueil d'impressions », la chronique de voyage, de l'autre, souligne que Gautier a clairement conscience de cette tension à laquelle il est soumis lorsque lui prend l'envie de rendre compte des chefs-d'œuvre artistiques qu'il a sous les yeux. La crainte de la « nomenclature » ou de la « description interminable » obéit ici à un tout autre motif que la « phobie du même » précédemment soulignée : Gautier n'a plus rien à voir alors avec le Jeune-France se souciant comme d'une guigne des curiosités historiques de la Belgique. Dans une certaine mesure, on pourrait considérer que, dans bien des passages du *Voyage en Espagne* ou d'*Italia*, pour citer les récits les plus significatifs à cet égard, il ruse avec son patron de presse et son public pour faire « passer » les chroniques qu'il consacre aux églises, aux palais et aux tableaux de Tolède ou de Venise. Une brève analyse des procédés qu'il utilise dans la grande description de la basilique Saint-Marc[41], qu'il considérait comme le pendant de celle de Saint-Isaac[42], pourra nous aider à comprendre la manière dont il s'y prend pour naturaliser ces morceaux de choix – celui-ci s'étend sur deux chapitres – et, partant, refuser absolument le « temps industriel » du journal dont parle Marie-Ève Thérenty[43].

Nonobstant leur apparence indigeste, ces deux feuilletons ont été publiés dans *La Presse* en octobre 1850. En dépit des détails historiques, des hyperboles, des excuses sur la prétendue confusion du propos, des énumérations de saints, d'artistes ou de motifs architecturaux, parfois proches de la litanie, la lecture un tant soit peu attentive en est des plus plaisantes, tant Gautier sait varier les tons et les styles au gré de son propos.

On connaît par exemple le sens de la clausule dont il fait preuve dans ses chroniques de voyage[44]. Il conclut ainsi le chapitre VIII par une anecdote terrible narrant la fin d'un héros vénitien convaincu de forfaiture dans un « mélange de déférence et de cruauté[45] ». Le chapitre IX s'achève pour sa part sur une simple notation opposant les étendards qui ornent la basilique, symboles de la puissance maritime perdue de la Sérénissime, à « la bannière noire et jaune de l'Autriche [qui] flotte seule à la brise qui vient de Grèce et d'Orient[46] » – observation politique suffisamment rare chez Gautier pour qu'on la remarque.

Plus intéressante est la manière dont il s'empare du discours du guide, en particulier lorsqu'il fait usage de la parabase pour impliquer le lecteur dans la visite de la basilique, en créant de surcroît un effet d'hypotypose :

> Nous allons examiner avec quelque détail les mosaïques et les ornements de ce merveilleux portail [...].
>
> Nous voici arrivé à la porte centrale [...].
>
> Avant d'entrer dans l'église, regardons les cinq coupoles [...].
>
> Regardez d'abord, lorsque vous avez franchi la porte, cette grande dalle de marbre rouge[47] [...].

L'effet de *deixis* suscité par le démonstratif de notoriété dans ce dernier exemple souligne la présence, parfois envahissante, d'un narrateur qui investit et oriente le discours, le ponctue d'anecdotes, de réflexions générales[48] ou de commentaires volontiers goguenards, sinon ironiques, à l'instar des caractérisants accompagnant la description, sur la mosaïque de Leopoldo del Pozzo, d'un sénateur à l'allure « tout à fait titianesque », ou celle du lion de Saint-Marc qui domine la façade et qui « a l'air apocalyptique et formidable[49] ». Ailleurs il use de comparaisons illustratives renvoyant son lectorat fidèle à de précédents voyages dont ce dernier aura lu les chroniques[50].

À d'autres moments, les saynètes représentées en mosaïque semblent s'animer sous l'effet d'une narrativisation au présent qui fait évoluer la description vers l'historiette, où la seconde finit par prendre le pas sur la première. C'est le cas pour celle qui représente :

> Le corps de saint Marc enlevé des cryptes d'Alexandrie et passé en fraude à la douane turque, entre deux flèches de porc, animal immonde que les musulmans ont en horreur, et dont le contact les forcerait à des ablutions sans nombre. Les infidèles s'écartent avec des gestes de dégoût, et laissent emporter bêtement le corps de l'apôtre[51].

Il s'agit là d'un procédé récurrent chez Gautier, peut-être destiné à transformer l'*ekphrasis* – au sens traditionnel de description d'œuvre d'art – en scène de genre à la manière de celles (une messe, le baptême d'un nouveau-né) qui concluent le chapitre IX[52], et ce qui devrait relever de l'histoire de l'art en autant de « croquis d'après nature », « plaques de daguerréotype » ou – comble de l'ironie en miroir ! – « petits morceaux de mosaïque recueillis sur place » et juxtaposés sans aucun souci de régularité, pour reprendre les mots mêmes par lesquels l'auteur cherche à faire excuser à son lecteur un interminable inventaire d'églises vénitiennes[53]...

Plus curieux et significatifs encore sont les procédés par lesquels Gautier cherche à individualiser l'originalité du lieu qu'il visite, des métaphores filées avec maestria[54] à ces comparaisons très propres à son écriture, que Paolo Tortonese a naguère baptisées « américaines[55] » et qui transcrivent d'étranges visions, à l'instar de ces légions célestes entrelacées « de manière à former comme une immense rosace de tapis turc[56] », dans une mosaïque, ou, de cette autre, qui représente le Déluge :

> Les cheveux des vagues s'emmêlent étrangement avec les fils de la pluie, qui ont l'air de dents de peigne[57] [...].

Cette mosaïque du Déluge le fascine, avec sa « zoologie fantastique qui tient du blason, de l'arabesque et des enseignes de ménageries foraines[58] ». L'alliance de termes, qui suscite le même sentiment d'incongruité que les comparaisons « américaines », représente ici l'un des moyens mis en œuvre par Gautier pour faire éprouver à ses lecteurs le sentiment très particulier que suscite en lui l'art à la fois raffiné, naïf et barbare de ces mosaïques médiévales. On y découvre en effet, en compagnie du journaliste en voyage, les rapprochements les plus inattendus, des moutons qui ressemblent à des vaches[59], une Hérodiade portant la tête de saint Jean-Baptiste qui voisine avec « un écuyer tranchant [qui] arrive avec un faisan sur un plat[60] », ou de bizarres juxtapositions dont seul peut rendre compte un inventaire à la Prévert :

> Des incrustations de malachite, des émaux variés, deux petits anges de mosaïque déployant le linge qui garde la divine empreinte, une grande madone barbare présentant son fils à l'adoration des fidèles, et flanquée de deux lampes qui s'allument chaque soir ; un bas-relief de paons déployant leur queue, venant peut-être d'un vieux temple de Junon ; un Saint Christophe chargé de son fardeau ; des chapiteaux tressés en corbeille, et du plus charmant caprice, voilà les richesses que présente cet angle de la basilique aux promeneurs de la Piazzetta[61].

Autant de moyens de surprendre le lecteur, de le faire sourire tout en soulignant la spécificité de ce lieu incomparable qu'est la basilique Saint-Marc, « ce temple [...] fait de pièces et de morceaux qui se contrarient, [mais qui] enchante et caresse l'œil mieux que ne saurait le faire l'architecture la plus correcte et la plus symétrique », un monument unique dont « l'unité résulte de la multiplicité[62]. » On a affaire ici à une nouvelle création, à « un monde aussi varié, aussi touffu, aussi fourmillant que l'autre[63] », où un véritable syncrétisme religieux devient possible, au point que l'on dirait « une église faite avant la religion[64]. »

Le style rococo dont use Gautier pour donner à ses lecteurs de *La Presse* une idée de cette « église de pirates[65] » ne cherche en réalité qu'à épouser l'impression qu'elle a suscitée en lui et qu'il souhaite leur transmettre. Du coup, les excuses que, vers la fin du chapitre VIII, il leur présente pour cette « description [...] un peu confuse » apparaissent comme un simple procédé destiné à mettre en valeur cet « édifice hybride, composite et disparate[66] », ainsi que le chef-d'œuvre de *récréation* par le style qu'il place sous des yeux pas

forcément sensibilisés à l'art – tour de force infiniment plus réussi, peut-être, que la tentative d'animation des figures de la basilique au soleil couchant[67].

Une analyse similaire pourrait être réalisée à propos des pages consacrées aux cathédrales de Burgos et de Séville, à l'Alhambra ou au Kremlin. Il faudrait donc se demander pour finir si le défi que le journal lance à Gautier de séduire constamment ses lecteurs, de ne jamais perdre le contact avec eux, ne l'amène pas en définitive à ces exploits stylistiques, qu'on ne saurait comparer avec la représentation aussi plate que convenue qu'il propose de la cathédrale Saint-Isaac à Saint-Pétersbourg. Le « cothurne étroit » de l'écriture journalistique lui donne peut-être la force d'affronter le dilemme de la description informative, voire érudite, propre à la relation viatique, et de relever le défi que lui lance l'art des hommes ou celui de la nature, en créant aussi bien, sinon mieux. S'il exècre les « chercheurs de camps de César », s'il proscrit l'érudition du récit de voyage traditionnel, Gautier n'en finira jamais de chercher à rivaliser avec les arts plastiques, au plus grand profit de ses lecteurs.

NOTES

1. É. Bergerat, *Théophile Gautier*, Paris, éd. Charpentier, 1879, p. 125.
2. *Une journée à Londres* dans *Caprices et zigzags*, Paris, éd. Lecou, 1852, p. 113.
3. *Ibid.*, p. 136.
4. *Pochades, zigzags et paradoxes*, XIII, dans *Caprices et zigzags*, *op. cit.*, p. 195.
5. *Ibid.*, V, p. 161.
6. *En Grèce*, I, dans *Loin de Paris*, Paris, éd. Charpentier, 1881, p. 243.
7. *Ibid.*, p. 254.
8. *Constantinople*, IV – S. Moussa éd., Paris, éd. La Boîte à documents, 1990, p. 73.
9. *Une journée à Londres*, *op. cit.*, p. 121.
10. *Vie et opinions de Tristram Shandy, gentilhomme*, VII, IV – Ch. Mauron trad., Paris, UGE, 1975, t. II, p. 209.
11. Chateaubriand, *Itinéraire de Paris à Jérusalem*, Préface de la 1re édition, dans *Œuvres romanesques et voyages*, M. Regard éd. Paris, éd. Gallimard « Bibliothèque de la Pléiade », 1969, t. 2, p. 701.
12. J.-C. Berchet, « La préface des récits de voyage au XIXe siècle » dans *Écrire le voyage*, G. Tverdota éd., Paris, Presses de la Sorbonne Nouvelle, 1994, p. 12.
13. *Constantinople*, XIX, *op. cit.*, p. 208.
14. Voir *Une journée à Londres*, *op. cit.*, p. 119 ; *Italia*, X, XVII et XXIV – M.-H. Girard éd., Paris, éd. La Boîte à documents, 1997, p. 121, 189 et 245 ; *Constantinople*, XIX, *op. cit.*, p. 209.
15. *Italia*, XXIV, *op. cit.*, p. 306 ; *Les Vacances du lundi*, III – S. Jouty éd., Seyssel, éd. Champ Vallon, p. 161.
16. M.-È. Thérenty, « L'atelier journalistique du récit de voyage chez Gautier : l'effet-feuilleton », *Bulletin de la Société Théophile Gautier* 29, Montpellier, 2007, p. 91.
17. Voir A. Guyot, « Récréation, devoir et chant du monde », *Revue des sciences humaines*, 277, Lille, 2005, p. 103-104.
18. *Voyage en Espagne*, VIII et XI, P. Berthier éd., Paris, éd. Gallimard « Folio », 1981, p. 148 et 307.
19. *Ce qu'on peut voir en six jours*, II, dans *Loin de Paris*, *op. cit.*, p. 286-287.
20. Voir A. Guyot, art. cité, p. 91 et suiv.
21. *Pochades, zigzags et paradoxes*, IX, *op. cit.*, p. 185 ; *Ce qu'on peut voir en six jours*, V, *op. cit.*, p. 341 ; *Italia*, XX, *op. cit.*, p. 211 (voir aussi XII, p. 137) ; *Constantinople*, XVIII, *op. cit.*, p. 200.
22. *Un tour en Belgique*, I, dans *Caprices et zigzags*, *op. cit.*, p. 1.
23. *Pochades, zigzags et paradoxes*, V, *op. cit.*, p. 162.
24. *Ibid.*, X, p. 189 (à propos du tunnel de Londres).
25. *Constantinople*, II, *op. cit.*, p. 56 (à propos de monuments maltais).
26. *En Afrique*, I, Paris, éd. Lévy, 1865, p. 10-11.
27. F. Court-Perez, « Les premiers récits de voyage de Gautier : une évolution majeure », *Bulletin de la Société Théophile Gautier* 29, Montpellier, 2007, p. 65-80.

28. *Un tour en Belgique*, III, *op. cit.*, p. 22.
29. *Ibid.*, IV (à Mons) et V (à Bruxelles), p. 38 et 50.
30. J. Janin, « Huit jours de voyage », I, *Journal des débats politiques et littéraires*, 22 septembre 1833.
31. *Ibid.*, IV, 27 octobre 1833.
32. A. Crampon, « Les fantaisistes. *Italia. – Caprices et zigzags. – Un Trio de Romans. – Émaux et camées*, par M. Th. Gautier », *Revue des Deux Mondes* du 1er oct. 1852, p. 591.
33. Voir, pour la première, la présentation de son édition d'*Italia* (*op. cit.*, p. 7-23) et, pour la seconde, *The Making of an Artist. Gautier's* Voyage en Espagne, Birmingham (Alab.), éd. Summa, 1988 (en particulier les p. 45-46).
34. *Voyage en Espagne*, IV et V (à la cathédrale de Burgos), *op. cit.*, p. 66 et 73.
35. *Ibid.*, X (à Tolède), p. 222.
36. *Italia*, XXIV (à Venise), *op. cit.*, p. 245.
37. *Ibid.*, IX (à Saint-Marc), p. 111.
38. *Ibid.*, X (à propos des salles du palais des Doges), p. 121 et 127.
39. Voir la présentation du *Voyage en Russie* de Gautier par F.-D. Liechtenhan (Paris, éd. La Boîte à documents, 1990, p. 12), ainsi que celle donnée par S. Zenkine à son édition de ce même ouvrage dans les *Œuvres complètes* de Théophile Gautier (Paris, éd. Champion, 2007, p. 9-11).
40. M.-È. Thérenty, art. cité, p. 82.
41. *Italia*, VIII et IX.

42. « Je crois que mon article sur St Isaac vaudra le St Marc de Venise » (lettre à Ernesta Grisi du 18 février 1859, dans *Correspondance générale*, P. Laubriet dir., Genève/Paris, éd. Droz, t. 7, 1992, p. 108).
43. M.-È. Thérenty, art. cité, p. 91.
44. Voir à ce sujet A. Guyot, « Les *Vacances du lundi, tableaux de montagne* de Gautier, ou comment le journal fit tomber le récit de voyage dans la poésie », *Recherches et travaux* 65, Grenoble, 2005, p. 63-64.
45. *Italia, op. cit.*, p. 101.
46. *Ibid.*, p. 115.
47. *Ibid.*, p. 94, 95, 104, 105.
48. Sur la mosaïque (*ibid.*, p. 107).
49. *Ibid.*, p. 96 et 97.
50. Voir les références à la mosquée de Cordoue (*ibid.*, p. 93, 101, 110), à l'Alhambra de Grenade (p. 100, 106) ou aux cathédrales de Séville, Cologne et Strasbourg (p. 110).
51. *Ibid.*, p. 94 ; voir aussi p. 95, 96, 100, 106, etc.
52. *Ibid.*, p. 114-115.
53. *Ibid.*, XXIV, p. 245.
54. « Ici l'arbre généalogique de la Vierge étend ses rameaux touffus qui portent pour fruits des rois et de saints personnages, et remplit un vaste panneau de ses frondaisons étranges […]. » (*Ibid.*, p. 111).

55. P. Tortonese, « La "comparaison américaine" : Théophile Gautier tra Proust e Laforgue », dans *Studi di storia della civiltà letteraria francese : mélanges offerts à Lionello Sozzi*, Paris, éd. Champion, 1996, p. 735-746.
56. *Italia, op. cit.*, p. 108.
57. *Ibid.*, p. 106.
58. *Ibid.*
59. *Ibid.*, p. 100.
60. *Ibid.*, p. 109.
61. *Ibid.*, p. 99-100 ; voir aussi p. 97.
62. *Ibid.*, p. 94.
63. *Ibid.*, p. 114.
64. *Ibid.*, p. 112 ; voir aussi p. 93-94.
65. *Ibid.*, VII, p. 88.
66. *Ibid.*, p. 98.
67. *Ibid.*, p. 112.

L'ŒUVRE NARRATIVE À L'ÉPREUVE DU FEUILLETON

La Croix de Berny, un roman « médiatique » ?

Marie-Ève THÉRENTY

Dans un essai un peu ancien maintenant[1], Alain Vaillant et moi-même proposions de dater les débuts médiatiques de 1836, année de création par Émile de Girardin du quotidien *La Presse* et année également d'entrée de Théophile Gautier dans la carrière de feuilletoniste. Cette date symbolique permettait de renvoyer à une époque où s'opère une révolution de la communication sensible aussi bien dans la prolifération des images (caricatures, lithographies), dans la naissance de nouveaux périodiques (grandes revues, magasins, journaux spécialisés, journaux à caricatures) que dans l'apparition de la transmédialité et de la sérialité. Notre analyse s'appuyait essentiellement sur une lecture assidue et continue du journal et sur la découverte d'un changement de paradigme fondamental dans le régime de l'information. Succède dans la presse à un discours essentiellement rhétorique fondé sur les techniques de l'éloquence et sur la volonté de convaincre son interlocuteur, un mode plutôt narratif de l'information qui s'appuie sur le récit de l'événement. Ce mode narratif constitue le socle de toute société médiatique qui fonde son développement sur des récits, fictionnels ou non, qui forment le substrat d'un « imaginaire social ». Dès ces années, la transmission de cet imaginaire social, c'est-à-dire des valeurs, des lieux communs, des images, des fictions fondatrices sur lesquels se bâtit une société ne se fait plus essentiellement dans une relation discursive interpersonnelle, ni même par le biais du livre mais elle est surtout médiatisée selon un processus narratif dont la presse élitiste et bourgeoise de la monarchie de Juillet constitue le vecteur premier. Ce changement de paradigme cognitif explique que, sous la monarchie de Juillet en France, apparaissent les premiers grands phénomènes médiatiques comme, par exemple, la diffusion massive du roman-feuilleton ou encore la propagation de mythes médiatiques.

Dès les années 1830, l'ensemble de la population parisienne, même celle des non-lecteurs, vit donc au rythme d'une civilisation de la périodicité scandée par le journal. En témoigne le phénomène du succès des *Mystères de Paris* en 1842-1843 qui se diffuse par des moyens variés depuis le feuilleton jusqu'aux produits dérivés comme les personnages en pain d'épice représentant Fleur-de-Marie et Rodolphe vendus dans les baraques des foires et qui atteint finalement directement ou indirectement l'ensemble de la population parisienne. En atteste également le gigantesque char de carnaval affrété par le journal *L'Époque* en 1846 pour lancer dans les rues de Paris le nouveau feuilleton de Paul Féval intitulé *Le Fils du diable*. Ce gigantesque char représentait dans un bain de sang les principales scènes du roman et mettait aussi en scène sous forme d'allégories la presse, l'imprimerie…

En fait, la littérature constitue l'élément pivotal essentiel de ce début de l'ère médiatique[2]. La formule créée par Émile de Girardin en 1836 est bien connue. Girardin divise par deux le prix de l'abonnement au journal quotidien, le réduisant à quarante francs. Les

frais de timbre, de port, de papier s'élevant à 43 francs cinquante par abonné, les annonces publicitaires doivent à la fois couvrir la différence, payer l'administration et la rédaction et permettre à l'actionnaire d'engranger des bénéfices. Seul un nombre d'abonnés significatif pouvant convaincre l'annonceur, Girardin adapte au quotidien la recette expérimentée dès les années 1830 dans les revues, les magasins, les journaux à caricatures. Il ouvre donc l'espace de son journal à une foule de littérateurs, petits chroniqueurs, contiers exceptionnels et accueille dans ses colonnes l'élite de la jeunesse romantique : Théophile Gautier, Alexandre Dumas, Frédéric Soulié, Gérard de Nerval, Honoré de Balzac, Delphine de Girardin… Les commentateurs ont souvent réduit cette initiative à un événement – la publication à partir du 23 octobre 1836 et jusqu'au 4 novembre de *La Vieille fille* de Balzac en tranches quotidiennes – et à une formule – l'invention du roman-feuilleton. En fait, si Girardin, d'un côté, a bien contribué à créer le roman-feuilleton, il a aussi favorisé le développement dans le journal d'une écriture du quotidien qui contrevient avec les codes rhétoriques définis par la pratique fortement discursive du premier-Paris, l'éditorial du journal. Dorénavant le destin des hommes de lettres et celui du journal sont pour quelques décennies inéluctablement liés. La vogue des journaux s'appuie donc autant sur le succès des grands romanciers-feuilletonnistes qui constituent des « coups médiatiques » (Eugène Sue, Alexandre Dumas, Honoré de Balzac, Frédéric Soulié, George Sand, Paul Féval...) que sur l'embauche d'une rédaction de chroniqueurs à succès, de voyageurs spirituels, de critiques à réparties, de faits-diversiers inventifs prêts à tenir dans le quotidien, un nouveau discours du quotidien. Théophile Gautier constitue un représentant exemplaire de cette seconde catégorie.

Grâce au partage de ce discours journalistique, composé à la fois de romans-feuilletons mais aussi de chroniques, de critiques, de récits de voyage, qui forme la toile de fond des imaginaires, la France entre dans l'ère médiatique. Or ce discours journalistique constitue pour tous les écrivains impliqués dans la presse une forme de littérature à contraintes. Écrire pour le journal signifie obéir à une matrice médiatique constituée grossièrement de quatre règles : la périodicité, la collectivité, la « rubricité », et l'actualité.

La Croix de Berny[3] est un roman étrange, un roman en collaboration paru en juillet et août 1845 dans *La Presse* et qui constitue un lieu idéal pour réfléchir à la constitution de la culture médiatique. Ce roman manifeste une conscience aiguë de la situation nouvelle où s'inscrit la littérature. Il s'agit d'abord d'un roman médiatique au sens où il cherche à créer un événement et à le faire relayer par les médias. De plus, il intègre de manière édifiante et presque caricaturale la matrice médiatique. Enfin, les procédés d'ironisation et de métadiscursivité qu'il développe en font aussi un instrument exemplaire de réflexion sur le champ littéraire et médiatique.

I- *La Croix de Berny*, un *puff* médiatique

Nous sommes au début de l'été 1845, c'est-à-dire deux ans après la parution des *Mystères de Paris* d'Eugène Sue dans le *Journal des Débats*, événement qui a révolutionné l'appréhension de la case du feuilleton. En quelques mois, la concurrence est devenue rude entre les quotidiens pour avoir le roman-feuilleton le plus attractif, celui qui va encourager le lecteur à renouveler son abonnement, voire qui va permettre d'appâter un nouveau lectorat. *Le Siècle*, concurrent direct de *La Presse*, a publié du 14 mars au 14 juillet 1844, *Les Trois Mousquetaires* d'Alexandre Dumas. Depuis le 25 juin 1844, *Le Juif errant* d'Eugène Sue est inséré dans *Le Constitutionnel* : ce journal qui n'avait plus que 3 600 abonnés en a trouvé 20 000 nouveaux. *Le Journal des débats*, quant à lui, publie depuis août 1844 *Le Comte de Monte-Cristo* d'Alexandre Dumas. Le grand roman-feuilleton romantique vit son heure de gloire. À partir du début du mois de juin 1845, *La Presse* annonce à plusieurs reprises[4] son nouveau roman-feuilleton sous une forme énigmatique propre à intriguer le chaland : *La Croix de Berny*[5], *roman steeple-chase. Gentlemen riders : vicomte de Launay, Théophile Gautier, Joseph Méry, Jules Sandeau.*

Le 8 juillet 1845, la veille du démarrage du feuilleton, un article explicite l'énigme en donnant la règle du jeu de ce nouveau roman.

> Steeple chase (course au clocher) est le nom sous lequel les Anglais désignent une course qui consiste à franchir, à cheval, un certain nombre d'obstacles, haies, fossés, rivières, placés entre le point de départ et le point d'arrivée.
>
>
>
> Dans cette sorte de course périlleuse, qui excite toujours un vif intérêt, les chevaux sont montés par les maîtres à qui ils appartiennent, ou, à leur défaut par d'intrépides amis ; de là le nom de gentlemen-riders.
>
> La *Croix-de-Berny*, plaine située sur la route d'Orléans près de Paris, est le lieu consacré qui sert de point de départ à tous nos steeple-chase.
>
> Sous ce titre, emprunté aux mœurs du jour, et dont le peu de mots qui précède devrait suffire pour comprendre tout de suite qu'il s'agit d'une lutte littéraire, *La Presse* publiera, à partir du 9 juillet prochain, un roman par lettres, qui aura cela de neuf et de particulier qu'il sera l'œuvre commune d'autant d'acteurs divers qu'il y aura de personnages différents, mis en action. Ce sera une peinture de la vie humaine et de ses passions, où les événements se dérouleront, sans combinaison préméditée, comme ils tombent dans notre existence, chaque heure et chaque jour, avec leur joie et leur douleur.
>
> L'attention publique ne fera pas défaut à cette lutte littéraire. Pour compléter l'illusion, les lettres ne seront signées que des noms des personnages, et le lecteur ne sera mis dans le secret des rôles qu'après l'achèvement de ce curieux ouvrage. L'imagination des auteurs inventera des situations, des incidents, des difficultés que chacun d'eux à son tour devra franchir dans un élan de rivalité amicale, ce qui justifiera en quelque sorte le titre de ce roman, où les quatre écrivains lutteront de style et d'esprit, comme dans un steeple-chase, on lutte de vitesse et d'intrépidité.

La Presse tente de rivaliser avec les grands romans-feuilletons du moment en créant un événement autour de la publication de son feuilleton qui soit au moins aussi séduisant que le roman lui-même. Cette pratique relève donc du *puff médiatique*[6].

La mise en place de l'énigme

Le roman débute donc en feuilletons le 9 juillet 1845. Sa parution s'échelonne ensuite quotidiennement jusqu'au 10 août 1845. L'intrigue même du roman, assez habilement charpentée, repose sur des principes de quiproquo et de parallèles traditionnellement utilisés dans le vaudeville. Elle commence en mai 1844. Les trois protagonistes et amis masculins, Roger de Monbert, Edgard de Meilhan et Raymond de Villiers tombent successivement amoureux de la même jeune femme, Irène de Chateaudun, sans le savoir. Car elle a, pour des raisons diverses, changé, à plusieurs reprises, d'identités et fait plusieurs allers retours entre Paris et la province. Après des chassés-croisés amoureux multiples, Irène de Chateaudun épouse finalement Raymond de Villiers. Mais le roman se termine en tragédie. Car s'ensuit une conspiration entre les amants éconduits : Edgard de Meilhan, soutenu par Roger de Monbert provoque en duel Raymond de Villiers et le tue. Irène de Chateaudun meurt de chagrin.

Le lecteur est donc fortement sollicité par le protocole romanesque qu'on lui propose : il doit à la fois suivre l'intrigue, « une peinture de la vie humaine et de ses passions[7] », il doit également reconnaître sous chaque épistolier le bon écrivain-journaliste et il doit enfin jauger et classer la prestation de chacun des écrivains. À cause de ce dernier point, il est donc appelé à rompre la ligature de l'intrigue et à évaluer chacune des lettres séparément. Se développe donc sans doute un phénomène de double lecture : une lecture d'identification pour l'intrigue, une métalecture pour l'événement littéraire. Le seul témoignage de lecture que nous avons retrouvé est celui de Pierre Gautier, témoignage partial, il est vrai puisqu'il s'agit du père de Théophile. Il semble pour sa part plus passionné par l'énigme que par l'intrigue :

> Nous avons quatre lettres de *La Croix de Berny* qu'Ernesta nous a envoyées. La 3e signée Edgard de Meilhan nous a paru être la tienne. « Le hasard c'est peut-être le pseudonyme de dieu, quand il ne veut pas signer » quel autre que toi a de ces idées-là[8] ?

Pierre Gautier privilégie apparemment la lecture des morceaux de bravoure sur la lecture linéaire du roman. Dans son cas prédomine une lecture disloquée, pointilliste plus caractéristique généralement du journal que du roman :

> Puis nous lisons la *Croix de Berny*, voilà comment se passe notre vie toute prosaïque ; nous cherchons surtout les lettres d'Edgard sans dédaigner les autres qui ont bien leur genre de mérite[9].

Dès les premiers feuilletons, le phénomène de double lecture est encouragé avec le doublage du roman par un paratexte-métatexte qui vise à entretenir l'effet-événement. Ainsi le 13 juillet 1845, une petite note soutient la métaphore du steeple-chase :

> Ces quatre premières lettres représentent ce que dans les steeple-chase, on appelle le départ.

Le redoublement de la fiction par le *puff* se fonde donc sur la réquisition d'un nouvel espace en marge du feuilleton. Ce dédoublement de l'espace narratif par un espace métatextuel fait événement. Le 22 juillet 1845, une autre note lève l'anonymat des concurrents :

> Le vif intérêt qui s'attache à la lecture de la *Croix de Berny* a donné lieu à l'envoi d'un grand nombre de lettres, dans lesquelles on nous demande instamment de vouloir bien ne pas prolonger plus longtemps les incertitudes qui existent sur les véritables auteurs des lettres signées Irène de Chateaudun, Roger de Monbert, Edgard de Meilhan, Raymond de Villiers. Nous cédons au vœu qui nous est exprimé dans ses lettres :
> *Irène de Chateaudun* - LE VICOMTE CHARLES DE LAUNAY
> *Le prince Roger de Monbert* - MÉRY
> *Edgard de Meilhan* - THEOPHILE GAUTIER
> *Raymond de Villiers* - JULES SANDEAU

Pierre Gautier semble corroborer que cette levée d'anonymat se serait faite sous la pression des abonnés de *La Presse* :

> Le lecteur trop épicier pour reconnaître la partie des auteurs a voulu savoir à qui Irène, à qui Roger, à qui Edgard et la presse s'est empressée de le leur apprendre[10].

Si cet argument est plausible, il faut aussi souligner que ce dévoilement intervient au moment où le roman abandonne l'esthétique de la lutte littéraire par juxtaposition de morceaux de bravoure pour une accélération nette du tempo narratif[11], caractéristique généralement du roman-feuilleton, nous y reviendrons.

La mise en place de la caisse de résonance médiatique

Effectivement, il semble que le roman ait connu immédiatement un gros succès ; Il fait événement dans la presse de l'époque et la caisse médiatique, le tam-tam, pour reprendre le titre d'un petit journal d'époque, se met rapidement en branle. Le 22 août 1845, *Le Charivari* consacre un numéro entier au roman sous le titre : *La Croix de Bernique, steeple-chase, gentleman-Blagueurs.* Le numéro satirique commence par la définition du steeple-blague : « Un roman couru par lettres dont tous les écrivains se signalent en tombant. » Le numéro entier, composé de lettres parodiques et de petites épigrammes, est illustré par des caricatures des écrivains à cheval. *Le Charivari* exhibe par ailleurs les coulisses du roman steeple-chase : L'événement littéraire n'est pas spontané mais organisé par la direction du journal. Une fausse lettre pastichée et signée Gautier révèle la contrainte à laquelle sont soumis les collaborateurs et la tentation conséquente d'introduire dans le roman des morceaux déjà rédigés :

> Entre autres inconvénients, les romans par lettres ont celui de vous mettre dans la triste nécessité de répondre. Je déclare que dorénavant je n'en ferai rien. Si on m'écrit encore pour me rompre la tête de cette Irène ou de cette Louise, je lui expédierai tous les vieux papiers que j'ai dans mon armoire ; ce sont des paradoxes qui n'ont servi qu'une vingtaine de fois. Ils sont encore assez bons pour le public[12].

Le Tintamarre, petit journal au sous-titre éloquent, *critique de la réclame, satire des puffistes,* dès son numéro du 20 juillet entreprend aussi de pister l'entreprise du steeple-chase de *La Presse* par des « caquets[13] », des dénonciations de réclames déguisées et des parodies du roman. Ainsi *Le Tintamarre* du 10 août 1845 publie une parodie, un roman steeple-chase intitulé *Les deux cornichons* avec cette note qui mime le fonctionnement paratextuel du journal :

> Afin de pousser au réabonnement et de tenir en suspens la dévorante curiosité qui s'attache aux productions de la famille Citrouillard, nous ajournons nos lecteurs au 3 octobre 1846 pour leur faire connaître les noms des signataires de chaque lettre.
>
> Une fois le mois d'octobre venu, et nos réabonnements encaissés, nous saisirons avidement l'occasion de couper court à ces intéressantes épîtres et d'y mettre au plus vite un terme pour nous aider à payer celui de notre appartement.

Le petit journal satirique dénonce donc le puff du roman steeple-chase mais ce faisant, il participe évidemment de la résonance médiatique du phénomène et il en fait un événement.

II- *La Croix de Berny,* une littérature sous contrainte

En fait, il est possible de poser le problème de ce genre de littérature de deux façons. Le lecteur peut d'abord, comme *Le Charivari,* dénoncer un procédé de littérature industrielle et se ranger derrière les nombreux contempteurs du roman-feuilleton[14]. Au début de l'année 1845, Louis Reybaud, journaliste et écrivain conservateur avait mis en scène dans son roman *César Falempin ou les idoles d'argile,* une manufacture à feuilleton dont les procédés ressemblent à ceux de la *Croix de Berny* au point même qu'on peut se demander si cette manufacture à feuilleton caricaturale n'est pas à l'origine de l'idée du roman steeple-chase. Dans une scène fameuse, les protagonistes du roman qui cherchent à confectionner un feuilleton à succès

arrivent chez le maréchal David (Balzac) reconverti dans la « manufacture de feuilleton » où l'on fabrique de l'événement littéraire sur mesure sous la forme du « feuilleton à la vapeur[15] » :

> Les deux visiteurs se rendirent à cette invitation ; ils pénétrèrent dans un vaste rez-de-chaussée, que chauffait une machine à vapeur, et autour duquel étaient distribuées des cellules numérotées de 1 à 50. […]
> - Ceci vous représente un feuilleton complet disposé par chapitres. Quand j'ai trouvé un homme qui a le sentiment de la nature et décrit bien le paysage, je le mets dans la cellule du paysage. Celui qui a la plume tendre entre dans la cellule du sentiment ; celui qui possède l'instinct du dialogue populaire entre dans la cellule du dialogue populaire, et ainsi des autres. Chacun traite ce qu'il sait le mieux faire, et comme le dit Adam Smith, le feuilleton arrive ainsi à son plus haut degré de perfectionnement[16].

Tout un discours antimédiatique conçu pour fustiger l'entreprise romanesque en collaboration accompagne donc la parution de *La Croix de Berny.* Cette critique néglige que, loin de céder à la facilité, ce type de roman obéit à un système de contraintes extrêmement perfectionné. La grande spécificité de *La Croix de Berny* est d'avoir dupliqué la matrice médiatique, de l'avoir mise au carré, en quelque sorte, en donnant à sa structure romanesque la contrainte du média ; ce faisant le roman s'absente de la littérature industrielle pour devenir une littérature à contrainte à l'état pur. La matrice médiatique est ainsi constituée de quatre règles – collectivité, actualité, « rubricité » et périodicité – que le roman prend plaisir à surinvestir.

La collectivité

La première règle qui définit le journal est la collectivité. La case feuilleton fonctionne en interaction avec le reste du journal. *La Croix de Berny* reprend cette règle en se l'appliquant également pour son fonctionnement interne : les lettres des quatre collaborateurs s'enchaînent et se succèdent sans heurts et sans contradictions. Très clairement dans cette disposition, Delphine de Girardin semble avoir joué un rôle de rédacteur en chef en préparant depuis son salon la structure du roman.

L'actualité

Le journal obéit, dès la monarchie de Juillet, à la règle de l'actualité : les événements présentés par le journal sont généralement récents et unissent dans une même temporalité lecteur et scripteur. *La Croix de Berny*, comme le journal, est un texte daté. Son intrigue se déroule entre le 16 mai et le 21 août 1844 (dernière lettre datée). Il répond pleinement à la définition du roman d'actualité[17] puisque moins d'une année sépare la publication de la date de l'intrigue. On sait à titre comparatif que Balzac privilégie un écart moyen de quinze ans. Toute une série de « chronosèmes » (dates précisées, mentions de faits divers d'actualité, de spectacles d'époque et de faits politiques) permet de renforcer cette impression d'actualité et de faire du roman une sorte de double fictionnalisé de l'article de journal. Le roman steeple-chase intègre à plusieurs reprises des représentations de pièces qui ont été rapportées par Gautier l'année précédente dans *La Presse*. Par exemple, *Antigone* a bien été représentée à l'Odéon, et Roger de Monbert (Méry) note le *proscenium* aussi mentionné par Gautier dans son feuilleton théâtral du 26 mai 1844[18]. Une intertextualité nette réunit le texte du journal et le texte de la fiction.

Cette qualité d'actualité permet également au roman de fourmiller d'annonces déguisées renvoyant à des magasins réels et révélant que le roman a été financé par la réclame. Ce passage parmi d'autres a été dénoncé par *Le Tintamarre* :

> Je suis entrée dans le passage des Panoramas ; il m'a suivie ; alors pour échapper à ses poursuites, au lieu d'aller chez mademoiselle *Vatelin,* je suis entrée chez *Marquis ;* monsieur de Monbert est resté à la porte. J'ai demandé une provision de thé, j'ai dit que j'allais envoyer la chercher et je suis sortie par l'autre porte du magasin qui donne sur la rue Vivienne. Le prince, qui n'est pas venu à Paris depuis dix ans, ne sait pas ou ne sait plus que cette boutique a deux entrées[19].

La périodicité

Le journal impose de respecter le rythme de la parution quotidienne. Le roman steeple-chase paraît donc sur ce rythme. Cette mention pourrait paraître anodine si l'on n'avait pas les coulisses du roman grâce à la correspondance de Gautier. On voit donc un Gautier fort marri contraint d'emporter sa copie avec lui sur le chemin de l'Algérie et forcé de porter sa croix… de Berny (la plaisanterie devient en fait un *private joke* familial). Ainsi à Marseille, il alterne les plaisirs du touriste et la croix du feuilleton périodique :

> Nous sommes à Marseille dans les bras de Méry et de lady Greigh la femme du consul de Malte qui nous gavent de plaisirs et de bons repas, le tout gratis bien entendu – nous avons une calèche à notre disposition enfin nous sommes comme des princes – la croix de Berny qui est la mienne s'avance je n'ai plus que deux lettres à faire demain ce sera fini, nous partons le 15 dans la plus belle chambre du plus magnifique bateau à vapeur qui nous portera en Alger en trente six heures le temps est superbe[20].

La « rubricité »

Enfin dans le journal, la matière est hiérarchisée dans des rubriques au statut quelquefois assez fluctuant mais qui dessinent la volonté de distribuer la matière du monde. Dans la première partie notamment de la *Croix de Berny* au moment où l'intrigue ne s'est pas encore mise en place, le roman reprend la structure du journal quotidien, c'est-à-dire qu'il constitue un *patchwork* de morceaux choisis et clos : études de mœurs, portraits, publicités, anecdotes, annonces judiciaires. Les morceaux clos sur eux-mêmes se succèdent dans une vraie mosaïque et rappellent que le lecteur est aussi devant une lutte littéraire. Le lecteur peut donc trouver sous la plume de Delphine de Girardin « une étude profonde du découragement en amour[21] », sous celle de Jules Sandeau l'anecdote des deux lords anglais soucieux chacun de découvrir un coin de terre où nul avant eux n'aurait mis les pieds[22], du côté de Méry une belle étude de mœurs sur l'hôtel des postes à Paris[23], chez Gautier une description de grisette[24].

Une fois les personnages posés et l'intrigue lancée, le roman abandonne la mosaïque pour endosser sans ambiguïtés la narrativité accélérée du roman-feuilleton. Notre hypothèse est que la levée des masques des écrivains correspond au moment où l'intrigue lancée doit se suffire à elle-même et éviter toute distraction extérieure. La levée de l'incognito des auteurs coïncide effectivement avec le moment où deux des personnages masculins, pourtant extrêmement policés jusqu'à présent se transforment en barbares, soucieux de vengeance et accumulent les lieux communs du feuilleton étudiés par Jean-Claude Vareille[25]. Monsieur de Monbert se caractérise tout d'un coup par l'ambivalence et le caractère hyperbolique des émotions qui définissent le surhomme du roman-feuilleton romantique :

> Monsieur de Monbert n'est pas ce que l'on pense communément, ce que moi-même je pensais avant de l'avoir retrouvé après dix ans de séparation. Son sang s'est embrasé au soleil des zones torrides ; il a gardé quelque chose des mœurs et des peuplades lointaines qu'il a visitées, il cache tout cela sous un vernis de grâce et d'élégance ; affable et prêt à tout, on ne soupçonnerait guère, à le voir, ce qui bouillonne et s'agite en son sein ; il est pareil à ces puits de l'Inde dont il me parlait ce matin : ce n'est alentour que fleurs et feuillage ; descendez au fond, vous en sortez pâle et glacé d'effroi[26].

Le roman met en place la poétique du masque et du trouble identitaire caractéristiques des héros de romans-feuilletons au moment même où les écrivains ont levé les masques. Pour que le roman-feuilleton prenne son élan, il faut que les écrivains abandonnent la construction complexe de l'énigme extradiégétique. La fatalité se met alors en marche de manière quasi inéluctable dans ce petit roman. Des personnages se transforment en Cassandre avec des effets de prolepse ostentatoires : « Le deuil suivra de près la fête de fiançailles, et mademoiselle de Chateaudun peut commander en même temps ses vêtements de veuve et sa robe de mariée[27]. »

En fait, la grande force de *La Croix de Berny* est à la fois d'intégrer la contrainte médiatique d'une manière particulièrement outrancière voire exagérément commerciale mais aussi de jouer avec cette contrainte. Dans ce feuilleté des interprétations que permet le jeu sur la contrainte s'installent des procédés à la fois métadiscursifs et ironiques qui témoignent que ce roman steeple-chase n'est pas dupe du système dans lequel il s'intègre. Sa soumission et même son accueil ravi de toutes les règles journalistiques cachent un espace du second degré.

III- *La Croix de Berny* comme métadiscours sur le média

Dans ce jeu constant entre connivence et dénonciation, les maîtres ironistes que sont Gautier et Delphine de Girardin devancent très nettement leurs partenaires. La structure même du roman encadré significativement par une lettre de Delphine de Girardin et une autre de Gautier pourrait renvoyer à une sorte de réflexion en creux sur la culture médiatique.

Une littérature de la connivence : ironie et complicité

La Croix de Berny développe une écriture jubilatoire. Les lettres de Gautier et de Girardin, entre remplissage et connivence, frôlent « l'autoplagiat » constant. Ces écrivains s'acharnent à peaufiner une sorte de signature stylistique si bien qu'ils semblent écrire la parodie de leurs propres articles. Ce mouvement est net par exemple dans la première lettre d'Edgard de Meilhan/Théophile Gautier qui réinvestit d'abord le portrait de la dame Jeune-France de 1833 puis le procès de la bas-bleu déjà fustigée dans le *Figaro* de Karr en 1836-1837.

> Vous ne trouverez chez elles ni papier, ni plume, ni encre, ni buvard. Si elles écrivent une ode ou une élégie, c'est au dos d'une facture ou sur une page arrachée à leur livre de comptes. La marquise médite des romans réformateurs, des poésies sociales, des traités humanitaires et palingénésiques, et l'on voit, sur ses tables et ses fauteuils, des bouquins solennels ayant des cornes aux endroits les plus ennuyeux ; ce qui est tout à fait menaçant[28].

De même, le portrait d'Edgard en haschichin à la fin du roman renvoie à d'autres feuilletons (par exemple le *Haschich*[29]) où Gautier a raconté son expérience de la pratique de cette drogue. En 1846, il fait paraître dans la *Revue des deux mondes* une nouvelle intitulée *Le Club des haschichins.*

Les personnages des romans renvoient donc d'une manière surdéterminée et presque parodique à leurs auteurs journalistes. Irène de Chateaudun utilise l'idiolecte de sa créatrice, Delphine de Girardin, chroniqueuse de talent, mais avec une ostentation qui n'est pas loin de la caricature, voire de l'autocaricature.

> Je viens d'apercevoir dans le corridor les deux femmes que madame Taverneau emmène avec elle et moi dans sa loge… J'ai avisé un certain chapeau couleur capucine orné de rubans verts, qui est assez horrible… Ah ! Ma chère ! En voici un autre… celui-là est intolérable : il est lie de vin et il est orné d'une plume bleue ! Et quelle figure a cette femme ! Elle tient en main quelque chose qui brille… c'est une gibecière en perles d'acier. Cette femme emporte cela au spectacle !… Que vois-je ? Elle y a mis des oranges ! Je suis perdue ! Jamais je n'irai au spectacle en compagnie de cette gibecière et de ces atroces chapeaux[30].

La connivence entre ces deux forçats de feuilleton apparaît également à travers les petites piques que les auteurs s'envoient à partir de leurs personnages littéraires. Ainsi en est-il de Delphine de Girardin qui se moque d'un Gautier romancier sous la contrainte : « Et puis ces vilains poètes sont des êtres si positifs ! Les poètes ne sont pas poétiques, ma chère… Edgard s'est fait romanesque depuis qu'il m'aime ; mais je crois que c'est une hypocrisie, et je me défie de son amour[31]. »

Une littérature de la dénonciation

Le roman n'hésite pas non plus à dénoncer la machinerie qui le fonde en mettant en abyme de manière très péjorative sa propre esthétique. Ainsi Gautier, toujours par la plume d'Edgard de Meilhan, se moque du lourd roman sentimental qu'il est forcé d'écrire sous la contrainte du support. La lettre qu'il adresse à son acolyte Roger de Monbert semble prendre à partie le lecteur sur l'esthétique de *La Croix de Berny* :

> Pour un esprit aussi distingué que le vôtre, « mon histoire » a du moins l'avantage de commencer d'une façon toute bourgeoise et toute prosaïque, cela vous reposera de vos odyssées et de bonnes fortunes fabuleuses ; – je n'aurai pas fait la faute de vous écrire quelque chose d'extraordinaire ; vous êtes rassasié d'incroyable ; le surnaturel est devenu votre commun ; il existe entre vous et l'étrange des affinités secrètes ; les prodiges vont à votre rencontre ; vous vous trouvez en conjonction avec les phénomènes ; tout ce qui n'arrive pas vous est arrivé, et sur ce monde que vous avez parcouru dans tous les sens, il n'y a de nouveau pour vous que le banal. [...] Aussi j'espère que mon récit, un peu dans le genre des romans de monsieur Paul de Kock, auteur estimé des grandes dames et des cuisinières, vous surprendra infiniment et aura pour vous tout l'attrait et toute la fraîcheur de l'inconnu[32].

La Croix de Berny se caractérise donc par le développement de la spécularité et de la mise en abyme et fourmille de petites parodies de la machine médiatique. Le roman steeple-chase entretient un double jeu renvoyant constamment le lecteur du roman à l'univers médiatique. D'un côté, il semble parier sur l'intérêt d'une intrigue charpentée, et en même temps il entretient un jeu ironique et connivent sur l'artifice du roman et sur le phénomène médiatique qu'il est censé susciter. Même la construction onomastique des personnages conçus sur le principe de la charade fonctionne parfois comme un clin d'œil. Irène de Chateaudun (alias Delphine de Girardin) prend l'identité de la veuve Guérin, dont le nom est construit par adjonction au nom de jeune fille de Delphine (Gay) de l'assonance (in) qui caractérise les différents noms empruntés par le personnage féminin dans le roman et qui termine aussi Girardin. La métamorphose onomastique renvoie ainsi à l'envers au changement d'identité marital et littéraire de Delphine de Girardin.

Une littérature de la soumission : accepter d'écrire un roman épistolaire

On peut ultimement se demander pourquoi ce roman ultramédiatique, traversé d'une mosaïque de discours journalistiques, met en scène un univers archaïque, sans média ou quasiment. Il existe certes des journaux dans le roman, mais des journaux qu'on lit de façon décalée dans des lieux improbables comme le font ces deux Anglais lisant l'un *The Standard*, l'autre *The Times* perchés sur le Tchamalouli, un des plus hauts sommets du monde, au cœur de l'Asie. De plus, *La Croix de Berny* utilise la forme déjà un peu démodée en 1845 du roman épistolaire. Ce roman s'avère même marqué d'une manière étrange par une obsession postale à une époque où le courrier déjà n'apporte plus le premier la nouvelle. Dans *La Croix de Berny*, les personnages se réfugient dans les bureaux de poste, ont la sociologie de la poste restante, confectionnent des boîtes décorées avec des cachets de poste. Le roman décrit un monde qui est encore celui de la relation interpersonnelle et non pas celui de la médiatisation alors même que certains personnages expriment comme un désir de médiatisation. Irène de Chateaudun souhaite par exemple « assister à son absence », ce qui est une bonne définition d'une société médiatique.

On pourra dire que finalement les personnages du roman meurent justement de n'avoir pas compris qu'ils vivaient dans un monde du média où tout est connecté. L'utilisation archaïque de la lettre dénonce leur manque d'appréhension de la société moderne où les êtres et les informations circulent plus vite que les missives. La grande force de ce roman est de montrer l'inadéquation et l'archaïsme de la lettre et conséquemment du roman épistolaire, forme qu'il rénove aussi en le transformant en un second degré en machine médiatique. Symptomatique à cet égard est la place dans ce roman d'un cinquième personnage que nous n'avons pas encore évoqué : une épistolière muette et omnisciente, la vicomtesse de Braimes, qui, destinataire des missives de plusieurs correspondants, tient tous les fils de l'intrigue et occupe ainsi la place du lecteur qui, lui, est informé par l'intermédiaire de son journal. Le lecteur est donc bien aussi un gentleman-rider dans cette course steeple-chase.

Ce roman steeple chase fut donc un incroyable événement médiatique. Mais ce roman visiblement ne souhaitait pas se réduire à cet événement. Il visait aussi une lecture autonome comme œuvre littéraire. En témoigne le travail sur la clausule. Le roman se termine sous la plume de Gautier par cette phrase : « Nous avons tous fait une course désespérée pour atteindre le bonheur ! Un seul est arrivé, -mort[33] ! » La fin du roman vise en effet à récupérer la métaphore du steeple-chase au niveau de l'intrigue et donc à faire du titre un énoncé aussi bien thématique que rhématique. Cette clausule significative montre bien l'ambition de ce texte qui n'a pas été complètement oublié de la postérité puisqu'il a fait l'objet de plusieurs résurrections explicites. En effet, au moins par trois fois, la règle du jeu de *La Croix de Berny* a été réadoptée par des collaborateurs littéraires. La première œuvre, *La Résurrection de Lazare*, sous la plume de Faugery, Murger, Vitu et Banville est parue en 1846 dans *Le Corsaire*, la deuxième œuvre, *X...* a été publiée dans le *Gil Blas* en 1895 et était rédigée par Pierre Veber, Jules Renard, Tristan Bernard, Georges Courteline, George Auriol, la dernière est parue en 1923 et s'intitule *Le Roman des quatre* sous la plume de Paul Bourget, Gérard d'Houville, Henri Duvernois et Pierre Benoît.

NOTES

1. M.-È. Thérenty et A. Vaillant, *1836, l'an I de l'ère médiatique*, éd. Nouveau Monde, 2001.
2. Sur cette hypothèse, je me permets de renvoyer à *La Littérature au quotidien. Poétiques journalistiques au XIXe siècle*, éd. Seuil, 2007.

3. Dans les notes qui suivront, nous renvoyons à l'édition récente de *La Croix de Berny*, éditée par C. Lacoste-Veyssère, aux éd. Champion, 2003 et également aux feuilletons de *La Presse*. Il s'agit pour nous d'une option méthodologique importante : une réflexion sur la presse ne peut se faire qu'à partir de l'examen de l'édition périodique d'origine et non exclusivement à partir des éditions en librairie.
4. D'abord annoncé sous la simple formule « roman à quatre » par exemple les 1er, 2 et 5 juin 1845 en tête du feuilleton, le roman bénéficie ensuite des gros caractères de la page 4 avec les publicités et de la formule, « roman steeple-chase » (voir par exemple *La Presse* du 13 juin 1845).
5. Il s'agit d'un lieu dénommé ainsi parce que c'est là que se croisent les routes de Paris à Orléans et de Choisy-le-Roi à Versailles. « Pendant près de vingt années, Berny vit ses prairies envahies les jours de course au clocher, par le beau monde du sport et du turf ; aujourd'hui sa vogue est passée. » A. Joanne, *Les environs de Paris illustrés*, 1856, p. 749.
6. Scribe, dans un vaudeville intitulé *Le Puff ou mensonge et vérité* résume la pratique puffiste en 1848 par une formule : « Le puff est l'art de semer et de faire éclore à son profit, la chose qui n'est pas. » Gautier, dans un feuilleton de *La Presse*, le 24 janvier 1848, écrit : « Le puff ! ce mot d'origine anglo-américaine, et d'importance récente, a une signification complexe assez difficile à fixer. [...] Le puff, c'est l'imagination gasconne ou américaine appliquée au commerce ; c'est la poésie de la quatrième page des journaux. »
7. *Op. cit.*, annonce du 8 juillet 1845.

8. Lettre de P. Gautier à Th. Gautier, juillet 1845, *Correspondance générale*, 1843-1845, Librairie Droz, éditée par Cl. Lacoste-Veysseyre, 1986, p. 265.
9. P. Gautier à Th. Gautier, *Correspondance, op. cit.*, 22 juillet 1845, p. 269.
10. P. Gautier à Th. Gautier, *Correspondance, op. cit.*, 27 juillet 1845, p. 273.
11. Au moment où cette information est donnée, Irène de Chateaudun abandonne son projet de mariage avec Roger de Monbert et se trouve exposée aux assauts d'Edgard de Meilhan.
12. Lettre de Gautier, *Charivari*, 25 août 1845.
13. « Un de nos jockeys littéraires disait hier que les quatre pur-sang qui se livrent au roman-steeple chase n'ont pas de selle », *Le Tintamarre*, 27 juillet 1845.
14. Voir L. Dumasy, *La Querelle du roman-feuilleton*, Ellug, 1997.
15. L. Reybaud, *César Falempin ou les idoles d'argile*, éd. Michel Lévy, 1845, tome I, p. 241.
16. L. Reybaud, *op. cit.*, p. 237.
17. Pour la définition de la fiction d'actualité, nous renvoyons à « L'invention de la fiction d'actualité » dans M.-È. Thérenty et A. Vaillant (dir.), *Presse et plumes. Journalisme et littérature au dix-neuvième siècle*, nouveau monde éditions, 2004.
18. « À l'Odéon, une espèce de *proscenium*, de *thymélé*, ou plancher supérieur (ce qu'on appelle aujourd'hui un praticable), communique par deux escaliers latéraux avec le plancher réel du théâtre. Au milieu s'élève l'autel de Bacchus. Bien que la niche du souffleur soit là tout près, cet autel nous a produit un singulier effet. » Feuilleton théâtral de *La Presse*, 26 mai 1844 repris dans Th. Gautier, *Histoire de l'art dramatique en France*, Jules Hetzel, 1858, tome III, p. 208.
19. *La Presse*, 23 juillet 1845 ou *La Croix de Berny*, *op. cit.*, p. 134.
20. Th. Gautier à A. Gautier, Marseille, 11 juillet 1845, *Correspondance, op. cit.*, p. 263.
21. *La Presse*, 9 juillet 1845 ou *La Croix de Berny*, *op. cit.*, p. 26-27.
22. *La Presse*, 12 juillet 1845 ou *La Croix de Berny*, *op. cit.*, p. 49-50.
23. *La Presse*, 15 juillet 1845 ou *La Croix de Berny*, *op. cit.*, p. 68-69.
24. *La Presse*, 16 juillet 1845 ou *La Croix de Berny*, *op. cit.*, p. 77.
25. *Le Roman populaire français (1989-1914). Idéologies et pratiques*, PULIM, 1994.
26. *La Presse*, 1er août 1845 ou *La Croix de Berny*, *op. cit.*, p. 199.
27. *La Presse*, 1er août 1845 ou *La Croix de Berny*, *op. cit.*, p. 200.
28. *La Presse*, 11 juillet 1845 ou *La Croix de Berny*, *op. cit.*, p. 43.
29. *La Presse*, 10 juillet 1843.
30. *La Presse*, 19 juillet 1845 ou *La Croix de Berny*, *op. cit.*, p. 102.
31. *La Presse*, 25 juillet 1845 ou *La Croix de Berny*, *op. cit.*, p. 149.
32. *La Presse*, 16 juillet 1845 ou *La Croix de Berny*, *op. cit.*, p. 76.
33. *La Presse*, 10 août 1845 ou *La Croix de Berny*, *op. cit.*, p. 270.

Le Roman de la momie
ou le jeu avec les contraintes du feuilleton

Cynthia HARVEY

Bien avant nous, les contemporains de Gautier ont reconnu l'importance des tâches journalistiques auxquelles s'est livré l'écrivain. Comme l'écrit le vicomte de Lovenjoul :

> On ne pourrait parler de lui avec quelques détails sans faire allusion à cette situation, car elle eût, à tous les points de vue, une extrême influence sur sa carrière et sur sa vie entière[1].

Si ce « *cothurne étroit* » a limité le temps imparti à la création, il a par ailleurs contribué au développement de nouvelles formes en imposant certaines règles à la création, ne serait-ce que par le format. Cet aspect du feuilleton comme lieu de création générique sera l'objet de cette communication.

Lorsque l'auteur échappe à sa tâche de critique et qu'il peut enfin se consacrer à la création, quel genre adopte-t-il ? S'il écrit toujours des vers, Gautier semble tenté de se plier à la loi de l'offre et de la demande et d'opter pour le genre en émergence dans le champ littéraire, celui qui permet de vendre les journaux et qui ravit autant l'élite intellectuelle que le lectorat populaire : le roman. C'est en tous cas ce que laissent entendre les propos rapportés par Émile Bergerat :

> On ne sait pas assez, me dit-il le plus sérieusement du monde, à quel point j'ai toujours été jaloux de Paul Féval et même de Ponson du Terrail ! Je suis né pour écrire des romans-feuilletons, et l'on s'est obstiné à faire de moi un critique, je ne sais pourquoi. C'est la fatalité de la vie d'avoir été perpétuellement dévoyé par les circonstances. Toutes mes vocations ont été contrariées, oui, toutes[2] !

Malgré cette volonté apparente de participer au développement d'une littérature de grande production (pour ne pas dire industrielle, à l'instar de Sainte-Beuve), Gautier trouve difficilement sa place dans l'histoire du roman populaire ou du roman-feuilleton qui fait vendre la copie. Néanmoins, il faut admettre qu'il écrivit quelques romans au jour le jour, comme le faisaient les feuilletonistes plus prolifiques et plus populaires comme Dumas, Eugène Sue ou Frédéric Soulié. L'anecdote rapportée par Bergerat autour de la rédaction de *Partie carrée* est à cet égard des plus convaincantes[3]. Par ailleurs, la responsabilité d'écrire à la période cruciale des abonnements revint une fois à Gautier en 1847[4], tandis que d'autres œuvres, comme *Le Capitaine Fracasse*, rappellent par leur publication échelonnée et leur caractère « hyper-romanesque[5] » la tendance du roman-feuilleton. Face à ces quelques exemples, les frontières entre le roman populaire et le roman *littéraire* semblent parfois se confondre. Plusieurs romanciers du XIXe siècle empruntant la voie du feuilleton pour diffuser leurs œuvres, une certaine influence apparaît inévitable. Nous souhaitons montrer cette corrélation par l'étude d'un roman en particulier, *Le Roman de la momie*. Si nous avons choisi ce roman paru en feuilleton dans *Le Moniteur universel* du 11 mars au 6 mai 1857, c'est précisément pour sa résistance apparente au roman-feuilleton. Nous voulons montrer qu'en dépit de sa valeur *littéraire*, son souci du style, sa langue et sa prédilection pour la description, ce roman met en lumière, par la négative, certains procédés du roman-feuilleton pour mieux témoigner de sa spécificité.

Rappelons tout d'abord que le roman-feuilleton se caractérise non seulement par sa rapidité d'exécution, mais également par la faiblesse du style qui en découle généralement : utilisation de poncifs, de clichés, répétitions, relative superficialité des personnages et de l'intrigue[6]. Le roman-feuilleton cultive les coups de théâtre, les rebondissements, les passions excessives ; il pose des questions rhétoriques résumant les enjeux de l'intrigue afin de maintenir l'intérêt des abonnés. L'influence du moyen de diffusion se remarque également dans le contenu idéologique du roman-feuilleton qui expose les aspirations et les valeurs de la bourgeoisie, son principal lectorat[7]. Il va sans dire que *Le Roman de la momie*, bien qu'il fût publié « *à mesure qu'il était écrit*[8] », n'a à première vue aucun autre lien avec ce type d'écrit. Quelle parenté avec une série comme celle des *Rocambole* de Ponson du Terrail, par exemple, dont la publication débute la même année, ou encore avec le célèbre *Bossu* de Féval (1857) ? L'enchaînement des tableaux d'Égypte, les longues descriptions truffées de termes techniques, la « *solennité archaïque*[9] » du récit, le distinguent nettement de ces derniers et le prédestinaient d'ailleurs à un « *très petit succès*[10] » lors de sa parution. *Le Roman de la momie* connaît, en revanche, un succès durable, sans doute pour ces mêmes raisons, ce qui en fait un objet particulièrement intéressant pour notre propos.

Il est vrai que *Le Roman de la momie,* dont le récit principal se déroule dans l'Égypte antique, ne s'inscrit pas à proprement parler dans la veine du roman historique dont les journaux raffolent. L'Antiquité et l'Égypte n'offrent ici qu'un cadre spatio-temporel propice à la *rêverie compensatoire* : prenant ses distances du présent et de l'espace quotidien, Gautier satisfait sa passion pour l'Orient et l'Antiquité en proposant cette histoire d'amour, prétexte à la succession des tableaux d'Égypte tels qu'élaborés, comme on le sait, à partir de sources écrites. Le temps du récit est individuel et non collectif : c'est une histoire d'amour dans laquelle l'Histoire est accessoire. L'éditeur à qui le manuscrit fut proposé se montrait d'ailleurs peu enthousiaste : « Ce sujet n'attirera pas les lecteurs, et ceux qui achèteront le livre à cause du nom de l'auteur mourront de honte et de chagrin en rencontrant tant de mots dont ils ignorent le sens[11]. » En ce qui concerne le sujet et la langue de ce roman, Gautier n'apparaît donc pas des plus conciliants, quoiqu'il en dise : « J'avais cependant tâché d'être clair et chaque terme non usuel est expliqué, autant que possible, par une description immédiate de l'objet nommé[12] », écrit-il en réponse aux reproches d'illisibilité.

L'impression d'une résistance au romanesque feuilletonesque persiste à travers une intrigue qui semble réduite au minimum, surtout dans les premiers chapitres. Le premier, par exemple, se consacre à la description de la ville égyptienne, du palais, d'un pavillon, d'une cour, de la jeune fille qui s'y trouve, de sa coiffure, de ses vêtements, d'autres jeunes filles qui l'entourent, avant de proposer, à la toute fin, non pas tant un rebondissement qu'un état d'esprit : la jeune fille est triste et malheureuse. Les sentiments attribués à cette créature quasi sculpturale permettent au roman de se poursuivre : le tableau s'anime doucement. D'autres rebondissements aussi légers ponctuent la fin des premiers chapitres (II - Elle est amoureuse d'un jeune homme indifférent ; III - Un regard est échangé entre le Pharaon et Tahoser ; IV - Pharaon est amoureux de Tahoser ; V - Poëri invite Tahoser chez lui ; etc.). Les descriptions offrent un cadre au roman d'amour de Tahoser, cadre qui sature tout l'espace textuel et qui constitue le véritable sujet du texte. Ces descriptions ne concernent que de loin les personnages et l'intrigue romanesque, elles sont, pour ainsi dire, *gratuites*, ce qui contrevient aux règles du roman-feuilleton qui privilégie au contraire les fonctions *mimésique* et narrative ainsi que les liens de causalité. Par leur fonction esthétique, pour ne pas dire ornementale, les descriptions du *Roman de la momie* témoignent certes d'une résistance au romanesque feuilletonesque. La description, qui vise la reconstitution imaginaire des beautés de l'Égypte antique, ne rencontre d'ailleurs que l'indifférence des personnages, habitués à tant de magnificences. À la suite de la description d'un paysage, le narrateur précise, par exemple, que Tahoser regarde « *vaguement cette perspective familière pour elle*[13] ». Le narrateur insiste sur cette distance entre les personnages et les choses : « Mais ce n'étaient pas ces détails d'ameublement qui intéressaient Tahoser[14]. » De la même façon, la danse, les festins décrits en détail laissent froid le Pharaon amoureux[15]. Devant les bouffons égyptiens, tout comme devant les danseuses, « *Sa majesté ne sourcill[e] pas*[16]. » Lors des pauses descriptives, les personnages restent fixes, simples figures de la fresque. Leur présence suggère en quelque sorte un romanesque en latence : ils attendent la réanimation, suspendus au fil du récit. Le narrateur prend soin de redoubler cette préséance de la fonction esthétique sur la fonction narrative ; son attention s'arrête, par exemple, sur des « *dessins d'ornementation d'un goût riche et compliqué* », sur des « *figures décoratives ou symboliques* », sur une « *forêt de fleurs artificielles gigantesques*[17] ». Les confidences de la jeune fille à sa suivante, les quelques dialogues, permettent d'animer sporadiquement ce cadre et ses figurants.

D'autres procédés, que l'on pourrait qualifier d'ironiques, témoignent d'une résistance au romanesque, notamment la mise en abyme du roman. En effet, en plus du roman de la momie, retrouvé dans le sarcophage, un autre rouleau couvert de signes hiéroglyphiques apparaît dans le texte. Au chapitre III, un lecteur tient à la main un rouleau et s'avance vers le peuple pour lui annoncer les victoires du Pharaon ; cette annonce prend la forme d'une énumération :

> [...] Il disait les fortunes des divers combats, le nombre des captifs et des chars de guerre enlevés à l'ennemi, le montant du butin, les mesures de poudre d'or, les dents d'éléphant, les plumes d'autruche, les masses de gomme odorante, les girafes, les lions, les panthères et autres animaux rares[18]...

Cette énumération inscrite sur le rouleau reflète en quelque sorte la première partie du roman : des aventures du Pharaon, de ses combats, nul récit. Le roman, dont le prologue laisse pourtant présager des secrets et des aventures pharaoniques, ne présente qu'une suite d'images saisissantes, comme autant de possibilités de romanesque, exposées sans être exploitées. De la même façon, le roman présente plusieurs défilés, sortes de tableaux aux multiples personnages qui se déplacent par translation : défilé des chars de guerre et des soldats bien armés[19], « *défilé pastoral*[20] » auquel assistent Tahoser et Poëri, défilé des Hébreux[21] qui quittent l'Égypte. Ces défilés exposent le personnel d'un roman historique, personnel qui reste sans véritable emploi dans *Le Roman de la momie.*

Pourtant, d'un autre point de vue, le roman semble se plier à la contrainte du *feuilletonesque*, comme en témoigne une lettre de Baudelaire à l'éditeur Poulet-Malassis (25 avril 1857) :

> Il y a quelque temps, Théophile m'a demandé si vous seriez disposé à imprimer *Le Roman de la momie.* [...] Il attache une grande importance à ce livre, et m'avait chargé de vous dire que les *amourettes de grisettes, toute la folâtrerie niaise de l'ouvrage,* seraient enlevées, et tout le ton du livre ramené à la solennité archaïque du commencement[22].

Ainsi, si l'on en croit Baudelaire, Gautier se repent d'une certaine rupture de ton entre la gravité du début et la suite de l'ouvrage où sont intégrées quelques péripéties amoureuses, « *folâtrerie niaise* » nécessitée par le genre. Il est vrai que les descriptions requièrent un point d'ancrage, un prétexte pour se développer. Ainsi, les chercheurs qui parcourent des galeries souterraines découvrent un sarcophage, longuement décrit, puis constatent avec surprise qu'il contient « *Une femme ! Une femme*[23] *!* », premier rebondissement qui permettra la poursuite du roman. Cette découverte entraîne une série de questions exclamatives qui éveillent l'intérêt du lecteur, comme dans un roman-feuilleton :

> Par quelle singularité, par quel miracle, par quelle substitution, ce cercueil féminin occupait-il ce sarcophage royal, au milieu de ce palais cryptique, digne du plus illustre et du plus puissant des Pharaons[24] !

Le Docteur Rumphius joint sa voix à celle du narrateur pour souligner toute l'importance de la découverte : « Nous touchons sans doute à quelque point obscur, à quelque mystère perdu de l'histoire[25]. » Bref, le long parcours descriptif valait le détour, à la fois pour les chercheurs, qui constatent l'importance scientifique et pécuniaire de la découverte, et pour les lecteurs qui voient alors s'ouvrir la possibilité du romanesque. Dès le départ, par ces expressions emphatiques, une certaine parenté peut être établie avec le roman-feuilleton qui cherche à capter et à maintenir l'intérêt de ses lecteurs par des procédés similaires.

En semant dans le prologue les germes de l'intrigue, Gautier se soumet subtilement aux règles du roman-feuilleton. Par exemple, le guide grec cherche « *quelque artifice* » caché, « *quelque trappe* », une « *issue secrète*[26] », qui lui assureraient la fortune, mécanismes utilisés à outrance dans le roman-feuilleton. Plus loin, une adéquation au feuilletonesque se détecte dans la présence de personnages secondaires, comme Thamar, la suivante de Ra'hel qui empêche le mariage polygame de Poëri. Par sa duplicité, son hypocrisie, elle est une proche parente de la figure du méchant, figure typique du roman-feuilleton. Le déguisement que revêt Tahoser pour s'introduire dans la demeure de Poëri, cette fausse identité qu'elle invente, est un autre procédé propre au roman-feuilleton. Il en va de même pour le changement opéré dans le rythme du récit à partir du chapitre XV alors qu'apparaît un « *personnage mystérieux*[27] », Mosché, qui demande au Pharaon de laisser partir Israël. Nous remarquons alors que la temporalité du récit s'accélère ; ce qui avait été jusque là le tableau d'un triangle amoureux devient le lieu d'une confrontation idéologique entre Israël et l'Égypte. L'exposition des dix plaies d'Égypte, la lutte entre Moïse et les magiciens d'Égypte, qui se déroulent sur trois chapitres, offrent plusieurs rebondissements dans un roman dont l'action avait été jusque là plutôt limitée. Israël et l'Égypte s'étaient déjà opposés sur le plan individuel dans la rivalité entre Ra'hel et Tahoser pour le cœur de Poëri. Ce conflit entre l'idéal de beauté israélite et l'idéal de beauté égyptien se résolvait par une entente de mariage polygame librement consenti par les trois parties, polygamie que Gautier avait d'ailleurs déjà célébrée avec verve dans *Fortunio* (1837). Le conflit opposant le Pharaon égyptien aux Israéliens ne trouve pas de solution aussi heureuse ni d'interprétation aussi évidente. Au final, l'histoire religieuse apparaît comme le ressort qui permettra au Pharaon de s'incarner comme homme et de pousser Tahoser à l'aveu d'amour.

Par ailleurs, le prologue met en place certains éléments qui peuvent faire écho aux conditions de production du roman. D'abord, l'objet de la quête est clairement établi : ce que cherchent Lord Evandale et le Dr Rumphius, ce n'est pas qu'un sarcophage, mais un sarcophage inexploré, et surtout ce qu'il peut leur apporter : la richesse et la renommée. Le guide grec ne s'en cache pas : « [...] J'espère retirer un bon prix de ma découverte ; chacun vit, en ce monde, de sa petite industrie : je déterre des Pharaons, et je les vends aux étrangers. [...] L'article est demandé et l'on en fabrique plus depuis longtemps[28]. » La loi de l'offre et de la demande, qui conditionne la quête des chercheurs, ne détermine-t-elle pas également celle du romancier-feuilletoniste ? Si les chercheurs sont en quête d'objets précieux, rares, le romancier, lui, marchande avec les mots. Si le roman contemporain du *Roman de la momie* cultive de plus en plus la langue populaire par souci d'exactitude sociologique, celui de Gautier prend le parti inverse : il reproduit la langue du savant dans les dialogues et la narration, mais corrige celle du guide à la « *syntaxe bizarre* » et aux « *consonances étranges*[29] ». Gautier s'inscrit donc en faux contre la tendance sociologisante du roman populaire : son vocabulaire est recherché, composé de termes techniques ou étrangers, qui visent la recréation d'une époque et d'une culture lointaines. Il témoigne ainsi de la préciosité de son écriture romanesque. Par la complexité et le soin de la langue, par les recherches préliminaires qu'elle suppose, Gautier s'affirme à contre-courant du roman populaire et défend ainsi le feuilleton comme lieu de création littéraire à part entière.

Ainsi, plusieurs éléments convergent pour illustrer la thèse selon laquelle *Le Roman de la momie* détourne certaines règles propres à son mode de diffusion, en présentant une forme de résistance à la relative facilité du romanesque feuilletonesque. Si la structure du récit suit de près celle du roman-feuilleton, nul compromis en ce qui concerne le style et la langue, véritable objet du récit. Gautier déjoue les attentes du lecteur, tend une ficelle des plus minces pour lier ses tableaux d'esthète. Avec lui, le feuilleton n'apparaît plus seulement comme le lieu propre au récit d'aventures et au divertissement, mais bien comme l'espace où se déploie l'imaginaire, comme un banquet où les mots sont célébrés. Le journal conditionne en partie l'écriture du roman et permet au genre de se développer en lui assurant un capital économique, mais il appartient au créateur de jouer avec la contrainte, de promouvoir le roman comme exercice verbal et imaginaire, à l'endroit même où il coudoie l'actualité. Il lui sera ainsi permis d'espérer atteindre un capital symbolique qui puisse le mener à la pérennité, par delà les frontières entre le littéraire et le populaire.

NOTES

1. Lovenjoul, *Histoire des œuvres de Théophile Gautier,* Genève, éd. Slatkine, 1968, [1887], p. X.
2. É. Bergerat, *Entretiens, souvenirs et correspondances,* Paris, éd. L'Harmattan, « Les Introuvables », 1996, p. 132.
3. É. Bergerat rapporte ce que Gautier lui a raconté sur la rédaction de *La Belle Jenny* (*Partie carrée*) : « l'imprudent [Émile de Girardin] me défia de lui fournir seulement 12 feuilletons en 12 jours, sans intervalle ni relâche. Je relevai le gant [...] et voilà comment la Jenny est venue au monde. Un matin j'allais à la rédaction, je pris une plume et j'écrivis à tout hasard le premier mot qui me passa par la tête. »

[*Entretiens, souvenirs et correspondances*, Paris, éd. L'Harmattan, (Les Introuvables), 1996, p. 135].
4. Tandis que la tâche revint à Dumas cinq ans sur douze, à Balzac deux fois (en 1839 et 1842) et à Sue en 1841. Statistiques exposées par J. Page-Young, *Les Œuvres de fiction dans* La Presse, Floride, University of Florida, 1979, p. 42.
5. Notion empruntée à P. Tortonese, « Introduction », T. Gautier, *Œuvres. Choix de romans et de contes,* Paris, éd. Robert Laffont, « Bouquins », 1995, p. III.
6. L. Queffélec, *Le Roman-feuilleton français au XIXe siècle,* QSJ, p. 30.
7. *Ibid.*, p. 32-34.
8. « Mon père n'avait naturellement que fort peu d'avance et devait se hâter, pour ne pas se laisser dépasser par les imprimeurs. » J. Gautier, *Le Collier des jours,* Paris, éd. Juven, 1902, p. 245.
9. Baudelaire, *Correspondance,* Paris, éd. Gallimard, « Bibliothèque de la Pléiade », vol. I, 1973, p. 396.
10. Selon l'éditeur Hachette, lettre du 20 novembre 1857, Gautier, *Correspondance générale,* t. VI, p. 346-347.
11. Lettre du 20 novembre 1857, in *CG,* t. VI, p. 346-347.
12. Lettre du 25 novembre 1857, in *CG,* t. VI, p. 349.
13. *Ibid.*, p. 959.
14. *Ibid.*, p. 997.
15. « Mais le Pharaon, soucieux et rêveur, ne daigna leur donner aucun signe d'assentiment ; ses yeux fixes ne les avaient même pas regardées [les danseuses] », *Ibid.*, p. 973.
16. *Ibid.*, p. 973.
17. *Ibid.*, p. 969.
18. *Ibid.*, p. 962-963.
19. *Ibid.*, p. 966.
20. *Ibid.*, p. 992.
21. *Ibid.*, p. 1037.
22. Baudelaire, *Correspondance,* éd. C. Pichois et J. Ziegler, Paris, éd. Gallimard, « Bibliothèque de la Pléiade », vol. I, 1973, p. 395 396. Nous soulignons.
23. *Le Roman de la momie,* in *Œuvres. Choix de romans et de contes,* Paris, éd. Robert Laffont, « Bouquins », 1995, p. 937.
24. *Ibid.*
25. *Ibid.*
26. *Ibid.*, p. 931.
27. *Ibid.*, p. 1026.
28. *Ibid.*, p. 923.
29. *Ibid.*, p. 922.

Le Capitaine Fracasse à l'épreuve du journal

Sarah MOMBERT

Cette étude se propose d'examiner l'influence du journalisme sur l'inspiration, la composition et la publication du *Capitaine Fracasse.* Si la recherche esthétique de l'écriture de ce roman semble en effet l'éloigner de la production feuilletonesque des années 1860 pour en faire un roman éminemment littéraire et savant, il reste que, dans l'histoire longue et agitée de sa gestation, l'impulsion décisive doit être attribuée au mode de publication périodique. Je ferai l'hypothèse que, contrairement à ce qu'affirme généralement la critique, *Le Capitaine Fracasse* n'est pas seulement écrit pour échapper au feuilleton, dans une sorte de rêve régressif de revenir à l'âge d'or d'avant la « chute » dans le journalisme, mais qu'il est autant inspiré et nourri que contraint par celui-ci.

On connaît les plaintes récurrentes de Théophile Gautier à l'égard de son « collier » de critique mais, pour l'époque de rédaction du *Capitaine Fracasse*, la haine du feuilleton doit être nuancée. Et ce pour plusieurs raisons qui obligent, si on lit précisément les documents disponibles, à réviser quelque peu l'image de l'artiste se plaignant en permanence du métier de journaliste auquel il est condamné.

Pour des raisons historiques et financières d'abord. Dans la dernière décennie de sa vie, Gautier regrettait beaucoup l'époque faste d'avant 1848, où le métier de feuilletoniste lui assurait un statut social enviable et des revenus conséquents. Dans *Ménagerie intime*, il évoque par exemple l'époque où sa copie hebdomadaire lui rapportait suffisamment pour envisager d'entretenir une paire de chevaux et un attelage :

> Vers 1843 ou 1844, il se rencontra dans le sable du journalisme, passé à l'écuelle de bois du feuilleton, assez de paillettes d'or pour espérer pouvoir nourrir, en dehors des chats, des chiens et des pies, deux autres bêtes un peu plus grosses [...] car nous roulâmes carrosse, nous pauvre feuilletoniste, n'ayant aucune rente sur le grand-livre et n'ayant pas fait le moindre héritage, pendant cinq ou six ans ; et nos ponies, pour se nourrir de littérature, avoir des substantifs pour avoine, des adjectifs pour foin et des adverbes pour paille, n'en étaient pas moins gras et rebondis[1].

La révolution de Février met un terme à cette époque faste et l'abondance ne reviendra plus dans le foyer de celui qui se dit volontiers « victime des révolutions ». En effet, sous le Second Empire, dans un système politique qui ne favorise pas la liberté de la presse et dissocie radicalement le journalisme de la création littéraire de qualité, l'exercice de la critique signifie, pour un homme de lettres, la dévaluation de son œuvre littéraire. Ce phénomène, qui emprisonne les feuilletonistes dans un système de production journalistique dont ils pouvaient auparavant espérer sortir par le haut, a souvent été noté par les contemporains, en particulier à propos de Gautier[2].

Mais Gautier regrette parfois le collier du feuilletoniste. Parti en quête des trésors d'arts de la Russie, qui lui promettent un beau butin personnel, il écrit ainsi à sa sœur Zoé, le 5 septembre 1861 :

> Depuis que je suis parti, excepté les lettres indispensables, je n'ai pas fait de copie proprement dite. Cela ne m'est pas aussi agréable que je l'aurai cru. — Je m'étonne de ne plus sentir mon collier et je suis presque gêné d'avoir le col libre[3].

Ce n'est donc pas tant la périodicité qui le gêne, d'autant qu'il a promis au *Moniteur* d'envoyer des articles pendant les six mois de son congé, que la nature de la copie. Le compte rendu hebdomadaire des spectacles présentés sur les scènes parisiennes devient sous sa plume, à cette époque, le repoussoir d'un imaginaire littéraire qui, par contraste, va idéaliser le roman, y compris dans un registre auquel on ne s'attend peut-être pas, le roman-feuilleton.

On imagine en effet que Gautier, en tant que poète et styliste, devait avoir le plus grand mépris pour le roman-feuilleton, qui partage le prosaïsme du support journalistique dans lequel il est publié. Or, il semble qu'il n'en soit rien, au contraire. D'après les entretiens recueillis par Émile Bergerat, dont le sixième est entièrement consacré à cette question du feuilleton, Gautier aurait rêvé d'un atelier de roman-feuilleton :

> On ne sait pas assez, me dit-il le plus sérieusement du monde, à quel point j'ai toujours été jaloux de Paul Féval et même de Ponson du Terrail ! Je suis né pour écrire des romans-feuilletons[4].

La lecture des entretiens montre que Gautier envie surtout la réussite matérielle des romanciers du rez-de-chaussée et rêve d'égaler leur train de vie, parfois fastueux ; il s'imagine ainsi, ayant fait fortune dans le roman-feuilleton, à la tête de « cinquante mille livres de rente et six chevaux dans [ses] écuries[5] ». Il semble que, à l'époque des entretiens avec Bergerat, c'est-à-dire dans les derniers mois de sa vie, il ait encore entretenu l'idée d'un grand roman-feuilleton sur l'histoire des hachischins et du Vieux de la Montagne. Il imagine pour la rédaction de ce roman-feuilleton mettre en place et diriger un véritable atelier romanesque, une « fabrique de romans », comme celle que stigmatisait Eugène de Mirecourt à propos de Dumas[6] :

> J'aurai autant de secrétaires que le vieux Sheik comptait lui-même de *feidawi* ou initiés, et nous vous taillerons, *Nono*[7] et moi, de la besogne à crier grâce [...] Partout ici, on écrira, au grenier et à la cuisine, sur les escaliers, à la cave et près du calorifère, selon les tempéraments[8].

Le romancier s'assigne le rôle de diriger cet atelier :

> Nono et moi, nous nous tiendrons au centre à portée de la voix, comme on a son dictionnaire sous la main, lui pour les renseignements scientifiques, moi pour les inventions, les effets et les mots techniques, de telle sorte que les plus ignorants ne seront jamais embarrassés[9].

Il apparaît dans l'évocation de ce projet de roman-feuilleton que Gautier assimile bien le contenu du roman-feuilleton aux aventures rocambolesques, aux « inventions » ou, selon les mots que Bergerat met dans la bouche de Girardin, aux « histoires d'assassinats dans les égouts[10] ». Rien de tout cela, évidemment, ne caractérise *Le Capitaine Fracasse.* Mais on comprend aussi, à lire cet entretien, que Gautier ne manifeste en réalité aucune réticence face à la régularité quasi industrielle du feuilleton, ni face à l'écriture collective. Dès l'époque de *La Belle Jenny*, en 1848, il accepte en effet d'écrire son roman dans les mêmes conditions qu'il rédige ses feuilletons, c'est-à-dire directement à la rédaction du journal, au contact des protes qui composent sa copie pour le numéro en préparation. Que ce soit dans le rêve de romancier salarié, libre d'occuper ses après-midis comme il l'entend dès qu'il a fourni le nombre de lignes suffisant à l'épisode du jour, ou dans le rêve d'entrepreneur littéraire qu'il fait à propos du Vieux de la Montagne, il ne semble pas percevoir la périodicité du roman-feuilleton comme une contrainte pénible mais, au contraire, comme une libération de l'esprit ou une stimulation. Sa description de l'atelier romanesque qu'il compte installer rue de Longchamps se termine ainsi :

> Toute la journée, l'avenue sera remplie d'estafettes de diverses couleurs portant la copie et rapportant les épreuves, s'entre-croisant et brandissant au vent des banderoles où sera annoncée l'aventure contée dans le feuilleton du jour[11].

Le roman, même publié dans les journaux, se situe donc aux antipodes du pensum du feuilleton du lundi. Même dans sa version « macaroni » – selon le terme employé par Gautier à propos du roman débité quotidiennement par *La Presse* au moment du défi de *La Belle Jenny* – le roman représente un plaisir à côté de la critique, et cette opposition correspond aux affinités natives de l'auteur, qui affirme : « Je suis né pour écrire des romans-feuilletons, et l'on s'est obstiné à faire de moi un critique, je ne sais pourquoi[12]. »

Faut-il donc considérer que la périodicité journalistique représente une contrainte douloureuse quand elle s'applique au feuilleton critique, pour lequel Gautier prétend ne pas être fait, et une contrainte féconde pour la littérature d'imagination ? Pour discuter cette hypothèse, voyons le rôle joué par la contrainte du support périodique dans l'histoire éditoriale du *Capitaine Fracasse.*

Les premières étapes de l'histoire du *Capitaine Fracasse*, ce roman si longtemps attendu, sont bien connues et Gautier y fait lui-même allusion dans l'avant-propos qu'il ajoute, en 1863, à son roman. De 1835 à 1858, Gautier promet son roman et ne l'écrit pas, ou en écrit des fragments qu'il abandonne : pendant ces deux décennies d'atermoiements, toutes les occasions de publier le roman, que ce soit en revue ou en librairie, sont des occasions manquées.

Cette période pré-éditoriale du roman se déroule en plusieurs phases. Le projet, élaboré dans les années 1835-36, est successivement annoncé chez le libraire des romantiques, Renduel, puis, suite à un traité passé en 1845, dans les revues de Buloz, la *Revue des Deux-Mondes* et la *Revue de Paris.* Les relations entre Buloz et Gautier se dégradent très vite et, en 1851, lassé de ne pas voir venir la première page du roman dont il a payé les avances, Buloz intente un procès au romancier. Il faut dire que, la même année 1851, Gautier promet à ses associés Cormenin et Du Camp, avec lesquels il a repris la *Revue de Paris*, qu'il fournira de la copie en paiement de sa part dans l'entreprise : sa plume est donc engagée dans plusieurs périodiques, dont une revue, où il pourra publier à loisir de la littérature. Buloz pense donc, non sans raison, qu'il ne recevra jamais *Le Capitaine Fracasse* promis. Sans doute aussi, comme l'écrit Gautier dans une lettre à Girardin publiée dans *La Presse* le lendemain du procès[13], Buloz prend-il prétexte de la dette de Gautier pour régler ses comptes avec la renaissante *Revue de Paris*, comme il l'a déjà fait en se brouillant successivement avec presque tous les écrivains (Balzac, Sand, Dumas) qui avaient collaboré à la *Revue de Paris* au temps où elle lui appartenait.

Le tribunal condamne Gautier mais, grâce au financier Mirès qui, en 1853, dédommage Buloz de ses avances, il se trouve désormais libre de promettre son *Capitaine Fracasse* à qui voudra bien le prendre pour argent comptant. Ce sera donc la nouvelle *Revue de Paris*, pour laquelle Gautier a enfin commencé à écrire son roman, fin 1853 ou début 1854 : les deux premiers chapitres sont écrits et composés, prêts à passer dans la revue. Mais rien ne vient après ce début, et bientôt, Maxime Du Camp se voit obligé d'endosser le costume de don Buloz[14] pour réclamer sa copie à l'auteur. Voici comment il s'adresse, à la fin de 1854, à son ancien associé :

> Tu t'es engagé vis-à-vis de nous à nous remettre le manuscrit du *Capitaine Fracasse* et à faire différents articles ; entr'autres l'œuvre de Daumier — Tu nous a remis *trois feuilles* du capitaine Fracasse, il y a un an — Tu as reçu en échange la somme de *onze cent francs* : six cents sur sa copie, cinq cents d'avance — Tu as désiré que nous te fassions composer, nous l'avons fait — Tu as des épreuves, l'imprimerie a la composition, et nous attendons toujours — Tu nous traites en Buloz et non pas en amis — dès que tu auras six feuilles faites, nous commencerons à te publier, car il est impossible que tu suives la publication en n'ayant devant toi que trois feuilles d'avance ; tu serais forcé de nous laisser en arrière et cela porterait à la Revue un préjudice égal à celui que lui cause déjà ton silence[15].

Le romancier, sommé par son ami, s'exécute : quelques pages sans doute sont ajoutées aux deux premiers chapitres[16], la division en chapitres commence à structurer le flux narratif, mais la *Revue de Paris* est supprimée en 1858, avant que l'écriture soit suffisamment avancée pour donner des certitudes de publication. Tout s'arrête donc de nouveau, jusqu'après le voyage en Russie de Gautier.

C'est en 1861 que le projet est relancé, sur de tout autres bases cette fois-ci puisque, pour la première fois, Gautier accepte l'idée que son roman a besoin, pour s'écrire, de la contrainte du périodique.

En mars 1861, Gautier signe le traité[17] que lui propose Gervais Charpentier pour faire paraître *Le Capitaine Fracasse* dans sa revue, la *Revue nationale et étrangère.* Le traité est drastique, et sa lecture montre que l'éditeur et l'auteur ont tous deux intérêt à ce que les termes en soient respectés. Selon les termes de ce traité, Charpentier s'engage à racheter la cinquantaine de pages déjà composées pour la *Revue de Paris* et à payer la suite 20 F par page livrée. Un tarif majoré de moitié est fixé pour les 50 dernières pages, ainsi qu'une prime de 1 000 F à l'achèvement du manuscrit et un système de pénalités :

une décote de 25 % sera appliquée si Gautier ne livre pas ponctuellement ses 16 pages tous les mois.

Ce complexe dispositif de contraintes financières s'explique par le fait que, dans le système de publication périodique, la fin d'une œuvre constitue un moment crucial. Il est un fait bien connu que les romanciers qui publient en feuilletons laissent souvent leurs romans inachevés lorsqu'ils atteignent le volume maximal fixé par leur contrat, car ils savent qu'ils ne seront pas payés pour les pages supplémentaires. Or, lorsque le romancier approche de la fin de son histoire, la publication du début a commencé, même dans une revue ; le journal ou la revue se trouve à ce moment précis pieds et poings liés au bon vouloir du romancier. Charpentier s'est donc prémuni contre l'inachèvement du *Capitaine Fracasse*, ainsi que contre les retards, puisque le contrat stipule que si la durée maximale de l'ensemble de la livraison, fixée à deux ans, devait être dépassée, l'éditeur retiendrait 10 F par jour de retard sur les droits d'auteur des quatre autres ouvrages de Gautier qu'il possède dans son catalogue.

Les reçus conservés dans le fonds Lovenjoul de la Bibliothèque de l'Institut de France montrent que, une fois le contrat signé, en mars 1861, Gautier en a respecté scrupuleusement les termes. Dans cette collection de documents sont aussi conservés des reçus des paiements touchés par l'auteur pour le paiement d'autres de ses œuvres, mais ils ne sont jamais aussi systématiques que pour *Le Capitaine Fracasse*, ce qui témoigne de l'efficacité de la procédure spécifique de paiement mise en place pour ce roman. Après le procès Buloz et les déconvenues financières des projets de feuilletons avec Hetzel et des *Trésors de Russie*, ces reçus très nombreux donnent la mesure de l'urgence, pour Gautier, de mettre de l'ordre dans ses comptes et de s'assurer des revenus réguliers.

L'analyse croisée de ces reçus et des feuillets manuscrits du *Capitaine Fracasse*[18] permet de distinguer plusieurs temps dans sa rédaction.

Les deux premiers chapitres ayant déjà été écrits pour la *Revue de Paris*, la rédaction d'après les mesures définies par le contrat commence au chapitre III. En effet, les 21 premiers feuillets du manuscrit, écrits juste après la signature du traité, sont payés un par un, 20 F la page manuscrite, entre le 22 mars et le 27 avril 1861, parfois livrés chaque jour. On sent que Gautier s'applique ou, peut-être, que le mode de paiement l'amuse : tous les matins, il donne sa copie au caissier de la *Revue nationale et étrangère*, qui y appose un tampon « Payé » et lui donne ses 20 F. Puis, du 2 janvier au 14 mars 1862, on trouve des reçus plus importants, de 210 F d'à valoir chacun, pour un total dc 1 890 F, au rythme approximatif d'un reçu par semaine. Le mode de rémunération a changé, puisque les reçus ne sont plus des multiples de 20 F, ce qui indique que le romancier avait probablement livré de la copie d'avance, de façon à être payé non plus à la page, mais par semaine. La troisième campagne de paiement prend place du 30 juin 1862 au 1er juin 1863, qui marque la fin de la publication : pour cette période, on trouve 47 reçus hebdomadaires de 200 F, touchés le plus souvent le lundi. Un système de paiement régulier s'est donc nettement instauré, indépendamment de la livraison de copie, ce qui semble indiquer que l'éditeur avait déjà toute la fin en sa possession ou, plus probablement, possédait suffisamment de copie d'avance pour être sûr de l'achèvement du roman[19].

On connaît, par le traité, l'avance de copie dont disposait l'éditeur au moment de la signature – 48 pages, soit deux chapitres –, ce que confirme un indice textuel qui apparaît lorsqu'on relève les variantes du roman. Dans la première série de feuillets manuscrits, Yolande, la belle indifférente, a pour nom de famille « Machecoul », alors que, dès le début du texte paru dans la *Revue nationale et étrangère*, elle s'appelle Yolande de Foix. La dernière occurrence du nom Yolande de Machecoul coïncide avec le dernier feuillet de la première série. On peut en déduire avec certitude que cette première série était entièrement rédigée avant publication dans la *Revue nationale et étrangère* et a été révisée comme un tout cohérent.

D'autres indices indiquent que l'éditeur disposait d'une avance de copie conséquente. On remarque en étudiant le manuscrit un important déplacement de texte entre le manuscrit et la revue, qui suppose que les protes ne composaient pas au jour le jour, comme ils l'auraient fait dans un journal quotidien, mais composaient l'ensemble de feuillets, éventuellement déjà révisés, correspondant à une livraison, soit un, deux ou parfois trois chapitres[20]. Plusieurs des feuillets manuscrits concernés par ce déplacement de texte portent, au verso, les dates auxquelles Gautier les a livrés à la *Revue nationale et étrangère* ; on constate que le texte des feuillets livrés en avril 1861 (chapitre III) ne paraît qu'en janvier 1862, ce qui prouve que Gautier disposait, au début de la parution du *Capitaine Fracasse* dans la *Revue nationale et étrangère*, de neuf mois d'avance. Enfin, le journal d'Eugénie Fort permet de dater assez précisément le moment où Gautier conçoit les derniers chapitres du roman : d'après cette indication, qui coïncide avec d'importantes ruptures narratives, Gautier disposait, à la fin de la rédaction, d'un peu moins de trois mois d'avance de copie.

Plusieurs témoignages complètent ce tableau des conditions concrètes dans lesquelles Gautier a travaillé pour ce roman. Il en a probablement rédigé une partie importante directement chez Charpentier, le livre d'Émile Bergerat en donne un témoignage éclairant. À l'occasion d'une analyse du lexique de Gautier, Bergerat évoque la rédaction du *Capitaine Fracasse* : le roman, affirme-t-il,

> a été fait sur un comptoir de la librairie Charpentier, au cours des besoins de la *Revue nationale*, dans laquelle le roman paraissait tous les quinze jours, et d'une manière absolument conforme, nul lexique aidant, pas même un ouvrage du temps, au milieu de quatre ou cinq commis occupés à des emballages[21].

En effet, l'analyse du manuscrit et des variantes montre que les références, par exemple aux pièces de théâtre du XVIIe siècle, sont mentionnées de tête, quitte à être revues et corrigées pour la publication en volumes de librairie.

L'illustrateur Michel Robida, ami de la famille Charpentier, complète ce tableau des années 1861-1863 :

> La tradition familiale [des Charpentier] raconte que l'éditeur Gervais Charpentier enfermait Théophile Gautier pour l'obliger à travailler. Verrouillé dans une pièce de la librairie, alors installée quai de l'École, Théophile Gautier, couché de tout son long par terre, un cigare éteint à la bouche, un sac de dragées à portée de la main, noircissait des feuillets qu'il éparpillait autour de lui[22].

À l'inverse, savoir que Gautier rédigeait souvent à la librairie même permet d'expliquer la propreté des sutures d'une séance de rédaction à la suivante, et de faire un sort au mythe rapporté par Du Camp et étayé par Lovenjoul selon lequel « lorsqu'il reprenait son travail, parfois après une longue interruption, il n'hésitait pas un instant en commençant le feuillet nouveau, quoique le précédent, resté souvent au milieu d'un mot, ne fût jamais sous ses yeux[23] ». Au contraire, les feuillets précédents, bien qu'ils aient reçu le tampon « Payé », pouvaient facilement être relus pour écrire la suite, ce qui expliquerait aussi la remarquable cohérence de la numérotation autographe des feuillets.

Écrit presque comme un feuilleton, jour par jour et dans une extrême proximité des lieux où se fabrique la revue, mais avec la certitude de pouvoir se relire avant que le texte soit mis sous presse, *Le Capitaine Fracasse* ressemble donc un peu, mais non exactement, par ses conditions matérielles de publication, à un roman écrit pour un journal.

Sur le plan de la composition, au sens littéraire du terme, l'histoire de la rédaction du *Capitaine Fracasse* apporte des éclairages importants. Jean-Claude Brunon a étudié certaines des variantes notables qui permettent de montrer que la ligne narrative du roman n'était pas fixée dès le départ[24] ; on peut sans doute aller plus loin que lui et soutenir que l'intrigue du *Capitaine Fracasse* s'est, pour une part importante, décidée sous la contrainte de la publication périodique.

Les deux premiers chapitres, rédigés pour la *Revue de Paris*, montrent que, déjà dans les années 1853-1854, le projet romanesque flottait quelque peu. Le nom du héros, Sigognac, ne se fixe qu'au bout de plusieurs dizaines de pages, dans lesquelles il est nommé Gramagnac. Lors de l'arrivée des comédiens au château, c'est Séraphine, et non Isabelle, qui plaît au baron et, comme l'a bien montré Jean-Claude Brunon, ce n'est qu'ensuite que Gautier corrige les portraits des deux comédiennes pour faire pencher la balance en faveur d'Isabelle. Ces variantes connues confirment les souvenirs que Du Camp, commanditaire des deux premiers chapitres, a conservés de leur rédaction :

> Il écrivit le premier chapitre sans trop se douter de ce qui devait suivre ; les feuillets s'accumulaient lentement, l'intrigue se nouait un peu au hasard, mais avec cet imprévu et cette franche allure qui n'ont manqué à aucune de ses œuvres[25].

Bien plus, lorsqu'il reprit la rédaction du roman pour la *Revue nationale et étrangère*, Gautier n'arrêta jamais vraiment le plan de l'ouvrage dans son esprit. Dès les années 1870-1880, des témoignages concordants indiquent qu'il a hésité jusqu'au dernier moment sur le dénouement à donner à l'intrigue. Le journal d'Eugénie Fort permet de dater précisément le moment de cette hésitation : c'est le 16 février 1863 qu'elle note, à propos d'un moment passé avec Gautier et Toto :

> Nous parlons de *Fracasse* — Quelle sera la conclusion[26] ?

Dans le roman, tel que l'a publié la *Revue nationale et étrangère*, et tel que nous pouvons le lire aujourd'hui, Vallombreuse guérit des blessures reçues lors du duel avec Sigognac, les anciens rivaux se pardonnent mutuellement, et Sigognac épouse Isabelle. En réalité, Gautier avait imaginé un dénouement beaucoup plus conforme à l'esprit romantique de 1830 dans lequel avait été conçu le premier projet du *Capitaine Fracasse* : Vallombreuse succombait à ses blessures, Sigognac rentrait désespéré dans son perchoir à hiboux encore plus ruiné qu'au premier chapitre, et mourait littéralement de faim dans le caveau de ses ancêtres. Le premier témoin à rapporter cette divergence entre le projet romanesque et la rédaction publiée n'avance pas d'explication :

Pourquoi Gautier a-t-il changé son dénouement primitif ? A-t-il été vaincu par le préjugé des dénouements heureux ? A-t-il cédé à quelques conseils ? Je l'ignore[27].

L'explication, apportée par Judith Gautier, confirme l'analyse selon laquelle la publication périodique constitue le facteur déterminant dans la fixation de la ligne narrative. Judith raconte comment la famille Gautier est impliquée dans le choix du dénouement par le romancier qui, de retour de chez Charpentier, convoque un jour toute sa famille :

Il s'agit de confabuler, dit-il quand nous fûmes toutes réunies, pour résoudre une question qui me rend perplexe... Je viens de voir le vieux Charpentier, et il a voulu, puisque nous approchons du dénouement, connaître d'avance la fin du *Capitaine Fracasse.* Je la lui ai racontée telle que je l'ai conçue [...] Cette fin eût été très poignante, très logique et très vraie, car c'est de cette façon que procède la vie. Mais Charpentier a une tout autre opinion ; il pousse les hauts cris et prétend que l'avenir du livre est perdu, que la vente et le succès sont compromis, car le public sera déçu, trompé dans ses justes prévisions. Ce qu'il faut, c'est la récompense de la vertu, le bonheur des amants et l'apothéose finale dans le temple de l'hyménée... Que vous en semble ?... C'est là-dessus que je désire avoir votre avis. Dois-je céder à Charpentier, ou maintenir ma première conception[28] ?

La chose est discutée : les trois enfants Gautier plaident pour « le dénouement [...] superbement lamentable », mais l'auteur cède à Charpentier :

Mais la crainte de faire perdre de l'argent à son éditeur, et d'endurer à n'en plus finir ses jérémiades, le troublait beaucoup. Après quelques jours passés dans l'indécision, Charpentier étant revenu à la charge, ce fut l'auteur qui céda, en adoptant de conclure son roman d'une façon heureuse. Avec un peu de mélancolie, mon père nous fit part de sa défaite, en nous assurant que, sous sa plume, cette fin-là serait aussi bonne que l'autre, dans un autre genre[29].

La logique esthétique du romancier a donc cédé à la logique éditoriale de Charpentier, et la dernière livraison du roman dans la *Revue nationale et étrangère* témoigne de cette victoire, en publiant un texte qui, en apparence, ne laisse aucune trace des hésitations du créateur.

Mais Gautier pouvait-il sans regret plier devant les exigences commerciales de la revue ? Il semble que le dénouement du roman, tout en remplissant le contrat narratif imposé par Charpentier, dit la contrainte dont il est le produit, de deux manières : en récupérant au profit d'une intrigue secondaire un peu du romantisme effréné de 1830 qu'il a dû abandonner dans la ligne principale du récit et en manifestant un véritable excès de zèle dans la réalisation du *happy end.*

Le transfert de la tonalité romantique se lit clairement dans le chapitre XX, « Déclaration d'amour de Chiquita » : n'ayant pu écrire l'ultime rencontre tragique de Sigognac et d'Yolande qu'il avait imaginée, selon le témoignage de Judith Gautier, le romancier déplace la passion condamnée dans la scène du supplice d'Agostin, qui lui permet de magnifier l'amour de Chiquita dans un registre typique de 1830. Dans une scène de foule à la manière de *Notre-Dame de Paris*, ce chapitre lie amour et meurtre et, surtout, il réintroduit dans la bluette un peu du tragique qu'aurait souhaité Gautier pour son dénouement. À défaut d'un héros inconsolable, il nous peint une sauvageonne élevée au rang d'amante tragique :

> En plongeant son couteau dans le cœur d'Agostin, elle avait du même coup ouvert le sien. Son amour était né de ce meurtre ; l'être bizarre, presque insexuel, moitié enfant, moitié lutin, qu'elle avait été jusque là, n'existait plus. Elle était femme désormais, et sa passion éclose en une minute, devait être éternelle[30].

Ce chapitre, dont Gautier aurait parfaitement pu se passer s'il n'avait voulu introduire quand même un peu d'amertume dans une fin un peu trop sirupeuse, se ferme comme une parenthèse, après quoi tout sur-signifie l'acceptation du contrat, dont le romancier observe plus que de bonne grâce les termes jusqu'à la dernière page. Plus que de bonne grâce ? En effet, on peut estimer que le romancier en fait beaucoup trop pour que sa soumission à la loi du « conte bleu », selon l'expression éclairante de Jean-Claude Brunon, soit exempte d'ironie. « Qu'ajouter à cela ? » demande le narrateur après avoir raconté l'épisode de la demande en mariage qui cèle le retour à la paix des familles et la réconciliation des rivaux[31]. Selon le vieil adage que les gens heureux n'ont pas d'histoire, le roman devrait se terminer là. Or, il n'en est rien puisque, de façon un peu perverse, Gautier donne au lecteur ce qu'il est supposé attendre, tout en se moquant des midinettes qui prennent plaisir à cette lecture par trop sucrée. Le ton du récit quitte alors résolument le premier degré pour s'installer dans l'ironie, et le narrateur prend de la distance par rapport à ses personnages :

> Jamais, à moins de le savoir, on n'eût pu soupçonner que cette belle personne [Isabelle] si noble et si modeste à la fois, qui ressemblait à une princesse du sang, avait paru en des comédies, devant des chandelles. Sigognac, gouverneur de province, capitaine des mousquetaires, vêtu superbement, n'avait aucun rapport avec le malheureux gentillâtre dont la misère a été décrite au commencement de cette histoire.

Les lecteurs familiers du style de Gautier sentent bien qu'il y a dans cette mise à distance finale des personnages, qui ne se ressemblent plus à eux-mêmes et semblent ne plus assumer leur passé, un déni de responsabilité auctoriale. Le commentaire de l'auteur, en désignant le bouclage hyperbolique de son « histoire », dont il signale l'artifice, refuse d'en assumer la responsabilité, comme il refusera obstinément par la suite de quitter le registre de l'ironie, voire de la parodie, pour revenir au registre du vraisemblable :

> Après un repas splendide [...] les deux mariés disparurent ; mais il nous faut les abandonner sur le seuil de la chambre nuptiale en chantant à mi-voix « Hymen, ô Hyménée ! » à la façon antique. Les mystères du bonheur doivent être respectés, et d'ailleurs Isabelle est si pudique qu'elle mourrait de honte si l'on ôtait indiscrètement une épingle à son corsage[32].

Le narrateur indique bien ici quel rôle il a été forcé d'endosser, celui du chœur dans un cérémonial anachronique. Cette contrainte explique sans doute le déraillement des niveaux de réalité : au lieu que le pronom « nous » renvoie, comme on s'y attendrait, au narrateur guidant le regard du lecteur sur la scène, il se trouve happé par l'univers fictionnel, de sorte qu'Isabelle, dont il vient d'être dit qu'elle est le personnage de papier d'une « histoire » qui a un début et une fin, risque désormais de mourir si le lecteur, entré dans la fable, pénètre son intimité.

En somme, celui qui lit sans sourire ce galimatias digne des meilleurs contes de fées mérite pour seule punition qu'un « épilogue », dont le titre dit bien le caractère surnuméraire, vienne ajouter une couche d'invraisemblance à cette fin hyperbolique. Isabelle, désignée à quelques lignes de distance comme la « fée[33] », la « princesse[34] », la « reine[35] » et « l'ange[36] » de Sigognac, rend, d'un coup de baguette magique, son lustre au château ruiné. Elle préserve l'églantier magique et permet au héros de faire, tel le chat botté, le tour de ses splendides domaines. Enfin, signifiant hyperboliquement le retournement du conte noir en conte bleu, le chat diabolique Beelzébuth meurt, et à l'endroit où il l'enterre, le héros trouve un trésor. Bien entendu, il n'a plus nul besoin de ce trésor de conte de fées qui n'a rien à faire dans *Le Capitaine Fracasse.* Mais le lecteur que cette fin hyperbolique satisfait se trouve placé, par l'excès même des signes du *happy end*, dans une position similaire à celle du héros qui, aux dernières lignes du récit, brode sur cette découverte toute une autre histoire :

> Tel fut, du moins, le roman très probable qu'imagina le baron d'après ces faibles indices[37].

L'histoire éditoriale du *Capitaine Fracasse*, si on la replace dans le contexte des rapports de l'auteur avec les journaux et les directeurs de revues, modifie assez considérablement l'idée qu'on peut se faire des rapports de Gautier à la contrainte médiatique. Certes, le roman – et, plus généralement, la littérature d'imagination – représente à ses yeux une échappatoire salutaire face à l'exercice du métier de la critique journalistique, devenu pesant dès lors qu'il ne peut plus être le tremplin vers la poésie dont rêve Gautier, mais ce n'est pas tant la contrainte de la publication périodique que la nature du travail critique qu'il rejette au début des années 1860.

Au contraire, Gautier accepte volontiers de s'engager, à des conditions drastiques pour sa liberté d'écrivain notoirement paresseux, dans l'écriture quotidienne du romancier salarié, pourvu que cette contrainte préserve les exigences esthétiques de son projet. Lorsque la pression de la revue se fait trop forte, et lui impose de modifier son projet pour tenir compte des attentes supposées du lecteur, Gautier réagit en inscrivant, à l'intérieur même de son récit, les marques de cette contrainte. Ce faisant, il adopte la seule position tenable pour lui : concilier le rythme de l'écriture périodique et la liberté de ton de l'artiste romantique, qui sait, depuis 1830, que les contraintes – de genre, de ton ou de public – peuvent être productives si l'on s'autorise à en jouer. Malgré sa réalisation tardive, voire anachronique, malgré la « fin en bleu » que lui a imposée la revue, *Le Capitaine Fracasse* est donc bien l'ultime avatar du romantisme du gilet rouge : non pas l'expression d'un refus du temps présent mais, bien au contraire, le choix d'un art qui refuse de se soumettre sans discussion aux impératifs de l'industrie littéraire et choisit, en toute conscience critique, la place qu'il veut occuper dans le champ contemporain des lettres.

NOTES

1. Th. Gautier, *Ménagerie intime*, éd. Lemerre, 1869, p. 102.
2. C'est précisément à son propos que Georges Bell évoque ces critiques qui « sont rivés à l'habitude du feuilleton hebdomadaire par les nécessités de la vie, les plus impérieuses de toutes. Ceux-ci sont avant tout à plaindre et à consoler ; car eux aussi ce sont des artistes, et des artistes éminents. Ils ont brillamment marqué leur place dans l'histoire de l'art contemporain, et ils ne demanderaient pas mieux que de servir sans cesse sous la bannière des producteurs, au lieu de rester forcément sous celle des critiques qu'ils ont un jour à l'étourdie suivie par hasard. Mais leurs œuvres, que l'avenir recueillera et étudiera avec soin, sont frappées dès le berceau de ce vice radical qui les fait rejeter ou payer un prix dérisoire par la librairie aux abois. » *Le Mousquetaire*, n° 5, jeudi 24 novembre 1853, lettre de G. Bell à Alexandre Dumas reproduite dans la « Causerie avec mes lecteurs ». Voir l'édition en ligne des journaux d'Alexandre Dumas, à l'adresse.
3. Th. Gautier, *Correspondance générale*, établie par Cl. Lacoste-Veysseyre et P. Laubriet, éd. Droz (« Histoire des idées et critique littéraire »), 1984-2000, 12 vol., ici, vol. 7, n° 1851, p. 313-314.
4. É. Bergerat, *Théophile Gautier. Entretiens, Souvenirs et Correspondance*, Paris, éd. Charpentier, 1879, p. 132.
5. *Ibid.*, p. 133.
6. E. de Mirecourt, *Fabrique de romans, Maison Alexandre Dumas et Cie*, Les éd. Marchands de nouveautés, 1845, 64 p.
7. Ce diminutif désigne l'archéologue Clermont-Ganneau, qui lui a promis de recueillir les légendes relatives au Vieux de la Montagne.
8. Bergerat, *op. cit.*, p. 137.
9. *Ibid.*
10. *Ibid.*, p. 134.
11. Bergerat, *op. cit.*, p. 138.
12. *Ibid.*, p. 131.
13. Ch. de Spoelberch de Lovenjoul, *Histoire des œuvres de Théophile Gautier*, éd. Slatkine, 1968 (reprint), vol. 2, p. 48-58, n° 1234.
14. Ce moderne Père Fouettard fait son apparition dans une lettre de 1846 où Émile de Girardin demande à Gautier de remplir avec des « articles sur ce que vous voudrez » les trous de la publication des *Mémoires d'un médecin* de Dumas dans *La*

Presse : « Aussitôt cette lettre ouverte enfermez-vous donc et mettez-vous à faire de *la copie* absolument comme si Don Buloz assiégeait votre porte. » *Correspondance générale*, vol. 3, p. 63 (n° 831 bis).
15. *Correspondance générale*, vol. 6, n° 2115, lettre de M. Du Camp du 26 décembre 1854.
16. D'après l'avant-propos de 1863.
17. Traité passé le 11 mars 1861 entre Th. Gautier et G. Charpentier pour *Le Capitaine Fracasse*, voir *Correspondance générale*, vol. 7, n° 2796.
18. Le fonds Lovenjoul de la Bibliothèque de l'Institut de France conserve le manuscrit partiel des six premiers chapitres du roman.
19. À l'appui de cette dernière hypothèse, la lettre de Flaubert à Gautier, le 3 avril 1863, soit dans la dernière phase de publication dans la *Revue nationale et étrangère* : « Comment vas-tu cher vieux maître ?/ Le Fracasse avance-t-il ? [...]/ Dès que tu auras fini ton roman, viens dans ma cabane passer une huitaine (ou plus) selon ta promesse. » *Correspondance générale*, vol. 8, p. 118, n ° 3030.
20. Ainsi, dans la deuxième série de feuillets manuscrits, une micro-série se distingue par la mention des dates du paiement, en avril 1861. Elle est constituée des f°15(43) et f°16(44), payés le 20 avril 1861 et du f°17(45), payé le 25 avril. Vient ensuite le texte intercalé dans la *Revue nationale et étrangère*, qui correspond aux trois folios du 19 avril, f°12(40), f°13(41) et f°14(42), soit deux séances de composition. Enfin, la série reprend avec le f°18(46) du 25 avril, suivi normalement des folios f°19(47) et f°20(48), payés le 26 avril. Le f°21(49) n'est pas daté, mais il est à l'évidence le dernier avant un changement de série.

21. Bergerat, *op. cit.*, p. 62.
22. *Ces Bourgeois de Paris, trois siècles de chronique familiale de 1675 à nos jours*, Julliard, 1955, 239 p. Du Camp apporte un témoignage parfaitement concordant, à propos d'*Italia* : selon lui, Gautier rédigeait sans documentation, directement à l'imprimerie, depuis les années 1850. Voir M. Du Camp, *Souvenirs littéraires*, vol. 2, éd. L'Harmattan (« Les introuvables »), 1993, p. 17.
23. Ch. de Spoelberch de Lovenjoul, *Les Lundis d'un chercheur*, éd. Calmann-Lévy, 1894, p. 13.
24. « La fin de *Fracasse* », *Bulletin de la Société Théophile Gautier*, 19, 1997, p. 7-20.
25. Du Camp, p. 155.
26. Journal d'Eugénie Fort, 16 février 1863, paru dans le *Bulletin de la Société Théophile Gautier*, 19, 1997, p. 161.
27. A. Mortier, « La soirée théâtrale. *Petite correspondance. Le Capitaine Fracasse* », article consacré à l'opéra-comique de Catulle Mendès et Émile Pessard, *Le Figaro*, 3 juillet 1878, p. 3.
28. J. Gautier, *Le Second rang du collier*, F. Juven, s.d., p. 103-105.
29. *Ibid.* Il leur promet d'écrire aussi le dénouement primitif, « que l'on pourrait publier un jour comme variante » (J. Gautier, *Ibid.*, p. 106), et le leur raconte plusieurs fois, en y ajoutant des améliorations : Yolande reparaît, Sigognac lui avoue qu'il n'a jamais aimé qu'elle et qu'il a embrassé la vie d'aventures par dépit ; elle

avoue qu'il y avait peut-être « un peu d'amour dans sa colère et du regret dans son mépris » (p. 107). Gautier n'a jamais écrit ce dénouement.

30. *Le Capitaine Fracasse*, éd. établie par J.-Cl. Brunon, dans *Romans, contes et nouvelles*, vol. 2, éd. Gallimard (« Bibliothèque de la Pléiade »), 2002, p. 1082.

31. *Idid.*, p. 1091.

32. *Ibid.*, p. 1092.

33. *Ibid.*, p. 1094.

34. *Ibid.*, p. 1098.

35. *Ibid.*, p. 1099.

36. *Ibid.*, p. 1103.

37. *Ibid.*

La mosaïque du feuilleton : découper et lier

Aux origines du fait divers :
Gautier et le paratactisme médiatique

Freeman G. Henry

Le 8 octobre 1836, un mois et demi après son début dans *La Presse*, Théophile Gautier fit paraître dans le *Figaro* sous la guise de l'anonymat un article intitulé « Manifeste ». Ce n'était pas le premier écrit qu'il rédigea pour le journal nouvellement reconstitué d'Alphonse Karr. La semaine précédente avaient paru trois autres articles : « Du physique des acteurs » le 1er octobre, « De l'à-propos dans la mort » le 3 et « Le grand Turc progressif » le 5 octobre. Celui du 8 jouissait d'un statut particulier, pourtant, car le texte prétendait servir d'annonce publique au programme journalistique adopté par une direction qui promettait de fournir à ses lecteurs de quoi alléger le fardeau de la vie quotidienne. Le programme comprenait l'abandon des rubriques politiques de l'ancien *Figaro*, abattu par les lois de septembre 1835. À leur place, comme l'expliquait Karr lui-même dans les lettres ouvertes aux lecteurs du 1er et du 15 octobre, le journal devait se forger une identité nouvelle complètement indépendante. « Pour nous, nous ne dépendrons de personne, nous ne sommes attachés à aucun parti, lit-on dans le *Figaro* du 15 octobre ; nous ne prétendons être vendus ou donnés ni au ministère, ni à l'opposition ; nous entendons rire de tout et de tous », qui se fait l'écho du numéro du 1er : « Nous parlerons avec la gaieté convenable des choses dites sérieuses, dont on n'enveloppe d'ordinaire la bouffonnerie d'un voile d'ennui et de pédantisme que pour décourager l'attention de ceux dont elles choquent les idées et compromettent les intérêts. »

Quant audit article de Gautier, il n'est pas question de politique. Il est question de format, de ton, de style et surtout de l'identité du journalisme vis-à-vis de la littérature. Comme dans les articles précédents, Gautier fait appel à la même hyperbole et au même persiflage qui lui avaient permis de traiter les vieux acteurs et les vieilles actrices de la scène parisienne de « bisons » et de « hippopotames ». Il commence par viser le vieux journalisme, le journalisme de « la république des lettres », et surtout le *Mercure*, c'est-à-dire le *Mercure Galant* ou le *Mercure de France*, le périodique défenseur des « modernistes » dans la « Querelle des Anciens et des Modernes », fondé en 1672 par Jean Donneau de Visé, journal qui pouvait compter parmi les siens Thomas Corneille, Fontenelle, Marmontel, Raynal, Voltaire et La Harpe et dont le titre avait inspiré celui de l'éphémère *Mercure du XIXe siècle* (1823-1830). À part la renommée des auteurs mentionnés et son rôle dans le débat historique, le *Mercure* se distingua parce qu'il initia un format hétéroclite qui accueillait des articles d'une grande diversité : critique littéraire, mode, produits de luxe, vie à la Cour, étiquette, cérémonial, etc. L'article de Gautier se développe ainsi : « Nous vivons dans une singulière époque littéraire. Autrefois, il y avait des auteurs, des citoyens de la république des lettres style très vieux, style anté-diluvien [qui] faisaient des livres, ou des charades pour le *Mercure.* » Si ces « modernes » du passé sont devenus les « anciens » de l'époque de la presse, ils avaient le mérite, écrit Gautier, de maintenir la distinction entre journalisme et littérature. Tel n'est plus le cas, insiste-t-il :

> Ces deux divisions, si bien tranchées autrefois, n'existent plus ; l'auteur fait des critiques ; le feuilletoniste fait des livres ; ou plutôt personne ne fait de livres, personne ne fait de feuilletons. – Tout le monde écrit des journaux, et chacun est si fort occupé à écrire son journal, qu'il n'a jamais le temps de lire celui de son voisin qui est exactement dans la même position. Il n'y a plus que les dentistes, les fabricans de faux cols et les artistes vétérinaires qui composent des pièces de théâtre et des romans intimes.

À cette observation s'ajoutent des récriminations destinées à se répéter à maintes reprises à travers la longue carrière de Gautier journaliste : la prolifération des journaux mine la qualité des publications et détourne les écrivains de la route du beau, la critique littéraire se traduit en panégyrique et, surtout, le rythme de la presse même que doit supporter tout chroniqueur de profession constitue un lourd fardeau. « Pour échapper à de si graves inconvéniens », écrit

Gautier, la direction du *Figaro* a déclaré la « guerre à mort à l'ennuyeux [...] Nous ne demandons et ne voulons qu'une chose, c'est de n'être ni ennuyeux ni ennuyés ». Cela impose, estime-t-il, un format simplifié :

> Pour commencer à faire voir jusqu'où nous poussons l'impartialité, nous dirons que le journal dit le *Figaro*, avec ses panneaux et ses volets de nouvelles a été jusqu'à présent impossible à lire, et que l'honnête abonné risquait souvent d'imiter le mari de madame Dudeffant, qui lisait le dictionnaire de Bayle sans faire attention à la ligne qui sépare les deux colonnes et le trouvait bien écrit, mais un peu incohérent.

Au-delà de la référence moqueuse au mari de George Sand, Casimir Dudevant (l'orthographe ne dissimule aucunement l'intention satirique de l'auteur), ressort l'incohérence qui devait en quelque sorte son existence au *Mercure Galant* dont le format hétéroclite servait de précédent et de modèle auprès de ce que Gautier appelle dans le même article « la jeune presse ». Or « la jeune presse » devait pousser cet aspect à l'extrême, devait chercher à divertir et à informer à la fois – en vue de s'attirer une clientèle nourrissante. En conséquence, ceci se traduisait par un format où se juxtaposaient des articles de toute provenance jugés susceptibles d'intéresser et surtout d'amuser un grand nombre de lecteurs. Ainsi devaient se coudoyer de plus en plus, à la même page et séparés par la mince ligne des colonnes, les actualités (nationales, internationales ou locales), des chroniques, des feuilletons et des anecdotes, observations et spéculations de toutes sortes, sans parler des annonces publicitaires. C'est ainsi que naît le fait divers, à l'époque de Gautier, c'est-à-dire à l'époque romantique qui se vantait d'avoir élargi démesurément la gamme de la création artistique et littéraire.

Gautier lui-même devait contribuer à cet élargissement. Les deux mille trois cent soixante-dix références du recensement bibliographique de Spoelberch de Lovenjoul l'attestent amplement. On dit que le grand Hugo touchait à tout sauf le conte. Gautier touche à tout, y compris le conte (voire le conte fantastique et autre), y compris aussi le libretto avec un journalisme de « quelques mille quatre cents articles », écrit Patrick Berthier, qui lui permet de rivaliser, « quantativement, avec son principal confrère et concurrent dans ce domaine, Jules Janin[1] ». De plus, en ce qui concerne les écrits eux-mêmes, à leur diversité externe s'ajoute une complexité interne, elle aussi hétéroclite, qui permet à Gautier d'exploiter le jeu des masques, d'incorporer dans un roman, *Mademoiselle de Maupin*, sa théorie dramatique shakespearienne, d'ensevelir dans le rêve d'Onuphrius des vers parodiques de sa *Comédie de la Mort* et, à peu près partout, d'éparpiller et le rire et le sourire, dans son journalisme, certes, mais jusque dans sa critique artistique, comme l'a bien montré, encore une fois, Patrick Berthier[2]. Tout cela est dû, en partie du moins, à ce que j'appelle ailleurs le « homo ludens » de l'œuvre de Gautier, la manifestation d'un esprit hétéroclite souriant qui sait manier le paratactique de façon à en faire la mosaïque de l'artiste[3].

Alors, quand on examine les numéros du *Figaro* remanié, on constate bien certaines nouveautés qu'aurait accueillies avec enthousiasme un tel « homo ludens ». Tout d'abord, il y a un changement de nom : à la place du *Figaro, Nouvelliste du Soir* se trouve *Figaro* tout court. Face au titre il y a un frontispice, une gravure qui dépeint un homme assis, la plume à la main, dont la légende provient du monologue du Figaro du *Mariage de Figaro* de Beaumarchais (acte V, scène III) : « Je taille encore ma plume et je demande à chacun de quoi il est question. » Pour le lecteur qui ne connaît pas intimement la pièce, ces paroles ne servent qu'à poser une question à laquelle les colonnes mêmes du journal sont censées répondre. En réalité, elles se réfèrent indirectement et ironiquement à la soi-disant « liberté de la presse » en France depuis 1835.

> Pendant ma retraite économique, continue le Figaro de Beaumarchais, il s'est établi dans Madrid un système de liberté sur la vente des productions qui s'étend même à celles de la presse ; et que, pourvu que je ne parle en mes écrits ni de l'autorité, ni du culte, ni de la politique, ni de la morale, ni des gens en place, ni des corps en crédit, ni de l'Opéra, ni des autres spectacles, ni de personne qui tienne à quelque chose, je puis tout imprimer librement, sous l'inspection de deux ou trois censeurs. Pour profiter de cette douce liberté, j'annonce un écrit périodique, et, croyant n'aller sur les brisées d'aucun autre, je le nomme *Journal inutile*[4].

En fait, le « nouveau » *Journal inutile* de Karr ne s'occupe de la politique que d'une façon satirique ou désinvolte, comme dans le tout premier article du 8 octobre (les deux colonnes au-dessous du frontispice) qui traite avec une légèreté souriante des rapports entre les « inconvéniens de la diligence » et les « relations franco-suisses ». La troisième colonne de la première page ainsi que la première colonne de la deuxième page sont consacrées à une diversité de précis d'articles puisés dans une vingtaine de journaux français et étrangers, sans lien entre eux. Ceux-ci sont suivis, à la deuxième page, de l'article « Manifeste » de Gautier et d'un article sur la médecine qui s'achève à la page trois et qui est suivi d'un article de critique littéraire (dont la suite est à la page quatre, colonne du centre). À la troisième page aussi paraît l'annonce d'un panorama de pièces de théâtres qu'on peut voir à Paris, laquelle cède la place (colonne gauche, page quatre) à une série d'articles sur la bourse. Au centre de la quatrième page, au-dessous de la fin de l'article de critique littéraire, on peut lire un article satirique sur le *Journal des Débats*, une cible favorite de Gautier et de Karr. À côté de celui-ci, à la colonne droite, se trouvent plusieurs anecdotes d'un caractère frivole, en effet des faits divers. Des publicités remplissent ce qui reste des deux colonnes de la dernière page : « Poudre et élixir de Talbot », « Grands portefeuilles, renseignements commerciaux », « Cartes pour visite », « Jolie maison de campagne à vendre ». Tout ceci est pour dire que si la mission et le ton du *Figaro* ont changé, avec la disparition de plusieurs rubriques liées tout au moins sur un plan conceptuel (« Bulletin politique », « Polémique des journaux de Paris », « Moniteur de telle date » et « Bulletin des Tribunaux », le format semble bien plus hétéroclite qu'auparavant. On est en droit de se demander, alors, ce que ferait le mari de madame Dudeffant pour trouver le nouveau *Figaro* moins incohérent que le dictionnaire de Bayle.

Ce même paratactisme, de nécessité doit-on préciser, se manifeste dans *La Presse* d'Émile de Girardin. Les contraintes de la concurrence mènent Girardin à exploiter et les innovations techniques nouvellement introduites dans l'industrie et une stratégie commerciale destinées, toutes les deux, à optimiser à la fois tirage et ventes. Le prix réduit de l'abonnement, dont les recettes insuffisantes devaient se faire combler par la vente des publicités, visait les lecteurs de toutes les classes socio-économiques. Aussi l'élitisme disparaît-il du journalisme des années 1830, comme le constatent

Marie-Ève Thérenty et Alain Vaillant dans leur étude singulière, *L'an I de l'ère médiatique : analyse littéraire et historique de* La Presse *de Girardin.* Le journal de cette époque, y lit-on, doit « séduire son public, le retenir par le plaisir qu'il lui procure. D'où ce cocktail d'information et le divertissement qui est le dogme fondamental du nouveau journalisme[5] ». La rubrique Nouvelles et Faits Divers, « cette rubrique, bric-à-brac du journal, qui accumule les nouvelles les plus diverses sans aucune contrainte de liaison [...] prépare le passage du "canard" au fait divers moderne ». « Ce passage paratactique [...] se trouve dans la maquette même du journal mais aussi à l'intérieur du feuilleton, des chroniques, du premier-Paris, de la publicité. *La Presse* exhibe ce qui oppose le journal au livre, d'être une coexistence de fragments co-currents qui ne forment une totalité que par hasard. »

Les premiers numéros de *La Presse* font déjà preuve de cette opposition hétéroclite. Le credo même du journal, annoncé dans les premières colonnes qui portent le titre « France », à la première page du premier numéro, le premier juillet 1836, accueille à bras ouverts cette opposition, sociale, économique, politique et autre, sous le drapeau du progrès et au nom de l'unité de la patrie. Le hasard nourrit déjà ce premier numéro. Comme tout journal quotidien, chaque numéro paraît *in medias res,* entre la veille et le lendemain. Peu importe que *La Presse* n'existât pas la veille. L'actualité change au jour le jour. C'est à la page trois, le credo défini et le rôle que devait jouer le feuilleton dans les pages futures établi, que la diversité paratactique s'impose, cela surtout sous la rubrique « Paris : Nouvelles Diverses ». Là on lit les titres suivants : « mariage de Mlle Georges », « Toqueville, prix littéraire », « D'autres nouvelles locales », « Construction des bâtiments », « Mort des citoyens connus », « Procès de M. Alibaud ». Ce dernier titre, l'affaire palpitante du jour, présente un reportage sur les suites de l'attentat de la semaine précédente (le 25 juin) qui visait Louis-Philippe. Le reportage continue à la page quatre et se ferait répéter à plusieurs reprises jusqu'à la condamnation et l'exécution du coupable le 11 juillet. À la page quatre aussi paraît une autre rubrique de la sorte : « Variétés ». Celle-ci comprend un éditorial consacré aux « Bagnes, Prisons et Criminels ».

Il est intéressant de noter que, dans ce premier numéro, aucune publicité ne vient alléger le fardeau financier de Girardin. Pour cela, il faudra attendre le numéro du dix juillet où la dernière page est remplie dans son entier par la toute première annonce : « Comptoir d'Escompte, Banque du Commerce et Industrie, Établie à Paris, rue de Richelieu, n° 89, Capital : Cinq Millions de Francs. » À cette date, *La Presse* a trouvé son format définitif lequel accueille de plus en plus régulièrement de brefs reportages d'un caractère anecdotique, divertissant ou, quelquefois, moralisant. Déjà, dans le numéro du trois juillet, on peut lire le fait divers suivant :

> Un individu montrait, ces jours derniers, sur la place Bellecour, à Lyon, une vipère qu'il prétendait fasciner du regard et soumettre de la parole. Mais, par malheur, la vipère qu'il approchait de sa bouche, comme pour se faire embrasser, lui fit une profonde morsure à la lèvre inférieure. Au bout d'une heure, la tête de ce malheureux était prodigieusement enflée, ainsi que tout son corps, les jambes exceptées. [...] Cet accident doit servir d'avertissement aux bateleurs qui s'exposent ainsi pour amorcer la crédulité publique.

Le lendemain encore, le 4 juillet, on rencontre plusieurs faits divers qui mettent en relief des scénarios effroyables ou écœurants, dont celui-ci :

> Une femme du département de l'Aube vient de pousser loin l'amour maternel. N'ayant pu réussir, par aucun moyen, à faire réformer son fils appelé à se rendre sous les drapeaux, elle a empoisonné son mari [...]. Personne n'ignorait que la femme Hédry chérissait tendrement Alexandre, son fils aîné, qu'elle redoutait le moment où elle devrait se séparer de lui, et qu'ils avaient souvent demandé l'un et l'autre s'il était vrai que les fils aînés de veuves ne partaient pas pour l'armée. [La femme] a été condamnée à une réclusion perpétuelle.

Comme l'indiquent Thérenty et Vaillant, ce n'est qu'à partir du sextuple meurtre de 1869 et l'affaire Troppman que, « selon les historiens du fait divers, l'écriture du quotidien se métamorphose », que « le fait-diversier à la fonction peu valorisée est relayé par le plus flamboyant reporter ». Si tel est le cas, n'empêche tout de même pas que la fiction vienne embellir les « nouvelles » de *La Presse* de Girardin. Non pas celle de la fausseté d'un canard, mais, celle, plutôt, de l'invention nourrie de l'enflure. Thérenty et Vaillant citent eux-mêmes un fait divers qui a paru le 22 janvier 1837 et selon lequel un habitant de Valenciennes, un employé d'une usine de sucre de betterave, avait été jeté dans une cuve d'épaisse mélasse par un autre employé ; ce dernier voulant prouver au procureur du roi la validité de sa plainte s'est présenté à la maison de ce dernier recouvert d'une gelée de sucre et ressemblant à un « gros bâton de sucre d'orge[6] ».

Il y en a d'autres de la sorte. Il faut admettre que la précision avec laquelle on décrit dans le numéro du 1er septembre 1836 le chemin qu'a suivi un coup de foudre qui a frappé une maison des Pyrénées profite d'un œil d'inspecteur de bâtiments publics ainsi que d'une attitude suspecte envers les Anglais.

> La foudre a présenté, la semaine dernière, un phénomène bien remarquable ; elle a éclaté sur la maison du général Larriu, au Sarrot, s'est introduite par la boule d'une girouette, a glissé sous les combles entre les ardoises et le plafond, sans cependant percer celui-ci ; est passée au second étage, y a cassé dix-huit glaces qui réfléchissaient les Pyrénées, s'est dirigée le long des fils de fer de sonnettes, les a brisés, est descendu au premier où se trouvaient assis, l'un sur un canapé, l'autre sur un fauteuil, deux Anglais qui voulaient louer l'appartement ; elle est venue frapper le dos du fauteuil occupé, a couru le long des clous dont il était orné, a brûlé le chapeau de l'Anglais, que celui-ci tenait entre ses jambes, lui a même brûlé une mèche de cheveux et un favori.

La dernière ligne de l'article nous apprend que « le fauteuil a été porté au cercle par curiosité ».

De même, dans le numéro du 11 octobre 1836, entre deux autres articles, l'un sur le problème du mariage de militaires sans l'autorisation de leurs chefs et l'autre sur le choléra en Autriche, on peut flairer les « histoires extraordinaires » d'Edgar Poe en lisant les paragraphes qu'un Gautier aurait peut-être été tenté d'intituler « Le mort amoureux » :

> Un jeune homme d'une des villes principales du département de l'Eure faisait une cour assidue à la fille d'un aubergiste, dont la maison se trouve aux écarts de la ville. La jeune fille payait son amant d'un tendre retour, et le recevait secrètement pendant les heures de la nuit. Pour s'introduire au domicile de sa maîtresse, l'amant passait le bras par un trou qui existe dans le mur près de la grande porte de la maison, et tirait une cheville qui retenait la clenche.
>
> Il y a quelques jours, pendant les grandes pluies, ce jeune homme veut comme de coutume, aller au rendez-vous ; mais ses efforts sont vains pour atteindre la cheville. Afin de découvrir l'obstacle qui s'opposait à ses désirs, il parvint à passer la tête par le trou où son bras était déjà engagé ; ses pieds portaient sur un petit rebord qui existe au pied de la muraille, et que les pluies avaient rendu glissant. Les pieds perdirent le point d'appui et, le lendemain on n'a plus trouvé qu'un cadavre pendu et déjà froid.

Les quelques exemples que nous avons cités sont loin d'épuiser la variété énorme des faits divers journalistiques qui s'introduisent dans la presse populaire nouvellement née dans les années 1830. Ce qui est évident, c'est que cette diversité correspond non seulement au goût du grand public, mais aussi à celui des artistes et des écrivains de l'époque, c'est-à-dire les romantiques, y compris Théophile Gautier. Si certains pouvaient s'emporter contre la poésie qui paraissait dans les pages des journaux (brièveté, superficialité, facilité) et la composition épisodique à laquelle devait se plier le romancier feuilletoniste, on doit reconnaître que le journal, ainsi conçu, attire à la lecture son plus grand public et rend possible la découverte de la littérature et du monde par les lecteurs de toutes les classes socio-économiques.

Ce qui attire, c'est, justement, le paratactisme, cette dimension hétéroclite qui permet au lecteur de chercher et de trouver de quoi satisfaire ses goûts individuels. Le phénomène se perpétue redoublé dans les médias de nos jours, surtout les médias électroniques où l'individu peut « contrôler » (c'est-à-dire et recevoir et expédier et ordonner à son gré) une gamme inouïe de messages textuels, visuels, acoustiques. Fredric Jameson, dans son étude de la culture et de la littérature postindustrielles qui date de 1991, cite la fragmentation et la discontinuité comme composantes essentielles du postmodernisme. Le postmodernisme, selon lui, s'étoffe d'une esthétique de trompe-œil qui valorise le jeu des surfaces, du simulacre et du pastiche et qui paraît souvent sous forme d'un paratctisme lequel s'associe à une mentalité schizophrénique[7].

On peut bien discerner dans le journalisme des années 1830 ce même paratactisme. Le fait divers, dans sa diversité hétéroclite, ainsi que le format même du journal moderne, en témoignent abondamment. Ce qui manque à cette modernité, ce qui la distingue de sa cousine postmoderne, c'est la mentalité schizophrénique. La génération de Théophile Gautier, aux explorations de certains audacieux près, a bien fait de laisser cela aux générations futures.

NOTES

1. P. Berthier, « Théophile Gautier journaliste : de quelques pratiques d'écriture » in *Presse et Plumes : journalisme et littérature au XIXe siècle*, sous la dir. de M.-È. Thérenty et A. Vaillant, Paris, éd. Nouveau Monde, 2004, p. 443.
2. P. Berthier, « L'humour chez Théophile Gautier critique d'art, 1833-1837 » in *Bulletin de la Société Théophile Gautier*, n° 23, 2001, p. 153-163.
3. F. G. Henry, « Gautier/Baudelaire : *homo ludens* versus *homo duplex* » *in Nineteenth-Century French Studies*, n° 25, 1997, p. 60-77.
4. Beaumarchais, *Le mariage de Figaro* in *La trilogie de Figaro*, Paris, éd. Poche, 1966, p. 303.
5. M.-È. Thérenty et A. Vaillant, *L'an I de l'ère médiatique : analyse littéraire et historique de* La Presse *de Girardin*, Paris, éd. Nouveau Monde, 2001, p. 13, 277-278, respectivement.
6. *L'an I de l'ère médiatique*, p. 277 et 281, respectivement.
7. F. Jameson, *Postmodrnism, or, the Cultural Logic of Late Capitalism,* Durham, North Carolina, Duke University Press, 1991.

Histoire du romantisme : les « Babels du rêve » à l'âge médiatique

Corinne SAMINADAYAR-PERRIN

Parue de mars à novembre 1872 dans le journal *Le Bien public*, l'*Histoire du romantisme* est brutalement interrompue par la mort de Gautier : la série d'articles s'achève sur l'évocation des « traits de génie révoltants » qui firent le scandale d'*Hernani*. Jusqu'à son dernier jour, Gautier se proclame militant du romantisme ; lorsque l'éditeur Charpentier entreprend, après la mort de l'écrivain, de rééditer l'ensemble de ses œuvres, le premier tome est significativement consacré à l'*Histoire du romantisme*[1].

Évoquant la renaissance artistique de 1830 et les combats livrés par les jeunes bataillons romantiques du Petit Cénacle, *l'Histoire du romantisme* se présente d'emblée comme les Mémoires d'un vétéran. À cet égard, l'œuvre se rattache au genre des Souvenirs de la vie littéraire fréquemment publiés dans les journaux ; deux précédents illustres s'imposent, que Gautier ne pouvait ignorer : les *Mémoires* d'Alexandre Dumas[2], parus dans *La Presse* puis dans *Le Mousquetaire* (on y trouve également un récit de la bataille d'*Hernani*), et les *Petits châteaux de bohème* de Nerval, que les lecteurs de la revue *L'Artiste* découvrirent en 1852 (la première partie de « ces petits mémoires littéraires » ressuscite le Cénacle de l'impasse du Doyenné également évoqué par Dumas). De même que Dumas et Nerval choisissent de « recomposer leurs souvenirs » au moment des bouleversements politiques de 1848-1852, Gautier compose son *Histoire du romantisme* après l'effondrement militaire face à la Prusse et le traumatisme de la Commune : la crise historique impose le repositionnement dans une histoire personnelle et culturelle longue.

À la tonalité souvent nostalgique du mémorialiste s'oppose néanmoins une forme d'allégresse qui transforme l'évocation du passé en chronique pittoresque de la bohème 1830 : s'esquisse en filigrane un autre modèle (et contre-modèle), celui des *Scènes de la vie de bohème* d'Henry Murger, parues dans le *Corsaire-Satan* entre 1845 et 1849. Il est révélateur que Gérard de Nerval soit explicitement comparé au célèbre Colline, le philosophe : « Ses poches [étaient] plus encombrées de livres, de bouquins, de brochures, de carnets à prendre des notes, car il écrivait en marchant, que celles de Colline de *La Vie de Bohème* » (p. 7).

Reste qu'à la différence de l'ego surdimensionné que Dumas met en scène dans ses *Mémoires*, Gautier reste remarquablement discret sur son rôle personnel au sein du Petit Cénacle ; contrairement d'autre part à Murger, il affiche clairement ses ambitions d'historien et de critique. D'où une autre source d'inspiration : les médaillons et portraits que la presse consacrait fréquemment aux célébrités d'hier et d'aujourd'hui (Sainte-Beuve en est l'exemple le plus marquant). Les contemporains ressentirent immédiatement cette proximité générique : Charpentier compléta son édition en volume de l'*Histoire du romantisme* par une série de « Notices » (portraits, comptes rendus, éloges funèbres…) toutes dues à la plume de Gautier, et publiées dans la presse à des dates diverses. Le texte lui-même souligne cette filiation générique ; l'œuvre se présente comme l'équivalent (la restauration ?) de ces « médaillons des camarades, modelés par Jehan du Seigneur » qui ornaient le Petit Cénacle – médaillons de plâtre dispersés et détruits par le temps, auxquels le journaliste rend hommage par d'« autres médaillons » (titre du chapitre 7) d'encre et de papier. Gautier fait œuvre d'historien, comme David d'Angers qui, « célébré par Victor Hugo et Sainte-Beuve dans d'admirables pièces de vers, faisait […] cette collection de médaillons si caractéristiques, qui est comme l'iconographie complète du siècle » (p. 30).

L'*Histoire du romantisme* évoque ainsi quelque pittoresque galerie de portraits – peuplée non d'ancêtres chenus comme chez Don Ruy Gomez de Silva, mais d'intrépides défenseurs de l'art vivant. Cette dimension sérielle, propre à l'écriture du feuilletoniste, n'empêche pourtant pas l'émergence d'une authentique démarche d'histoire littéraire. En effet, la presse constitua l'un des lieux privilégiés où s'inventa, au dix-neuvième siècle, cette discipline nouvelle qui en 1872 est sur le point de triompher dans l'université française ; nombre d'illustres professeurs, journalistes et critiques contemporains de Gautier recomposèrent, pour la publication en volume, les portraits d'écrivains et les tableaux littéraires précédemment publiés dans des journaux et revues – faisant émerger, par le seul fait de cette transposition et des réécritures qu'elles induit, le mouvement historique sous-jacent à l'apparent statisme de l'approche synchronique : « Les pionniers de l'histoire littéraire ont été des chroniqueurs journalistiques, développant leur pensée et leur enquête en deux temps, les articles-tableaux puis les volumes récits[3]. » Gautier lui-même réunit nombre de ses feuilletons dans une *Histoire de l'art dramatique en France depuis vingt-cinq ans* (Bruxelles, Hetzel, 1858-1859).

L'hybridité générique dont procède l'*Histoire du romantisme* mobilise des modes d'écriture journalistiques aussi variés qu'immédiatement reconnaissables : cette œuvre-somme (thématiquement et formellement) témoigne d'une entreprise originale, lucide et résolument moderne qu'on pourrait qualifier de sociologie historique[4] de la littérature – laquelle vaut aussi comme interrogation lancinante sur la redéfinition de l'activité littéraire qu'engage la modernité médiatique : quarante ans de journalisme permettent une mise en perspective éclairante (et inquiétante) de la crise ouverte en 1830.

Grotesque et excentricité : paratopies 1830

« *Ces brigands de la pensée* [...] ne ressemblaient pas à de parfaits notaires, il faut l'avouer » (p. 101). Cette savoureuse (car très classique) litote souligne la provocation la plus immédiate que les Jeunes-France dirigeaient contre la bourgeoisie contemporaine : dans leur costume, leurs mœurs et leurs pratiques, ils recherchaient une excentricité exacerbée, cherchant ainsi à manifester, fût-ce au prix du grotesque[5], leur volonté de rupture. Au-delà du pittoresque propre à toute chronique de la vie littéraire, l'*Histoire du romantisme* analyse cet histrionisme professionnel comme l'indice d'un malaise plus radical, lié à la condition même de l'artiste – lequel se perçoit comme une personne éternellement déplacée, toujours en porte-à-faux dans les divers champs de l'espace social. La marginalité, l'excentricité et la clôture cénaculaire thématisent, pour la génération de 1830, cette paratopie propre à l'écrivain : « Toute paratopie, minimalement, dit l'appartenance *et* la non-appartenance, l'impossible inclusion dans une "topie". Qu'elle prenne le visage de celui qui *n'est pas à sa place là où il est*, de celui qui *va de place et place sans vouloir se fixer*, de celui *qui ne trouve pas de place*, la paratopie écarte d'un groupe (paratopie *d'identité*), d'un lieu (paratopie *spatiale*) ou d'un moment (paratopie *temporelle*[6]). »

Aussi la bizarrerie tapageuse des costumes redouble-t-elle une étrangeté plus fondamentale, qui affecte le corps même de l'artiste. Nombre de membres du Petit Cénacle semblent venir d'ailleurs, et ne pas appartenir au « pays qui les a vu[s] naître[7] ». Joseph Bouchardy, le Shakespeare du boulevard, est surnommé le Maharadjah de Lahore : « Il ne semblait pas né sous nos pâles climats, mais au bord de l'Indus ou du Gange, tant il était basané et fauve de ton [...] Il avait des cheveux d'un noir bleu qui, en se mêlant vers les tempes au ton d'or de la peau, produisait des teintes verdâtres. Ses prunelles, étoiles de jais, brillaient de feux noirs sur une sclérotique jaune » (p. 24-25). Si bien que les logiques de l'exotisme, portées à leur paroxysme, transforment Bouchardy en un « monstre à la peau jaune d'or et aux cheveux indigo » (p. 27) ; cette singulière créature porte triomphalement les couleurs favorites des rapins romantiques, « vert véronèse [...] jaune indien [...] laque de Smyrne » ! (p. 4).

Cette différence de race, toute symbolique, marque le caractère inassimilable de l'écrivain romantique. Mais l'artiste Jeune-France, outre son étrangeté, s'affirme aussi comme un être hybride, un *adunaton* vivant né pour scandaliser le bon sens. En dépit de son pseudonyme, Philotée O'Neddy incarne un singulier Othello du Nord : « [Il] offrait cette particularité d'être bistré de peau comme un mulâtre et d'avoir des cheveux blonds crêpés, touffus, abondants comme un Scandinave ; ses yeux étaient d'un bleu clair [...]. De cet ensemble résultait une sorte de galbe africain qui avait valu à Philotée le sobriquet d'Othello » (p. 63-64). D'autres soulignent par leur costume une curieuse androgynie, « ce sexe indécis des êtres surnaturels, composés de l'éphèbe et de la jeune fille » (p. 55). Ce nègre scandinave, cet hermaphrodite ambigu emblématisent la contradiction inhérente au statut de l'artiste en 1830.

Aussi les militants du Petits Cénacle sont-il souvent présentés comme des rois en exil ; Bouchardy ressemble à « ces princes dépossédés de l'Inde anglaise qu'on voit errer sur le pavé de Londres d'un air mélancolique » (p. 24), et Petrus Borel a « des yeux d'Abencérage pensant à Grenade » (p. 21) – le héros de Chateaubriand[8], comme Hernani, sert de support d'identification. Quant à Célestin Nanteuil, il a l'air d'un ange « qui serait descendu par la ville au milieu des bourgeois affairés, tout en gardant son nimbe plaqué derrière la tête, en guise de chapeau, mais sans avoir le moindre soupçon qu'il n'est pas naturel de porter son auréole dans la rue » (p. 53-54). Le poème de prose « Perte d'auréole » donne la morale baudelairienne, singulièrement ironique, de ce portrait allégorique : qui porte fièrement son nimbe en 1830 sera conduit, par la modernité médiatique, à rejeter ces insignes inutiles et compromettants[9] – Célestin Nanteuil, sous le Second Empire, acceptera un poste de directeur de l'école de dessin de Dijon…

Le véritable artiste se définit donc, d'emblée, comme une personne déplacée – ce douloureux exil étant spatial, mais aussi temporel. Car bien des membres du Petit Cénacle refusent d'appartenir à ce stupide dix-neuvième siècle qu'ils vomissent ; c'est le cas de Célestin Nanteuil, « le jeune homme Moyen-Âge » (p. 53), ou de Petrus Borel, envoûtant anachronisme : « Il n'était pas contemporain […] Le croire Français, né dans ce siècle, eût été difficile. Espagnol, Arabe, Italien du quinzième siècle, à la bonne heure » (p. 21-22 – on retrouve l'Abencérage « troubadour » de Chateaubriand…) Dans *Les Jeunes-France, romans goguenards* (1833), Gautier avait fait du personnage d'Elias Wildmanstadius l'emblème de ces apparitions intempestives : « Un homme des générations antérieures reparaît, après un long intervalle, avec des croyances, des préjugés, des goûts disparus depuis plus d'un siècle, qui rappelle une civilisation évanouie » (p. 53).

Les hardiesses vestimentaires des Jeunes-France ou leur chevelure mérovingienne ne sont que la manifestation d'une altérité plus radicale. D'où le choix délibéré d'investir des lieux périphériques, vierges de toute codification imaginaire. Victor Hugo, le nouveau Virgile destiné à ouvrir aux jeunes Dante romantiques les voies de la poésie, s'établit ainsi aux confins de la capitale des lettres et des arts, dans « la rue Jean-Goujon, composée alors d'une maison unique, celle du poète ; autour, s'étendaient les Champs-Élysées, presque déserts et dont la solitude était favorable à la promenade et à la rêverie » (p. 9). Non loin de là, mais cette fois en banlieue, dans les terrains vagues prolongeant les Champs-Élysées, le Petit Cénacle se réunit au cabaret napolitain du Petit Moulin Rouge (p. 46). Dans l'enceinte même de Paris, les jeunes artistes élisent comme lieux de création des espaces innovants, détournés de leur fonction première – par économie sans doute, mais aussi par rejet ostentatoire de l'institution. L'*Histoire du romantisme* revisite ainsi « la cave de Petrus et la boutique de Jehan, – le jeune statuaire avait installé son atelier dans une boutique de fruitière, au coin de la rue Vaugirard, en face de cette fontaine ornée d'un bas-relief représentant une nymphe vue de dos où s'ajuste assez bizarrement un robinet de cuivre… » (p. 63). Bizarre nymphe néoclassique en effet, que son curieux attribut assimile aux monstres grotesques et fantaisistes des bestiaires médiévaux chers aux Jeunes-France – non sans connotations scatologiques !

Ostensiblement atypiques, les jeunes artistes 1830 n'hésitent pas à revendiquer comme marques distinctives les insultes que les bourgeois pansus adressent à « ces bandes échevelées et barbues » (p. 13), à ces « sauvages tatoués » (p. 4). *L'Histoire du romantisme* rappelle ainsi que les membres du Petit Cénacle se rêvent volontiers en Peaux-Rouges, Natchez déportés rue de Vaugirard ou derniers des Mohicans : ils ont adopté Chateaubriand pour « Sachem du Romantisme en France » (p. 4), opposent à la gravité classique « un rire silencieux, pareil à celui de Chingachgook le Mohican » (p. 35), et brandissent volontiers la hache de guerre contre leurs adversaires : « Nous sentions dans notre cœur un sauvage désir de lever leur scalp avec notre tomahawk pour en orner notre ceinture » (p. 97).

Le rejet de la modernité industrielle, ainsi que le prestige conjugué de Chateaubriand et de Fenimore Cooper, alimentent une sorte de nostalgie primitiviste, qui fait de la marginalité économique et sociale un acte militant. Jules Vabre et Petrus Borel campent dans une maison en construction, faute d'argent peut-être, mais aussi « pour jouer au Robinson Crusoé et au sauvage perdu au milieu de la civilisation » (p. 36) ; les pommes de terre cuites rôties au feu de camp valent pour déclaration de guerre au pot-au-feu bourgeois comme à l'idéologie du Progrès : « Avec si peu de besoins, il est facile de se soustraire aux tyrannies de la civilisation, et ils se sentaient libres dans leur cave comme dans une île déserte » (p. 37-38). À défaut de pouvoir découvrir dans le Paris moderne d'accueillantes îles désertes, les enthousiastes du Petit Cénacle choisissent d'émigrer dans les patries de la fiction – le célèbre vers d'*Hernani* « De ta suite, j'en suis ! » devient le slogan de la jeunesse romantique[10], cependant que Petrus Borel se targue d'« une gravité toute castillane[11] ». Là encore, la scénographie de la vie littéraire est sans cesse menacée de se retourner en histrionisme stérile – ambiguïté que Gautier relève avec lucidité : « Que de fois, aux soirées d'Hernani, on regrettait que ce ne fût pas Petrus qui jouât le rôle du bandit aimé de dona Sol ! » (p. 22).

Cet éloge de l'indépendance farouche naît d'un refus délibéré de toute compromission avec les valeurs dominantes, et aboutit à une perpétuelle mise en représentation de la condition d'artiste : on aura reconnu la mythologie professionnelle que constitue la « vie de bohème » (l'œuvre de Murger fait également allusion, non sans ironie, à l'utopie primitiviste au cœur du Paris moderne[12]). Cette autoreprésentation polémique de l'artiste n'aboutit pas seulement à l'exhibition ostentatoire de pratiques aussi codifiées que marginales ; c'est la conception même de l'activité littéraire qui s'en trouve modifiée, avec, par exemple, l'éloge de l'écriture nomade propre à Gérard de Nerval :

> Il appartenait à la littérature ambulante, comme Jean-Jacques Rousseau et Restif de la Bretonne [...] Il travaillait en marchant et de temps à autre il s'arrêtait brusquement, cherchant dans une de ses poches profondes un petit papier de papier cousu, y écrivait une pensée, une phrase, un mot, un rappel, un signe intelligible seulement pour lui, et refermant le cahier reprenait sa course de plus belle (p. 70-71[13]).

De telles pratiques inversent les valeurs que les classiques attachent à la création littéraire : la capricieuse errance s'oppose à la clôture culturelle de la bibliothèque, la disponibilité aux accidents du réel refuse l'ordre oppressif des livres et du passé, enfin l'esthétique du décousu rompt avec toute ambition monumentale. Là encore, cette scénographie est toute symbolique : l'écrivain romantique conteste la stabilité des mondes sociaux et culturels qu'il traverse, et sa marginalité assumée vaut aussi pour mode d'accès au sacré.

Rien de cultuel pourtant dans l'*Histoire du romantisme*, où l'hommage n'exclut jamais l'humour : l'exubérante fantaisie propre à la jeunesse 1830 semble contaminer le mouvement même de l'écriture. Voici le Parnasse romantique transformé (ultime offense aux classiques) en Olympe burlesque ; à sa tête, le Dieu de la poésie répand son éblouissant éclat : « … Au milieu d'un flot de lumière, tel que Phébus et Apollon franchissant les portes de l'Aurore, apparut sur l'obscur palier, qui ? Victor Hugo lui-même » (p. 10). Outre ses sectateurs barbus et chevelus, le Dieu est escorté par la grâce d'une délicieuse Muse de la modernité, la poétesse et future journaliste Delphine Gay : « Cette Muse avait toujours l'air d'écouter un Apollon. Lamartine et Victor Hugo étaient ses grands amis » (p. 114). Un cran au-dessous, le Petit Cénacle honore Petrus Borel, qui, la cigarette à la main, figure assez bien un Jupiter néoclassique : « Des jets de fumée blanche lui sortirent alternativement des lèvres et des narines, et bientôt il disparut à demi dans le vaporeux tourbillon, pareil à Jupiter assembleur de nuages » (p. 39). Quant à Philotée O'Neddy, auteur de *Feu et Flamme*, il évoque quelque curieux Vulcain de la poésie : « Il façonne bien le vers sur l'enclume et, quand il a puisé dans la forge l'alexandrin incandescent, il lui donne, au milieu d'une pluie d'étincelles, la forme qu'il désire avec son opiniâtre et pesant marteau » (p. 65).

Quelques divinités de second plan complètent ce Parnasse d'un goût nouveau, et s'occupent notamment de la cuisine des grands esprits. S'agit-il de faire cuire des pommes de terre au feu de bois ? « Vabre agenouillé, le corps porté en avant sur les mains, les joues gonflées comme l'Éole classique, avivait la flamme avec son souffle » (p. 37). Graziano, le restaurateur attitré du Petit Cénacle[14], a toute la majesté d'un Romain en tunique : « On entrevoyait la cuisine avec quelques casseroles pareilles à des boucliers antiques, et devant le fourneau, un homme de haute stature et de prestance sénatoriale, une veste blanche sur l'épaule, semblait rêver profondément, en proie à une nostalgie » (p. 48). Une saisissante épiphanie révèle bientôt en ce noble gargotier un Dieu du macaroni : « Une pluie dorée de parmesan semblait descendre du ciel sur nos assiettes, comme la pluie d'or de Jupiter dans le sein de Danaé » (p. 49). Rien d'étonnant d'ailleurs à ce qu'un cabaretier rejoigne les rangs des divinités excentriques du Petit Cénacle : après tout, il est « fou de son art » (p. 48) comme les plus convaincus des défenseurs du romantisme... Cette burlesque parodie de l'Olympe classique entraîne une sorte de carnavalisation de l'écriture. Avec un sens très Jeune-France de la provocation, Gautier recourt volontiers au calembour, culturellement très dévalorisé et caractéristique du style bohème ; évoquant le fameux gilet qu'il portait à la bataille d'*Hernani*, « aussi rouge que la *muleta* d'un *torero* andalou » (p. 91), il ajoute à l'adresse des bourgeois : « Ces bœufs verront du rouge et entendront des vers d'Hugo ! » (p. 94).

Histoire du romantisme : une sociologie historique de la littérature

En jouant de l'adhésion et de l'ironie, Gautier fait de l'*Histoire du romantisme* une chronique entraînante doublée d'une authentique entreprise de sociologie culturelle. Avec une grande lucidité, le journaliste synthétise les acquis méthodologiques de l'histoire littéraire alors en émergence pour construire une relecture historique de la crise de 1830.

Un phénomène, d'emblée, frappe le lecteur : la série d'articles publiée dans *Le Bien public* prend pour objet non pas un événement notoire ou la biographie d'une personnalité marquante, mais bien l'histoire d'un groupe littéraire, en l'occurrence le Petit Cénacle rassemblé autour de Petrus Borel. Avec (notamment) *Chateaubriand et son groupe littéraire sous l'Empire* (1860), Sainte-Beuve avait certes fourni un précédent illustre ; reste que ce choix apparaît comme particulièrement judicieux lorsqu'il s'agit de rendre compte de la mutation culturelle qui marqua la génération de 1830 :

> La modernité romantique est là aussi, en effet : au-delà des divergences singulières et du manque de visibilité institutionnelle, le mouvement, du moins dans sa phase de lancement, forme, autour de Hugo et de Nodier dans les années 1820, le premier groupe littéraire au sens moderne du terme[15].

Gautier repère toutes les pratiques caractéristiques de cette solidarité générationnelle propre au Petit Cénacle et, plus largement, au romantisme dans sa phase de conquête. Dédicaces croisées et textes en miroir permettent d'affirmer la cohésion du groupe ; Gautier insiste volontiers sur les formes pré-médiatiques de cette camaraderie critique, dont le journalisme offrira dès la décennie suivante la caricature éhontée – en 1830, c'est dans les livres et non dans la presse que les jeunes artistes font de l'autopromotion interne : « Joseph Bouchardy *Cœur-de-Salpêtre*, comme l'appelle Petrus dans la préface des *Rhapsodies*, où il jette en passant un mot à chaque camarade » (p. 17-18). Le lecteur de 1872 est constamment invité à ne pas confondre la solidarité cénaculaire avec le *puffisme* publicitaire qui soutient le succès des vaudevilles les plus médiocres ; si Hugo mobilise ses propres bataillons pour *Hernani*, c'est justement par mépris de ces moyens douteux autant que déshonorants (p. 99-100[16]). Il est d'ailleurs révélateur que la seule cabale journalistique évoquée soit celle des classiques célébrant la *Lucrèce* de Ponsard pour mieux faire chuter *Les Burgraves* (p. 58-59)…

Nul angélisme cependant dans l'apologie cénaculaire de Gautier ; si, en 1830, « tous souhaitaient le succès de tous » (p. 85) et tentaient de l'assurer par un généreux échange de services, cet apparent désintéressement n'est pas incompatible avec l'ambition personnelle : « Toute la jeunesse semblait se ruer d'un seul élan vers l'avenir, ivre d'enthousiasme et de poésie, comptant cueillir à son tour pour elle les palmes qu'elle disputait pour un autre » (p. 59). *A contrario*, bien des carrières littéraires avortées s'expliquent par l'absence d'une stratégie concertée ; le recueil de Philotée O'Neddy, *Feu et flamme*, ne parvient pas à imposer son auteur faute d'une suffisante visibilité médiatique : « Philotée O'Neddy eut son moment d'éclat vers 1838. Il fit son effet de surprise, et, comme disent les peintres, tira dans la cave un coup de pistolet dont on remarqua la lumière. Il ne profita pas de l'attention excitée » (p. 62).

Pour éviter de tels engloutissements, les jeunes artistes doivent se montrer attentifs à l'évolution du champ littéraire, afin d'adopter un positionnement à la fois raisonnable et efficace. Avec beaucoup de lucidité, Gautier explique l'ambition dramaturgique des jeunes romantiques non seulement par des motifs esthétiques (battre les classiques sur leur terrain de prédilection, écraser la tragédie par le drame), mais aussi par les logiques propres au champ : « Toutes les idées de la jeunesse étaient tournées vers le théâtre [...]. Le roman-feuilleton des journaux n'était pas inventé. Le théâtre était donc le seul balcon d'où le poëte pût se montrer à la foule, aussi fabriquait-on beaucoup de drames dans le petit cénacle » (p. 78 – la métaphore du drame comme tournoi où l'artiste montre sa valeur à sa Dame dissimule, sous l'image troubadour, l'objectif stratégique). Quant au rôle joué après 1836 par le roman-feuilleton, il était auparavant assuré par diverses publications comme les keepsakes, qu'investissent volontiers les jeunes auteurs désireux de lancer leur carrière littéraire et de gagner quelque argent ; comme Dumas, Gautier sut profiter de telles opportunités (p. 52).

Keepsakes et *landscapes*, parfois ornés de gravures de très belle qualité, vont de pair avec la révolution éditoriale propre à la librairie romantique ; le livre devient objet d'art, pièce unique qui tente d'échapper à la menace de l'uniformité et de l'indistinction propre à l'âge industriel de la littérature[17] :

> C'était une élégance, en ce temps-là, pour les éditions romantiques, d'avoir une vignette, un frontispice, une eau-forte de Célestin Nanteuil. La présence de l'image donne maintenant une grande valeur au livre, et les bibliophiles recherchent les exemplaires qui en sont ornés [...]. Ce sont des eaux-fortes d'artiste gravées de verve et sans les précautions minutieuses qu'y mettent les gens du métier (p. 59-60).

Le livre romantique emblématise ainsi la nouvelle alliance de la littérature et des arts, caractéristique de la génération de 1830 (« La sphère de la littérature s'est élargie et renferme maintenant la sphère de l'art dans son orbe immense », p. 18) ; reste que la dimension commerciale de l'affaire n'est pas à négliger, comme le note Champfleury : « Pendant la période de 1830 à 1835, les romanciers et les poètes s'ingénièrent à faire entrer dans l'art typographique des caractères de fantaisie correspondant à la nature de leurs ouvrages. En regard du frontispice gravé un titre, parfois une couverture agrémentée d'encadrements bizarres, devaient allécher le public[18]. »

Cette attention portée aux déterminations socio-économiques de l'histoire culturelle permet de mesurer plus exactement la portée de la révolution romantique. En 1872, alors qu'une œuvre comme *Hernani* est déjà monumentalisée voire classicisée (en témoigne sa reprise triomphale en 1867), il importe de dégager exactement la force de rupture que représenta, en son temps, le drame hugolien ; la résurrection aussi complète que possible du contexte d'émergence de l'œuvre est indispensable pour lui rendre sa signification propre – c'est l'un des objectifs de l'histoire littéraire en cours d'affirmation : « Ce [...] sens des œuvres, à retrouver par l'histoire littéraire, ce sera d'abord celui qu'elles eurent à l'époque de leur apparition, à deux points de vue d'ailleurs, et parfois divergents : pour leur auteur et pour leurs premiers lecteurs. L'idée est alors que la postérité a figé ces œuvres dans une image convenue, et que la science historique a pour rôle de réviser ces jugements, de les enrichir grâce à une relecture plus souple et surtout polyvalente [...] L'histoire littéraire se donne ainsi pour tâche, d'une part de fixer des dates symboliques [...] d'autre part et surtout peut-être d'exhumer des contextes éclairants[19]. » C'est précisément ce que Gautier entend réaliser ; en centrant son *Histoire du romantisme* sur la bataille d'*Hernani*, il combine la coupe synchronique et l'inscription du mouvement de l'histoire.

Aussi le journaliste ne manque-t-il jamais de contrebalancer la fausse immédiateté de la chronique par un rappel récurrent de la distance historique qui sépare la génération de 1830 des lecteurs de 1872 (p. 2). Il est notamment indispensable de reconstituer l'horizon d'attente des spectateurs de 1830 pour comprendre le scandale d'*Hernani* : « Il faut d'abord bien se figurer qu'à cette époque, en France, dans la poésie et même aussi dans la prose, l'horreur du mot propre était poussée à un degré inimaginable. Quoi qu'on fasse, on ne peut concevoir cette horreur qu'au point de vue historique, comme certains préjugés dont les motifs ou les prétextes ont disparu » (p. 110). Cette attention portée au contexte d'émergence des premiers chefs-d'œuvre du romantisme explique aussi pourquoi Gautier insiste sur la dimension essentiellement formelle, stylistique et métrique de la révolution ainsi opérée (p. 29) : il serait réducteur de ne voir là qu'une interprétation parnassienne tendancieuse.

L'importance accordée au tissu conjonctif de la vie littéraire, tout comme l'ambition de saisir l'histoire du romantisme comme dynamique plus que comme répertoire de chefs-d'œuvre, justifie le décentrement qu'opère Gautier : la plupart de ses articles sont centrés sur des écrivains de second plan, dont l'œuvre est fort mince voire inexistante (ce choix, en soi, constitue une offensive anti-classique). De même que l'étude des rites légitimant l'écriture permet, tout autant que les manifestes et les préfaces, de cerner ce que signifie pour un groupe donné l'exercice de la littérature, les *minores* seront examinés « pour leur signification historique, c'est-à-dire comme un reflet particulièrement fiable de l'histoire, instrument de connaissance[20] ». La séduction toute particulière qu'exercent les œuvres virtuelles, projets inaboutis des petits romantiques ou rêves fous des enthousiastes de l'art, tient à leur statut expérimental, mouvant, en perpétuel devenir :

> On est petit romantique par défaut, de vie, de santé et donc d'œuvre. Mais l'œuvre tarie se compense par l'originalité, et le défi des conventions : rareté et caractère inachevé de la production apportent les signes d'une œuvre en devenir, grosse de modernité et de possibles, fût-elle, comme c'est le cas à bien des égards, encore très artisanale. On retrouve là le cliché du créateur sans œuvre qui fascinera les modernes[21].

D'où un renversement plaisant : la plus précieuse des œuvres de Nerval sera… le manuscrit du *Prince des sots*, mystère en octosyllabes jamais représenté ni édité (p. 77). Au-delà du mythe du manuscrit unique, introuvable et quasiment chimérique, certaines œuvres vont jusqu'à revendiquer « l'excentricité suprême de l'inexistence[22] » : « Jules Vabre doit sa célébrité à l'annonce sur la couverture des *Rhapsodies* de Petrus Borel, de l'*Essai sur l'incommodité des commodes*, ouvrage qui n'a jamais paru et peut aller rejoindre sur les catalogues fantastiques le *Pauvre sapeur* ! et le traité : *De l'influence des queues de poisson sur les ondulations de la mer*, d'Ernest Reyer » (p. 34[23]). Ce « compagnon miraculeux », inséparable des robinsonnades parisiennes de Petrus Borel, trouve place parmi les silhouettes excentriques que recense les *Jeunes-France* – preuve que sa destinée n'est pas (seulement) un ratage, et emblématise, à sa manière, une certaine conception de l'activité littéraire :

> [Daniel Jovard] a un roman en train, un poëme en train ; il a lecture pour un drame qu'il ne manquera pas de faire, il va avoir le feuilleton d'un grand journal, et j'apprends qu'un éditeur à la mode est venu lui faire des propositions. Son nom est déjà sur tous les catalogues comme il suit : M...us Kwpl..., un roman ; dans six mois on en mettra le titre, le premier substantif quelconque qui lui passera dans l'idée ; ensuite, on mettra en vente la septième édition, sauf à ne jamais faire la première[24].

Dans le cas de Jules Vabre, c'est l'excentricité même de sa vie qui constitue l'œuvre textuellement absente[25] – on reconnaît là l'un des paradoxes de la bohème littéraire, hantée par ces *Excentriques* qu'évoque Champfleury (1852), ou ces *Réfractaires* (1865) dont Vallès raconte les naufrages sordides.

En dépit des apparences, ces écrivains sans œuvre sont de véritables créateurs ; mais leurs talents s'exercent dans l'art volatile de la conversation – comme si une autre littérature venait doubler celle des livres, et en présenter l'inaccessible idéal. Jules Vabre incarne ainsi le Rabelais du dix-neuvième siècle (p. 35). Sans doute ce fanatique shakespearien ne mènera jamais à bien la traduction dont il rêve, mais il explique avec une incomparable lucidité les chefs-d'œuvre du Maître (p. 42) – comme d'Albert dans *Mademoiselle de Maupin*... Ce don pour la libre et vivante parole est d'ailleurs la marque distinctive de l'ensemble du Cénacle ; celui-ci accomplit sa vocation créatrice dans une œuvre collective, en perpétuel mouvement : « Ces divertissements accompagnés de lazzi, d'agudezzas, de calembours, de paradoxes, de cris étranges, et d'un dialogue rappelant tour à tour le banquet de Platon et le bavardage effréné de Béroald de Verville dans *Le Moyen de parvenir*... » (p. 50).

L'apparente stérilité qui frappe nombre de membres du Cénacle est ainsi le symptôme de leur engagement avant-gardiste. C'est la littérature de demain qu'inventent ces enthousiastes – là encore, la démarche analytique de Gautier est bien celle d'un historien de la littérature : « Un groupe littéraire [...] sera considéré, non comme une unité statique, mais comme un foyer de recherche[26]. » Les drames élaborés par Gautier et Nerval au sein du Petit Cénacle ont certes été unanimement refusés par tous les directeurs de théâtre ; mais la donnée initiale de *La Dame de Carouge*, l'un de ces innombrables textes engloutis, a plus tard inspiré à Alexandre Dumas l'un de ses triomphes à la scène, *Charles VII chez ses grands vassaux* (p. 79). Quant à Jules Vabre, son génie propre en fait le précurseur de nombre d'illustres contemporains : « Bien avant Taine [...] Jules Vabre avait inventé ou deviné la théorie des *milieux* comme il avait déterminé les lois de la vraie traduction shakespearienne avant François Hugo » (p. 42-43).

Babels englouties : l'agonie de la littérature ?

Reste que ce souci obsédant de retourner l'échec en apothéose, revêt une évidente fonction conjuratoire – dont l'efficacité s'avère décroissante au fil des articles qui composent *l'Histoire du romantisme*. L'entrée en matière ressuscite, par sa scénographie, l'effervescence juvénile de 1830 ; le chroniqueur et son lecteur se font d'emblée contemporains de la grande révolution romantique. Mais cette vitalité forcenée s'épuise rapidement ; au Petit Cénacle triomphalement ressuscité, s'oppose le ballet des spectres qui, à la fin du Second Empire, organise en l'honneur de Célestin Nanteuil, sur le point de quitter Paris, une sorte de banquet funèbre du romantisme (p. 67). Désormais *l'Histoire du romantisme* se fait évocation de fantômes ; les brillantes conversations d'autrefois se taisent, pour laisser place au murmure des trépassés – qu'emblématise une lettre de Bouchardy datée de 1857 : « [Elle] exigeait à toute force l'insertion, comme un appel de l'âme des compagnons morts. Ce mot *Remember* au bas de la lettre était placé d'une façon impérative et mystérieuse. Souviens-toi ! oui, nous nous souvenons ! Ce travail en est la preuve [...] Il faut écouter d'abord ceux qui parlent et circulent sous la terre comme les taupes et le père d'Hamlet » (p. 88[27]). La voix du chroniqueur se dissocie également de celle du jeune homme au gilet rouge ;

relisant ses lettres d'autrefois, Gautier se perçoit lui-même comme un mort ressurgi d'un défunt passé (p. 82).

Encore cette péremption rapide est-elle la destinée propre à l'épistolaire (et à l'écriture périodique…) ; mais le même oubli menace toute l'œuvre du Petit Cénacle : « C'est un devoir pour ceux qui ont fait partie de la grande armée littéraire d'en raconter les exploits oubliés » (p. 2). De fait, c'est bien une critique des oubliés qu'instaure le célèbre feuilletoniste. La démarche passe d'abord par la légitimation de certains choix génériques, comme le mélodrame qui fit la gloire de Bouchardy (la question est cruciale, puisqu'on reprocha souvent au drame romantique ses inavouables affinités avec l'esthétique très dévaluée du mélodrame). Le mélodrame tel que le conçoit Bouchardy, « le Shakespeare du boulevard[28] », ne constitue ni une concession coupable à la littérature populaire, ni une stratégie compromettante pour remporter de vastes succès publics ; au contraire, cet idéal dramaturgique puise à la même inspiration troubadour que Célestin Nanteuil ou (à cette époque) Victor Hugo :

> Bouchardy avait ce tempérament naïf et compliqué qui faisait enchevêtrer aux ouvriers du Moyen-Âge les inextricables *forêts* des cathédrales et enfermer dans le coffre des horloges tout ce monde de rouages, de ressorts, de poids, de contrepoids, de balanciers, faisant mouvoir le soleil, la lune, les étoiles, les anges, les saisons, les apôtres, et même marquant quelquefois l'heure. Dans l'art dramatique, où il montra une puissance incontestable, les difficultés de structure le charmaient par-dessus tout (p. 27).

Le choix du genre très dévalué du mélodrame explique, dans une certaine mesure, la trajectoire de Bouchardy, que le succès déserte dès le Second Empire ; il est nettement plus préoccupant de constater que Petrus Borel lui-même, le grand homme du Petit Cénacle, ne parvient à s'affirmer que comme type du poète manqué. Le début de la notice que lui consacre Baudelaire est à cet égard tristement révélateur :

> Il y a des noms qui deviennent proverbes et adjectifs. Quand un petit journal veut, en 1859, exprimer tout le dégoût et le mépris que lui inspire une poésie ou un roman d'un caractère sombre et outré, il lance le mot : *Petrus Borel* ! et tout est dit. Le jugement est prononcé, l'auteur est foudroyé[29].

L'article de Baudelaire est sans équivoque ; Petrus Borel est victime de « son excentricité littéraire, mais aussi éthique et biographique[30] » – comme si toute sa puissance créatrice s'épuisait dans la perpétuelle mise en scène des rituels qui constituent la vie d'artiste, au détriment de l'écriture elle-même. Petrus Borel est le produit, plutôt que l'auteur, d'une œuvre virtuelle qui légitime sa personne et son personnage – avant de l'invalider aux yeux de la postérité : l'histrionisme finit par dévorer l'écrivain.

Ces engloutis de l'histoire littéraire emblématisent la malédiction qui accable les poètes maudits. Après tout, Petrus Borel a bien publié les œuvres tant attendues – mais sans remporter le triomphe escompté. L'explication qu'en donne Baudelaire est significative : « Quel méchant esprit se pencha sur son berceau et lui dit : *Je te défends de plaire* ? Il y a dans le monde spirituel quelque chose de mystérieux qui s'appelle le Guignon, et nul de nous n'a le droit de discuter avec la Fatalité. C'est la déesse qui s'explique le moins, et qui possède, plus que tous les papes et les lamas, le privilège de l'infaillibilité[31]. » Analyse que partage Gautier ; c'est aussi le guignon qui empêche Jules Vabre de réaliser aucun de ses projets (le parallèle avec Théophile de Viau a pour effet de replacer implicitement le « compagnon miraculeux » dans les rangs des écrivains, quoiqu'il n'ait jamais rien produit) : « Jules Vabre était né sous *une étoile enragée*, comme dit de lui-même le poète Théophile de Viau, et la fatalité taquine déguisée en guignon le poursuivit toujours » (p. 43).

D'où le naufrage qui termine ces existences manquées – la marginalité orgueilleusement revendiquée par le Petit Cénacle se renverse en relégation géographique et institutionnelle. Petrus Borel abandonne la littérature pour finir ses jours en Algérie[32], et Célestin Nanteuil abdique ses convictions antibourgeoises pour accepter le poste de directeur de l'école de dessin de Dijon – même si les vers d'Aloysius Bertrand transfigurent la capitale de la Bourgogne en fief médiéval, ce finale a la mélancolie des dernières pages de la *Vie de Bohème*. Ces lugubres engloutissements prennent parfois la forme plus radicale d'une disparition soudaine de l'artiste, tout à coup évanoui en même temps que se disperse le cénacle : « [Philotée O'Neddy] s'était retiré du petit cénacle où il flamboyait et pérorait jadis, et l'on avait perdu sa trace » (p. 63).

L'insistance sur la fatalité qui poursuit les artistes maudits relève d'une mythologie professionnelle historiquement datée, et revêt, pour le Gautier de 1872, une indéniable fonction conjuratoire (après tout, l'auteur de *l'Histoire du romantisme* est beaucoup plus connu du grand public comme feuilletoniste que comme poète...). Mais la menace du guignon cache mal une inquiétude plus radicale : l'avortement des entreprises flamboyantes de 1830 ne tient-il pas à la mutation contemporaine du champ culturel et éditorial, et notamment à l'essor de la presse qui, dans la décennie suivante, modifie radicalement les conditions économiques et sociales des pratiques littéraires ?

C'est le personnage de Nerval, longtemps frère de plume de Gautier à *La Presse*, qui cristallise ces interrogations. Le « bon Gérard » apparaît d'abord comme le courtier du Petit Cénacle – ce qui révèle, incidemment, le lien entre les jeunes artistes et les petits journaux où ils font leurs débuts littéraires, phénomène que *l'Histoire du romantisme* n'aborde jamais directement : « Il partait aussitôt, allait de l'Arc de l'Étoile à la Bastille, du Panthéon à Batignolles, pour proposer à quelque journal l'article d'un camarade sans argent ou s'informer du motif qui le faisait rester si longtemps sur le marbre ; il marchait de ce pas ailé pareil à celui de l'autruche » (p. 70). Certes, « même quand l'oiseau marche, on sent qu'il a des ailes » – mais la métaphore de l'autruche (qui d'ailleurs ne vole pas) parodie le lieu commun du poète ailé, cygne, albatros, ou, dans le cas de Nerval, « hirondelle apode » (p. 71). Comme si l'évocation du monde de la presse entraînait une inversion grotesque des représentations traditionnelles du poète en gloire, développant des cuisses d'autruche à défaut de pouvoir déployer la vaste envergure de son génie...

Les nécessaires compromissions avec la petite presse révèlent d'ailleurs, à en croire l'*Histoire du romantisme*, une essentielle inadéquation entre les stratégies des jeunes artistes du Cénacle et les possibilités offertes par les débuts de la médiatisation de masse. Alors que l'exhibitionnisme caractérise la mise en scène propre à l'écrivain Jeune-France, ce goût du spectacle ne s'investit pas dans l'écriture périodique ; paradoxalement, Nerval adopte un positionnement résolument inverse à celui qu'exigerait le lancement d'une carrière rapide : « Des journaux en vogue jouissant d'une grande publicité et d'un grand renom littéraire lui demandaient sa collaboration ou des articles. Il préférait les enfouir dans quelque petite feuille obscure, peu rétribuée, aux abonnés problématiques, comme s'il eût été heureux de n'être pas lu » (p. 74). Sous la plume de celui qui conquit l'essentiel de son influence grâce à l'impact de ses feuilletons à la *Presse* puis au *Moniteur universel*, une telle déclaration a sans doute valeur compensatoire. Par son refus d'inféoder son indépendance créatrice aux règles implicites qui régissent l'écriture périodique, Nerval, à en croire Gautier, a tout perdu – son identité d'écrivain, et une part importante de son œuvre : « Il a signé successivement Fritz, Aloysius et d'autres noms, et il sera difficile aujourd'hui de reconnaître ses œuvres dans les catacombes poudreuses du journalisme » (p. 74). Surtout, l'*essayisme* de Nerval, qui pour beaucoup de ses contemporains constitue son originalité propre, n'est jamais rapporté aux possibilités nouvelles que la presse offre à la littérature dans les décennies 1830-1840 ; au contraire, le journalisme semble provoquer l'effritement de l'œuvre, en un amas confus où l'ébauche prend des allures de ruine. On y trouve pêle-mêle « les notes, les extraits, les brouillons, les renseignements sommaires, les commencements d'articles, les variantes de la même idée retournée de cent façons, les maximes philosophiques ou morales condensées en vers dorés de Pythagore, forme que Gérard affectionnait beaucoup, les répliques de drame taillées et numérotées comme des pierres de taille attendant leur place dans l'arc de voûte, tous les morceaux de cette architectonique littéraire disséminée et brouillée » (p. 82) : une littérature en miettes ensevelie dans « le champ des morts [des] cartons » (p. 87).

Une ambiguïté demeure : cette entropie de l'écriture vient-elle du refus de s'adapter aux conditions nouvelles dictées par l'essor de la presse de masse (laquelle semble incompatible avec l'esprit cénaculaire de 1830), ou est-elle le nécessaire corollaire de la médiatisation du champ littéraire sous la monarchie de Juillet ? C'est, indirectement, la carrière de Célestin Nanteuil qui permet à Gautier d'aborder indirectement cette question cruciale pour sa propre identité d'écrivain – dispersée dans d'innombrables travaux dictés par l'actualité et les combats du présent, l'œuvre, fût-elle géniale, souffre d'un déficit de légitimité aux yeux du public :

> On ne saurait imaginer la quantité de planches, de dessins, de compositions, de bois pour les ouvrages illustrés, de lithographies, d'en-tête pour les romances, qu'a produits Célestin Nanteuil. Quelle effroyable déperdition de talent ; mais aussi quelle inépuisable richesse ! Suffire à tous les besoins, à tous les caprices, à toutes les modes du jour et être en même temps un peintre charmant, un spirituel et fin coloriste à qui manque seulement le loisir de peindre, comme à nous autres poëtes le loisir de faire des vers, n'est-ce pas faire un généreux emploi de ses facultés ? Il est vrai qu'on n'a pas la même estime pour vous que pour un âne sérieux mettant dix ans à faire une croûte unique (p. 60).

Plaidoyer *pro domo*, évidemment.

La médiatisation de la vie littéraire, qui constitue l'événement le plus marquant de la décennie 1830, fonctionne donc comme un piège auquel on n'échappe pas. Refuse-t-on toute compromission ? L'exemple de Nerval, et combien d'autres, montre ce qu'il en coûte en termes de visibilité – et, à terme, de créativité. Cherche-t-on à détourner au profit de sa carrière d'écrivain les nouvelles règles qu'instaure le triomphe de l'écriture périodique ? On s'expose alors, comme Célestin Nanteuil ou Gautier, à un lourd déficit de légitimité – l'œuvre perd en valeur ce qu'elle gagne en diffusion auprès du grand public. Ce qui explique qu'un journaliste, quelle que soit l'importance (qualitative et quantitative) de sa production, encourt le traditionnel reproche de paresse adressé à Nerval (qui figure là encore comme un double de Gautier) : « Gérard, nous ne savons trop pourquoi, a toujours passé pour être paresseux comme une couleuvre. C'est une réputation qu'on a faite à bien d'autres qui ont travaillé toute leur vie et à qui on pourrait faire un bûcher de leurs œuvres » (p. 75). L'écriture journalistique, produit éminemment périssable, met doublement en péril le statut de l'écrivain : son œuvre disparaît par dissémination, fragmentation et dévalorisation ; d'autre part, les exigences de la périodicité rendent impossible tout projet d'envergure – Célestin Nanteuil ne présentera jamais de grandes toiles au Salon, et *l'Histoire du romantisme* prend la forme d'une série d'articles. Et pourtant, comme le rappelle l'Avertissement qui ouvre le volume, « bien souvent [Gautier] avait projeté d'écrire tel ou tel ouvrage d'ensemble ; mais les nécessités du journal ou les exigences de la vie l'avaient forcé à retarder l'exécution de son œuvre » (p. III).

La hantise de la mort du livre, obsédante dans l'*Histoire du romantisme*[33], emblématise la réflexion sur les conséquences désastreuses de l'entrée dans l'ère médiatique. La presse dévore le livre, économiquement et culturellement ; comme le rappelle l'Avertissement (p. II), le volume apparaît désormais comme un produit dérivé du journal : mutation dont les conséquences sont incalculables, et qui explique, dans une certaine mesure, l'écroulement des Babels du rêve après 1835, ainsi que la reconfiguration du dispositif cénaculaire.

Quelles sont les responsabilités de l'impérialisme journalistique sur l'évolution historique du mouvement romantique ? Indirectement posée au fil des articles, la question est centrale pour Gautier : à bien des égards, l'*Histoire du romantisme* constitue aussi un retour analytique sur sa propre carrière d'écrivain. Certes, les triomphes du feuilletoniste et l'aura du « poète impeccable » opposent la réussite objective de Gautier aux trajectoires avortées des poètes du Petit Cénacle[34] ; mais cette réussite n'est-elle pas avant tout journalistique, construite autour de la position institutionnelle très forte que l'illustre critique s'est assurée dans le monde des lettres ?

Il est significatif que le premier autoportrait de Gautier en jeune rapin entraîne une méditation sur l'œuvre virtuelle qu'aurait pu réaliser l'artiste s'il ne s'était pas finalement voué à la littérature – œuvre rêvée qui vient doubler, comme un idéal, la production effective de l'écrivain :

> On voit ce qu'on a fait, et la réalité toujours sévère vous donne votre mesure, mais on peut rêver ce qu'on aurait fait bien plus beau, bien plus grand, bien plus magnifique ; – la page a été noircie, la toile est restée blanche [...] Il est doux de se dire, quand on a jeté le pinceau pour la plume : Quel grand peintre j'aurais été ! (p. 3).

Gautier rejoint ainsi, contre toute attente, les artistes du Petit Cénacle dont l'œuvre ne fut jamais qu'un rêve flamboyant – comme si la production de l'écrivain ne constituait que la manifestation grossière d'une irrépressible aspiration à autre chose. Comme

Goethe, qui lui aussi exerça ses talents dans divers domaines avant de devenir poète (figure tutélaire, donc, qui légitime l'*essayisme* des Jeunes-France), Gautier présente toute sa production comme une série de tentatives ou de brouillons[35] en vue d'atteindre la parfaite maîtrise de son art (p. 19).

Dans un tel contexte, la carrière de feuilletoniste qui fit la célébrité de Gautier apparaît comme un dévoiement aussi nécessaire que coupable des idéaux de 1830 – dévoiement qu'on ne peut ni justifier ni condamner. Ce qui explique la continuelle attitude de dénégation qu'adopte l'historien du romantisme : « On nous aurait bien étonné si l'on nous eût dit que nous serions journaliste. La perspective d'un tel avenir nous eût assurément peu séduit » (p. 3). Évoquant sa première rencontre avec Victor Hugo, Gautier adopte tous les codes journalistiques propres au récit de la « visite au grand écrivain » ; mais il se décrit comme peintre et non comme chroniqueur : « Nous examinions Hugo avec une intensité admirative dont il ne paraissait pas gêné. Il y reconnaissait l'œil du peintre prenant des notes pour écrire à jamais un aspect, une physionomie, à un moment qu'on ne veut pas oublier » (p. 11).

Alors même que le projet d'*Histoire du romantisme* (Gautier l'avoue sans détour) doit sa naissance à l'actualité la plus immédiate (la reprise de *Ruy Blas* à l'Odéon le 19 février 1872), le journaliste invoque le haut patronage de Dante pour faire de son entreprise non une série d'articles de circonstance, mais un hommage du poète à son maître Hugo (p. 8).

On comprend dès lors que l'énonciateur tienne à s'effacer, dans son texte, derrière un « nous » de modestie qui proclame sa solidarité essentielle avec les artistes du Petit Cénacle. L'illustre feuilletoniste du *Siècle* et du *Moniteur* se veut, à jamais, l'« homme au gilet rouge » – si, à l'âge médiatique, la célébrité d'un écrivain tient plus à son génie du *puffisme* qu'à la valeur réelle de son œuvre, mieux vaut l'inventivité spectaculaire des Jeunes-France que le tapage publicitaire de la presse moderne : « Nos poésies, nos livres, nos articles, nos voyages seront oubliés ; mais l'on se souviendra de notre gilet rouge. Cette étincelle se verra encore lorsque tout ce qui nous concerne sera depuis longtemps éteint dans la nuit, et nous fera distinguer des contemporains dont les œuvres ne valaient pas mieux que les nôtres et qui avaient des gilets de couleur sombre » (p. 90-91).

Éléments de conclusion

En revenant, quarante ans après, sur l'effervescence culturelle des années 1830, Gautier combine adhésion et distanciation : la mise en perspective des pratiques et des représentations aboutit à une analyse très cohérente des mythologies professionnelles de l'artiste romantique – ce qui engage une redéfinition radicale du statut et des fonctions de la littérature. La lucidité du mémorialiste l'amène à élaborer une véritable sociologie de la littérature : l'*Histoire du romantisme* enregistre l'apparition, avec les Cénacles, des premiers groupes littéraires au sens moderne du terme, et rend parfaitement compte de leur rôle indissociablement stratégique *et* esthétique dans un champ littéraire en cours d'autonomisation ; plus radicalement, la structure cénaculaire apparaît comme une sorte de laboratoire informel où s'invente l'art de demain – à cet égard, l'étude des *minores* prend toute sa valeur.

Reste une inquiétude diffuse, et de plus en plus sensible au fil des articles : pourquoi tant de destinées artistiques avortées, d'ébauches restées à l'état de rêves, d'œuvres englouties dans l'oubli ? Plus radicalement : en devenant un forçat *et* un prince du feuilleton, Gautier n'a-t-il pas lui aussi renoncé à sa propre vocation ? La célébrité journalistique constitue indéniablement une autre version de l'engloutissement de l'artiste… L'*Histoire du romantisme* met en évidence les logiques nouvelles qu'induit la médiatisation de la vie littéraire – et la crise durable qu'elle provoque : le volontarisme révolutionnaire du Petit Cénacle semble incapable de penser et de gérer les conséquences de cette mutation culturelle décisive. Il est révélateur que l'Avertissement présente toute la production de Gautier journaliste comme une sorte de livre indéfiniment à venir, une œuvre virtuelle comme celle des jeunes découvreurs de 1830 – à cette différence près que le journal ensevelit jour après jour des promesses que seul, un jour, le livre viendra peut-être révéler : « [Gautier] ne procédait point sans un but déterminé, et maint feuilleton qui paraissait au public une production absolument distincte, était la suite d'autres feuilletons publiés à des époques différentes […] Après quarante années de ce travail (entrecoupé mais non interrompu), il s'est trouvé que Gautier a, petit à petit, réalisé la plupart de ses rêves » (p. II-III).

1. Nous utiliserons comme édition de référence *l'Histoire du romantisme* publiée en 1978 aux éditions d'aujourd'hui : il s'agit d'une reproduction par clichage de l'édition Charpentier de 1877.
2. Lequel publie, en 1868, un recueil d'articles intitulé *Souvenirs dramatiques* : autre précédent notoire.
3. L. Fraisse, *Les fondements de l'histoire littéraire. De Saint-René Taillandier à Lanson*, Paris, éd. Champion, 2002, p. 98-99.
4. F. Court-Pérez remarque que « *l'Histoire du romantisme* ne définit pas le romantisme » (*Théophile Gautier, un romantique ironique : sur l'esprit de Gautier*, Paris, éd. Champion, 1998, p. 12).
5. On songe évidemment à la série de portraits repris en volume par Gautier sous le titre *Les Grotesques* – l'œuvre constitue aussi, à sa manière, une *Histoire du romantisme* : « Gautier, bien évidemment, s'intéresse aux grotesques dans la mesure où ils portent la contestation dans l'univers bien réglé de la poétique classique et, en tant que tels, préfigurent la mise en question romantique. De ce point de vue, ses analyses sont impeccables, ne négligeant aucun des enjeux idéologiques, sociologiques et politiques du classicisme [...] Les "difformités" et les "déviations" des grotesques ne sont qu'une projection, par la génération de 1830, de ses propres écarts. » (D. Sangsue, *Le Récit excentrique*, Paris, éd. José Corti, 1987, p. 283). Si bien que « l'*Histoire* possède cette particularité d'être *Les Grotesques* du romantisme, une sorte de glorification de ce qui, à la fin du siècle, est tombé dans l'oubli » (M. Lavaud, *Théophile Gautier militant du romantisme*, Paris, éd. Champion, 2001, p. 61).

6. D. Maingueneau, *Le Discours littéraire. Paratopie et scène d'énonciation*, Paris, éd. Armand Colin, 2004, p. 86.
7. « On n'est pas toujours du pays qui vous a vu naître, et alors on cherche à travers tout sa vraie patrie », écrivait Gautier dans *La Presse* (25 juillet 1843). D'où, chez l'artiste, une irrépressible nostalgie de cette « vie antérieure » à jamais perdue.
8. Il s'agit de la nouvelle *Le Dernier Abencérage*, parue pour la première fois en 1826 dans les *Œuvres complètes* de Chateaubriand chez Ladvocat.
9. « Mon auréole, dans un mouvement brusque, a glissé de ma tête dans la fange du macadam. Je n'ai pas eu le courage de la ramasser. J'ai jugé moins désagréable de perdre mes insignes que de me faire rompre les os. Et puis, me suis-je dit, à quelque chose malheur est bon. Je puis maintenant me promener incognito, faire des actions basses, et me livrer à la crapule, comme les simples mortels. Et me voici, tout semblable à vous, comme vous voyez ! » (Ch. Baudelaire, « Perte d'auréole », *Le Spleen de Paris*, Paris, éd. Gallimard, « Bibliothèque de la Pléiade », 1975, p. 352).
10. L'incipit de *l'Histoire du romantisme* assimile les militants hugoliens aux bataillons d'Hernani : « Tous ceux qui, répondant au cor d'Hernani, s'engagèrent à sa suite dans l'âpre montagne du Romantisme et en défendirent si vaillamment les défilés contre les attaques des classiques... » (p. 1).

11. En d'autres occasions, P. Borel préfigure Ruy Blas : « S'il mettait son chapeau, il semblait se couvrir devant le roi comme un grand d'Espagne » (p. 20 ; cf. *Ruy Blas*, I, v. 582 : « Couvrez-vous, don César. Vous êtes grand d'Espagne. »).
12. « Précédés d'une meute de ruses, braconnant dans toutes les industries qui se rattachent à l'art, [les bohèmes] chassent du matin au soir cet animal féroce qu'on appelle la pièce de cent sous » (H. Murger, *Scènes de la vie de bohème*, « Introduction », Paris, éd. Gallimard, « Folio », 1988, p. 41).
13. « Il écrivait en marchant », note Gautier dès sa première évocation de Nerval (p. 7).
14. *Les Grotesques* mobilisaient déjà avec insistance les références gastronomiques : « Les métaphores filées de la gastronomie (voilà qui, une fois de plus, nous renvoie, contre l'intellectualisation de ce terme soigneusement codifié, à la réactivation étymologique du "goût" en tant qu'art du palais) [...] ne font que réaliser stylistiquement et sémantiquement cette hypertrophie de la vitalité et du moi qui caractérise le romantisme de Gautier. » (M. Lavaud, *Théophile Gautier, militant du romantisme*, *op. cit.*, p. 86).
15. J.-P. Bertrand et P. Durand, *La modernité romantique. De Lamartine à Nerval*, Paris-Bruxelles, Les Impressions nouvelles, 2006, p. 24-25.
16. Dans ses *Mémoires*, Dumas va plus loin : racontant la première de son drame *Christine* (Odéon, mars 1830), il affirme que le système de la claque à cette époque n'était pas encore officialisé – le jeune dramaturge bénéficie de l'aide généreuse de Frédéric Soulié venu avec une bande d'amis soutenir la pièce menacée : bel exemple de solidarité désintéressée !
17. « Le développement d'une "littérature industrielle" (Sainte-Beuve) a pour autre conséquence une transformation de la conception du livre. En effet, l'augmentation de la masse des publications va de pair avec une baisse de leur qualité (papier, encre, assemblage qui remplace la reliure, etc.) [...] Leur multiplication vertigineuse plonge les livres dans l'*indistinction* avant même qu'il ne retournent en bouillie. D'où, par réaction, le regain d'intérêt pour les livres anciens, la réconciliation du chercheur et du bibliophile (méprisé jusqu'alors, voir la "bouquinerie" dénoncée par La Bruyère). D'où, surtout, cet effort de nombreux livres pour se dégager de la masse » (D. Sangsue, *Le Récit excentrique, op. cit.*, p. 34).
18. Champfleury, *Les Vignettes romantiques. Histoire de la littérature et de l'art, 1825-1840*, Paris, éd. Dentu, 1883, p. 307.
19. L. Fraisse, *Les fondements de l'histoire littéraire, op. cit.*, p. 101.
20. L. Fraisse, *Les fondements de l'histoire littéraire, op. cit.*, p. 88.
21. J.-P. Bertrand et P. Durand, *La modernité romantique, op. cit.*, p. 179.
22. D. Sangsue, *Le Récit excentrique, op. cit.*, p. 20.
23. Peut-on désormais qualifier Jules Vabre d'écrivain ? Gautier pose la question – et y répond par le fait même de consacrer une notice au « compagnon miraculeux » : « Mais, nous demandera peut-être le lecteur, par quel filament se rattache à l'histoire du Romantisme ce brave Jules Vabre, charmant garçon d'ailleurs, mais dont les titres littéraires sont un peu minces, puisque, de votre aveu, il n'a pas

achevé ni même commencé l'*Essai sur l'incommodité des commodes*, cet ouvrage d'ébénisterie transcendantale ? » (p. 39).
24. Passage cité par D. Sangsue, *Le Récit excentrique, op. cit.*, p. 303.
25. Et, en cela, exemplairement signifiante : « Gautier rend un vibrant hommege à ce représentant de la quintessence grotesque, ce miracle avorté » (M. Lavaud, *Théophile Gautier militant du romantisme, op. cit.*, p. 64).
26. L. Fraisse, *Les fondements de l'histoire littéraire, op. cit.*, p. 76.
27. Rappelons que Bouchardy, l'un des maîtres du mélodrame sous la monarchie de Juillet, semble déjà, en 1857, le survivant d'une littérature disparue. La devise *Remember* rappelle, ce n'est pas un hasard, *Vingt ans après* – et n'a rien d'étonnant sous la plume d'une célébrité du mélodrame.
28. On qualifiait de même Pixerécourt de « Corneille du boulevard » et Charles Nodier appelait le célèbre auteur de *La Femme à deux maris* « mon cher Shakespeare » (voir à ce sujet O. Bara, « Le "Corneille du boulevard" : Pixérecourt », *Corneille des romantiques*, M. Dufour-Maître et F. Naugrette dir., Publications des Universités de Rouen et du Havre, 2006, p. 77-92).
29. Ch. Baudelaire, « Petrus Borel », *Œuvres*, Paris, éd. Gallimard, « Bibliothèque de la Pléiade », tome II, 1976, p. 153.
30. J.-P. Bertrand et P. Durand, *La modernité romantique, op. cit.*, p. 177.
31. Ch. Baudelaire, « Petrus Borel », *op. cit.*, p. 153.
32. Baudelaire termine sa notice sur l'évocation de cet exil qui préfigure celui de Rimbaud : « Nous avons appris que le poète venait de mourir en Algérie, où il s'était retiré, loin des affaires littéraires, découragé ou méprisant, avant d'avoir livré au public un *Tabarin* annoncé depuis longtemps » (*op. cit.*, p. 156).

33. Les articles reviennent à plusieurs reprises (p. 66 notamment) sur une mystérieuse fatalité : les précieuses éditions *princeps* des poètes du Petit Cénacle, avec leurs superbes illustrations de Célestin Nanteuil, ont disparu de la bibliothèque de Gautier. Cette perte, ou cette destruction, a valeur symbolique : c'en est fini de l'ancienne conception du Livre. Désormais, ces témoignages des âges anciens de la littérature excitent les passions des bibliophiles : l'art vivant du Petit Cénacle est devenu patrimoine d'une ère révolue.
34. Gautier place Nerval lui-même parmi ces poètes manqués : son nom ne figure pas dans son rapport sur *Les progrès de la poésie française depuis 1830* (1868).
35. L'Avertissement présente l'œuvre publiée de Gautier comme un vaste chantier, un monument en cours d'élaboration : « Pendant bien des années les plans de reconstruction de son œuvre furent l'objet de causeries de chaque jour entre Théophile Gautier et nous » (p. I).

La Croix de Berny (1845)

Varia

L'empreinte de Gautier dans *La Croix de Berny*

Claudine LACOSTE

Pour un familier de l'œuvre de Gautier, il peut paraître pour le moins surprenant de le voir lancé dans l'aventure d'un roman sentimental, d'autant plus que les circonstances de la naissance de l'œuvre ne sont pas connues. Le seul renseignement fiable est un entrefilet dans un journal relatant que l'idée est née d'une conversation de salon, une sorte de défi à relever pour exciter la créativité des auteurs. C'est vague, et aucun nom ne vient illustrer ces propos. À partir de là, toutes les hypothèses sont permises. La correspondance n'apporte pas d'élément éclairant, si ce n'est que les quatre auteurs choisis (comment ? par qui ?) se réunissaient chez Delphine de Girardin : « Voulez-vous venir dîner avec nous mercredi pour causer de Mlle de Chateaudun, sans façon, en costume d'ouvrier ? » (*Corr.* II, 254).

Que les réunions de travail aient lieu chez Delphine de Girardin est parfaitement naturel dans le contexte social de l'époque, mais cela ne permet pas d'en déduire qu'elle est la maîtresse d'œuvre. Nous en sommes donc réduit aux hypothèses. Les données du roman sont originales : nous n'avons pas trouvé d'exemple antérieur mettant en scène une femme aimée de trois hommes, et l'on peut penser (c'est l'avis de François Brunet), que c'est une donnée germée dans un cerveau féminin ; c'est une possibilité vraisemblable. Mais dans la rédaction de l'ensemble de l'œuvre, quelle est la part de chacun ? Il nous paraît peu vraisemblable que Gautier, qui s'est laissé attirer dans cette aventure peut-être malgré lui – son père estime qu'il « s'amusait peu en l'écrivant » (*Corr.* II, 273) –, soit resté passif et se soit laissé imposer des directives très précises.

Il est évident qu'Edgard est un personnage de fiction, auquel ses créateurs ont prêté des traits nécessaires à la conduite de l'intrigue.

Le trait le plus marquant est sans doute cette sorte d'orgueil chatouilleux qui, blessé, est capable de réactions violentes quand il se sent contrarié par les événements ou par le comportement de ses semblables. Mais, au-delà de ces concessions indispensables au bon déroulement du roman, nous voudrions montrer que l'ensemble de l'œuvre porte profondément la marque personnelle de Gautier.

Une phrase du père de Gautier, dans la correspondance, a attiré notre attention. Il faut se rappeler les circonstances de la publication du roman en feuilleton dans *La Presse* : le lecteur était prévenu de la collaboration des quatre auteurs assumant chacun un personnage précis, mais dont les noms n'étaient pas divulgués et Gautier avait respecté le secret puisque son père lui écrit le 14 juillet 1845, c'est-à-dire dès qu'il eut lu la première lettre d'Edgard de Meilhan : « La troisième (lettre) signée Edgard de Meilhan nous a paru être la tienne : "Le hasard c'est peut-être le pseudonyme de Dieu quand il ne veut pas signer" Quel autre que toi a de ces idées-là ? » (*Corr.* II, 265).

Cette remarque nous a conforté dans notre démarche, et, tout en faisant évidemment la part de l'invention romanesque et des nécessités de la narration, nous voudrions mettre en valeur les ressemblances entre Edgard de Meilhan et les autres personnages romanesques de Gautier – en particulier D'Albert – et Gautier lui-même.

Gautier ne passait pas, nous le savons, pour un fin psychologue et l'intérêt de ses œuvres de fiction est souvent ailleurs. Cependant l'on voit se dessiner à mesure du déroulement du roman, un personnage vivant, avec une certaine épaisseur et un certain accent d'authenticité. Ce portrait se dessine progressivement sous deux angles différents : les confidences, volontaires ou inconscientes, d'Edgard lui-même, et le regard que ses amis jettent sur lui.

Edgard est une sorte de projection, une sorte de double de Gautier dont il partage les manies, les *a priori* et les fantasmes. Il est allergique au mariage et ne comprend pas le désir passionné de son ami. Il considère « cette auguste institution comme une inconvenance monstrueuse, d'une haute immoralité, une révélation profane des secrets de la vie qui doivent être toujours secrets[1] (209-210) », et l'on sait que, malgré ses nombreuses liaisons et ses engagements parfois durables, Gautier ne s'est jamais marié, de même que, à l'exception du comte Labinski d'*Avatar,* aucun de ses héros n'est marié. En souvenir de sa jeunesse, transparaît son mépris, voire son horreur, pour la petitesse bourgeoise. La description qu'il fait de l'intérieur de Madame Taverneau met l'accent sur le mauvais goût, le sens de l'économie et la prétention maladroite de la propriétaire (93). Il a souvent sur les femmes des idées que nos contemporaines qualifieraient de machistes. Il n'épargne pas non plus les femmes de lettres, ces bas-bleus qu'il a en horreur et qu'il est contraint de fuir, de même qu'il est sans ménagement pour ses contemporains écrivains, les romanciers féconds : « Lequel, direz-vous ? Ils sont tous féconds aujourd'hui » (93), et, sans nécessité interne au récit, il se plaît à égratigner Paul de Kock, « auteur estimé des grandes dames et des cuisinières » (76) ; tout comme il affirme que pour détruire la réputation d'un homme, il suffit de répandre « le bruit qu'il a fait autrefois un volume de vers » (142).

Il partage les goûts de Gautier : il se moque volontiers de ses contemporains qui prétendent faire œuvre littéraire, voire poétique ;
il méprise ce qu'il considère comme l'amateur de la littérature populaire, (le commis voyageur le plus nourri de Pigault-lebrun) (98), mais, comme Gautier, il voue une admiration sans borne à Victor Hugo et pour séduire Irène, il lui lit *Tristesse d'Olympio* « cette sublime élégie du grand poète » (196).

Il est sans indulgence pour la vieillesse – la seule vieille dame de toute l'œuvre de Gautier qui soit épargnée par sa verve, est la tante de Rosette, qui représente un idéal du passé – le portrait qu'il dresse de la servante de Louise est féroce (79), car elle cumule l'âge, la laideur et la servilité. Comme Gautier, Edgard est un brillant causeur, mais, comme lui, il a horreur de la page blanche, et la seule idée d'avoir à écrire quelques mots sur un album le hérisse (41). Comme Gautier, Edgard rêve d'évasion, mais d'évasion vers l'Orient que son imagination lui dépeint comme un paradis de couleurs et de saveurs hors du commun, et nous ne sommes pas surpris de le retrouver dans une auberge du Havre déguisé en Turc, « une petite tasse de confiture verte posée à ses pieds »(213), dans un magnifique costume tout chamarré d'or, avec une belle négresse vêtue en esclave indienne endormie à ses pieds ; c'est un fantasme que Gautier a souvent caressé.

Tout comme D'Albert, Edgard est présenté, et se présente lui-même, avant tout comme poète. Dès sa première lettre il avoue avoir eu quelquefois « la faiblesse de faire se becqueter deux rimes au bout d'une idée, ou tout au moins au bout d'un certain nombre de syllabes » (41). Irène de Chateaudun est plus sérieuse et plus explicite – et Delphine connaissait bien, et appréciait beaucoup, Gautier ; c'est non seulement un poète, mais un poète renommé :

> Monsieur Edgard de Meilhan, le poète, dont j'ai tant de fois entendu parler et dont j'aime le talent. C'est un esprit très original [...] un jeune poète au regard profond (88-89) [...] et un homme qui se fait remarquer par son originalité (149) [...] et sa science (166).

De Gautier, Edgard partage le style, et d'abord ses jeux sur le vocabulaire, son goût pour les mots techniques et les mots savants, que l'on retrouve dans d'autres œuvres : le sanhedrin (que l'on retrouve dans sa correspondance), le mégalonyx (144), l'acrotère (45), les dumbelles (47) et même le mystérieux amorabaquin (145) dont nous n'avons pas su percer le mystère... Ce goût prouve le reflet de la culture de Gautier ; en effet l'érudition d'Edgard affleure sans cesse : personnages contemporains, modes de l'époque, et, bien entendu, sa culture classique. On retrouve ainsi sous sa plume tous les grands noms et les valeurs reconnues de la littérature, de Dante à Lamartine ou de Shakespeare à Goethe ou à Byron.

Son originalité se manifeste par son goût du paradoxe ; s'il a de la sympathie pour son ami Arthur Grandson, c'est parce que ce dernier cultive le paradoxe comme un véritable art et Edgard se plaît à détailler les propositions sur lesquelles repose la conduite pour le moins originale de cet aventurier moderne qui veut réformer le monde (218).

Il aime le choc des contrastes. Le portrait qu'Edgard brosse de Louise est significatif des obsessions de Gautier :

> Quelle singulière personne que cette Louise ! C'est un mélange d'esprit aventureux et de timidité virginale à n'y rien comprendre. Elle est d'une ignorance et d'une perspicacité inouïes. Ces contrastes sont de l'effet le plus piquant et m'attachent à elle de plus en plus (132).

La qualité de poète dont il se glorifie n'est pas seulement la facilité à écrire des vers : c'est surtout une façon d'appréhender le monde, et tout d'abord le monde extérieur. Le monde extérieur existe pour lui, comme pour Gautier, de façon prégnante, et, comme Gautier, il aime à décrire avec la minutie, la technicité et la pertinence qu'on lui connaît, les décors importants de ses cadres de vie, les paysages qu'il découvre, comme les environs de Château-Gaillard, aussi bien que les personnages qu'il côtoie.

Il est bien évident que le personnage de Louise est pour lui un morceau de choix et qu'on en trouve diverses évocations. Il est peut-être significatif que le premier élément auquel s'attache Edgard concernant Louise est sa toilette (nous verrons l'importance que l'apparence jouait dans son appréhension du monde extérieur). Celle qu'il prend pour une grisette

> avançait [...] la moitié d'un brodequin irréprochable moulant des chevilles parfaites [...]. Quant à sa robe j'ai honte de dire qu'elle était de mousseline, mais [...] je ne sais quoi de juste et d'aisé en même temps, une coupe parfaite [...] un mantelet de taffetas, un petit chapeau de paille avec un ruban tout plat et un voile de gaze verte à demi rejeté [...]. Ah ! Diable, j'allais oublier les gants ! [...] Celle-ci avait donc, ô douleur ! de faux gants que la vérité me force à estimer à la valeur de dix-neuf sols [...] (78).

Ce n'est qu'ensuite qu'il abordera la description du visage, avec la délicatesse et la poésie que Gautier a toujours apportées aux descriptions des visages de femme :

> La voilette, rabattue à demi ne laissait apercevoir du visage de l'inconnue qu'un menton d'une régularité parfaite, une petite bouche de framboise et la moitié du nez, peut-être les trois quarts. – Quelles jolies narines finement découpées, roses comme des coquillages de la mer du Sud ! Le haut était baigné d'une ombre argentée, transparente, sous laquelle on devinait les palpitations des cils et le feu humide des regards. Pour les joues, il faut que vous attendiez la suite des événements… (78-79).

Ainsi Louise, par sa beauté, par sa grâce, rejoint la galerie des jolies femmes dont l'œuvre de Gautier est ornée.

Poète, mais aussi amateur d'art éclairé ; il émaillle ses lettres de références à l'art, établissant un rapport étroit entre le contexte vécu et la transposition dans le domaine de la peinture en particulier. D'où les nombreuses occurrences de noms de peintres, ou de titres de tableaux dans les lettres d'Edgard. Et c'est là, nous le savons depuis longtemps, une des caractéristiques majeures de la manière de Gautier.

Il s'intéresse à toutes les formes d'art et a des goûts et des opinions souvent tranchées. De même qu'en peinture il apprécie la violence des couleurs de Delacroix qui a mis en chantier un tableau dont le ciel sera remarquable par « de l'indigo pur, le céleste tapis indien du dieu bleu » (184), de même, il n'aime que la « musique sensuelle » : « Tout ce qui ne ressemble pas de près ou de loin à l'*amor possente* de Rossini, doit rester enseveli dans les catacombes des pianos. La musique n'a été mise au monde que pour les femmes et l'amour » (184).

Le portrait que Raymond de Villiers brosse d'Edgard synthétise ses remarques antérieures et renforce l'image d'un jeune homme distingué, et supérieur aux autres par bien des aspects, un jeune homme dont l'apparence est souvent trompeuse. Raymond admire le talent poétique de son ami dont il a pressenti très tôt la qualité et dont il a suivi l'ascension avec beaucoup de sympathie et d'admiration ; mais

il est surtout conscient d'avoir percé le mystère du personnage :

> À l'entendre, vous diriez un impitoyable railleur ; à l'étudier, vous trouveriez bientôt, sous cette enveloppe d'ironie sans fiel, plus de candeur et de simplicité qu'il ne s'en soupçonne lui-même et que n'ont bon nombre de gens faisant sonner bien haut leur foi et leurs croyances. C'est, avec l'esprit d'un sceptique, l'âme crédule d'un néophyte (175).

En effet, Edgard manie l'ironie et l'auto-dérision en maître, avec presque toujours un désir évident de provocation. Je n'en prendrai qu'un exemple, le moment où il prend conscience qu'il est amoureux de Louise :

> Un jeune homme amoureux d'une enlumineuse doit au moins lui prendre la taille et lui dérober un baiser. Dussé-je vous paraître ridicule, je n'en ai rien fait [...]. Franchement j'ai peur d'être pris pour de bon. Commandez-moi une veste tourterelle, une culotte vert pomme, une panetière, une houlette, et tout l'accoutrement d'un berger du Lignon. Je vais faire savonner un agneau pour compléter la bergerie (98).

Ces évocations de la littérature galante dans ce qu'elle a de plus voyant et de plus conventionnel, sont bien la preuve du jeu qu'Edgard joue avec lui-même. Elles montrent aussi, nous semble-t-il, la peur du héros de paraître ridicule : pour éviter d'être victime du ridicule, mieux vaut l'assumer soi-même. Cette auto-dérision est un aspect essentiel du personnage.

Si l'on pénètre un peu plus profondément dans sa psychologie, on sera frappé par la cohérence de son monde intérieur. Edgard est un jeune homme qui, par la pratique continue de l'introspection, est d'une lucidité qu'il revendique hautement (127) et en cela il est évidemment le frère de D'Albert. Les composantes de son univers sont d'ailleurs en tous points semblables à celles de D'Albert. Outre la place qu'il accorde à l'art dans son approche du monde, nous l'avons vu, c'est un personnage parfaitement égocentrique, toujours attentif à ses propres réactions, et ne déterminant sa conduite qu'en fonction de ses propres désirs. Il est avant tout préoccupé de sa propre liberté. À la limite, l'on pourrait dire qu'il se contente souvent des apparences, de sorte qu'il peut façonner la réalité à son gré. Cette remarque se vérifie dans son approche des femmes. Il confesse, par exemple, qu'il ne veut rien savoir d'une femme qu'il commence à aimer : « Je tremble, lorsqu'elle commence une histoire, qu'elle n'y mêle quelque détail désillusionnant et qui dérange l'idée que je me suis faite »(104). Et toute l'histoire de son « idylle » avec Louise prouve qu'en interprétant la conduite de la jeune femme sur les apparences et dans le sens de ses propres fantasmes, il fait complètement fausse route.

L'amour reste sa préoccupation majeure et l'on peut dire qu'avant de rencontrer Louise, Edgard était amoureux de l'amour, de toutes les femmes plutôt que d'une femme, les relations amoureuses ressortissant pour lui beaucoup plus du caprice que de la passion (65). L'amour qu'il croit éprouver est pour ainsi dire intellectualisé et érotisé. C'est d'abord un jeu auquel il se complaît parce qu'il flatte son amour-propre. Puis, la séduction de Louise opérant, l'amour devient pour Edgard une ligne de force essentielle de son microcosme. En effet, l'amour est en liaison très étroite avec la beauté, on n'imagine pas Edgard amoureux d'une femme laide ; Louise est belle, donc elle est séduisante, mais, nous le savons, la beauté n'est pas pour Gautier une fin en soi ; c'est à la fois une preuve et un moyen d'accéder à l'idéal qui est, en quelque sorte, l'idée fixe du héros. Il ne s'agit donc pas d'une banale idylle sentimentale. C'est d'un amour platonicien absolu qu'il rêve, et plus haut l'auront entraîné ses illusions, plus dure sera la chute.

Nous sommes donc bien toujours dans le monde de D'Albert, qui rêve du bonheur par l'amour, mais d'un bonheur parfait, fait souvent de la fusion de contrastes, et qui doit conduire à l'idéal. C'est le monde que nous retrouverons dans *Avatar,* dans l'union parfaite du comte et de la comtesse Labinski.

Si, au-delà du cas particulier d'Edgard, l'on élargit la réflexion à l'ensemble du roman, on constatera que la coloration, l'emprise du microcosme de Gautier sont évidentes. Si Edgard croit pouvoir atteindre, grâce à Louise, une forme de bonheur parfait, il est évident que l'amour d'Irène de Chateaudun et de Raymond de Villiers est de la même essence : c'est un amour absolu, qui balaie tout sur son passage, et qui conduit au bonheur parfait et apporte une plénitude et une sérénité parfaites.

Considérons la marche du roman. Le titre est déjà par lui-même symbolique : il était clair pour les contemporains. La Croix de Berny, c'est cette commune à une dizaine de kilomètres au sud de Paris, où avaient lieu les courses hippiques importées d'Angleterre avec succès depuis les années 30. Le roman racontera donc une course, mais pas n'importe laquelle : une course qui implique hasard et concurrence souvent féroce. Le hasard est la part spécifiquement romanesque de l'œuvre, puisque c'est lui qui guide les rencontres et les incidents de la vie des protagonistes. La concurrence, elle, est beaucoup plus riche et plus complexe, car elle sous-entend un but fixé à l'avance et une tension de tous les moyens vers ce but, avec, si nécessaire, le besoin d'évincer, voire de terrasser, son rival. La concurrence est en fait l'image que revêt la fatalité, le destin qui entraîne les personnages à leur perte. Le but est la recherche du bonheur grâce à l'amour. Or, nous l'avons vu, l'amour rêvé par les protagonistes n'est pas une de ces amourettes classiques dans les romans sentimentaux. C'est un amour absolu qui doit conduire à une forme de perfection. Mais – et c'est là sans doute l'empreinte la plus visible de l'influence de Gautier – la perfection est incompatible avec la durée : toutes les autres œuvres de Gautier le prouvent ; le bonheur parfait ne peut se vivre que dans la fulgurance de l'instant. D'Albert et Madelaine de Maupin n'ont vécu qu'une nuit d'amour ; Irène de Chateaudun vit en une semaine la plénitude d'une vie entière de bonheur et c'est pourquoi Irène et Raymond acceptent la mort avec sérénité.

Certes, Edgard est un personnage de roman ; il a emprunté des traits de caractère des héros de Gautier en les grossissant, il est plus brillant, plus déterminé, plus violent, plus cynique… Mais il faut reconnaître que sa façon de s'exprimer, sa façon de penser, ses convictions spiritualistes, son microcosme ressemblent étrangement à ceux d'un D'Albert ou d'un Octave de Saville. Et, au-delà, de Gautier lui-même. Quant à la façon rigoureuse dont le roman est conduit, se trouve ici préfigurée cette marche inéluctable du destin, évoquant la tragédie antique, que l'on retrouvera dans *Jettatura*. Il n'est donc pas scandaleux d'affirmer que, dans la conception et dans la réalisation de ce roman qui a connu à son époque un très grand succès, l'empreinte de Gautier est fortement marquée.

NOTE

1. Le texte de référence est l'édition des « Œuvres complètes », *Romans, Contes et nouvelles*, tome II, éd. Honoré Champion, 2003, édité par C. Lacoste-Veysseyre.

La Croix de Berny, roman parodique,
ou les jeux de l'amour et du destin

François BRUNET

L'idée d'écrire un roman à quatre mains, et un roman sentimental de surcroît, ne me semble pas provenir d'une initiative de Théophile Gautier et il m'apparaît plutôt qu'il s'est laissé entraîner dans cette entreprise par l'un ou plusieurs des autres co-auteurs. C'est du moins ce que je crois pouvoir déduire de quelques phrases éparses dans la *Correspondance.*

> Alger, 7 août 1845 : *La Croix de Berny* va bien ! tant mieux car je croyais que la chose n'aurait ni cul ni tête.

> Alger, 19 août 1845 : *La Croix-de-Berny* est finie, Dieu soit loué. Gérard m'a dit que mes morceaux avaient été remarqués. Tant mieux car le roman sentimental n'est guère dans mon genre mais on a un état il faut tout faire.

Le « tant mieux » de cette seconde lettre concerne sans doute l'accueil flatteur réservé aux lettres rédigées par Gautier qui semble avoir douté de ses capacités à s'adapter au genre sentimental. Dans d'autres lettres, on trouve quelques jeux de mots sur le mot « croix » indi quant que l'auteur de *Mademoiselle de Maupin* a écrit contraint et forcé et sans aucun plaisir. Ce qui ne signifie pas, bien entendu, qu'il aurait le moins du monde bâclé sa quote-part, tout au contraire.

La correspondance nous fournit encore les renseignements suivants qui permettent d'imaginer vaguement le scénario de la création collective :

Le 4 (?) janvier 1845[1], Delphine de Girardin écrit à Gautier et se plaint de ne pas l'avoir vu depuis un an. C'est donc après cette date que le projet a pris corps, peut-être autour du 2 avril 1845, jour où elle l'invite à dîner. Mais ce peut être avant ou après cette date, la correspondance étant évidemment lacunaire.

Le 22 juin, le projet doit être assez avancé car elle s'enquiert si Gautier « a » *la Croix de Berny*, et elle lui demande s'il a besoin d'elle, peut-être pour discuter de vive voix de tel détail.

Mais que signifie exactement cette tournure étrange : « *Avez-vous la Croix de Berny* ? » Désigne-t-elle les pages que Gautier doit écrire ? Ou bien le manuscrit que les collaborateurs feraient circuler entre eux pour harmoniser leurs textes ? Ou encore un canevas développé à partir duquel chacun élabore les morceaux à faire qui lui reviennent ?

En juin encore, mais la date est conjecturale, elle invite Gautier à dîner « pour causer de Mlle de Châteaudun sans façon en habit d'ouvrier ». Il s'agit donc d'une sorte de séance de travail. Ces quelques éléments donnent l'impression que Delphine de Girardin est au cœur du projet, peut-être même l'initiative lui en revient-elle[2].

Le 3 juillet, Gautier quitte Paris pour l'Algérie. Il est à Châlons le 5. À Avignon le 7 (il travaille toujours à *la Croix de Berny*), à Marseille le 11 où il est l'hôte de Méry, l'un des quatre collaborateurs du roman steeple-chase. Il n'est pas impossible que les deux co-auteurs aient écrit en liaison étroite les dernières lettres du roman à ce moment-là.

Le 9 juillet, la publication a commencé dans *La Presse* alors que le manuscrit n'est pas encore tout à fait achevé.

Le 12 juillet, Gautier annonce de Marseille l'envoi des cinq dernières lettres d'Edgard de Meilhan. Ses parents ont déjà reconnu son style et percé son anonymat à la lecture des premières lettres déjà publiées.

Le 22 juillet, les noms des quatre co-auteurs sont révélés dans *la Presse.* La publication s'achève le 10 août, il y a eu 28 feuilletons et 41 lettres en tout dont 14 signées Edgard de Meilhan c'est-à-dire dues à la plume de Gautier. Selon Claudine Lacoste, éditeur de ce texte[3] et qui a fait le calcul, ceci correspond à un peu moins d'un quart du volume. Et les 7 et 19 août, il ne reste plus à Gautier qu'à se réjouir de ce que la publication se soit bien déroulée.

Les réticences manifestes de Gautier à se lancer dans cette aventure surprennent un peu, notamment son inquiétude en raison du domaine, nouveau pour lui, du roman « sentimental ». Ses récits antérieurs étaient soit des contes fantastiques, soit des récits décalés dans le temps ou l'espace et plus ou moins exotiques. *Fortunio* appartient au genre excentrique et dans *La Toison d'or,* l'intrigue sentimentale proprement dite, c'est-à-dire l'épisode de la séduction, est réduit à rien. C'est seulement dans les années suivantes que Gautier écrira d'autres romans sentimentaux, *Les Roués innocents* (1846) et *Jean et Jeannette* (1850) dans lesquels certains des procédés de *La Croix de Berny* – déguisements, fausses identités, reconnaissances etc. – sont réutilisés.

L'INTRIGUE

L'intrigue de *La Croix de Berny* est en fait presque aussi originale que l'idée de l'écrire en collaboration : il s'agit ici d'une femme courtisée par trois hommes, ce qui est une donnée rare en littérature – bien qu'elle constitue l'ossature de *Hernani* que Hugo voulait d'abord intituler « Trois pour une[4] ». Mais cette donnée complexe n'ira pas sans difficultés de mise en œuvre et, en fait, elle se résoudra en une double intrigue de deux trios imbriqués, la formule du trio étant classique et assez facile à conduire : plusieurs des précédents récits de Gautier, *Le Roi Candaule et La Chaîne d'or* notamment, puis, dans les futurs récits, *Militona, Jettatura, Avatar, Fracasse,* se présentent comme une composition en trio.

Au début de *La Croix de Berny,* Irène de Châteaudun, qui a vécu quelque temps cachée sous un faux nom, est fiancée à Roger de Montbert. Mais elle doute de la validité de cet engagement et disparaît, reprenant sa fausse identité. Elle rencontre alors Edgard de Meilhan qui tombe amoureux d'elle. Lors d'un voyage à Paris, elle croise le prince de Montbert en galante compagnie et se dégoûte définitivement de lui. L'intrigue s'est donc déroulée jusque-là entre trois personnages, mais Roger de Montbert, personnage qui s'exprime par la plume de Méry est à présent définitivement exclu de l'action : il ne sera plus qu'un observateur, tantôt adjuvant, tantôt opposant et, comme nous le verrons, une figure du destin.

Survient alors le quatrième personnage, qui ne s'est annoncé jusque-là que par une lettre spirituelle due à la plume de Jules Sandeau. Raymond de Villiers tombe éperdument amoureux d'Irène de Châteaudun dès qu'il la voit, ce coup de foudre est réciproque, mais Roger de Montbert déconseille à Raymond, au nom de l'amitié, d'entrer en compétition avec Edgard. Raymond disparaît donc, désespoir d'Irène. Finalement, tout semble s'arranger, Raymond et Irène se retrouvent, se marient, mais les deux comparses évincés tirent au sort qui se battra en duel contre Raymond, jugé ami déloyal. C'est Edgard qui est désigné par le sort. Edgard tue Raymond et Irène meurt de chagrin. Dans cette deuxième partie, il est donc clair que l'essentiel de l'intrigue se déroule désormais entre Edgard, Raymond et Irène qui constituent le deuxième trio.

Pour renforcer la cohésion de cette double intrigue, les trois jeunes gens sont amis et un lieu, le château de la mère d'Edgard, les réunit même quelque temps (lettre XXII). Enfin, une seule et même personne est la destinataire des lettres d'Irène de Châteaudun et de quelques-unes de Raymond de Villiers. Mais il y a aussi des effets de dispersion nécessités par le caractère de l'héroïne : sous sa double identité, Irène-Louise apparaît et disparaît, occupe deux lieux différents à Paris (une mansarde ou un hôtel particulier) et deux lieux différents à Richeport, petite ville de Normandie, puisqu'elle est tantôt chez la postière et tantôt chez Mme de Meilhan. On comprend qu'un échafaudage aussi délicat où les effets de reconnaissance sont retardés au maximum ne pouvait fonctionner que grâce à des procédés éprouvés du romanesque : déguisements, fausses identités et départs mystérieux du côté de l'héroïne, coïncidences, enquêtes et méprises pour les trois hommes ce qui nous entraîne, du moins dans la première partie, dans des milieux assez différents. Et aussi, coups de foudre des deux parts et sentiment de la prédestination entre Irène et Raymond. L'intérêt de l'ouvrage est donc triple : *La Croix de Berny,* conçu comme une sorte de tournoi littéraire, est à la fois un roman de mœurs, un récit largement parodique de la tradition sentimentale, enfin une fable morale dont la philosophie est fort pessimiste. Outre l'intérêt que les spécialistes peuvent trouver à lire cet ouvrage atypique dont une partie seulement est de la plume de Gautier, il me semble que ce roman peut être apprécié à travers cette triple lecture.

Le roman de mœurs

Les quatre auteurs ont à l'évidence eu à cœur de meubler leur roman de scènes inspirées de la réalité, surtout dans la première partie du roman, lorsque l'intrigue se met en place. Une certaine parenté d'esprit moqueur les unit et en même temps, peut-être, un esprit de compétition qui rend ces passages particulièrement spirituels.

Au crédit de Joseph Méry, auteur des lettres de Roger de Montbert, nous avons ainsi le récit d'une soirée à l'Opéra (Lettre II, scène de la rencontre avec Irène de Châteaudun) dont l'atmosphère, le faste, le caractère mondain sont bien rendus. L'ouvrage représenté, *La Favorite* de Donizetti, ayant été créé en décembre 1840[5], le vague de la datation des lettres portant le millésime imprécis « 18** » est donc purement conventionnel : l'intrigue se déroule bien sous la Monarchie de Juillet et non dans un univers irréel. Dans la Lettre V, Roger de Montbert fait une sorte de physiologie des bureaux de poste de l'époque, et notamment de la poste restante, en reproduisant tout un dialogue amusant qui n'est pas bien différent de ceux qu'ont racontés certains chansonniers[6]. Dans la même lettre, il est question d'un bal mondain où le fiancé abandonné d'Irène de Châteaudun danse un quadrille avec une jeune fille laide que le bonheur finit par transfigurer. Dans la Lettre XI, nous assistons à la représentation d'*Antigone*, avec les chœurs de Mendelssohn, à l'Odéon, autre événement marquant de la vie artistique parisienne qui eut effectivement lieu en mai 1844[7] : c'est au cours de cette soirée que Roger de Montbert se compromet aux yeux d'Irène en raison des personnes qui l'accompagnent. L'infortuné prince abandonné pourchasse sa fiancée dans le Passage des Panoramas à Paris et se heurte à un fâcheux qui lui parle de courses, de paris, d'investissements (Lettre XI). Dans la Lettre XV, nous avons une petite galerie de silhouettes aristocratiques avec M. de Balaincourt, la gazette du faubourg Saint-Germain, Mme de Lorgeval et le « beau Léon de Varèze ». Toujours à la recherche d'Irène, Roger de Montbert, faussement renseigné par la police, se rend dans un château de Bourgogne où, au bout d'un dialogue assez piquant, il découvre qu'il est la victime d'un quiproquo. Dans la Lettre XXII, Roger de Montbert, en véritable Sherlock Holmes du cœur humain, décrypte dans la maison de Mme de Meilhan, les signes d'une rivalité amoureuse. Au total, Joseph Méry a beaucoup contribué à donner une épaisseur de réalité au roman, même si son art est essentiellement caricatural.

Avec Raymond de Villiers, c'est-à-dire Jules Sandeau, nous assistons aux aventures donquichottesques d'un innocent touriste suspecté de donjuanisme par une prude Anglaise, puis à une scène d'incendie ; nous lisons aussi le récit des mésaventures d'un alpiniste anglais (Lettre IV). Mais les lettres de Raymond de Villiers concernent surtout la seconde partie, et toutes baignées de sa passion romantique pour Irène de Châteaudun, elles sont moins lestées de détails concrets et savoureux que les autres. Nous pouvons relever

cependant le portrait caricatural d'un général, redoutable ancien combattant de Friedland, qui monopolise la conversation à une réception de Mme de Meilhan[8], portrait qui montre que Jules Sandeau n'avait pas moins de verve que ses collègues.

Delphine de Girardin a prêté à son héroïne non seulement sa séduction de beauté blonde au profil classique, mais aussi les traits essentiels de son style, formant, selon Théophile Gautier, un « mélange de sensibilité romanesque et d'observation ironique[9] ». Comme le chroniqueur des *Lettres parisiennes,* Irène de Châteaudun, pour sa part, jette un regard moqueur sur un monde qu'elle décrit avec un amusé mépris. Elle réserve son lyrisme à ses rêves, à son amitié pour sa confidente Valentine et pour finir à son amour pour Raymond. Aussi, les quelques scènes de genre qui émaillent ses lettres, tout en correspondant à celles de Roger de Montbert, sont-elles moins naïves et plus froidement ironiques. Nous relevons son récit d'un voyage en chemin de fer, puis en diligence et pour finir à pied, au cours duquel elle rencontre Edgard de Meilhan et supporte le bavardage insipide de l'ami Alfred A*** qu'elle décrit ainsi :

> C'est un monsieur carré, qui a un front carré, un nez carré, une bouche carrée, un menton carré, un sourire carré, une main carrée, des épaules carrées, une gaieté carrée, des plaisanteries carrées, c'est-à-dire un esprit à la fois grossier, lourd et anguleux[10].

Au fil de ses lettres, nous avons droit aussi à une critique de son hôtesse, Mme Taverneau, brave postière dépourvue de malice et de goût, et aux chapeaux de ses amies (Lettre IX). Mais nous avons droit surtout au récit de la représentation d'*Antigone* où Roger de Montbert se commet avec des « créatures ». Esprit positif et moderne, Delphine de Girardin fait plusieurs fois l'éloge du chemin de fer[11].

Edgard de Meilhan, c'est-à-dire Théophile Gautier, fait lui aussi de fréquentes allusions à la société contemporaine. Les ajustements, les modes, la manière d'être, il les observe avec subtilité, sinon perspicacité : ainsi, le long portrait de la fausse Louise Guérin, qui semble sortir d'une physiologie de la grisette, bien que le jeune poète détecte assez vite que la jeune personne n'est ni veuve, ni grisette. Citons encore la description très balzacienne de la soirée dansante et chantante donnée par la brave Madame Taverneau dans un salon terriblement bourgeois et provincial aux yeux de cet esthète : on y remarque notamment l'évocation d'une garniture de cheminée Empire qui est le symbole de l'objet détestable pour ce romantique ; et l'exécution sommaire des invités normands, plus cruelle qu'une charge de Flaubert :

> Leurs têtes, épanouies sur leurs cravates blanches, et leurs cols de chemise gigantesques faisaient penser à des cucurbitacés. Quelques hommes ressemblent à des animaux, au lion, au cheval, à l'âne ; ceux-ci, tout bien considéré, avaient l'air encore plus végétal que bestial[12].

Le récit de la visite de Château-Gaillard (Lettre XIII) est plus romantique. Le paysage, surtout, est très bien évoqué, sans que le récit s'enlise. Le tourisme n'était-il pas une occupation caractéristique des gens aisés à cette époque ? Il a sa place, non caricaturée, dans cette lettre d'Edgard de Meilhan. D'ailleurs, le goût du moyen âge est une manie de l'époque. La description du château à demi en ruines qu'habitent Mme de Meilhan et son fils participe de cette réalité, ou de ce rêve. Gautier se livre dans ces pages évocatrices à son habitude de situer ses personnages romanesques dans un cadre précis, mais l'écrin, tout comme le personnage, est ambigu. N'y a-t-il pas une discrète moquerie dans cette description d'une ruine fleurie, d'un appartement-cathédrale, d'une chambre d'ami-chapelle ? Ces créneaux, ces mâchicoulis (que Gautier à son habitude appelle « moucharabys »), ces fenêtres trilobées, cette salle gothique où Edgard de Meilhan (du moins c'est Irène qui le déclare, Lettre XVII) entre avec son cheval, ne sont-ils pas le cadre rêvé pour un homme moyen âge ? Edgard de Meilhan n'est-il pas un Jeune-France un peu ridicule à la façon d'Élias Wildmanstadius ?

Dans cet inventaire, j'ai été entraîné à employer à plusieurs reprises les termes « moquerie », « ironie », « caricature ». La peinture de la société contemporaine se veut légère, spirituelle, démystificatrice d'une comédie humaine ridicule plutôt que mauvaise. Mais il y a malgré tout peu de valeurs qui sortent indemnes de cette quadruple vision. L'écriture, elle-même, n'échappe à une remise en cause radicale que par l'étalage de sa virtuosité : *La Croix de Berny* se situe presque tout entière dans le secteur littéraire de la parodie.

Le roman parodique

Cette parodie vise la tradition du roman sentimental épistolaire dont le grand modèle est la *Clarisse Harlowe* de Richardson et ses avatars français, *La Nouvelle Héloïse* et *Les Liaisons dangereuses.* Les quatre co-auteurs ont adopté le moyen commode d'une destinataire extérieure à l'action, Valentine de Braimes, qui est la confidente d'Irène de Châteaudun, laquelle connaît également Raymond de Villiers et reçoit donc des lettres de ces deux scripteurs, ce qui fait qu'elle a parfois deux récits d'un même événement vu de deux points de vue différents. Mais, lorsqu'elle pourrait intervenir pour réunir Irène de Châteaudun et Raymond de Villiers, il se trouve qu'elle est en voyage, que ses lettres s'égarent, *etc.* Lorsque les personnages s'écrivent, la plupart du temps ils donnent soit des interprétations trompeuses d'événements réels, soit de mauvais conseils qui sont suivis à la lettre[13]. D'autres fois, les lettres ne sont pas lues ou restent sans réponse (ainsi les lettres d'Egdard de Meilhan à Irène de Châteaudun qui refuse de le recevoir). En fait, l'échange épistolaire est totalement perverti, sauf peut-être dans les deux dernières lettres où les deux survivants du drame, arrivés au bout de leur steeple-chase, peuvent enfin faire un bilan authentique de leur situation et rendre l'hommage qui leur est dû aux deux victimes de leur sotte vengeance. On est donc à l'opposé des modèles habituels du roman épistolaire dont les personnages sont beaucoup plus lucides. Il semble que la tradition accordant au message écrit une authenticité et un pouvoir cathartique et dynamique soit totalement niée dans *La Croix de Berny*. L'écriture n'est ici qu'une expansion du moi de quatre jeunes aristocrates tout gonflés de leur importance.

La parodie se trouve également dans le style des quatre épistoliers, et cela, dès le début. Lorsque la fausse Louise Guérin, réfugiée dans une pauvre mansarde du Marais, lassée du « vulgaire travail » auquel sa pauvreté la condamnait, regardait par sa fenêtre, que voyait-elle ? Un parc, des peupliers, des pins, des sycomores et, en haut d'une maison lointaine, une fenêtre qui s'éclairait. Qu'entendait-elle ? Le chant du rossignol etc. La sentimentalité est un peu appuyée et Madame de Girardin, qui avait par ailleurs adopté le pseudonyme masculin de Vicomte de Launay, usait en général d'un style moins douceâtre. Symétriquement, Raymond de Villiers, ruiné par sa générosité et réfugié dans le Marais voit, au delà d'un pin, une fenêtre éclairée, « petite étoile qui scintillait entre ciel et terre »... Cette image de la prédestination qui prépare le coup de foudre de la fontaine, plus avant dans le roman, fait sourire dès que l'on découvre la coïncidence.

Toute la première lettre de Raymond de Villiers, dont l'auteur est Jules Sandeau, est d'ailleurs pleine d'un humour fondé sur des allusions littéraires qui sont autant de clins d'œil aux lecteurs cultivés. L'incendie à Voreppe semble une parodie de l'épisode de *Corinne* où Oswald sauve la ville d'Ancône de la destruction. Les références précises à Grenoble, à Voreppe, allusion possible au *Médecin de campagne* de Balzac, à la Grande-Chartreuse qui est dans tous les récits des touristes excursionnant dans les Alpes et beaucoup d'autres, ancrent les récits de Raymond sur un fond permanent de références littéraires. Le motif de l'Anglaise ridicule, qui est un topos de la littérature de voyage, est d'ailleurs repris au vol par les autres scripteurs, on le retrouve notamment dans deux lettres d'Irène de Châteaudun (Lettre XIV et Lettre XXXII).

Méry, sur qui repose le personnage de Roger de Montbert, se livre quant à lui, à travers son personnage, à l'autodérision. On sait que Méry avait écrit plusieurs romans ayant l'Inde pour cadre. Les métaphores filées et emphatiques concernant les tigres et autres animaux sauvages abondent pour illustrer le caractère dangereux et colérique du personnage de Roger… qui ne jouera au total que le rôle d'un inoffensif tigre de papier au contraire d'Edgard, le poète. On pourrait citer toute la lettre XV décrivant avec grandiloquence le combat de deux tigres amoureux auxquels Roger de Montbert se compare[14] (Voir Lettre XV).

Madame de Girardin, ou plutôt le Vicomte de Launay, auteur de *Lettres parisiennes* assez caustiques, n'est pas en reste. Son héroïne qui présente tous les stéréotypes de la jeune fille comme il faut, discrète, réservée, muette même alors qu'on la voudrait plus osée, défie ses poursuivants, apparaît, disparaît dans une boutique chinoise à double entrée comme un objet magique dans une boîte à double fond (Lettre XIV) ; elle se transforme parfois en manipulatrice qui invente des ruses subtiles pour s'emparer d'une lettre, en espionne qui guette derrière des volets (Lettre XXIII) ou qui regarde à travers les fentes d'une cloison (Lettre XXIX). À part cela, assez pratique, et fort contente des millions dont elle vient opportunément d'hériter, car elle trouve « très ennuyeux de jouer à la pauvreté » (Lettre VII) ; mais elle est avant tout, très imbue d'elle-même :

> Et c'est parmi ces jeunes fats, dans cette pépinière de fainéants, que je dois chercher un mari, qu'Irène de Châteaudun doit choisir une alliance[15] !…

Cette vanité n'est pas exempte de ridicule :

> Quand ils se furent un peu éloignés, j'entrouvris le volet, et je les vis arrêtés tous trois admirant le paysage […]. En les voyant tous les trois si élégants, si distingués, un mauvais sentiment de vanité féminine me traversa l'esprit ; je me dis tout bas, et dans le plus profond abîme de mon orgueil : Tous les trois ils m'aiment… tous les trois ils pensent à moi[16] !

Cette dangereuse coquette, qui se donne toujours bonne conscience et n'accorde même pas à ses soupirants condamnés sur de simples apparences la possibilité de se justifier, est par ailleurs dotée d'une sensibilité de midinette qui s'exprime avec une abondance souvent insupportable pendant des pages entières, à grand renfort de points d'exclamation et de points de suspension, par exemple au début de la lettre XIX dans un élan dont voici l'acmé :

> Pauvre Roger !... Je lui pardonne de bon cœur aujourd'hui ; bien mieux, je le remercie de m'avoir si vite désenchantée. Edgard !... Edgard !... lui, je le hais quand je me rappelle que j'ai voulu l'aimer ; mais non, non, il n'y a jamais eu d'amour entre nous ! Quelle différence ! Ô mon Dieu !... Et cependant celui dont je vous parle avec un si fol enthousiasme... je l'ai vu hier pour la première fois... je ne le connais pas !... je ne le connais pas, et je l'aime... Valentine, qu'allez-vous penser de moi[17] ?

Il est vrai que la sincérité de son amour pour Raymond de Villiers la rend, à la fin du roman, plus sympathique et elle aura droit finalement à la mort très romantique d'une Iseult ou de la châtelaine de Vergy[18]. Cependant la lettre inachevée dans laquelle elle confie ses angoisses à son amie est toujours écrite dans le même style grandiloquent :

> L'heure sonne ! Trois heures ! C'est effrayant... L'espoir me quitte... tout est perdu... Je me sens mourir. Mon instinct me dit qu'il se passe quelque événement affreux pour moi sur cette terre... Ah ! Mon cœur se déchire ; ce que je souffre est horrible. Raymond ! Raymond ! Valentine ! Ma mère ! Au secours ! Au secours ! Au bout de l'allée je vois venir un cheval ; ce n'est pas celui de Raymond... Ah ! Voilà le sien... Mais lui, je ne le vois pas... Dieu !

Il semble que le Vicomte de Launay ait voulu maintenir jusqu'au bout ce style qui parodie celui d'une héroïne de roman à l'eau de rose ou de mélodrame.

Les lettres signées Edgard de Meilhan, c'est-à-dire écrites par Gautier, ne sont pas exemptes non plus de parodie, mais celle-ci est conduite avec plus de subtilité, si bien qu'on reste parfois dubitatif et qu'on se demande si elles ne comportent pas malgré tout une bonne part de sérieux. Les lecteurs de *Fortunio* ou même de *Jettatura* sont habitués à cette ambiguïté littéraire de Gautier mais dans *La Croix de Berny*, le dosage est différent, la parodie l'emporte de beaucoup sur le sérieux.

Edgard de Meilhan est l'un des nombreux personnages que Gautier a inventés à sa ressemblance. Comme Gautier, Edgard de Meilhan est un poète, et même un jeune poète (Gautier a 34 ans en 1845), matériellement assez à l'aise (sa mère, quoique ruinée, habite un château gothique décoré avec beaucoup de goût), professant des idées anti-conventionnelles sur la vie, l'art et l'amour, épris d'exotisme et notamment de barbarie, et même attiré, comme le fut réellement Gautier, dès avant 1845, par les paradis artificiels, à savoir le haschisch. Ces différents éléments ont déjà été rencontrés chez d'autres personnages masculins, notamment dans *Les Jeunes France, Mademoiselle de Maupin* (Edgard de Meilhan ressemble aussi beaucoup à D'Albert), *Fortunio, La Toison d'or, La Pipe d'opium*, ou la pochade *Yeux verts et talons roses,* franchement autobiographique. Simplement, Edgard de Meilhan est doté d'une confiance en soi qui va jusqu'à l'outrecuidance et la fatuité la plus ridicule, surtout lorsqu'elle est démystifiée par le regard impitoyable d'une coquette qui ne dit mot mais se répand en sarcasmes dans les lettres qu'elle écrit à sa confidente. Edgard de Meilhan se croit irrésistible, il essaye de séduire la fausse Louise Guérin par des regards pénétrants dont il est très fier :

> Mon ardente contemplation la fascinait ; elle restait immobile sous mon regard. Je sentais moi-même jaillir par mes prunelles ma pensée en jets de feu ; ses paupières s'abaissaient invinciblement, ses bras se dénouaient, sa volonté s'affaissait devant la mienne ; se sentant à demi-vaincue, par un suprême effort, elle mit sa main sur ses yeux, et resta quelques minutes ainsi pour se soustraire aux rayonnements de mon désir[19].

Le thème de la puissance du regard est fréquent chez Gautier, et dans *Jettatura* il provoque des effets dont on n'a pas envie de rire. Mais ici, l'amusement est provoqué par le mode de narration à la première personne. Il est confirmé par la version qu'Irène de Châteaudun donne de cette scène en se gaussant des regards d'Edgard de Meilhan.

> Si tout cela était de l'amour, cela pourrait être séduisant et dangereux, mais c'est du magnétisme… vous riez, cela n'est pas autre chose : il procède par fascination, il me jette des regards malintentionnés, auxquels il commande d'être brûlants… et qui me sont insupportables. Je finirai par lui dire très sincèrement qu'en fait de magnétisme, je ne suis plus libre… *j'en aime un autre*, comme on

dit dans les vaudevilles ; et s'il me demande qui est cet autre, je lui répondrai en riant : C'est le fameux disciple de Mesmer, monsieur le docteur Dupotet[20].

Un autre moment de déconstruction d'une illusion se trouve dans le double récit de la visite de Château-Gaillard. Edgard de Meilhan se vante avec emphase auprès de Roger de Montbert d'avoir fait défaillir Louise en la prenant dans ses bras pour lui éviter une chute. La fausse Louise de son côté raconte platement à sa correspondante qu'elle a eu très peur et s'est presque évanouie après avoir posé son pied sur une pierre mal scellée et avoir failli tomber par une brèche du château « dans un précipice de quatre-vingts pieds[21] ».

Pour Irène de Châteaudun, Edgard de Meilhan n'est qu'un « poète en délire[22] ». Il est difficile par conséquent que le lecteur prenne au sérieux ce personnage plein d'illusions et qu'une femme, parce qu'elle est jolie, mène par le bout du nez.

Edgard de Meilhan professe d'ailleurs sur les femmes des idées fort peu délicates, peut-être moins choquantes au milieu du XIXe siècle qu'à notre époque, influencée par plusieurs décennies de féminisme, mais que démystifie fort bien Irène de Châteaudun, c'est-à-dire Delphine de Girardin. Il me paraît logique de penser que les deux auteurs étaient d'accord pour donner à Edgard de Meilhan le mauvais rôle d'homme à bonnes fortunes, de roué, joué finalement par une plus rouée que lui et de grossir un peu ses traits de caractère. Il est intéressant de noter qu'Edgard de Meilhan est le seul des protagonistes de Gautier, avec l'Octave de Saville d'*Avatar* qui échoue dans son entreprise de séduction. Mais contrairement à Octave de Saville qui est un personnage tragique et qui inspire la pitié, Edgard de Meilhan est assez souvent ridicule, ou ridiculisé et à la fin, il est loin d'inspirer notre sympathie. Cet anti-héros a ainsi été construit en opposition avec tous les personnages romantiques de Gautier, il est le digne continuateur des personnages des *Jeunes-France*, plus proche d'Onuphrius que de Paul d'Aspremont.

On peut se demander par exemple quelles sont les intentions exactes d'Edgard de Meilhan à l'égard de la fausse Louise Guérin qu'il prend au début pour une grisette et qu'il estime donc incapable de résister à ses entreprises de séduction. De mariage, il n'est pas question, il n'y a que Mme de Meilhan qui en avance l'idée, pour influencer Louise et l'entraîner à récupérer son rejeton en partance pour l'Amérique. Louise, c'est-à-dire Irène, ne se fait guère d'illusions :

> C'est tout autre chose que d'aimer une aventurière avec qui l'on peut agir légèrement ou d'aimer une fille de bonne maison qu'il faut épouser solennellement. Edgard a contre le mariage une répugnance invincible ; il considère cette auguste institution comme une inconvenance monstrueuse d'une haute immoralité, une révélation profane des secrets de la vie, qui doivent être toujours sacrés ; il appelle cela des amours publics ; il prétend qu'il ne pourrait jamais afficher si grossièrement une préférence. [...] Les Orientaux, ajoute-t-il, que nous appelons barbares, ont plus de pudeur que nous ; ils enferment leurs femmes, ils ne les promènent jamais, ils ne montrent à personne l'objet de leurs mystérieuses tendresses[23].

Enfin, il est un passage très caractéristique des intentions parodiques de Gautier, à travers Edgard de Meilhan, et c'est celui consacré à l'expérience du haschich. Il est clair que dans cet épisode Gautier se parodie lui-même en tant que consommateur occasionnel de cette drogue, en tant que poète prenant ses ivresses comme sujet d'écriture, en tant que philosophe hédoniste et en tant qu'inventeur de personnages réunissant ces différents traits. La page est en apparence très poétique, très intéressante même sur le plan des idées esthétiques dans la traduction des synesthésies et Gautier en réutilisera divers éléments. Certains détails, certains traits de vocabulaire déjà apparus dans *La Pipe d'opium,* dans un article du 10 juillet 1843, dans la pochade *Yeux verts et talons roses*[24] et qui réapparaîtront dans *Le Club des hachichins* sont présents dans le récit qu'Edgard de Meilhan fait de son extase de consommateur de la fameuse confiture verte[25]. Cependant, pour si extraordinaires, fantasques, composites, abracadabrants que soient les détails évoqués dans ces différents textes, leur bizarrerie garde une valeur esthétique et s'ils amusent, c'est par leur caractère inattendu et surnaturel. Dans *La Croix de Berny,* bien que le rêve raconté par Edgard de Meilhan soit très poétique, il est clair qu'un détail démystifie tout ce passage et que l'évocation de la négresse transformée en coussin et ronflant (le terme est dans le texte) sous les pieds d'Edgard de Meilhan manque tout à fait de noblesse et fait tomber le passage non seulement à plat mais aussi dans le ridicule et le prosaïsme le plus vulgaire. On peut reprendre pour ce personnage la phrase de Pascal citée par Raymond de Villiers : « Qui veut faire l'ange fait la bête[26]. »

Par tous ces détails, qui n'épuisent pas le sujet, *La Croix de Berny* me semble ressortir au registre du parodique. Mais le moindre paradoxe de ce roman dont la lecture est agréable, amusante, c'est que sa légèreté n'est qu'apparente puisque cette composition parodique aboutit à un dénouement tragique et que sa philosophie est si amère et profondément pessimiste, ce qui n'est pas la règle dans le roman sentimental[27].

Les jeux de l'amour et du destin

L'idée qui soutient ce roman d'intrigue concerne la philosophie de l'amour c'est-à-dire le topos de la prédestination, de l'amour fatal. Cette idéologie se trouve répandue dans les quatre séries de lettres si bien que l'on doit se demander si les quatre auteurs partageaient les mêmes idées sur ce point ou bien s'ils avaient adopté le point de vue de l'un d'entre eux, à la fois par jeu et par souci de maintenir la cohérence de l'ensemble qui, sinon, aurait pu n'avoir « ni cul ni tête » comme le craignait Gautier. Si cette seconde hypothèse est la bonne, on pense tout de suite à l'influence déterminante de Gautier, car c'est là une de ses idées les plus constantes. Dès *La Cafetière* on la rencontre dans nombre d'œuvres, et notamment dans les dernières, *Arria Marcella, Avatar, Jettatura, Le Roman de la momie, Le Capitaine Fracasse, Spirite.* Mais il est sûrement abusif d'attribuer au seul Gautier le choix de cette idéologie qui n'est d'ailleurs pas propre au romantisme, ce qui explique que chacun des autres auteurs a varié et modulé ce thème avec brio.

Le hasard arrange les choses de façon aveugle et neutre alors que le destin mène le plus souvent à des catastrophes. Bien que de temps en temps dans *La Croix de Berny* les personnages aient plutôt l'impression d'être entraînés par la roue de Fortune, et qu'à d'autres moments ils se croient libres, regrettent de n'avoir pas usé de leur liberté, ce sont là des illusions. Un des symboles de cet effort des personnages pour échapper à leur destin ou pour forcer celui-ci à se plier à leur volonté, est leur manie ambulatoire. Les chevaux[28], diligences, calèches, trains, bateaux qu'ils empruntent sans cesse, leurs projets de voyage inaboutis trahissent une sorte d'angoisse existentielle. Irène s'enfuit de Paris et fait plusieurs fois la navette entre Pont-de l'Arche et la capitale. Elle est perpétuellement sur le point de se rendre à Fontainebleau, à Grenoble, à Genève. Elle a acheté pour cela une fort belle voiture de voyage à lady Penock, l'Anglaise ridicule. Roger de Montbert et Raymond arrivent de pays plus ou moins lointains, l'Inde et l'Italie. Mais tous ces voyages ne servent à rien qu'à un retour à la case départ ou à de douloureuses séparations. Le voyage devient allégorie des jeux de l'amour et du destin, comme s'en plaint Irène :

> Ainsi, deux êtres créés l'un pour l'autre se rencontrent un moment dans la vie, se reconnaissent… et puis se quittent malgré eux, emportant chacun, dans leurs routes différentes, d'éternels regrets ; et ils languissent séparément, plus malheureux qu'ils étaient avant de se rencontrer, et ils végètent dans des régions opposées, ne s'attachant à rien, s'appelant de loin, mais vainement, tristes à jamais pour s'être vus un jour !… Ils sont comme ces passagers de divers navires qui se rencontrent une heure dans le même port, qui échangent à la hâte quelques paroles sympathiques, et qui le lendemain, séparément, se rembarquent et s'en vont dans d'autres parages, sous d'autres cieux, ceux-ci au nord, ceux-là au midi, dans les déserts de neige, dans les déserts de feu, loin, bien loin les uns des autres, mourir[29].

Dans tout le roman, les exemples sont innombrables des allusions au destin, à la prédestination, à la fatalité de l'amour. Nous n'en citons par conséquent que quelques-uns.

D'abord, dans les lettres de Roger de Montbert, c'est-à-dire celles écrites par Joseph Méry qui sont les plus pauvres en notations de ce genre :

> Le hasard a un trésor d'atroces combinaisons. Le hasard ! Ce rusé démon ! Il s'est nommé hasard pour mieux tromper ! Avec une habileté infernale, il feint de ne pas nous observer, dans les mouvements décisifs de notre vie, et il nous remorque, comme des aveugles, au lieu fatal qu'il a désigné[30].

Il est clair que le mot « hasard » employé ainsi par Roger de Montbert désigne en fait le destin. *La Croix de Berny* est d'ailleurs un roman où la coïncidence joue un grand rôle, comme souvent dans les romans feuilletons, certes, mais non sans intention. D'ailleurs, cette phrase est une réponse au conseil donné par Edgard de Meilhan dans la lettre IV où il écrivait :

> Vous auriez tort de vouloir forcer la main au hasard ; laissez-le agir, il sait bien mieux que vous ce qu'il nous faut. – Le hasard, c'est peut-être le pseudonyme de Dieu, quand il ne veut pas signer[31].

Curieusement, Edgard de Meilhan professe en fait là des principes qu'il ne s'applique pas à lui-même. Il revendique au contraire une entière liberté morale et prétend en même temps faire plier les autres à ses volontés ou, et c'est bien le cas ici, à ses désirs. Mais cela n'est sans doute pas le fin mot des idées de Gautier sur l'amour, les idées d'Edgard de Meilhan lui appartiennent en propre et on peut percevoir de l'ironie dans le long passage lyrique de la Lettre XIII où Edgard use du langage des yeux et appelle la nature à la rescousse. D'ailleurs, nous avons déjà vu ce qu'Irène de Châteaudun pensait de ses regards magnétiques :

> J'appelais à moi toutes les puissances de mon âme et de mon esprit pour faire naître dans mon cœur l'idée de m'aimer et d'être à moi !
> Je me disais tout bas : « Venez à mon aide, forces secrètes de la nature, printemps, jeunesses, parfums, rayons ! Vent chargé de langueur, inonde sa poitrine d'un souffle fidèle ; [...] que tout lui chuchote à l'oreille qu'elle est belle, qu'elle a vingt ans, que je suis jeune et que je l'aime[32] ! »

Mais en fait ce sont Irène et Raymond qui déclinent à l'envi le thème de la passion fatale. Les citations seraient innombrables. Pour simplifier, disons que cet amour possède trois phases. La première est celle de la préparation et de la formation de l'idéal dans le cœur des deux jeunes gens qui ne se connaissent encore pas. C'est le motif longuement développé des deux lumières dans la nuit, dans laquelle chacun pressent la possibilité d'un amour idéal. Un seul exemple, pris dans une lettre de Raymond, résume tous les autres :

> Il y avait des instants où je me figurais que la lueur de nos lampes fraternelles n'était que le rayonnement de deux sympathies mystérieuses qui s'attiraient pour se confondre. [...] Encore à cette heure je ne saurais m'empêcher de croire qu'il y a entre cette lampe et la mienne un fil électrique par où deux cœurs, faits l'un pour l'autre, communiquaient et s'entendaient entre eux[33].

La seconde phase est celle de la reconnaissance, qui donne lieu aux lettres jumelles d'Irène et de Raymond, envoyées toutes deux à la même destinataire :

> Irène :
> Je le savais bien qu'il y avait sur cette terre un être créé pour moi et qui devait un jour me plaire impérieusement ! un être qui vivait d'avance avec ma pensée, qui me cherchait, qui m'appelait, qui m'évoquait ; et que nous finirions par nous rencontrer et nous aimer malgré tout[34].
>
> Raymond :
> Cet amour était depuis longtemps éclos, il ne cherchait qu'un cœur où se poser[35].

C'est cette croyance qui a poussé Irène de Châteaudun à fuir M. de Montbert, à se méfier d'Edgard, à se réserver pour obéir à l'intuition qui lui disait que, dans ses fiançailles précipitées avec Roger de Montbert, il lui semblait qu'elle trompait quelqu'un, qu'elle n'était pas libre, qu'elle était engagée autre part[36]. Et c'est pourquoi Irène de Châteaudun cherche un compagnon qui soit un double parfait, digne d'elle-même et fait la dégoûtée avec la plupart des jeunes gens du grand monde qu'elle croise :

> Non, non, je ne donnerai point quelques millions que la Providence m'a jetés, pour être distribués comme un encouragement à toutes les misérables courtisanes de Paris, pour être partagés entre toutes les sauteuses de théâtre. [...] j'aimerais mieux devenir la femme de quelque pauvre étudiant bien obscur, mais noblement honteux de son obscurité, dévoré du désir de la gloire, jaloux de rendre illustre son nom bourgeois, et cherchant nuit et jour dans la poussière des livres le secret des grandes renommées... que d'épouser jamais un de ces jolis cœurs de bonne famille qui se traînent courbés, écrasés sous le poids de leur nom formidable, ces petits seigneurs de comédie qui n'ont de leur haute position que la morgue et la vanité, et qui ne savent rien faire, ni agir, ni travailler, ni souffrir ; ces paladins déchus qui n'ont jamais guerroyé qu'avec des sergents de ville, et qui n'ont encore pu rendre leurs noms célèbres que dans les bastringues de la barrière et dans les tabagies du boulevard[37].

Les dégoûts d'Irène de Châteaudun sont assez semblables à ceux de Mathilde de la Môle. Mais pour ses rêves, qui se focalisent sur la petite lumière perçue depuis sa mansarde, elle est plus proche d'Emma Bovary. Simplement, *La Croix de Berny* n'est pas un roman réaliste à la manière de Flaubert, sa philosophie est même tout autre, tributaire d'un pessimisme nettement romantique. En effet, l'espoir induit par la petite lumière se révèle véridique, du moins dans un premier temps, puis mensonger. Irène et Raymond se sont aimés pendant deux ans, sans se connaître, à distance, sans rien savoir l'un de l'autre sinon qu'ils veillaient en même temps dans deux maisons voisines. La bluette pourrait s'arrêter là et couronner l'attente optimiste d'Irène de Châteaudun qui « croit à la logique des événements » et considère comme un juste retour des choses, après des années d'épreuve, le bonheur qui lui échoit.

Ce n'est pas l'opinion des quatre co-auteurs du récit qui font triompher l'ironie de la vie. Le destin a permis aux élus d'atteindre leur but mais sans leur donner la possibilité de s'y maintenir. L'influence de Gautier est perceptible dans cette troisième phase, dans ce rebondissement tragique car chez Gautier, les couples ne peuvent se constituer – quand ils se constituent – que de façon fugace. Le motif de l'ironie de la vie est en tout cas clairement énoncé sous la plume d'Irène de Châteaudun :

> Le monde entier se révolte contre un bonheur trop pur ; la société le poursuit comme une injustice ; la nature, à cause de sa perfection, le maudit ; toute perfection lui semble une monstruosité intolérable. Sitôt qu'elle le comprend, qu'elle le devine, elle donne l'alarme, et les éléments se conjurent contre ce bonheur insolent ; la foudre est avertie… elle se tient prête à frapper le front qui rayonne[38].

Le dénouement est donc tragique et le destin rattrape les deux amoureux éconduits, complices dans leurs sentiments vindicatifs et solidairement responsables de la mort des deux jeunes mariés. Dégrisés de leur passion inconsistante, ils rendent hommage à leurs victimes et s'abandonnent à la fois au remords et au regret de n'avoir pas aimé : leur jalousie à l'égard de Raymond se présente comme une punition. Ce dénouement très noir est dominé par des forces primitives qui, bien avant le romantisme, ont marqué la culture occidentale. Edgard de Meilhan, après le duel d'où il sort vainqueur constate « qu'il a tué son frère et qu'il est de la race de Caïn[39] ». Bien avant, il soupçonnait Louise Guérin d'être, à son insu, « la Némésis de quelque faute oubliée[40] ».

Mais il est un mythe qui correspond vraiment à cette philosophie, qui résume la donnée de ce steeple-chase funeste, bien qu'il ne soit pas explicitement convoqué : c'est le mythe de Tantale, autrement dit, la figure de celui qui est invité à un festin auquel on l'empêche de participer. Nous avons deux traces de ce mythe dans *La Croix de Berny*, toutes deux sous la plume d'Edgard de Meilhan. La première est proférée sous le coup de la colère causée par Louise Guérin :

> M'ouvrir la porte du paradis et me la fermer sur le nez, me montrer un splendide banquet et m'empêcher de me mettre à table, me promettre l'amour et me donner la pruderie, c'est une action abominable, infâme et même peu délicate[41].

La seconde, plus en avant dans le roman, lorsque Edgard de Meilhan se trouve obligé d'admettre qu'il a perdu Louise est moins brutale, mais tout aussi révoltée :

> J'ai vu le paradis par une porte entrouverte. La porte s'est fermée : je pleure sur le seuil[42].

Cette désolation fait le lien avec l'ensemble de la personnalité d'Edgard de Meilhan, décrite à la fois dans ses lettres et celles des autres

scripteurs. L'hédonisme, le culte du beau, se heurtent à un obstacle inattendu que, dans sa présomption, il ne prévoyait pas, et qui réapparaît régulièrement dans les récits de Gautier. Moins heureux que D'Albert, qui eut une nuit d'amour (D'Albert, sur ce point a pour équivalent Raymond de Villiers), il reste en effet devant une porte close derrière laquelle une femme idéale se réserve pour un autre[43].

Conclusion

Ces brèves analyses n'épuisent pas l'intérêt de ce roman particulièrement riche et qui semble avoir synthétisé ce que les quatre auteurs pouvaient avoir de meilleur. Une construction parfaite rachète les longueurs qui sont l'écueil du genre épistolaire. Qui fut le maître d'œuvre de ce quatuor ? La vision féministe et critique de Delphine de Girardin pèse évidemment beaucoup sur cet ouvrage, et lui donne un vif cachet d'originalité. Le romantisme de Jules Sandeau, la curiosité de Joseph Méry ont aussi beaucoup contribué à donner du poids et de la variété à l'ouvrage. Mais l'apport le plus considérable est certainement celui de Gautier dont les idées, aisément reconnaissables, structurent le texte en profondeur : valeur métaphysique mais peut-être illusoire de l'art, ironie du destin, danger des illusions en particulier de celles émanant de l'amour.

Création collective, dont la publication dans un quotidien prestigieux fit sensation à son époque, l'ouvrage mérite plus que le demioubli dans lequel il est tombé. La réunion de quatre auteurs qui ont su parfaitement harmoniser leurs talents et leurs idées peut en faire une sorte de charte du roman de la désillusion, au cœur même du romantisme. C'est une œuvre profondément ancrée dans une époque, la Monarchie de Juillet, dont elle est un reflet tout en s'en distanciant nettement par son caractère parodique ; c'est aussi une quadruple vision de l'amour, vécu et décrit par quatre personnages assez simples en apparence, le mondain, la coquette, l'artiste, le chevalier, mais qui se révèlent bien plus complexes à l'analyse ; et c'est enfin une fable sur la destinée humaine qui dépasse de beaucoup les poncifs du romantisme puisque ses racines plongent dans l'Antiquité et le Moyen Âge et que sa thématique aura des prolongements au tournant du siècle et au-delà. Un chef-d'œuvre de son temps, et hors du temps.

NOTES

1. Le quantième du mois est conjectural. Voir C. *G.*, II, p. 202.
2. C'est ce qui expliquerait le sujet de l'intrigue, une femme courtisée par trois hommes.
3. Th. Gautier, *Œuvres complètes, Romans, contes et nouvelles,* tome II, *La Croix de Berny, Les Roués innocents, Militona,* Textes établis, présentés et annotés par Cl. Lacoste-Veysseyre avec la collaboration d'A. Guyot, éd. Honoré Champion, Paris, 2003. Nos renvois correspondent à cette édition.
4. Ce rapprochement a été indiqué par l'auteur « L. C. » de la Préface à la réédition de ce roman aux éditions France-empire, Paris, 1980.
5. Exactement le 2 décembre 1840. Il y eut de nombreuses reprises par la suite.
6. On peut penser par exemple au fameux sketch de F. Raynaud sur « le 22 à Asnières » qui fut célèbre dans les années 1950.
7. Très exactement du 25 mai 1844. La lettre de R. de Montbert est datée du « 6 juin 18** ».
8. Lettre XXI.

9. Voir *Notice* des *Œuvres complètes* de D. de Girardin, éd. Michel Lévy, 1857, p. VIII : « [...] ce mélange de sensibilité romanesque et d'observation ironique qui distingue, à dater de cette période, le talent de madame Émile de Girardin. Dans ces romans et ces nouvelles, le monde est peint par quelqu'un qui a vu ce qui en est ; [...] Cette fois, ce n'est pas le salon jugé du fond d'un cabinet. »
10. Lettre VII.
11. Le Vicomte de Launay consacre aux chemins de fer plusieurs passages de ses *Lettres parisiennes* dès 1837.
12. Lettre VIII.
13. Par exemple la lettre XXII dans laquelle Roger de Montbert conseille à Raymond de Villiers de s'éloigner pour laisser le champ libre à Edgard de Meilhan. C'est là un tournant important de l'intrigue.
14. Lettre XV, pp. 139-140.
15. Lettre XII, p. 123.
16. Lettre XXIII, p. 193.
17. Lettre XIX, p. 159.
18. On pense aussi à Juliette, mais dans la pièce de Shakespeare, Juliette se poignarde sur le corps de Roméo. Certains modèles antérieurs du personnage de Shakespeare ont droit cependant à une mort instantanée selon un topos bien ancré à l'époque médiévale. Voir mon étude *Le Mythe de Roméo et Juliette,* éd. Privat, 2002.
19. *La Croix de Berny*, p. 129.

20. *Idem,* p. 135.
21. *Idem,* p. 135
22. *Idem,* p. 134.
23. Lettre XXIX, p.
24. Du 10 décembre 1843.
25. Nous présentons les correspondances de ce passage avec les autres récits de Gautier dans le tableau suivant :

La Pipe d'opium	Article du 10/7/43	« Yeux verts et talons roses »	*La Croix de Berny*	*Le Club des Hachichins*
			J'avais gardé ma forme, mais une forme **aromale**, diaphane, flexible, fluide	C'est ainsi que doivent agir les âmes dans le monde **aromal** où nous irons après notre mort (p. 1016)
			Ma volonté suffisait pour me transporter d'un endroit à un autre	Je me mouvais par ma seule volonté dans un milieu qui n'offrait pas de résistance
			... un monde impossible, éclairé par une **grotte d'azur**	... un reflet de **grotte azurine** (p. 1017)
	... une crépitation pareille à celle des **bouquets de feux d'artifice**		... un milieu d'un **bouquet de feu d'artifice** composé de gerbes sans cesse renaissantes	
	... gigantesques **fleurs** au calice de cristal [...], des lis d'**or** et d'argent...	J'entendis des **fleurs** qui chantaient ...	**fleurs** lumineuses aux feuillages d'**or** et d'azur	
	... des ruissellements et des écroulements de pierreries de toutes couleurs...		aux calices de diamants, de rubis et de saphirs...	
... une voix douce et cristalline comme un **harmonica ...** (p. 735)	Chaque objet effleuré rendait une note **d'harmonica**		des vasques de cristal qui chantaient avec une voix **d'harmonica**...	

	Les sons, les **parfums**, la lumière m'arrivaient…	Je vis des phrases de musique bleues, vertes et rouges qui **sentaient** la vanille…	Une symphonie de **parfums** suivit cet enchantement… Le thème était fait d'une vague **senteur** d'iris et d'un parfum d'acacia…	
			… le jeu des petites flûtes dans le chant des almées de **Félicien David.**	… ces mélodies inspirées que je n'hésite pas à mettre au-dessus des chefs d'œuvre de Rossini, de Meyerbeer et de **Félicien David** (p. 1016)

26. Lettre XXV.
27. On peut opposer à *Clarisse Harlowe,* et à *Werther,* qui sont des romans très sombres, *La Nouvelle Héloïse* dont le message est plus tempéré. Chez Jane Austen, qui a porté le roman sentimental féminin à sa plus grande perfection, les dénouements sont positifs et la philosophie, plutôt optimiste. Malgré leur caractère tourmenté, les romans des sœurs Brontë présentent de grandes zones d'éclaircies.
28. P. 259, Irène de Villiers voit revenir le cheval de son mari, mais pas son mari. La signification symbolique des chevaux, comme des bateaux, est souvent néfaste.
29. Lettre XXVIII.
30. Lettre XI.
31. Lettre III. C'est par cette phrase que le père de Gautier déclare avoir reconnu la manière de son fils.
32. Lettre XIII. On peut aussi penser au passage assez burlesque où Edgard de Meilhan s'accuse de trop de délicatesse : « Un peu de brutalité ne nuit pas, surtout auprès des prudes » (Lettre XXXIII).
33. Lettre IV.
34. Lettre XIX.
35. Lettre XXI.
36. Voir Lettre I, p. 8.
37. Lettre XII, p. 123.
38. Lettre XXXIX, p. 255.
39. Lettre XLI.
40. Lettre XXVII.
41. Lettre XVI.
42. Lettre XXXIII.
43. Comme ce sera le cas dans *Avatar* pour Octave de Saville à qui Prascovie Labinska, comparée à Polymnie, refuse l'accès de sa chambre.

Discussion

Une discussion courte et animée a montré la complexité des problèmes posés par cet ouvrage original à tous les points de vue et dont les deux communicants n'ont d'ailleurs pas prétendu épuiser les richesses.

Paolo Tortonese soulève la question du genre très particulier de *La Croix de Berny*, roman qui est à la fois un roman épistolaire, un roman à clé, un roman-feuilleton, un roman sentimental et un roman à contrainte. Mais qu'est-ce au juste qu'un roman sentimental ? Ceci demanderait à être défini. Martine Lavaud souligne d'ailleurs que certaines de ces formes, vers 1845, sont plutôt désuètes, et que l'ouvrage se situe donc dans une frange générique très particulière, si bien qu'on peut même le considérer comme un hapax.

À propos de la thèse de François Brunet selon laquelle ce roman doit être lu comme une parodie, Paolo Tortonese demande quel serait l'objet exact de cette parodie. F. Brunet répond que comme *Don Quichotte,* il s'agit de la parodie d'une forme romanesque et non d'un ouvrage particulier. Patrick Berthier fait observer que Gautier, dans sa critique dramatique, manifeste ouvertement qu'il déteste les parodies : il lui arrive d'ailleurs, dans ses feuilletons, de refaire des parodies de parodies qu'il juge mauvaises... et ces morceaux sont alors très bons.

Françoise Court-Perez demande quelle a été la réception exacte de l'ouvrage, les deux communicants ayant déjà précisé que le succès avait été grand et durable. F. Court-Perez précise sa question : le roman a-t-il été reçu comme une parodie ou pris au pied de la lettre ? Car la lecture faite par F. Brunet de certains passages lui semble une parodie *a posteriori* qui ne correspond sans doute pas à la façon dont les contemporains lisaient l'ouvrage : les romans feuilletons de l'époque étaient extrêmement mélodramatiques, écrits sur un ton emphatique et larmoyant. M. Gagneux se demande comment on lirait aujourd'hui les romans de Madame de Duras qui sont écrits dans ce même style. F. Brunet répond que Delphine de Girardin (sous le nom de vicomte de Launay) n'utilisait pas ce style dans ses *Lettres parisiennes* dont le ton était à la fois frivole et caustique, c'est pourquoi le ton adopté dans le roman lui semble concerté. Paolo Tortonese pense que *La Croix de Berny* serait plutôt un pastiche qu'une parodie.

Revient alors la question du « roman à clés », à laquelle F. Brunet répond que les lecteurs voulaient seulement savoir qui étaient les auteurs et que c'était donc une question de style, de forme, qu'ils désiraient élucider. En ce qui concerne la publication en feuilleton, F. Brunet pense que les critères habituels du « roman-feuilleton » sont inopérants ici puisque les lettres étaient publiées dans leur intégralité et que les effets habituels de suspens n'apparaissent pas. D'ailleurs, tous les textes de Gautier ont été publiés d'abord dans des journaux.

Françoise Court-Perez demande si le dénouement tragique est la conséquence logique de tout l'ouvrage (comme aurait dû l'être celui de *Fracasse*) ou s'il est amené assez artificiellement. Claudine Lacoste pense qu'il est bien préparé alors que F. Brunet trouve qu'il est surajouté et que d'ailleurs le motif du duel est peu vraisemblable.

Le problème littéraire auquel nous nous trouvons donc confronté pour finir est d'expliquer comment ce roman, dans l'ensemble plaisant à lire et même parfois amusant, peut concilier son caractère parodique avec une philosophie aussi amère et négative. Devons-nous conclure que cette philosophie elle-même est parodiée ? Cela semble difficile. Il y a dans le texte des passages réellement émouvants. Nous nous contenterons d'observer que les autres récits de Gautier, même les plus sombres, comportent également des éléments ludiques. N'oublions pas que les courses de chevaux sont à la fois un sport, l'occasion de paris, un jeu de hasard et la cause, de ce fait, de cruelles déceptions.

Un « rêve... pour les éveillés » :
les fonctions du rêve dans l'œuvre narrative de Th. Gautier

Elena ANASTASAKI

> « I can't believe that ! » said Alice. « Can't you ? » the Queen said in a pitying tone. « Try again : draw a long breath, and shut your eyes ». Alice laughed. « There's no use trying », she said : « one can't believe impossible things. »
> « I dare say you haven't had much practice », said the Queen[1].

Dans le *Sophiste*, Platon fait la distinction entre la création divine et la création humaine, et il appelle l'art de l'homme qui représente les images des choses « une sorte de rêve créé par l'homme pour les éveillés[2] ». Ceci est particulièrement pertinent en ce qui concerne la littérature puisque, comme les rêves, la littérature est, en principe, une histoire plus ou moins cohérente qui implique des caractères dans des aventures souvent incroyables. Pourtant, l'inverse pourrait être tout aussi valable, c'est-à-dire le rêve pourrait être vu comme fiction de l'esprit et même, selon Patricia Kilroe, comme texte[3]. De ce point de vue, un rêve dans une œuvre littéraire pourrait être considéré soit comme un rêve dans un rêve, soit comme un texte dans un texte ; quoi qu'il en soit, il est clair qu'on a affaire à une mise en abyme qui invite plusieurs interprétations. Les rêves ont toujours eu une place importante dans la littérature et ont souvent été associés au surnaturel, mais un rôle nouveau leur est réservé dans le Romantisme[4] où ils sont vus pour la première fois comme « un espace psychique interne, neuf et à explorer[5] ».

Mon intention est ici d'explorer le rôle du rêve – tant comme procédé littéraire que comme clef d'interprétation – dans l'œuvre narrative de Gautier, et plus précisément dans son œuvre fantastique. Mon but est de démontrer que, chez Gautier, le rêve a une double fonction. En tant que procédé narratif, le rêve fournit une explication au genre du fantastique – ou plutôt il est une invitation au lecteur à voir ce genre d'un point de vue différent. L'état du rêve confère à la narration le statut d'une incontestable (parce qu'invérifiable) « réalité », tout en minimisant le choc initial que pourrait provoquer une idée hardie, soulageant ainsi l'auteur de sa responsabilité – c'est-à-dire qu'il fonctionne à peu près comme les procédés narratifs du « manuscrit traduit » ou du « journal intime découvert ».

Sur un plan différent, le rêve est pour Gautier, comme pour ses héros, le moyen d'élargir sa réalité et de vivre l'impossible. Il devrait être considéré en relation avec la croyance de l'auteur que l'« on invente que ce qui existe ou peut exister ». Le rêve est ainsi présenté comme le moyen à l'aide duquel on peut introduire l'impossible dans sa vie et le rendre réel. C'est le passage naturel à travers lequel on peut apercevoir une autre dimension, une autre réalité. Mon but sera de démontrer que ces deux fonctions apparemment contradictoires sont, en réalité, complémentaires.

Quand Gautier commence à écrire ses histoires fantastiques, le genre a déjà gagné de la popularité en France, essentiellement grâce au succès de E.T.A. Hoffmann. Pourtant, comme Gautier parmi d'autres[6] l'observa vite, ce genre ne convenait pas aux Français qui ne sont pas « naturellement fantastiques » et cela parce que l'atmosphère dans un pays avec « tant de réverbères et de journaux » et la mentalité que les Français avaient héritée du siècle des Lumières ne permettaient pas au fantastique de s'enraciner dans la pensée du lecteur ni de le séduire[7]. Selon Gautier, le succès de Hoffmann en France est dû à la capacité de l'auteur allemand de donner de la réalité au fantastique et il est convaincu que là se trouve la clef pour l'acceptation du genre par ses compatriotes. En effet, Gautier était conscient de « la manie si commune au Français d'expliquer son fantastique par quelque supercherie ou quelque tour de passe[8] », et il s'était aperçu que, pour que le public français puisse accepter le fantastique, un traitement spécial était nécessaire.

Ainsi, le rêve semble à Gautier être l'expérience commune la plus proche du fantastique dans la vie réelle, et nous allons voir comment il l'utilise pour à la fois conférer plus d'autorité au genre du fantastique et promouvoir ses propres idées. Pour Gautier, le fantastique fonctionne de la même manière que le rêve. La définition du fantastique de P.-G. Castex comme « une intrusion brutale du mystère dans le cadre de la vie réelle[9] » peut aussi s'appliquer au rêve, ou du moins à un certain genre de rêve qui paraît particulièrement « réel ». C'est ce genre de rêve qui est invoqué dans la plupart des histoires fantastiques de Gautier. Le premier soin de l'auteur est ainsi de faire appel à l'expérience familière qu'est pour le lecteur le fait de rêver, qu'il soit certain que son héros rêve ou non – et même quand il existe des indices incontestables que son héros ne rêve pas.

Dans *La Cafetière* (1831), le premier conte fantastique de Gautier, bien que le héros, Théodore, nous affirme n'avoir jamais vu « même en rêve[10] » une aussi belle femme qu'Angéla – expression qui suggère que son expérience n'est pas un rêve ou, du moins, pas un rêve ordinaire – il admet n'avoir été nullement surpris d'entendre la belle femme inconnue l'appeler de son nom, réaction naturelle seulement dans le cadre d'un rêve. Dans *La Morte amoureuse* (1836) aussi, quand le héros, Romuald, voit, le jour de son ordination, pour la première fois Clarimonde – alors encore vivante et avant qu'elle ne devienne vampire – la scène a des caractéristiques de rêve. Les sens de Romuald s'intensifient au-delà du naturel[11] puisqu'il affirme l'avoir vue de si près qu'il pouvait presque la toucher, tout en admettant qu'elle se tenait à une grande distance de lui. Le temps est aussi altéré, il est devenu le temps du rêve, et une minute semble à la fois un siècle et une seconde au confus Romuald. La sensation qu'il se trouve dans un rêve est renforcée quand il se rend compte qu'en dépit de ses efforts, il n'arrive pas à émettre une seule syllabe[12] ; et, pour qu'il ne reste aucun doute que le statut de rêve a imprégné cette scène, Romuald reconnaît que, quoique éveillé, il était *comme dans un rêve* : « J'étais, tout éveillé, dans un état pareil à celui du cauchemar, où l'on veut crier un mot dont votre vie dépend, sans en pouvoir venir à bout[13]. » En décrivant cette sensation cauchemardesque familière, Gautier fait ouvertement appel à l'expérience de rêve du lecteur, non seulement pour rendre la confusion de son héros, mais aussi pour inciter le lecteur à reconnaître comme « réelle » – ou du moins vraisemblable – une sensation qu'on éprouve, pourtant, seulement en rêve.

Gautier utilise aussi le rêve comme moyen d'alléger la responsabilité tant du héros que de l'auteur lui-même concernant les éléments fantastiques de la narration. Ainsi, dans la *Cafetière*, Théodore se rend compte que son corps a un désir indépendant de sa pensée, ses pieds brûlent de danser et il peut suivre l'enivrante vitesse de la musique sans aucun effort conscient de sa part. De la même manière, le héros du *Pied de la momie* (1840) demande la main d'Hermonthis sans trop savoir comment, « fort de cette audace que donnent les rêves, où rien ne paraît impossible[14] ». Dans *La Morte amoureuse* cette intention de déculpabilisation du héros est encore plus explicite ; Romuald est présenté comme « pris » dans cette situation contre sa volonté. À part la première fois qu'il voit Clarimonde le jour de son ordination, il ne la revoit qu'une seule fois éveillé, la nuit où il est conduit auprès d'elle à sa mort. La double vie du prêtre ne commence qu'après la mort de Clarimonde. Ainsi, à mesure que le fantastique devient plus incroyable, Gautier abandonne l'atmosphère implicitement onirique pour avoir recours au monde du rêve afin de rendre le fantastique acceptable. Romuald affirme avoir vécu sa vie dépravée « la nuit, dès que j'avais fermé les yeux[15] » ; non seulement il qualifie ces expériences de rêves[16], mais il assure aussi qu'elles sont « involontaires » et qu'il n'y participe pas activement[17]. Il essaye même d'empêcher ces rêves en restant éveillé[18] – chose impossible, comme le lecteur le sait bien – et prie Dieu de protéger la chasteté de son sommeil[19]. Romuald est ainsi présenté comme n'ayant pas la responsabilité de ses actes durant ses rêves, puisqu'il affirme qu'il ne peut pas les contrôler, et, par analogie, la responsabilité de l'auteur concernant les aventures fantastiques de son héros est aussi allégée, puisqu'il est supposé narrer les « expériences » que son caractère a vécues *en rêve*.

Pourtant, il est clair qu'il ne s'agit pas de rêves communs. Les rêves dans les histoires fantastiques de Gautier ont les caractéristiques d'une catégorie spéciale, le « rêve lucide », dans lequel le rêveur est conscient qu'il rêve et peut ainsi agir à volonté, aussi bien que raisonner sur les événements qui ont lieu dans son rêve[20]. Cela est suggéré dans *La Morte amoureuse* par le fait que Romuald attend et « continue » chaque nuit son rêve de la veille. On le voit vivre une vie complète de seigneur dans ses rêves, avoir des relations sociales et toutes sortes d'activités agréables, tout en étant conscient qu'en réalité il est prêtre dans une paroisse isolée. Le héros d'*Omphale* (1834) exprime la même anticipation et fait la même expérience de « continuité » de son rêve d'une nuit à l'autre, tout en étant conscient qu'il rencontre chaque nuit Omphale en rêve. De la même manière, Théodore, le héros de *La Cafetière*, est conscient de « rêver », puisqu'il affirme que « le monde réel n'existait plus pour moi », et celui du *Pied de la momie* aussi : « J'aurais pu me croire éveillé, mais une vague perception me disait que je dormais » – son raisonnement est d'ailleurs onirique car il procède par « un de ces sauts de pensée si fréquents dans les rêves[21] ». Dans *Arria Marcella* (1852) aussi, où le jeune Octavien, après avoir visité les ruines de Pompéi, vit une journée dans la cité avant sa destruction et rencontre Arria, la femme qui fait l'objet de son désir, nous avons des indices qu'il pourrait s'agir d'un rêve lucide. Tout d'abord, le héros accepte son aventure fantastique comme si elle se passait dans un rêve[22] ; ensuite il se laisse aller et savoure l'expérience sans essayer de trouver une explication raisonnable, décide de tout accepter et, finalement, quand cette expérience prend fin, il cherche même à la renouveler.

Pourtant, dès que nous essayons de classifier ces expériences fantastiques dans la catégorie du rêve (même du rêve lucide) nombre de petits détails posent problème. Les expressions « comme dans le rêve », « même en rêve », « si toutefois c'était un rêve » suggèrent, nous l'avons vu, que l'aventure fantastique n'est peut être pas un rêve et ne pourrait donc être que réelle[23]. En effet, quoique le sommeil semble à première vue être le moyen d'accès dans ces mondes fantastiques[24], les remarques qui nous avertissent que ces héros ne dorment pas sont nombreuses. Théodore affirme que juste avant son aventure fantastique ses paupières « se retiraient violemment en arrière[25] », le héros d'*Omphale* est trahi auprès de son oncle par sa somnolence du jour parce qu'il « ne dor[t] pas la nuit[26] », et Octavien n'a pas gagné son lit pendant la nuit fantastique. Si l'on ajoute à cela qu'au moment où l'expérience fantastique prend fin les héros reviennent à la réalité ordinaire en perdant connaissance[27] – ce qui présuppose qu'ils étaient conscients et donc éveillés – il devient clair que ces expériences ne sont pas des rêves tels que nous en avons tous fait l'expérience.

En vérité, ce qui importe n'est pas de définir s'il s'agit de rêve ou pas. Cet « emballage » de rêve sous lequel ces aventures fantastiques nous sont présentées n'est, paradoxalement, pas autre chose que leur garantie d'authenticité. Comme nous avons vu, le contenu de l'expérience onirique insérée dans le récit ne peut pas être contesté, puisqu'il a tous les attributs du rêve, l'impossibilité de vérification incluse, qui, d'ailleurs, dans le cas du rêve, serait nécessairement absurde du fait de sa nature. L'impossibilité de « vérification », qui s'applique à la littérature en général et plus spécialement, selon Todorov, au genre du fantastique[28], est d'autant plus valable pour le rêve inséré dans une histoire fantastique. Ainsi, dans cette fusion d'éléments « réalistes » et d'éléments « fantastiques » qu'est le fantastique en tant que genre, le rêve non seulement fait partie des éléments « réalistes » du récit mais il confère aussi sa « réalité » à son contenu.

Pourtant, pour que ces rêves obéissent aux règles de cohérence interne du récit et pour qu'ils semblent réels dans le monde fictionnel duquel ils font partie, Gautier place prudemment dans le texte

des « preuves » de leur « réalité ». Dans *La Morte amoureuse*, Romuald, après sa rencontre fantastique avec Clarimonde, croit l'avoir rêvée, mais les circonstances le forcent de reconnaître qu'au moins une partie de son expérience s'est réellement passée car il existe un témoin : sa servante a vu l'homme qui l'a conduit auprès de Clarimonde[29]. Ce rôle de témoin qui, comme le souligne Claudine Lacoste est « un élément technique capital, dans la mesure où son regard authentifie l'événement[30] » est rempli dans *Arria Marcella* par les amis d'Octavien qui découvrent que le jeune homme a passé la nuit ailleurs puisque son lit est intact. Parmi ces « comparses [...] utiles comme garants de la véracité de l'aventure[31] », on trouve aussi des personnages qui jouent un rôle plus actif. Ce sont ceux qui croient en la réalité du fantastique et qui donnent une fin à l'aventure extraordinaire : l'oncle du héros d'*Omphale* qui éloigne la toile de la chambre de son neveu, le père d'Arria converti au christianisme qui exorcise sa fille, et le prêtre Sérapion qui anéantit Clarimonde. En effet, ces personnages fournissent la preuve la plus solide de la « réalité » fictionnelle du fantastique à cause de leur foi dans le fantastique car, comme le remarque Joseph Lowin, « comme le hérosnarrateur, [ils] vi[vent] dans le monde réel du cadre narratif, mais contrairement au narrateur [ils] n'[ont] pas de doutes en ce qui concerne la réalité du rêve. Pour [eux] il n'y a pas de fantastique[32]. » Cependant, ces personnages qui affirment la réalité du fantastique dans le cadre réel de l'histoire sont aussi les responsables de sa destruction.

Ces témoins et personnages qui croient en la réalité du fantastique peuvent pourtant être, dans le cadre de la réalité du monde fictionnel, assez subjectifs. Leur croyance est pour cela renforcée par des preuves plus « objectives ». Une telle preuve est que le rêve fantastique ne semble pas seulement réel au héros mais a aussi des conséquences avérées dans sa vie éveillée que même les personnages ne croyant pas au fantastique ne peuvent nier. Ces preuves peuvent être matérielles : Théodore, qui est pourtant certain d'avoir rêvé son aventure, se retrouve le matin « en habit à la française[33] », preuve concrète de son expérience ; et bien que le héros du *Pied de la momie* affirme avoir rêvé son aventure, la figurine qu'il trouve à son réveil à la place du pied constitue une preuve matérielle de la réalité de son expérience nocturne. Elles peuvent aussi être conformes à la vraisemblance psychologique du héros : la seconde vie de Romuald, qui est vécue en rêve, a des conséquences réelles sur son savoir du monde puisque, en l'écoutant, on dirait « un homme ayant usé de tout et revenu du monde[34] » et non pas un prêtre qui a vécu toute sa vie dans sa petite paroisse. Ses aventures de rêve pèsent aussi sur sa conscience et il admet ne pas oser toucher le Christ avec « des mains aussi impures et un esprit souillé par de pareilles débauches réelles ou rêvées[35] ». Il est clair aussi, à la fin de l'histoire, que l'expérience fantastique l'a marqué pour la vie, et il n'est pas le seul ; les héros de Gautier « ne guérissent jamais de l'expérience[36] » fantastique qui, de ce fait, acquiert le statut de réalité fictionnelle.

Mais la « preuve » la plus spectaculaire de la réalité fictionnelle du fantastique est le renversement complet entre rêve et vie réelle. Dans *La Morte amoureuse*, la réalité du rêve devient petit à petit si forte que c'est la vie réelle qui semble être un rêve. La continuation et la cohérence de la vie onirique sont telles que réalité et rêve ne se distinguent plus. Romuald admet sa confusion : « Tantôt je me croyais un prêtre qui rêvait chaque soir qu'il était gentilhomme, tantôt un gentilhomme qui rêvait qu'il était un prêtre[37]. » Ce sentiment est renforcé par le fait que la réalité prend un aspect cauchemardesque. On a déjà mentionné l'horrible expérience de Romuald le jour de son ordination ; à mesure que sa vie de rêve – dans les deux sens – avec Clarimonde continue, sa vie de prêtre devient le cauchemar. Ainsi il avoue : « J'aurais été parfaitement heureux sans un maudit cauchemar qui revenait toutes les nuits, et où je me croyais un curé de village se macérant et faisant pénitence de mes excès du jour[38]. » Notons que sa vie de prêtre n'est pas seulement qualifiée de cauchemar, mais est aussi renvoyée au temps nocturne[39]. En contraste avec cet horrible « cauchemar », Romuald ne ressent jamais la moindre peur quand il se trouve avec Clarimonde, ni même quand il se rend compte qu'elle boit son sang pour rester en vie[40]. La vie du rêve, comparée à la vie réelle, est plus agréable, l'atmosphère est plus relaxée et semble même naturelle[41]. Dans *Arria Marcella* le renversement entre rêve et réalité est suggéré par le fait que, à Pompéi, c'est Octavien qui est le caractère fantastique et non les habitants longtemps décédés de la cité[42]. Le rêve, devenant naturel et familier et non plus inquiétant, perd ses caractéristiques fantastiques et gagne en « réalité » – et avec lui, le fantastique aussi.

Une fois que Gautier a ainsi associé le fantastique et le rêve, et démontré que le rêve est une expérience réelle – ou du moins ressentie comme telle – dans le cadre fictionnel où est incluse la narration onirique, il guide implicitement le lecteur non pas à traiter le fantastique comme un rêve, mais à laisser l'état de rêve imprégner son attitude envers le fantastique. En présentant Romuald acceptant, éveillé, son aventure « avec cette facilité que l'on a dans la vision d'admettre comme fort simples les événements les plus bizarres[43] » et Octavien reconnaissant qu'il est « ni endormi ni fou » sans pour autant résister l'aventure fantastique et même « décidé à ne s'étonner de rien[44] », Gautier indique implicitement au lecteur la façon d'envisager le fantastique, c'est-à-dire du point de vue du rêve, comme si le lecteur se trouvait lui-même dans un rêve, avec ses lois propres et les jugements qu'elles impliquent. Il s'agit de l'accepter, en d'autres mots, de la même manière que l'on accepte un rêve – fût-il lucide – pendant le sommeil.

De ce point de vue, le rêve dans l'œuvre narrative de Gautier n'est pas seulement le procédé qui permet le fantastique, il est aussi le symbole du fantastique lui-même. La mise en abyme du rêve dans le fantastique sert, ainsi, à guider le lecteur en sa perception du genre du fantastique en général.

Ce procédé, assez subtil dans les histoires fantastiques de Gautier que nous avons vues jusqu'ici, est aussi en œuvre dans *Spirite* (1857) – dernière œuvre fantastique de Gautier. Ici le rêve n'est pourtant plus utilisé pour introduire le fantastique ; et cela parce que le héros, Malivert, envisage, dans sa vie éveillée, le fantastique comme s'il en faisait l'expérience en rêve, c'est-à-dire qu'il adopte l'attitude que Gautier souhaite que le lecteur puisse adopter envers le genre du fantastique. De cette manière, Malivert peut vivre le fantastique et se mettre en communication avec cette autre dimension dans sa vie éveillée[45]. Avec « des yeux qui ne s'étonn[ent] plus de l'extraordinaire » il « se livr[e] sans réserve à l'étrangeté de la situation, ne discutant rien, admettant tout et décidé à trouver le surnaturel naturel[46]. » Dans *Spirite*, le rôle du rêve en tant qu'initiateur au fantastique est en quelque sorte assumé par le baron Féroë, qui guide à la fois Malivert dans son attitude envers le surnaturel et le lecteur dans son attitude envers le fantastique : « ne cherchez pas à expliquer l'inexplicable, et abandonnez-vous avec une foi et une soumission absolues à l'influence qui vous guide. Le moindre doute amènerait une rupture et vous causerait d'éternels regrets [...] montrez-vous dignes d'un pareil bonheur[47]. »

Pourtant, accréditer le fantastique n'est pas le seul but de Gautier. Ayant fourni une « explication » crédible pour le fantastique en lui donnant les caractéristiques du rêve qui – le lecteur ne peut le nier – existe en tant qu'expérience, par un tour de force inattendu, il déplace habilement la question de l'argumentation pour la « réalité » du rêve et du fantastique dans le monde fictionnel, vers l'idée qu'il voulait promouvoir dès le début, c'est-à-dire la « réalité » – ou du moins la possibilité de la réalité – du rêve et du fantastique dans la vie réelle.

Autrement dit, ce que fait Gautier c'est d'affirmer que toutes ces aventures fantastiques ne sont que des rêves – rassurant ainsi même le lecteur le plus incrédule – pour professer par la suite que les rêves sont, pourtant, réels. En effet, Gautier, comme son ami Nerval, considérait le rêve comme une seconde vie[48], et l'on retrouve souvent cette idée dans son œuvre[49]. Le rêve est pour Gautier le seuil d'une autre dimension, le moyen de rendre l'impossible possible. Plusieurs de ses héros recherchent cette réalisation de l'impossible : Octavien admet que « la réalité ne le séduisait guère » et son expérience à Pompéi est décrite comme « un de ses *rêves* les plus chers *accompli*[50] ». Gautier interprète ce désir de l'homme pour l'impossible comme une garantie de sa possibilité de réalisation. Comme Balzac, qui affirme qu'« un désir constant est une promesse que nous fait l'avenir[51] », il avance l'idée que « l'homme n'invente rien, et chacun de ses rêves est une divination ou un souvenir[52] » et que « toute idée formulée sera accomplie, tout rêve passe dans l'action : l'idée de ce rêve ce sont les formes matérielles des choses, et rien ne peut se concevoir qui ne soit, pas même les aberrations les plus monstrueuses ; on n'invente que ce qui existe ou peut exister[53] ». Il est intéressant de noter ici que, en cela, Gautier est très proche de l'ar-

gumentation du *Sophiste* de Platon concernant l'impossibilité de la non-existence de quelque chose qui a été pensé[54]. Les rêves sont, par conséquent, non seulement l'expression de désirs[55] mais aussi le moyen de les rendre réels, ils sont le moyen d'accès à un endroit où nos désirs les plus incroyables peuvent être vécus.

Pour défendre sa croyance dans la réalité du rêve et du fantastique Gautier avance, à travers son œuvre, deux arguments de nature très différente ; l'un a une base « scientifique », et l'autre est un argument que l'on pourrait qualifier de « psychologique ». Dans les histoires fantastiques de Gautier, il est suggéré que, derrière ces phénomènes apparemment inexplicables, c'est le magnétisme animal qui est à l'œuvre. Théodore en communication d'âme avec Angéla sent « les rayons partis de sa poitrine » percer la sienne ; Romuald parle de lui-même comme la victime d'une « fascination inexplicable », qualifie sa seconde vie de « somnambulique[56] » et voit quasiment l'invisible énergie magnétique s'élancer des yeux de Clarimonde et le frapper droit au cœur[57] ; le voyage dans le temps de lord Evandale dans *Le Roman de la momie* se fait par « une électrique projection de la pensée » ; Malivert se met en communication avec Spirite par un

« influx nerveux » et en servant lui-même de *médium* pendant sa dictée ; et Octavien, à la vue d'Arria, reçoit au cœur une « commotion électrique » et se sent « troubl[é] magnétiquement[58] ».

Gautier, de même que Hoffmann, croyait que le magnétisme était un des ferments du fantastique qui lui conférait une caution scientifique[59]. En effet, comme nous le rappelle Laurence Porter, « les limites du fantastique sont culturellement déterminées[60] », et Gautier, qui croyait que le magnétisme animal expliquerait beaucoup de phénomènes jusqu'alors inexplicables et qui comparait les nouvelles découvertes sur le magnétisme animal à la découverte de l'électricité[61], fait appel à la croyance au progrès de la science pour convaincre le lecteur de la possibilité scientifique du fantastique.

Quant à l'argument psychologique, il implique le lecteur en lui offrant le choix de se compter parmi un des deux groupes selon sa position concernant la possibilité de la réalité du fantastique. Dans *Arria Marcella* le narrateur expose la croyance de Gautier qu'il existe quelque part un espace où se trouve tout ce qui a été une fois, que cet espace, « invisible pour les yeux vulgaires, subsiste toujours dans l'espace et le temps » et que la représentation matérielle de tout ce qui a une fois existé disparaît seulement pour « les regards vulgaires[62] ». Seuls quelques « esprits passionnés et puissants » peuvent vivre le fantastique par la force de leur croyance et de leur désir, et cela, bien sûr, sous-entend que celui qui ne croit pas au fantastique est forcément le commun et le vulgaire. Le lecteur est alors confronté à un dilemme : se compter parmi les « esprits passionnés et puissants » et accepter la possibilité du fantastique ou faire partie des communs et des vulgaires qui ne peuvent pas le voir et, par conséquent, le raillent. En fin de compte, ce qui est possible et ce qui ne l'est pas est, pour Gautier, une question d'interprétation, puisque la vie avec toutes ses possibilités incroyables ne cesse de nous surprendre[63].

Bien sûr, pour que son argument puisse tenir, Gautier doit jouer avec une notion de la réalité assez relâchée. Les rêves sont ainsi conçus comme des réalités internes privées et, de ce point de vue, ce qui importe n'est pas tant la réalité de quelque chose que la *croyance* en sa réalité. Comme son héros d'Albert, Gautier suggère que la réalité de quelque chose ou de quelqu'un est sans conséquence ; c'est l'impression qu'ils nous laissent qui détermine leur réalité[64], et si un rêve peut nous affecter plus qu'un événement réel, alors il peut certainement être qualifié de réel[65]. Gautier insiste sur cette sorte de réalité : ainsi, ce que Théodore avait pris pour des peintures « était la *réalité* » ; Omphale est bien une « belle et charmante femme *réelle* » ; Romuald acquiert « réellement » les expériences d'un homme du monde, et Octavien vie une journée à Pompéi « non en esprit mais en *réalité*[66] ». Cette réalité est d'ailleurs très matérielle. Dans *La Cafetière*, Théodore évoque les bruits des robes qui se froissent, les étincelles électriques qui jaillissent des instruments de l'orchestre et la sueur qui coule sur le visage des dames en emportant leur fard ; et dans *Arria Marcella* il y a mention de la « réalité irrécusable » des Pompéiens qui « n'étaient pas des fantômes » et qui possèdent même une ombre[67]. De ce point de vue, vivre dans le rêve n'est pas négation mais plutôt enrichissement de la vie d'un potentiel illimité d'expériences, et les héros de Gautier ont vécu une vie plus riche en faisant l'expérience de l'impossible.

Le fantastique de Gautier affirme ainsi la réalité de l'impossible[68] et il utilise l'expérience du rêve pour faire paraître son assertion moins extravagante. Dans cette perspective, la fameuse formule de l'auteur « L'inexprimable n'existe pas[69] » acquiert un double sens et s'applique tant à la littérature qu'à la vie réelle. Non seulement rien n'est qui ne peut être exprimé, mais aussi tout ce qui peut être exprimé et devient, de ce fait même, possible. Comme le souligne Paolo Tortonese, Gautier « voudrait que le mensonge littéraire se transformât en vérité[70] » et il parvint à réaliser cette transformation en rendant au rêve, par le biais du fantastique, « son droit de se proclamer réalité véritable[71] ». Cet usage et cette « restitution » du rêve permit à Gautier d'atteindre un degré de liberté encore plus grand que celui, déjà ample, qu'offrait le genre du fantastique et, s'il avait été contemporain de Breton, il aurait assurément souscrit à son appréciation que « ce qu'il y a d'admirable dans le fantastique, c'est qu'il n'y a plus de fantastique, il n'y a plus que du réel[72] ».

NOTES

1. L. Carroll, *The Annotated Alice, Alice in Wonderland* and *Through the Looking-glass*, Martin Gardner (éd.), Penguin Books, London, 2001, p. 209.
2. Platon, *Sophiste*, 266b.
3. « "Le rêve dès que l'on en a fait l'expérience" est texte », P. Kilroe, « The Dream as Text, The Dream as narrative », *Dreaming, Journal of the Association for the Study of Dreams*, vol. 10, nº 3, [2000], International Association for the Study of Dreams, http://www. asdreams.org/journal/articles/10-3_kilroe.htm, accédé le 2 mai 2005. En effet, comme l'avait déjà souligné L. M. Porter, le rêve de l'autre, qu'il soit littéraire ou réel, nous parvient forcément comme un rapport verbal. L. M. Porter, *The Literary Dream in French Romanticism. A Psychoanalytic Interpretation*, Wayne State University Press, 1979, p. 5.
4. En effet, « [a]vant 1780 environ, les motifs exploités par le rêve littéraire étaient inopinément limités : fantaisies érotiques, visite de dieu ou d'une personne trépassée, visions du ciel ou de l'enfer ». L. Porter, *The Literary Dream in French Romanticism*, Wayne State University Press, Detroit, 1979, p. 13.
5. R. Bozzetto, *Le fantastique dans tous ses États*, Presses de l'Université de Provence, 2001, p. 177. En France, vers la fin du XVIIIe et le début du XIXe siècles, en partie en raison de l'influence du roman gothique anglais et en partie aux nouvelles découvertes sur le magnétisme animal, il y a un renouveau d'intérêt pour les rêves et les phénomènes de sommeil en général qui sera repris par les générations suivantes. Parmi les contemporains de Gautier, ses amis Gérard de Nerval et Charles Nodier s'y intéressent particulièrement. Ce dernier exposa ses idées sur le rêve et le genre du fantastique dans deux articles, « Du fantastique en littérature » (1830), et « De quelques phénomènes du sommeil » (1831), et expérimenta avec le récit du rêve dans *Smarra ou les démons de la nuit* (1821). Nodier exprime l'idée que « le sommeil est non seulement l'état le plus puissant, mais encore le plus lucide de la pensée » (Ch. Nodier, « De quelques phénomènes du sommeil », in *La Fée aux Miettes, Smarra, Trilby*, Patrick Berthier (éd.), éd. Gallimard, coll. Folio, Paris, 1982, p. 363), et que le rêve est la source d'inspiration principale de l'artiste.
6. Heinrich Heine prévient les Français que leurs tentatives dans le fantastique seront risibles. Voir P.-G. Castex, *Le Conte fantastique en France de Nodier à Maupassant*, éd. José Corti, Paris, 1951, p. 397.
7. « Le Français n'est pas naturellement fantastique, et en vérité il n'est guère facile de l'être dans un pays où il y a tant de réverbères et de journaux. – Le demi-jour, si nécessaire au fantastique, n'existe en France ni dans la pensée, ni dans la langue, ni dans les maisons ; – avec une pensée voltairienne, une lampe de cristal et de grandes fenêtres, un conte de Hoffmann est bien la chose la plus impossible. [...] Nos revenants ont des lorgnons et des gants blancs, et ils vont à minuit prendre des glaces chez Tortoni. », Th. Gautier, in Hoffmann, *Contes fantastiques*, traduits et précédés d'une notice par X. Marmier, édition augmentée d'une étude sur les Contes fantastiques de Hoffmann par Théophile Gautier, éd. Champion, Paris, Slatkine Reprints, Genève, 1979, p. III.

8. Th. Gautier, « Achim d'Arnim », *Portraits et souvenirs littéraires*, cité par M. Eigeldinger, dans Th. Gautier, *Récits fantastiques*, éd. Flammarion, Paris, 1981, p. 21.
9. P.-G. Castex, *op. cit.*, p. 8.
10. Th. Gautier, *Romans, contes et nouvelles*, éd. Gallimard, coll. de la Pléiade, Paris, 2001, vol. 1, p. 7. Toutes les références aux œuvres de Gautier qui suivent renvoient à cette édition.
11. « ...je saisissais tout avec une lucidité étonnante. » *Ibid.*, p. 528.
12. « Je fis un effort suffisant pour arracher une montagne, pour m'écrier que je ne voulais pas être prêtre ; mais je ne pus en venir à bout ; ma langue resta clouée à mon palais, et il me fut impossible de traduire ma volonté par le plus léger mouvement négatif. », *Ibid.*, p. 529. La même sensation cauchemardesque est décrite dans *Onuphrius* (1832), même si dans cette instance le héros est bel et bien dans le rêve : « Il m'était impossible de faire le plus petit mouvement, ou d'articuler une seule syllabe : ma langue était clouée à mon palais, mon corps était comme pétrifié. » *Ibid.*, p. 51.
13. *Ibid.*, p. 529.
14. *Ibid.*, p. 865.
15. *Ibid.*, p. 525.
16. Pourtant il a ses doutes et exprime l'espoir que ce fut un rêve : « Dieu veuille que ce soit un rêve ! » (p. 525) ; nous verrons plus loin ce que signifie ce doute.
17. «...toutes ces visions fussent involontaires et [...] je n'y participasse en rien. » *Ibid.*, p. 550.

18. «...j'essayais de m'empêcher de dormir, je tenais mes paupières ouvertes avec les doigts et je restais debout au long des murs, luttant contre le sommeil de toutes mes forces ; mais [...] toute lutte était inutile. » *Ibid.*
19. *Ibid.*, p. 545.
20. Même si, comme chacun sait par expérience personnelle, un raisonnement qui paraît parfaitement solide dans un rêve peut, en réalité, être assez tordu quand on le considère éveillé.
21. *La cafetière, ibid.*, p. 8 ; *Le Pied de la momie, ibid.*, p. 859 et 861.
22. « Il accepta sa présence comme dans le rêve on admet l'intervention de personnes mortes depuis longtemps et qui agissent pourtant avec les apparences de la vie ; » *ibid.*, vol. 2, p. 306.
23. La folie est prudemment exclue : dans *La cafetière*, Théodore, en homme bien saint d'esprit, hésite à relater son aventure de peur qu'on ne le prenne pour un fou (*ibid.* vol. 1, p. 4) ; Romuald nous assure qu'il n'a pas « un seul instant touché la folie » (*ibid.*, p. 547) ; et Octavien est obligé de reconnaître qu'il n'était « ni endormi ni fou » (*ibid.*, vol. 2, p. 300).
24. Les aventures de *La Cafetière*, d'*Omphale* et du *Pied de la momie* se déroulent entièrement dans des chambres, de nuit, quand les héros se sont couchés, et la double vie de Romuald dans *La Morte amoureuse* se déroule la nuit dès qu'il ferme les yeux.
25. *La cafetière, ibid.*, vol. 1, p. 4.

26. *Ibid.*, p. 206. Dans ce cas le sommeil semble même être un obstacle à l'aventure fantastique puisque, la première nuit, le jeune homme, trop effrayé, finit par s'endormir et Omphale ne descend pas de sa toile. *Ibid.*, p. 202.
27. *La cafetière, ibid.*, p. 9 ; *Onuphrius, ibid.*, p. 66 ; *La Morte amoureuse, ibid.*, p. 540 ; *Arria Marcella, ibid.*, vol. 2, p. 312.
28. Pour Todorov le fantastique existe seulement pendant que dure le sentiment du doute, et toute forme de vérification ferait virer le texte soit dans le genre de l'étrange soit dans celui du merveilleux. T. Todorov, *Introduction à la littérature fantastique*, éd. Seuil, Paris, 1970, p. 29.
29. *Op. cit.*, vol. 1, p. 541.
30. Cl. Lacoste, notice pour *La cafetière, ibid.* p. 1239.
31. *Ibid.*
32. J.-G. Lowin, « The Dream-Frame in Gautier's *Contes Fantastiques* », *Nineteenth Century French Studies*, vol. 9, 1980, p. 35.
33. *La cafetière, op. cit.*, vol. 1, p. 9.
34. *La Morte amoureuse, ibid.*, p. 525.
35. *Ibid.*, p. 550. L'expression « réelles ou rêvés » montre d'ailleurs que la réalité de ces expériences n'a pas d'importance ; les conséquences réelles qui en résultent les rendent réelles.
36. Cl. Lacoste, *ibid.*, p. 1348.
37. *Ibid.*, vol. 1, p. 546.
38. *Ibid.*, p. 548.
39. Pour une excellente analyse de l'imagerie du jour et de la nuit et de leur rôle dans les contes fantastiques de Gautier, voir M. Eigeldinger, « Arria Marcella et le "jour nocturne" », *Bulletin de la Société Théophile Gautier*, vol. 1, 1979, p. 3-14.
40. « Je n'eus pas un instant de frayeur », « je lui aurais volontiers donné tout le sang dont elle avait besoin pour soutenir son existence factice. D'ailleurs, je n'avais pas grand-peur », *op. cit.*, vol. 1, p. 543 et 550.
41. « Je me laissais faire avec la plus coupable complaisance, et elle accompagnait tout cela du plus charmant babil. [...] je ne voyais rien là que de parfaitement naturel », *ibid.*, p. 544. L'aventure fantastique de la plupart des héros de Gautier est imprégnée de la même sensation , le sentiment d'inquiétude est vite dissipé et le héros peut jouir d'un bal au temps de la Régence (*La Cafetière*), d'un voyage au temps des Pharaons (*Le pied de la momie*), ou d'une journée à Pompéi avant sa destruction (*Arria Marcella*) ; le héros d'*Omphale* avoue à sa belle maîtresse que : « quand vous seriez le diable en personne, je n'aurais plus peur » (*ibid.*, p. 204) et le héros du *Pied de la momie* se sent à l'aise au point de demander Hermonthis en mariage ! Il n'y a qu'un conte fantastique de Gautier, *Onuphrius*, où le fantastique est cauchemardesque. Mais là il n'y a pas simple renversement des deux mondes, mais plutôt le monde réel est « infecté » de surnaturel ; les choses les plus incroyables se passent autant *pendant* qu'*après* le rêve, donc dans la vie réelle du héros – du moins telle qu'il la conçoit. Pour Onuphrius la réalité devient fantastique car « la chose la plus naturelle, grossie par son imagination, lui paraissait monstrueuse », (*ibid.*, vol. 1, p. 66). Ce ne sont plus ses désirs les plus chers qui sont accomplies

grâce au fantastique mais ses cauchemars les plus atroces. Il est d'ailleurs significatif que Onuphrius est le seul des héros fantastiques de Gautier qui est qualifié de fou : « Il eût été capable, sans cette tendance funeste, d'être le plus grand des poètes ; il ne fut que le plus singulier des fous » (*ibid.*, p. 66). La folie détruit donc tout la sensation de bien être du monde fantastique et même rend impossible l'accès à ce monde rêvé des autres œuvres fantastiques de Gautier.

42. « Le bouvier aperçut Octavien et parut surpris [...] ne trouvant pas sans doute d'explication à l'aspect de ce personnage étrange pour lui », « La vue d'Octavien, coiffé de l'affreux chapeau moderne, sanglé dans une mesquine redingote noire, les jambes emprisonnées dans un pantalon, les pieds pincés dans des bottes luisantes, parut surprendre le jeune Pompéien », *Arria Marcella, ibid.*, vol. 2, p. 301 et 302.

43. *La Morte amoureuse, ibid.*, vol. 1, p. 544.

44. *Arria Marcella, ibid.*, vol. 2, p. 300, 301, 307.

45. Pourtant le rêve est ici aussi reconnu comme moyen d'accès à l'au-delà, puisque Spirite a recours au rêve pour emmener Malivert « là où [il] ne peu[t] encore [aller] pendant la veille » (p.1222) et lui donner un avant goût de l'existence dans cet autre monde.

46. *Ibid.*, p. 1157 et 1142.

47. *Ibid.*, p. 1199. Féroë se trouve ainsi aux antipodes des personnages qui, dans les autres œuvres fantastiques de Gautier, croient au fantastique et empêchent le héros d'y avoir accès, puisque lui, au contraire, aide le héros à établir et à maintenir la communication avec le monde fantastique.

48. « Le rêve est une seconde vie. Je n'ai pu percer sans frémir ces portes d'ivoire ou de corne qui nous séparent du monde invisible. », G. de Nerval, *Aurélia ou Le rêve et la vie*, in *Les Filles du feu*, éd. Gallimard, coll. Folio, Paris, 1972, p. 291.

49. Par exemple, dans *Jettatura* (1856) cette idée est clairement exprimée : « À un certain point de vue, le rêve existe autant que la réalité », *op. cit.*, vol. 1, p. 441 ; et ailleurs, en parlant de Nerval, Gautier se réfère à la « force de projection du rêve, cette puissance de créer hors du temps et du possible, une vision presque palpable », Th. Gautier, *Portraits et souvenirs littéraires*, cité par G. Poulet in *Études du temps humain I*, éd. Plon, Paris, 1952, p. 334.

50. *Arria Marcella, op. cit.*, vol. 2, p. 297 et 301 (c'est moi qui souligne). De même, le héros de *Mademoiselle de Maupin* (1836) admet que « l'impossible m'a toujours plu » et que « tout ce que je peux faire n'a pas le moindre attrait pour moi », Th. Gautier, *op. cit.*, vol. 1, p. 328, 329.

51. H. de Balzac, *Séraphîta*, in *Études philosophiques*, éd. Calmann-Lévy, Paris, s.d. [1935], p. 22.

52. Th. Gautier, *Avatar* (1856), *op. cit.*, vol. 2, p. 348.

53. Th. Gautier, « À propos des ballons », paru dans l'*Événement* le 2 août 1848, cité par M. Crouzet in Th. Gautier, *L'œuvre fantastique II — Romans*, Classique Garnier, éd. Bordas, Paris, 1992, p. 352, note 85.

54. L'Étranger dans le *Sophiste* adresse la question au début du dialogue de la manière suivante : « Mon cher ami, on s'est engagé dans une spéculation très diffi-

cile – il n'y a aucun doute de cela ; car comment peut une chose paraître et sembler être et ne pas être ou comment un homme peut dire une chose qui n'est pas vraie, a toujours été, et continue de l'être, une question très embarrassante. Est-ce que l'on peut dire ou penser que la fausseté existe réellement et éviter d'être pris dans une contradiction ? En effet, Theaete, la tache est difficile. » Et il exhorte son interlocuteur de s'apercevoir que le non-être au sens propre « ne peut être dit, proféré, ou pensé, mais qu'il est impensable, imprononçable, indicible, et indescriptible », par où l'on arrive à la conclusion que tout ce qui est exprimé doit nécessairement être.

55. Avant Freud, qui a vu dans les rêves l'expression de désirs inconscients et refoulés, Gautier a vu les rêves comme l'expression et la réalisation de désirs *conscients.* Ce que Freud a constaté concernant les rêves infantiles, c'est-à-dire que le rêve « montre le désir comme déjà accompli, [et qu'] il figure cet accomplissement comme réel et présent » (S. Freud, *Sur le rêve*, éd. Gallimard, coll. Folio, Paris, 1988 [1901], p. 71), Gautier l'applique à l'homme adulte et présente cette sorte de rêve comme une réalité dans une autre dimension dont le rêve est le moyen d'accès.

56. *La cafetière, op. cit.,* vol. 1, p. 8 ; *La Morte amoureuse, ibid.,* p. 526 et 525.

57. « Quels yeux ! [...] il s'en échappait des rayons pareils à des flèches et que je voyais distinctement aboutir à mon cœur. », *La Morte amoureuse, ibid.*, p. 527. La "communication" entre l'âme de Romuald et celle de Clarimonde semble aussi être de cette nature. Le regard d'Arria Marcella a le même effet sur Octavien : « Ce regard lui arrivait lourd et brûlant comme un jet de plomb fondu », *op. cit.* vol. 2, p. 307.

58. *Le Roman de la momie, ibid.*, p. 505 ; *Spirite, ibid.*, p. 1157 ; *Arria Marcella, ibid.,* p. 306. Dans la plupart des récits fantastiques de Gautier où une femme morte revient à la vie, cet événement fantastique a lieu grâce à un « secret magnétisme » émanant du désir du héros.

59. M. Eigeldinger, *op. cit.*, p. 21.

60. L. Porter, *op. cit.*, p. 21.

61. « Le magnétisme animal est un fait désormais acquis à la science et dont il n'est pas plus permis de douter que du galvanisme et de l'électricité. [...] Nous sommes seulement étonnés de la surprise et de l'incrédulité que ces phénomènes excitent [...] le magnétisme nous paraît la chose du monde la plus simple, et s'il n'est pas accepté depuis longtemps, c'est que son utilité n'est pas encore bien déterminée et que ses apparences fantastiques et singulières effrayent beaucoup de gens pour qui l'inconnu est la chose la plus terrible. », Th. Gautier, « Tronquette la somnambule », *Histoire de l'art dramatique en France depuis vingt-cinq ans,* éd. Hetzel, Paris, 1858, p. 201-202.

62. *Arria Marcella, op. cit.*, vol. 2, p. 297 et 310. Comme l'a démontré Georges Poulet, Gautier trouve, en ce qui concerne cette idée, dans le *Second Faust* de Gœthe, « une émouvante confirmation de ses propres croyances » qui lui ouvre de nouvelles perspectives. G. Poulet, *op. cit.*, p. 327-340.

63. « La vie ordinaire elle-même est si pleine de problèmes insolubles, que l'impossible y devient probable. On peut croire ou nier tout », *Jettatura, op. cit.*, vol. 2, p. 441.

64. « L'existence ou la non-existence d'une chose ou d'une personne ne m'intéresse pas assez pour que j'en sois affecté d'une manière sensible et convaincante. – La vue d'une femme ou d'un homme qui m'apparaît dans la réalité ne laisse pas sur mon âme des traces plus fortes que la vision fantastique du rêve », *Mademoiselle de Maupin, ibid.*, vol. 1, p. 288.
65. Dans *Onuphrius* Gautier exprime clairement cette idée. Ainsi en parlant des malheurs imaginaires de son héros il souligne qu'ils sont « les seuls réels pour lui », *ibid.*, p. 45.
66. *La cafetière, ibid.*, p. 4 ; *Omphale, ibid.*, p. 205 ; *Arria Marcella, ibid.*, vol. 2, p. 300. C'est moi qui souligne.
67. *La cafetière,* p. 6 ; *Arria Marcella*, p. 301
68. M. Eigeldinger, *op. cit.*, p.38.
69. Ch. Baudelaire, « Théophile Gautier », cité par P. Tortonese in Théophile Gautier, *Œuvres, Œuvres, choix de romans et contes,* éd. Robert Laffont, Paris, 1995, p. XVII.
70. P. Tortonese, *La vie extérieure, essai sur l'œuvre narrative de Théophile Gautier,* Archives des Lettres Modernes, Paris, 1992, p. 15.
71. *Ibid.*, p. 9.
72. Cité pat J. Lowin, *op. cit.*, p. 30.

Comptes rendus

Critique théâtrale, tome I, 1835-1838, texte établi, présenté et annoté par Patrick BERTHIER, avec la collaboration de François BRUNET, éd. Honoré Champion, 2007, 921 pages.

Dans la collection des *Œuvres complètes* de Théophile Gautier, dirigée par Alain Montandon, publiée chez Champion, après *Le Roman de la momie* et *Spirite,* édités par A. Montandon et Corinne Saminadayar-Perrin, *Théâtre et ballets* édités par Claudine Lacoste-Veysseyre et Hélène Laplace-Claverie, *La Croix de Berny, les Roués innocents* et *Militona,* édités par Claudine Lacoste-Veysseyre et Alain Guyot, *Mademoiselle de Maupin,* édité par Anne Geisler-Szmulewicz, *Voyage en Russie,* édité par Serge Zenkine et Natalia Mazour, vient de paraître le premier volume de Critique théâtrale.

Jusqu'à présent les feuilletons de Gautier n'étaient connus que partiellement et souvent édités de façon erronée. Cet ouvrage offre enfin au public la totalité des feuilletons de Gautier ayant trait au théâtre, parus essentiellement dans *La Presse,* mais également dans *Le Monde dramatique, La Charte de 1830, Le Figaro* et *Le Messager.* Les textes sont établis d'après les feuilletons originaux, sauf exception dans le cas de perte de l'original.

Cette édition offrait de multiples difficultés. Au-delà de l'abondance des textes, se posent différents problèmes : le mot « théâtre » est pour Gautier très vaste, car il inclut tout ce qui se passe sur et autour de la scène, c'est-à-dire non seulement les pièces écrites, mais les ballets aussi bien que les spectacles de cirque, que Gautier appréciait beaucoup ; le contenu même du feuilleton, puisque la politique éditoriale de la collection consiste à répartir la matière par secteurs thématiques ; or la fantaisie de Gautier, ou l'opportunité du moment, le pousse parfois à mêler à la critique dramatique proprement dite toutes sortes d'échappées dictées soit par sa fantaisie propre, soit par les circonstances. L'éditeur a choisi de respecter le plus souvent possible l'intégralité d'un feuilleton, ne se résolvant à la tronquer que lorsque la matière traitée est très nettement déterminée. Autre difficulté : les collaborateurs éventuels de Gautier ; ils existent, la correspondance le prouve, mais leur apport propre est impossible à déterminer et l'éditeur a choisi de laisser à Gautier, sauf cas particulièrement explicite, la paternité de l'ensemble du feuilleton.

L'annotation, capitale dans un ouvrage de ce genre ; elle risquait d'étouffer les textes et d'en rendre la lecture impossible. L'éditeur a choisi une voie moyenne, en éliminant toute note du genre encyclopédique, estimant que le lecteur de cet ouvrage sait que Victor Hugo était né à Besançon en 1802, mais en privilégiant la note d'actualité permettant de comprendre les multiples allusions à la réalité contemporaine. La précision de ces notes met en valeur la vie foisonnante du monde du théâtre de l'époque, et au-delà même, de l'ensemble de la vie sociale, intellectuelle et artistique. Par ailleurs, un « Répertoire des noms les plus souvent cités » et un « Répertoire des titres les plus souvent cités » regroupent les indications essentielles à la connaissance des personnes et des œuvres évoquées.

Cette édition, attendue depuis près de cent quarante ans, puisque le vicomte Spoelberch de Lovenjoul en rêvait et l'avait minutieusement préparée, comble enfin, par ses qualités scientifiques, les attentes des lecteurs, amateurs ou spécialistes de Gautier.

Claudine LACOSTE

Théophile Gautier journaliste à* La Presse*, point de vue sur une esthétique théâtrale, par Giovanna BELLATI, éd. L'Harmattan Italia, 2008, 263 pages, préface de Cecilia RIZZA.

Cet ouvrage s'inscrit dans la lignée des études qui visent à mettre en valeur l'œuvre journalistique de Gautier, qui couvre la moitié du XIXe siècle.

Étant donné l'ampleur du corpus journalistique dans l'œuvre de Gautier, G. Bellati s'est volontairement, et à juste titre, limitée aux contributions de Gautier à *La Presse,* et plus précisément encore à la critique strictement théâtrale.

L'ouvrage comporte une partie introductive sur la fondation de *La Presse* et sur la participation de Gautier à la vie du quotidien, sur ses rapports avec Émile de Girardin et sur son point de vue personnel en ce qui concerne son travail de feuilletoniste. Ensuite un certain nombre de chapitres s'efforcent de synthétiser les opinions, les critiques, les prises de position de Gautier sur les différents aspects du théâtre de son temps, en mettant en lumière tous les aspects de la vie du théâtre, aussi bien des acteurs, des auteurs que des pièces. Ensuite G. Bellati propose un tableau et une analyse des modèles discursifs qui se dégagent des articles de Gautier.

Par une étude précise et très bien documentée, G. Bellati a su montrer de façon convaincante que Gautier, contrairement à l'attitude qu'il s'est souvent plu à prendre, n'est pas un fantaisiste dans ce domaine, et elle a su dégager les principes esthétiques de l'auteur dans le monde du théâtre.

Cette étude a atteint son but et, en même temps que l'esthétique dramatique, et plus généralement artistique de Gautier, elle a donné une image aussi complète que possible de la vie théâtrale d'une époque où le théâtre tenait une place prépondérante dans la vie sociale et artistique.

Cl. L.

Théophile Gautier dans son cadre, par Véronique MAGNOL-MALHACHE, chez Somogy Éditions d'art, décembre 2007, 229 pages, préface de Patrick DEVEDJAN.

Magnifique ouvrage sur papier glacé, présentant de nombreuses photos de et autour de Gautier. V. Magnol-Malhache, utilisant avec précision la richesse des fonds des Archives départementales des Hauts-de-Seine ainsi que la correspondance du poète, a orienté son propos vers une évocation à caractère intimiste de la présence de Gautier à Neuilly de 1857 à sa mort en 1872. Elle motive le choix de son orientation par le souci de proposer une image aussi riche que possible du quotidien du poète. Il ne s'agit donc pas de faire une biographie exhaustive ni d'une étude synthétique de tout ou partie de l'œuvre du poète, mais de mettre en lumière certains aspects significatifs, singuliers ou peu connus de son parcours intellectuel et humain. Dans cette perspective, elle a choisi, en fonction des documents utilisés, de focaliser ses recherches sur trois années particulièrement fécondes : 1857, 1867, 1872.

La première partie « Le Neuilly que j'habite… » comprend « Un homme installé », « Le parapluie, meuble bourgeois », « Le Roman du *Roman de la momie* », « La Critique empathique », « Le Panthéon de Gautier », « Collodion et magnétisme ».

La deuxième partie « Je mène une vie à tuer quatorze rhinocéros » comprend « Autour de l'*Exposition universelle* », « Les Aléas de la célébrité », « La Reprise d'*Hernani* », « *Les Quatrains du Khéyam* », « Judith, Théophile, Estelle », « Le Caléidoscope du quotidien ».

La troisième partie, « *Il me semble que le char du destin m'est passé dessus* », comprend « Sauvetage des biens », « ...Naufrage du corps », « *Hymen, ô hyménée !* », « Le Marchand de couleurs », « Tribulations d'un Chinois à Neuilly », « *Les Chênes qu'on abat* ».

Cette très belle et très intéressante contribution à l'étude de l'homme prend une place de choix dans la bibliographie actuelle destinée à montrer à la fois la richesse du personnage et celle de son œuvre.

Cl. L.

Informations

- **L'Assemblée générale** de la Société est prévue à la Maison de Balzac (47 rue Raynouard, Paris XVIe) **le vendredi 21 novembre 2007, à partir de 17h30.** À l'issue de la séance, un repas réunira ceux qui le souhaitent.

- **Elle sera précédée d'une après-midi de travail sur *Émaux et Camées*. Cette demi-journée d'étude aura également lieu à la Maison Balzac, et commencera à 15h30.**

- **Un colloque international « Théophile Gautier et les arts de la danse » se tiendra à l'Université Montpellier III les 11, 12 et 13 juin 2009, sous la responsabilité scientifique de François BRUNET et Corinne SAMINADAYAR-PERRIN, tous deux membres du R.I.R.R.A. 21 (Montpellier III).** En voici l'appel à communications :

Par la rédaction de plusieurs livrets de ballets et par de nombreux articles critiques, Gautier a contribué à l'âge d'or de la danse romantique française. Pourquoi a-t-il consacré une part non négligeable de son activité à écrire pour la danse, et à écrire sur la danse ? Comment a-t-il compris l'union entre littérature et chorégraphie ? Quelles spécificités les arts de la danse lui semblaient-ils posséder pour entraîner le spectateur vers l'idéal esthétique ? Quelles voies l'auteur de *Giselle* a-t-il ouvertes en son temps, comment a-t-il relayé les aspirations des grands théoriciens de la chorégraphie (Noverre, Blasis, Vigano), et comment sa réflexion a-t-elle été continuée par certains écrivains, artistes et critiques jusqu'au siècle suivant ? Voilà quelques questions, parmi d'autres, que l'on pourrait se poser à l'occasion de ce colloque.

Si l'analyse des textes de Gautier constituera le corpus privilégié de notre réflexion il serait souhaitable d'envisager les réponses que d'autres écrivains, théoriciens, artistes (musiciens, peintres, sculpteurs) ou esthéticiens ont données à ces diverses questions. Ce pourrait être l'occasion de confronter à l'attitude de Gautier celle de certains de ses contemporains ou celle d'artistes d'autres générations.

Les propositions de communication sont à envoyer à François Brunet, secrétaire de la Société Théophile Gautier, **solbrunet@wanadoo.fr**, et à Corinne Saminadayar-Perrin (université Paul-Valéry, RIRRA 21), **corinne.saminadayar-perrin@univ-montp3.fr.**

Nous restons à votre disposition pour tout renseignement complémentaire dont vous pourriez avoir besoin.

Notons au passage que le Théâtre de Rio de Janeiro a donné Giselle en avril 2008... signe que le ballet de Gautier continue de vivre en Amérique latine.

- Le tome II de la critique dramatique de Th. Gautier, 1839-1840, édité par Patrick Berthier avec la collaboration de Claudine Lacoste et Hélène Laplace-Claverie, vient de paraître chez Champion (831 p.).

- Les articles publiés dans la revue sont préalablement soumis au Comité de lecture : merci de les adresser avant le 31 mars pour une publication, sous réserve d'acceptation, à l'automne de la même année (par fichier joint à **martine_lavaud@club-internet.fr** et **solbrunet@wanadoo.fr**). Pour les comptes rendus, merci d'adresser les ouvrages à Claudine Lacoste avant le 31 décembre pour une publication l'année suivante (Société Th. Gautier, Université Paul Valéry, route de Mende, 34 199 Montpellier).

SOCIÉTÉ THÉOPHILE GAUTIER

BULLETIN D'ADHÉSION

à retourner à : Claudine LACOSTE
Université Paul Valéry – Route de Mende
34190 MONTPELLIER Cedex 5

Première adhésion ❐ Renouvellement ❐

Nom-prénom :..
Adresse :...
....
Courriel :...
Téléphone :..

Je déclare adhérer à la Société Théophile Gautier en qualité de :
membre bienfaiteur : 62 €
membre donateur : 38 €
membre actif français : 24 €
membre actif étranger : 31 € ou 40 $

NB : L'adhésion donne droit à la réception de la revue annuelle, des courriers d'information concernant la vie de la Société, et à la participation aux assemblées et activités éventuelles.

Ci-joint :
Un chèque bancaire ❐
Un chèque postal ❐
À l'ordre de :
Société Théophile Gautier – CCP 2003 96T Montpellier

Les chèques libellés en US$ ou en $ canadiens sont à mettre à l'ordre de Peter Edwards et à lui adresser à Mount Allison University, Sackville, E4L, 1C7, NB CANADA.

Date : Signature :

Mise en page et suivi de fabrication :

réalisés par COM*Idéa*

06 18 89 42 79
contact@comidea.fr

Achevé d'imprimer
sur les presses
de

Mondial Livre
8 rue de Berne
30000 Nîmes

Dépôt légal : octobre 2008